HEYNE<

JAMES BARCLAY: DIE CHRONIKEN DES RABEN

JAMES BARCLAY

Zauberbann

Die Chroniken des Raben

Erstes Buch

Deutsche Erstausgabe

WILHELM HEYNE VERLAG
MÜNCHEN

Titel der amerikanischen Originalausgabe
DAWNTHIEF (Part 1)
Deutsche Übersetzung von Jürgen Langowski

FSC
Mix
Produktgruppe aus vorbildlich
bewirtschafteten Wäldern und
anderen kontrollierten Herkünften

Zert.-Nr. SGS-COC-1940
www.fsc.org
© 1996 Forest Stewardship Council

Verlagsgruppe Random House
FSC-DEU-0100
Das FSC-zertifizierte Papier *München Super* für
Taschenbücher aus dem Heyne Verlag
liefert Mochenwangen Papier.

2. Auflage
Redaktion: Rainer Michael Rahn
Copyright © 1999 by James Barclay
Copyright © 2004 der deutschen Ausgabe
by Wilhelm Heyne Verlag, München
in der Verlagsgruppe Random House GmbH
www.heyne.de
Printed in Germany 2005
Karte: Franz Vohwinkel
Titelillustration: Laura Brett
Umschlaggestaltung: Nele Schütz Design, München
Satz: Christine Roithner Verlagsservice, Breitenaich
Druck und Bindung: GGP Media GmbH, Pößneck

ISBN-10: 3-453-53002-0
ISBN-13: 978-3-453-53002-7

Für Tara, die nie den Glauben verlor
Auch wenn ich selbst manchmal verzagte.

Kein Buch entsteht in völliger Abgeschiedenheit, und der Weg zu diesem Buch ist durch viele Meilensteine markiert, von denen einige bereits in meiner Jugend gesetzt wurden. Sie sollen hier genannt werden.

Meine Eltern, die sich in meiner ganzen Schulzeit nie über das ewige Klappern der Schreibmaschine beklagt haben und die einfach sie selbst sind. Stuart Widd, mein Englischlehrer, der meine Phantasie und mein Ausdrucksvermögen förderte. Paul H., Carl B., Hazel G., Chris G., Robert N. und Ray C., die vor vielen Jahren, ohne es selbst zu wissen und ohne dass wir es bemerkten, den Raben zur Welt gebracht haben. Leser wie Tara Falk und Dave Mutton, die mich auf jedem Schritt mit Anregungen und Kritik begleitet haben. Vor allem aber Peter Robinson, John »George« Cross und Simon Spanton (weitere Raben-Leute), die mir immer wieder Schmeicheleien, Drängeleien, Ideen und Ermutigungen zuteil werden ließen. Ich weiß, dass es ein Klischee ist, doch ohne euch wäre dies nicht das Buch geworden, das es heute ist. Es wäre überhaupt keines geworden.

Ich danke euch allen für eure Liebe, Hilfe und Unterstützung.

www.ravengazetteer.com
www.jamesbarclay.com

BALAIA DER

NORD-
BUCHT

SUNATAS ZÄHNE

TERENETSA

SETHE-fluss

TORN-WÜSTE

PARVE

BARAVALE-
CAI

KERNLAND DER
WESMEN
(UNERFORSCHT)

ZENTRAL-
TEMPEL DER
WRETHSIRES

Augsee

• LEIONU

Himmels-
see

GARAN-
BERGE

N

W E

S

Südstrom

GARAN-
BERGE

SÜDMEER

NORDKONTINENT

Bucht von Triverne
BERGE
Triverne Fluss
JADEN
RACHE
Blutsee
JULATSA
DORDOVER
HAVERN
CORIN
Triverne-See
Burg der Schwarzen Schwingen
LYSTERN
XETESK
Understone-Pass
Ebene von Pontois
UNDERSTONE
BLACKTHORNE
DENEBRE
PONTOIS
Septerns Haus
Yarnauk-Klippen
ERSKAN
HYLD
KORINA
Grethern-Wald
Burg Taranspike
Dornenwald
GRESSE
Burgs
GREYTHORNE
Baian Berge
ARLEN
ORYTTE
BLACKTHORNE
Bucht von Gyernath
GYERNATH
Bucht von Arlen

Personenverzeichnis

DER RABE	Hirad Coldheart, Barbarenkrieger
	Ras, Krieger
	Richmond, Krieger
	Talan, Krieger
	Sirendor Larn, Krieger
	Der Unbekannte Krieger
	Ilkar, Julatsa-Magier
XETESK *Magisches Kolleg*	Styliann, Herr vom Berge
	Denser, Seniormagier
	Selyn, Magier-Spionin
	Nyer, Densers Mentor
	Laryon, Meister der Forschung
	Sol, ein Protektor
DORDOVER *Magisches Kolleg*	Erienne, Hüterin der Magie
	Alun, Eriennes Gatte
	Thraun, Krieger
	Jandyr, Elfen-Bogenschütze
	Will Begman, Dieb
	Vuldaroq, Herr des Turms

LYSTERN *Magisches Kolleg*	Heryst, Lordältester Magier Ry Darrick, Armeegeneral
JULATSA *Magisches Kolleg*	Barras, Hauptunterhändler
BARONE, LORDS **UND SOLDATEN**	Blackthorne, Baron im Süden Gresse, Baron im Südosten Tessaya, Lord der Wesmen Travers, ein Hauptmann

Prolog

Eine Hand wurde auf ihren Mund gedrückt und erstickte ihre Schreie, als sie erwachte. Neben ihr schlief Alun, ahnungslos und still. Ein Gesicht, voller Schatten in der dunklen Nacht, beugte sich über sie. Sie konnte die hageren Gesichtszüge und die harten Augen erkennen. Die Hand wurde fester auf ihren Mund gepresst, und der Mann starrte sie an.

»Wenn du einen Spruch wirkst, werden deine Jungen sterben. Wenn du dich wehrst, werden deine Jungen sterben. Wenn du dich nicht fügst, werden deine Jungen sterben. Dein Ehemann wird hier bleiben und bezeugen können, dass wir fähig sind, solche wie dich überall zu holen, selbst hier im Herzen der Kolleg-Stadt. Denke darüber nach, während du schläfst, und zügle deinen Zorn, wenn du wach bist. Wir haben viel zu besprechen.«

Gedanken rasten durch ihren Kopf, ihr Herz schlug wie wild. Ihr dummer Entschluss, außerhalb der sicheren Kolleg-Mauern ein beschauliches Leben zu führen, hatte alles in Gefahr gebracht, was sie liebte. Der Angreifer hatte ihre Jungen erwähnt, die wundervollen Zwillinge, in die sie so große Hoffnungen setzte und in denen so große Kräfte geweckt werden konnten. So jung, so unschuldig waren die beiden. Alles in ihr begehrte auf, als ihr bewusst wurde, was Männer wie dieser hier zu tun imstande waren. Diese Leute kannten kein Erbarmen, sie sahen nur das, was sie für böse hielten, und sie hatten geschworen, es zu vernichten. Sie sahen nicht die Reinheit und die Magie der Dinge, die sie erschuf, und diese Blindheit machte jene Männer so gefährlich.

Sie erinnerte sich an die warnenden Stimmen. Die Meister des Kollegs hatten zwar Verständnis für ihr Verlangen nach einem Familienleben gezeigt, doch sie hatten auch gewarnt, dass ein Übermaß an Beschaulichkeit und Behagen in einer Zeit, da die Menschen ihre Feindschaft gegen das Kolleg und alles, was es darstellte, offen zeigten, nicht ungefährlich war. Ihr Leben war ein Experiment, daran hatten die Meister sie immer wieder erinnert. Es ging um mehr als nur um ihre Sehnsucht, sich mit ihrer Familie niederzulassen. Ihre Kinder waren die Kinder der Schule, hatten die Meister gesagt, und ihre Entwicklung war ein Gegenstand kritischer Forschung.

Natürlich hatte sie wie üblich bekommen, was sie wollte. Schließlich waren es *ihre* Söhne, und Alun verspürte ohnehin nicht den Wunsch, in der Schule zu leben. Sie verfluchte sich für ihren dummen Eigensinn und für ihr übertriebenes Vertrauen in ihre Fähigkeit, ihrer aller Sicherheit zu gewährleisten. Frustrierte und zornige Tränen wollten in ihr aufsteigen, doch wie die Stimmen der Meister in ihrem Kopf waren auch die Tränen Erinnerungen an Warnungen, die sie schon viel zu lange ignoriert und auf die sie viel zu spät gehört hatte.

Die zweite Hand des Mannes kam in ihr Gesichtsfeld. Sie hielt ein Tuch, das er nun auf ihre Nase und den Mund presste. Die Droge wirkte rasch, und sie wehrte sich wie ein Tier, das in einer Falle gefangen ist, während die Jagdhunde sich bereits nähern. Verzweifelt, kurz und vergeblich war ihre Gegenwehr. Brophane. Ihr letzter Gedanke war, dass sie sich elend fühlen würde, wenn sie die Augen wieder öffnete.

Erstes Kapitel

Blaues Licht stach durch den Spätnachmittagshimmel, flackerte vor den zerklüfteten niedrigen grauen Wolken und zeichnete den Zugang zum Taranspike-Pass als scharfes Relief. Eine schwere Explosion war zu hören, Männer schrien.

Hoch oben im Burgfried schätzte der Rabe die Situation gelassen ein und blickte von der Burg, die den Pass bewachte, über den Burghof hinweg zum Schlachtfeld.

Die linke Flanke der Verteidigungslinien war eingebrochen. Verkohlte Leichen lagen gekrümmt im versengten Gras, und an der ganzen Front verdoppelten die Feinde nun ihre Anstrengungen. Sie überrannten die Verteidiger.

»Verdammt auch«, sagte der Unbekannte Krieger. »Das gibt Ärger.« Er hob die Faust über den Kopf, spreizte die Finger und beschrieb mit dem Arm einen weiten Kreis. Sofort gaben die Flaggenmänner auf den Türmen den Befehl weiter. Fünf Kavalleristen und ein Magier galoppierten durch ein Ausfalltor hinaus.

»Schau, da.« Hirad deutete zur linken Flanke. Etwa fünfzehn gegnerische Kämpfer brachen durch die Lücke und ignorierten die Schlacht, während sie zur Burgmauer rannten. »Sind wir jetzt dran?«, fragte er.

»Wir sind dran«, bestätigte der Unbekannte.

»Das wurde aber auch Zeit.« Hirad lächelte.

»Der Rabe!«, donnerte der Unbekannte. »Der Rabe kommt!« Er zog das Zweihandschwert aus der Scheide, die an der Festungsmauer lehnte, und lief zur Treppe. Auf dem Brustharnisch spiegelten sich die letzten Strahlen der untergehenden Sonne, und sein mächtiger Körper entwickelte eine Geschwindigkeit und Wendigkeit, die sich schon für viele Gegner als tödliche Überraschung erwiesen hatten. Der kahl rasierte Kopf auf dem Stiernacken bewegte sich ruckartig, als er nach unten rannte.

Die Treppe führte vom Wehrgang auf der Innenseite der Festungsmauer hinab und weiter zum Dach des Burgfrieds. Von hier aus musste man durch einen der beiden Türme laufen und die Wendeltreppe nach unten steigen, um den Burghof zu erreichen.

Der Unbekannte führte die sechs mit Leder und Kettenhemden gerüsteten Krieger und den Magier, die zusammen den Raben bildeten, zum linken Turm, riss die Tür auf, ließ den Wächter mit einem gebrüllten Befehl zur Seite treten und rannte, immer zwei Stufen auf einmal nehmend, die Treppe hinunter. Dabei stützte er sich an der Außenmauer ab, um das Gleichgewicht zu halten.

Auf halbem Wege nach unten hörten sie eine zweite, noch stärkere Explosion. Die ganze Burg schien in ihren Grundfesten zu erbeben.

»Sie sind schon durch die Mauer gebrochen und in den Burghof eingedrungen«, warnte Hirad.

»Wir sind gleich da«, antwortete ihm der Unbekannte. Die Tür am Fuß des Turms war offen, doch Hirad war nicht sicher, ob der Unbekannte überhaupt einen Moment gezögert hätte, wenn sie verschlossen gewesen wäre, so groß war seine Geschwindigkeit. Der Rabe rannte ins verblassende, bernsteinfarbene Sonnenlicht hinaus und wandte sich zur linken Ecke des Burghofs, wo nach der Explosion noch der Staub in der Luft stand.

Aus den Staubschwaden tauchte der Feind auf und bahnte sich einen Weg durch den Schutt, den er selbst erzeugt hatte. Die Krieger, durch Lederharnische geschützt und die Gesichter hinter Masken aus Tuch verborgen, schwärmten im Burghof aus. Hinter ihnen konnte Hirad einen weiteren Mann sehen, der sich scheinbar gemächlich einen Weg durch die Trümmer suchte. Auch er trug eine glänzende Lederrüstung, doch darum hatte er einen weiten schwarzen Mantel gelegt, der sich hinter ihm bauschte. Eine rauchende Pfeife steckte in seinem Mund, und wenn Hirad seine Augen nicht täuschten, dann streichelte er eine Katze, die den Kopf aus dem Ausschnitt des Mantels steckte.

Hinter sich hörte er Ilkar, den Elfenmagier aus Julatsa, fluchen und spucken: »Xetesk!« Hirad hielt mitten im Schritt inne und sah sich um. Ilkar winkte ihn weiter.

»Mach schon und kämpfe«, sagte der Elf. Man sah dem großen schlanken Mann mit dem kurzen dunklen Haar die Anspannung an. Die Haselnussaugen verengten sich. »Ich werde ihn im Auge behalten.«

Die feindlichen Kämpfer rückten mit gleichmäßigem Tempo auf der linken Seite des Raben vor und liefen zur kahlen Felswand, wo sich Schuppen voller Getreide, Werkzeuge und Feuerholz von den äußeren Verteidigungsanlagen bis zum Burgfried erstreckten.

Der Unbekannte Krieger änderte sofort die Richtung und schnitt den Angreifern den Weg ab. Hirad runzelte die Stirn, er konnte den Blick nicht von der schwarz gewandeten Gestalt hinter den Schwertkämpfern wenden.

Die Kampfgeräusche, die von außerhalb der Mauer hereindrangen, ließen allmählich nach, und Hirad konzentrierte sich auf die vor ihm liegende Aufgabe. Er sah die Feinde, die dem Raben zahlenmäßig beinahe drei zu eins überlegen waren, und stieß vor, um sie abzufangen. Fünf Krieger bildeten die Vorhut; sie rannten mit erhobenen Schwertern vorneweg, und ihre Rufe hallten zwischen den Mauern, während sie angriffen und auf ihre zahlenmäßige Überlegenheit vertrauten.

»Formation bilden!«, rief der Unbekannte, und der Rabe wechselte reibungslos zur Kampfaufstellung. Wie immer nahm der Unbekannte selbst den Platz im Zentrum eines schiefen, leicht unregelmäßigen Fünfsterns ein. Links neben ihm standen Talan, Ras und Richmond, während rechts von ihm Sirendor und Hirad ihre Positionen bezogen hatten. Hinter ihnen bereitete Ilkar den Verteidigungsschild vor.

Der Unbekannte tippte im Takt seiner Schritte mit der Spitze seines Zweihandschwerts auf den Boden, und Hirad, der in den Augen der Feinde das Erkennen suchte, bleckte die Zähne, als er es tatsächlich fand und sah, wie ihr Schritt sich um eine Winzigkeit verzögerte.

»Schild ist oben«, erklärte Ilkar. Selbst jetzt, nach zehn Jahren, jagte es Hirad noch einen Schauer über den Rücken. Dabei konnte er genau genommen überhaupt nichts fühlen. Doch die Abschirmung war jetzt an Ort und Stelle – ein Schutzschirm, der ihnen Sicherheit vor magischen Angriffen bot und einen Moment lang als Flimmern in der Luft zu erkennen war. Der Unbekannte hörte auf, mit dem Schwert auf den Boden zu stoßen, und einen Moment danach warf sich der Rabe in die Schlacht.

Der Unbekannte schwang sein Schwert von rechts nach links und gab mit einer einzigen Bewegung die Verteidigung des Gegners der Lächerlichkeit preis. Die Klinge des Mannes wurde zur Seite geschleudert, sein Gesicht vom Kinn bis zur Stirn gespalten. Blut spritzte von der Waffe des Unbekannten, als sie wieder herausgezogen wurde.

Der Mann wurde nach hinten geschleudert, prallte gegen zwei seiner Gefährten und stieß im Sterben nicht einmal einen Schrei aus.

Rechts fing Sirendor einen Hieb mit seinem Drachenschild ab, bevor er das Schwert durch die Brust des Feindes trieb. Hirad entging mühelos einem Überkopfschlag, wich nach rechts aus und stach seine Waffe mit beiden Händen in den Hals des Gegners. Die anderen Angreifer zögerten, die entstandenen Lücken zu schließen. Der Barbarenkrieger grinste, machte einen Schritt nach vorn und winkte die nächsten Gegner mit einer Hand zu sich.

Zur Linken des Unbekannten war der Kampf nicht ganz so einseitig. Ras und Talan wechselten Schläge mit fähigen Kriegern, die Schilde trugen, und Richmond war etwas abgelenkt und in die Defensive getrieben worden. Dennoch brachte er seinen Gegner mit raschen, elegant geführten Hieben in große Verlegenheit.

»Magier bewegt sich. Links von uns«, sagte er. Er parierte einen Schlag gegen seine Taille und trieb den Feind zurück.

»Habe ihn«, sagte Ilkar. Seine Stimme klang abwesend, weil er damit beschäftigt war, den Schild aufrechtzuerhalten. »Er wirkt einen Spruch.«

»Den überlassen wir Ilkar«, befahl der Unbekannte. Seine Klinge prallte gegen den Schild eines Feindes. Der Mann taumelte.

»Bewegt sich weiter nach links«, berichtete Richmond.

»Lass ihn.« Der große Mann schlitzte seinem Gegner den Bauch auf, während Talan, der unmittelbar neben ihm kämpfte, sein erstes Opfer fällte und dabei eine Schnittwunde auf dem Arm davontrug.

Der feindliche Magier stieß ein kurzes Befehlswort hervor. Hitze versengte die Luft, und in der darauf folgenden Stille hielten beide Seiten inne und wichen einen halben Schritt zurück.

»Jetzt!«, rief der Magier, und die Gebäude an der hinteren Wand explodierten. Holzsplitter und zerbrochene Balken wirbelten durch die Luft und landeten im Burghof.

Chaos.

Ein abgebrochener Balken prallte auf Hirads Fuß. Er verlor das Gleichgewicht, stolperte nach vorn und versuchte, sich noch im Fallen auf den Rücken zu drehen. Links neben ihm nahm der Unbekannte die gewaltige Explosion in seinem Rücken mit kaum mehr als einem Zucken zur Kenntnis. Er zog die Klinge quer durch die Luft und schnitt den Mann, der vor ihm stand, bis aufs Rückgrat in der Mitte durch.

»Schild ist unten!«, rief Ilkar. Der Schock der Detonation hatte ihn in den Staub geworfen und seine Konzentration gestört. Er war sofort wieder auf den Beinen. »Ich übernehme den Magier.«

»Ich habe ihn«, sagte Richmond, der beinahe seinem Gegner in die ausgebreiteten Arme gestürzt wäre. Er fing sich als Erster und rammte dem Feind sein Schwert in den Bauch, dann drehte er sich um und kehrte der Schlacht den Rücken.

»Bleib in der Schlachtlinie!«, brüllte der Unbekannte. »Richmond, bleib in der Linie!«

Hirad starrte dem Mann, der ihn töten wollte, in die Augen. Der mochte sein Glück kaum glauben und hieb mit dem Schwert nach dem vermeintlich hilflosen Barbaren, doch der Schlag sollte nie sein Ziel erreichen. Die Klinge prallte gegen einen Drachenschild. Breitbeinig baute sich der Gegner über Hirad auf, aber Sirendors Schwert durchtrennte den Hals des Mannes. Sirendor bückte sich und half Hirad wieder auf die Beine.

Das halbe Dutzend Schritte, das Richmond sich von der Schlachtlinie entfernte, ehe er seinen Irrtum erkannte, sollte sich als tödlich erweisen. Ras, der mit einem Gegner kämpfte, bemerkte nicht, dass seine linke Flanke völlig ungeschützt war. Ein weiterer Gegner ergriff die Chance, umrundete rasch seinen Gefährten und stach dem Rabenkrieger das Schwert in die Seite.

Ras brach grunzend zusammen und presste die Hand auf die Wunde, als das Blut durch seine Rüstung spritzte. Er stürzte heftig genug gegen Talans Beine, um den Freund aus dem Gleichgewicht zu bringen. Talan konnte noch einen Schlag abwehren, doch gegen den zweiten hatte er keine Chance.

»Verdammt!«, keuchte der Unbekannte. Er schirmte Talan mit vorgestreckter Klinge ab und konnte zwei Schläge abwehren, die dem taumelnden Krieger galten. Dann trat er mit dem rechten Fuß zu und traf den Unterleib des Gegners.

Richmond stürzte sich wieder in die Schlacht. Gleichzeitig erholte Talan sich weit genug, um sich breitbeinig über den niedergeschlagenen Rabenmann zu stellen. Er stach einem weiteren Feind das Schwert in die Brust und riss die Klinge wieder hinaus, als die Schreie des in seinem eigenen Blut ertrinkenden Mannes sich in ein gequältes Gurgeln verwandelten.

Hinter dem Kampfgetümmel konnte Ilkar nur hilflos zusehen, wie der Xetesk-Magier zur Mauer rannte, die er durch die Zerstörung der Holzbauten freigelegt hatte. Der Magier hielt inne, drehte sich zu Ilkar um, lächelte, sprach ein Wort und verschwand beim nächsten Schritt spurlos.

Ilkar knirschte mit den Zähnen und richtete die Aufmerksamkeit wieder auf den Kampf. Ras lag gekrümmt und reglos am Boden. Der Unbekannte fällte einen anderen Feind, und auf der rechten Seite töteten Sirendor und Hirad ihre Gegner mit gewohnter Eleganz. Nur Richmonds Klinge fand kein Ziel, seine ganze Körperhaltung verriet seine Gefühle. Ilkar trat vor und bildete die Mana-Form für einen Haltespruch. Das war genug. Die Überlebenden der gegnerischen Truppe sahen ihn, gaben den Kampf auf und rannten dorthin zurück, wo sie hergekommen waren.

»Vergiss sie«, sagte der Unbekannte, als Hirad Anstalten machte, die fliehenden Feinde zu verfolgen. Der Barbar blieb stehen, sah ihnen nach und hörte das Johlen der Garnison auf der Burg, das den Rückzug der Gegner begleitete. Überall erhoben sich auf den Wehrgängen Jubelrufe, als die Hörner auf dem Schlachtfeld zum Rückzug bliesen.

Für den Raben hatte der Sieg jedoch einen bitteren Nachgeschmack.

Stille breitete sich im Hof aus, wo sie standen, und während das Schweigen um sich griff, verstummten auch die anderen, drehten sich um und wollten sehen, was nur wenige bisher gesehen hatten. Als Hirad sich umschaute, knieten alle bis auf Ilkar bei Ras. Hirad gesellte sich zu ihnen.

Er öffnete den Mund, um die Frage zu stellen, doch dann schluckte er schwer. Ras, die Hände noch auf die schreckliche Wunde an seiner Seite gepresst, atmete nicht mehr.

»Den ganzen Tag herumsitzen, und jetzt das«, sagte Hirad. »Wir sollten wohl besser keine Angebote mehr annehmen, uns als Reserve zu verdingen.«

»Ich glaube nicht, dass dies die richtige Zeit und der richtige Ort für diese Diskussion ist«, widersprach der Unbekannte leise. Er bemerkte, dass sich ein Auflauf von Gaffern zu sammeln begann.

»Warum denn nicht?« Hirad richtete sich auf. Unter der schweren gepolsterten Lederrüstung spielten die Muskeln. Das zu Zöpfen geflochtene rotblonde Haar wippte heftig, als er rasch aufstand. Er schob das Schwert energisch in die Scheide zurück. »Wie viele Beweise brauchen wir denn eigentlich noch? Wenn du einen Tag auf den Wehrgängen verbracht hast, bist du nicht mehr bissig genug für den Kampf.«

»Es gibt hier einige, die ganz sicher nicht deiner Meinung wären«, fauchte der Unbekannte. Er deutete auf einen getöteten Feind.

»Wir haben in zehn Jahren drei Männer verloren, und alle bei Aufträgen, die wir gar nicht erst hätten annehmen sollen. Man heuert uns an, damit wir kämpfen, und nicht, damit wir herumsitzen und anderen beim Kämpfen zusehen.«

»Es war ein Auftrag, für den wir gutes Geld bekommen haben«, wandte Ilkar ein.

»Das spielt für Ras wohl keine Rolle mehr«, rief Hirad aufgebracht.

»Ich …«, wollte Ilkar sagen. Er presste eine Hand an den Kopf, sein Blick irrte ab. Er drückte die Schulter des Unbekannten.

»Diese Diskussion und die Totenwache müssen warten«, sagte er. »Der Magier ist noch da.« Der Rabe war im Nu auf den Beinen, alle Männer waren zum Kampf bereit.

»Wo ist er?«, grollte Hirad. »Er ist schon so gut wie tot.«

»Ich kann ihn nicht sehen«, erklärte Ilkar. »Er verbirgt sich unter einem Tarnzauber. Er ist aber in der Nähe, denn ich kann spüren, wie er sein Mana formt.«

»Wie schön«, meinte Sirendor. »Dann sitzen wir ja hier wie auf dem Präsentierteller.« Er packte den Griff seines Schwerts fester.

»Uns kann hier nichts passieren. Er muss erst den Tarn-zauber aufheben, ehe er einen anderen Spruch wirken kann. Ich wüsste nur zu gern, was er hier zu suchen hat.« Ilkars Ge-sicht verriet nicht, was er dachte, doch er hatte die Stirn in tiefe Falten gelegt.

Hirad blickte zum Burgfried und den Wehrgängen hi-nauf. Aufziehende Wolken beschleunigten den Sonnen-untergang, und das verblassende Licht färbte die Burg grau.

Ein leichter Regen hatte eingesetzt. Alle Aktivitäten wa-ren eingestellt worden, hundert Augen blickten den Raben und den Toten in seiner Mitte an. Es war still auf Burg Taranspike, und die Soldaten, die nach ihrem Sieg in den Burghof marschiert kamen, unterbrachen ihre Rufe und verstummten, als sie die Szene erfassten.

Der Kreis des Raben bewegte sich langsam nach drau-ßen, Ilkar ein wenig abseits, immer mit einem Auge die ge-rade vorher freigelegte Wand beobachtend.

»Wie konnte er uns mit diesem Spruch verfehlen?«, frag-te Talan. Er deutete auf die Holztrümmer und das Korn, das ringsum verstreut war. »Er stand doch praktisch direkt über uns.«

»Er hat uns nicht verfehlt«, antwortete Ilkar. »Deshalb wollte ich doch …«

Der Magier war an der Mauer. Er tauchte schlagartig wieder auf, und man konnte sehen, dass er beide Hände auf die Steine gelegt hatte. Er tastete kurz herum, ein Abschnitt der Wand wich zurück, gab nach und legte einen dunklen Durchgang frei. Der Magier trat hindurch, und hinter ihm schloss sich die Öffnung sofort wieder.

Ilkar rannte zur Mauer und untersuchte den Abschnitt genau, die anderen sammelten sich um ihn.

»Nun öffne doch schon«, drängte Hirad. Der Elf drehte

sich um und starrte den Barbaren an. Die spitz zulaufenden Ohren zuckten gereizt.

»Kannst du sie öffnen?«, fragte Talan.

Ilkar nickte. »Ich muss aber einen Spruch wirken. Sonst kann ich die Druckpunkte nicht sehen.« Er richtete seine Aufmerksamkeit wieder auf die Mauer, und die anderen Mitglieder des Raben machten ihm Platz. Ilkar schloss die Augen und sprach eine kurze Anrufung, bewegte vor sich die Hände über die Mauer und spürte, wie die Manaspuren seine Finger einhüllten. Dann legte er die Fingerspitzen auf den Stein und suchte. Einer nach dem anderen stellten seine Finger die Bewegung ein, als sie die Punkte fanden.

»Ich habe es«, sagte er. Es war nicht mehr als eine Minute vergangen. Der Unbekannte nickte. Sein kurzes braunes Haar war von Schweiß verklebt, und die alte Narbe auf der linken Wange glühte hell auf der gebräunten Haut.

»Gut«, sagte er. »Aber du …«, er deutete auf den stämmigen Talan, »du bleibst hier und siehst zu, dass dieser Schnitt da versorgt wird. Und du«, er spuckte Richmond die Worte förmlich entgegen, »du übernimmst die erste Totenwache und überlegst dir, was du getan hast.«

Es folgte ein kurzes Schweigen. Talan wollte Einwände erheben, doch das Blut, das aus seiner Armwunde tropfte, und das bleiche Gesicht verrieten, dass er erheblich verletzt war. Richmond ging unterdessen zu Ras hinüber. Er hielt den Blick gesenkt, die Tränen brannten in seinen blauen Augen. Er kniete sich neben den toten Rabenkrieger, stach das Schwert in den Boden und fasste mit beiden Händen den Handschutz. Er neigte den Kopf und blieb reglos sitzen, der lange blonde Pferdeschwanz pendelte leicht im Wind. Zusammen mit Talan und Ras war er als Mitglied eines erprobten und geachteten Trios vier Jahre zuvor – nach der einzigen anderen Schlacht, in der ein Rabenkrieger, oder in diesem Fall sogar zwei, den Tod gefunden hatten – in die Truppe eingetreten.

Der Unbekannte Krieger gesellte sich zu Ilkar.

»Lass es uns tun«, sagte er.

»Alles klar«, antwortete Ilkar. Er drückte. Die Wand bewegte sich zur Seite und nach links. »Die Tür wird jetzt offen bleiben. Er muss sie von innen geschlossen haben.«

Am Ende des Durchgangs war ein schwaches, flackerndes Licht zu sehen. Der Unbekannte betrat den Gang, Hirad und Sirendor folgten ihm, Ilkar bildete die Nachhut.

Als der Unbekannte Krieger sich dem Licht näherte, war ein entsetzter Ruf zu hören, der plötzlich abbrach, dann ertönte eine drängende, laute Stimme, und man hörte Füße scharren. Der Unbekannte lief schneller.

Nachdem er einer scharfen Gangbiegung nach rechts gefolgt war, stand er in einem kleinen Raum. Auf der rechten Seite war ein Bett, gegenüber stand ein Tisch, aus einem kurzen Gang auf der linken Seite fiel ein Feuerschein herein. Neben dem Tisch und direkt vor einem Durchgang hockte ein zusammengesunkener Mann von mittleren Jahren, der ein schmuckloses blaues Gewand trug. Aus einer langen Schnittwunde auf seiner runzligen Stirn strömte Blut auf die langfingrigen Hände. Er starrte die Blutspritzer an und schauderte.

Als der Rabe sich im Raum versammelt hatte, kniete der Unbekannte beim Mann nieder.

»Wohin ist er gegangen?« Doch es kam keine Reaktion. »Der Magier, der Mann im schwarzen Gewand?«

»Bei den Göttern im Himmel!« Ilkar drängte sich nach vorn zum verwundeten Mann. »Das ist der Magier der Burg.« Der Unbekannte nickte. Ilkar hob den Kopf des Mannes und sah ihm ins Gesicht. Das Blut aus der Wunde tröpfelte über hagere weiße Gesichtszüge. Die Augen flackerten unstet, schienen alles zu sehen und nichts aufzunehmen.

»Seran, ich bin es, Ilkar. Kannst du mich hören?« Der Blick wurde einen Moment lang ruhiger. Es reichte aus. »Seran, wohin ist der Xeteskianer gelaufen? Wir wollen ihn schnappen.« Seran schaffte es, sich über die Schulter umzusehen und zum Durchgang hin zu nicken. Er wollte etwas sagen, doch außer dem Buchstaben »d«, den er immer wieder stotterte, kam nichts heraus.

»Warte mal«, sagte Sirendor. »Führt der Durchgang hinter dieser Mauer nicht …«

»Kommt schon«, sagte der Unbekannte. »Wenn wir uns nicht beeilen, wird er uns am Ende noch entwischen.«

»Genau«, stimmte Hirad zu. Er führte den Raben durch die Öffnung und einen kurzen Gang hinunter bis zu einem kleinen, kahlen Zimmer. Im trüben Licht, das aus Serans Arbeitszimmer bis hierher fiel, entdeckte er in der Wand gegenüber eine Tür.

Er lief hinüber, und als er die Tür geöffnet hatte, lag vor ihm ein weiterer, längerer Gang, an dessen Ende ein flackernder Lichtschein zu sehen war. Er sah sich über die Schulter um.

»Kommt schon«, drängte er und lief den Gang entlang. Als er sich dem anderen Ende näherte, konnte er hinter einem Gitter, das in die gegenüberliegende Wand eingelassen war, ein großes Feuer brennen sehen. Er rannte in den Raum hinein und sah sich rasch nach links und rechts um. Zwei Türen in der rechten Wand, etwa zwanzig Fuß entfernt, rahmten einen zweiten, kalten Kamin ein. Eine der Türen wurde gerade langsam geschlossen.

»Da!« Er deutete zur Tür und wechselte die Richtung, ohne sich zu vergewissern, ob die anderen ihm überhaupt folgten.

Rutschend kam er vor der Tür zum Stehen und riss sie auf, wich aber vorsichtshalber einen Schritt zurück, um sich umzuschauen, ehe er den Raum betrat. Es war ein kleines Vorzimmer, in dessen gegenüberliegender Wand sich ein großer Torbogen mit einer mächtigen Doppeltür befand. Die Wände waren mit Runen bedeckt, Kohlepfannen erhellten den Raum. Hirad ignorierte all dies. Ein Flügel der Doppeltür stand einen Spalt auf, dahinter war ein Funkeln zu sehen. Der Barbar lächelte.

»Erwischt, würde ich sagen«, keuchte er, als er durch den Türspalt ins Zimmer dahinter rannte.

»Hirad, warte!«, rief Sirendor, als er mit Ilkar und dem Unbekannten die größere Kammer betrat.

»Folge diesem Idioten, Sirendor«, befahl der Unbekannte. »Ich denke, es ist an der Zeit, dass wir uns orientieren.«

Über dem Kamin hing eine runde Metallplatte von nicht weniger als drei Fuß Durchmesser. Der Kopf und die Krallen eines Drachen waren darauf eingraviert. Sein Maul war aufgerissen, Feuer drang aus dem Schlund, und die Klauen waren geöffnet und zum tödlichen Griff bereit. Ansonsten war der Raum bar jeden Schmucks. Der Unbekannte ging hinüber und behielt gleichzeitig Sirendor im Auge, der zu jener Tür rannte, durch die Hirad verschwunden war. Dann blieb er abrupt stehen, sah sich um und runzelte die Stirn.

»Was ist los?«, fragte Ilkar.

»Hier stimmt etwas nicht«, erklärte der Unbekannte. »Wenn ich mich nicht sehr irre, müsste dies hier die Küche sein, und dort am anderen Ende«, er deutete zu den beiden Türen, die den kalten Kamin einrahmten, »dort sollte der Burghof sein.«

»Tja, vielleicht sind wir unter dem Burghof«, wandte Ilkar ein.

»Wir sind nicht nach unten gestiegen«, erklärte der Unbekannte. »Was haltet ihr davon?« Doch Ilkar hörte schon nicht mehr auf ihn. Er starrte das Wappen über dem Kamin an und erbleichte.

»Dieses Symbol. Ich kenne es.« Ilkar ging zum Kamin hinüber, der Unbekannte folgte ihm.

»Was hat es zu bedeuten?«

»Es ist das Wappen der Drachenleute. Hast du schon einmal von ihnen gehört?«

»Ein paar Gerüchte.« Der Unbekannte zuckte mit den Achseln. »Und, was weiter?«

»Du meinst also, wir sollten jetzt eigentlich im Burghof stehen?«

»Nun ja, ich denke schon, aber …«

Ilkar schluckte schwer. »Bei den Göttern, wir hätten nicht tun sollen, was wir möglicherweise gerade getan haben.«

Als er sah, wie groß der Saal war, den er betreten hatte, wurde Hirad augenblicklich langsamer, und die Hitze, die ihm entgegenschlug, tat ein Übriges. Dann der Geruch – ein sehr strenger Geruch nach Holz und Öl. Durchdringend und stechend. Und schließlich noch die beiden riesigen Augen, die ihn von der gegenüberliegenden Seite des Raumes aus musterten. Er blieb wie angewurzelt stehen.

»Bei den Göttern, Hirad, so beruhige dich doch!« Sirendor riss die Tür rechts neben dem Kamin auf und rannte hinein. Vor sich sah er die Doppeltür mit dem Wappen darüber. Er blieb stehen, und auf einmal stand der Magier mit dem dunklen Mantel direkt vor ihm. Er hob instinktiv sein Schwert und wich einen Schritt zurück. Der Magier war offenbar so abrupt erschienen, weil sein Tarnzauber verbraucht war. Der Mann war Ende dreißig und hätte mit seinem zerzausten schwarzen Haar und dem struppigen kurzen Bart ein recht ansehnlicher Bursche sein können, doch jetzt war er bleich und verängstigt. Er hob beschwichtigend die Hände.

»Bitte«, flüsterte er. »Ihn konnte ich nicht aufhalten, aber ich kann dich aufhalten.«

»Du bist für den Tod eines Rabenkriegers verantwortlich …«

»Und glaube mir, ich will nicht, dass noch einer stirbt. Der Barbar …«

»Wo ist er?«, verlangte Sirendor zu wissen.

»Erhebe hier nicht deine Stimme. Hör zu, er steckt in Schwierigkeiten«, sagte der Magier. In seinem Mantel bewegte sich etwas. Eine Katze steckte den Kopf zum Kragen heraus, dann verschwand sie wieder. »Du bist Sirendor, nicht wahr? Sirendor Larn?« Sirendor blieb ruhig stehen und nickte. »Ich bin Denser«, fuhr der Magier fort. »Hör zu, ich weiß, wie du dich fühlst, aber wir können einander jetzt helfen, und glaube mir, dein Freund braucht wirklich Hilfe.«

»In was für Schwierigkeiten steckt er denn?« Auch Sirendor sprach jetzt leise. Den Grund hätte er nicht nennen können, doch das Benehmen des Magiers machte ihm irgendwie Angst. Er hätte den Mann auf der Stelle töten sollen, aber offensichtlich hatte der Magier vor etwas ganz anderem Angst als davor, dass der Rabenkrieger ihn umbringen könnte.

»Es sieht böse aus, sehr böse. Schau selbst.« Er legte einen Finger auf die Lippen und winkte Sirendor, ihm zu folgen. Der Krieger machte einen Schritt, ohne den Magier und den wandernden Höcker unter dem Mantel aus den Augen zu lassen. Denser winkte Sirendor, einen Blick durch die Türen zu werfen.

»Bei den großen Göttern im Himmel!« Er wollte durch die Tür treten, doch der Magier legte ihm eine Hand auf die Schulter und hielt ihn zurück. Sirendor drehte sich aufgebracht um.

»Nimm sofort die Hand weg.«

Der Magier gehorchte. »Du kannst ihm nicht helfen, wenn du da hineinstürmst.«

»Was können wir dann tun?«, zischte Sirendor.

»Ich bin nicht sicher.« Denser zuckte mit den Achseln. »Ich kann vielleicht helfen. Du solltest besser deine Freunde holen. Sie werden da draußen nichts weiter finden, und vielleicht erweisen sie sich hier als nützlich.«

Sirendor, der schon zur Tür unterwegs war, hielt inne. »Mach ja keine Dummheiten, hast du verstanden? Wenn er deinetwegen stirbt …«

Denser nickte. »Ich werde warten.«

»Das will ich doch hoffen.« Sirendor verließ im Laufschritt den Vorraum. Er konnte noch nicht wissen, dass er Ilkars schlimmste Befürchtungen bestätigen würde.

Hirad wäre am liebsten sofort weggerannt, doch er war schon zu weit in den Raum eingedrungen, und er war ohnehin nicht sicher, ob seine heftig zitternden Beine ihn überhaupt noch tragen wollten. So blieb er stehen und starrte.

Der Kopf des Drachen ruhte auf den vorderen Tatzen, und der erste zusammenhängende Gedanke, den Hirad fassen konnte, war der, dass schon die Spanne vom Unterkiefer bis zum Schädeldach ungefähr so groß war wie er selbst. Das Maul maß gut und gern drei Fuß, der Schlund konnte leicht fünf Fuß tief sein. Die Augen saßen über der Schnauze dicht nebeneinander. Sie waren von schwarzem Horn eingefasst, die Pupillen schmale schwarze Schlitze mit einem strahlenden blauen Kranz. Auf dem Kopf des Drachen entsprang ein Knochenwulst, der über den ganzen Rücken lief. Hirad konnte den riesigen glänzenden Leib dahinter erkennen.

Vor Hirads Augen entfaltete das Wesen behutsam die Schwingen, und jetzt wurde deutlich, warum der Raum so riesig war. Die oben am Rumpf und oberhalb der vorderen Gliedmaßen ansetzenden Flügel maßen gut und gern vierzig Fuß zu jeder Seite. Sie flatterten leicht und stützten den Drachen zusätzlich ab, als er den Kopf vom Boden hob und sich aufrichtete.

Obwohl der schlanke Hals mit dem knochigen Grat auf der Rückseite nach unten gekrümmt blieb, weil der Drache Hirad keinen Moment aus den Augen ließ, war das Geschöpf sechzig Fuß hoch. Der Schwanz, der gekrümmt auf der linken Seite lag, war selbst an der Spitze noch dicker als ein ausgewachsener Mann. Ganz ausgestreckt mochte der Drache mehr als hundertzwanzig Fuß lang sein. Jetzt hockte er auf den mächtigen Hinterkeulen. An den Füßen saßen jeweils vier Krallen, die allein schon dicker waren als der Kopf des Barbaren. Und überall schimmerte es golden – die Drachenhaut funkelte im Feuerschein, und an den Wänden glitzerte es.

Hirad hörte die tiefen, langsamen Atemzüge des Drachen. Er öffnete das Maul und entblößte lange Reihen von Reißzähnen. Der Speichel tropfte auf den Boden und verdampfte sofort.

Das Wesen hob ein Vorderbein und streckte eine einzige gekrümmte Kralle aus. Hirad wich unwillkürlich einen Schritt zurück. Er schluckte schwer, sein ganzer Körper war schweißüberströmt. Er zitterte am ganzen Leib.

»Verdammt will ich sein«, keuchte er.

Hirad hatte stets geglaubt, er werde mit dem Schwert in der Hand sterben, doch in diesem Augenblick schien es ihm sinnlos, die Waffe einzusetzen. Der Zorn, der so rasch auf seine Furcht gefolgt war, wich einer eigenartigen Ruhe. Er steckte das Schwert in die Scheide und sah dem Geschöpf in die Augen.

Der tödliche Schlag blieb aus. Der Drache zog die Kralle wieder ein, legte den Kopf auf den Boden und schob ihn vor, bis er nur noch drei Schritt vor Hirad lag, dem der heiße, stinkende Atem ins Gesicht schlug.

»Interessant«, sagte der Drache mit einer Stimme, die Hirad ganz und gar zu durchdringen schien. Die Beine des Barbaren quittierten endgültig den Dienst, und er setzte sich schwer auf den gekachelten Boden. Er sperrte den Mund auf und bewegte die Lippen, doch es kam kein Ton heraus.

»Und jetzt«, sagte der Drache, »jetzt wollen wir über einige Dinge reden.«

Zweites Kapitel

»Wer sind diese Drachenleute denn nun?«, fauchte Sirendor.

Ilkar drehte sich zu ihm um. »Sie sind Magier. Sie haben, nun ja, wie soll ich sagen, sie kommen mit Drachen gut aus.« Er machte eine hilflose Geste.

»Also, wirklich! Drachen existieren doch überhaupt nicht. Es gibt sie nur in Gerüchten und Legenden.« Sirendor sprach immer noch flüsternd.

»Ach, ja? Und was ist das für eine riesige Legende, die ich da drinnen sehen kann?«, meinte Ilkar empört.

»Das ist doch alles völlig egal.« Die Stimme des Unbekannten verriet, auch wenn er leise sprach, seine Autorität. »Wir haben nur eine Frage, die sofort beantwortet werden muss.«

Die drei Rabenkrieger und Denser hatten sich vor der halb geöffneten Tür des Drachengemachs versammelt und für den Augenblick alle Feindschaft vergessen. Hirad saß mit dem Rücken zu ihnen, die Hände hinter sich auf den Boden gestemmt und die Beine halb angezogen. Der Kopf des Drachen war nur ein paar Fuß vom Barbaren entfernt, der riesige Leib lag auf dem Boden, die Flügel waren zusammengefaltet. Ilkar hatte Mühe, die Größe des Geschöpfs richtig zu erfassen.

Es spielte keine Rolle, dass er den Büchern und den Lehren nie wirklich geglaubt hatte. Auf jeden Fall besaß er eine gewisse Vorstellung von Drachen und hatte immer gedacht, sie müssten groß sein. Hirad wirkte im Vergleich zu dem Ungeheuer jedoch derart winzig, dass Ilkar den Blick abwenden und noch einmal hinschauen musste, ehe er sich eingestehen konnte, dass Sirendor sich irrte und dass dies keineswegs eine Illusion war. Ganz und gar glauben konnte er es immer noch nicht.

»Eigentlich müsste Hirad längst tot sein«, murmelte der Unbekannte. Er befingerte nervös seinen Schwertknauf. »Warum hat er ihn noch nicht getötet?«

»Wir glauben, dass sie miteinander reden«, erklärte Denser.

»Was?« Ilkar konnte nichts hören. Soweit er es sehen konnte, starrten die beiden einander nur an. Doch dann konnte Ilkar, der ein gutes Auge hatte, erkennen, dass Hirad den Kopf schüttelte und sich aufrichtete, damit er die Hände vom Boden nehmen und eine Geste machen konnte. Hirad deutete hinter sich und sagte etwas, doch der Magier konnte die Worte nicht verstehen. Der Drache legte den Kopf schief, öffnete den Mund und entblößte ein gefährliches Spalier von Reißzähnen. Speichel tropfte auf den Boden, und Hirad zuckte zusammen.

»Wen meinst du mit ›wir‹?«, wollte Sirendor wissen. Denser antwortete nicht.

»Später, Sirendor«, sagte der Unbekannte. »Wir müssen uns etwas einfallen lassen. Und zwar schnell.«

»Was, zum Teufel, haben die beiden da bloß zu besprechen?« Darauf wusste niemand eine Antwort. Ilkar beobachtete weiter die unwirkliche Szene in der riesigen Kammer, dann erregte ein Funkeln seine Aufmerksamkeit. Zunächst nahm er an, es sei ein Reflex auf den wundervollen Schuppen des Drachen, doch die Spiegelung war nicht golden, sondern sah eher nach Stahl oder Silber aus.

Er schaute genauer hin und nutzte die hervorragende Sehkraft seiner Augen, dann sah er es: eine kleine Scheibe, nicht größer als eine Handfläche, die mit einer Kette an der großen Kralle eines Hinterlaufs befestigt war. Er machte Denser darauf aufmerksam.

»Wo?«, fragte der andere Magier.

»Am rechten Fuß, dritte Kralle.« Ilkar deutete darauf. Denser schüttelte den Kopf.

»Du hast gute Augen, was? Warte.« Denser murmelte einige Worte und rieb sich mit dem Daumen über die Augen. Er sah noch einmal hin und erschrak.

»Was ist los? Versuche ja nicht …«

»Bete nur, dass Hirad das Gespräch in Gang hält«, sagte Denser. Wieder murmelte er irgendetwas.

»Was redest du da?«, zischte Ilkar. »Was hast du gesehen?«

»Vertrau mir. Ich kann ihn retten«, sagte Denser. »Und halte dich bereit wegzurennen.« Er machte einen Schritt und verschwand.

»Hör mal, das alles hier ist für mich wirklich schwer zu verstehen«, erklärte Hirad. Der Drache legte den Kopf auf die Seite und streckte den Unterkiefer ein wenig vor. Ein Speichelfaden tropfte von einem Reißzahn, und Hirad zog unwillkürlich das Bein zurück, um ihm auszuweichen.

»Erkläre mir, was du damit meinst«, verlangte der Drache; der Befehl umging die Ohren des Barbaren und dröhnte direkt in seinem Schädel.

»Nun ja, du musst verstehen, dass ich mir in meinen wildesten berauschten Träumen niemals ausgemalt hätte, ich könne jemals hier sitzen und mit … mit einem Drachen reden.« Er machte eine Geste und zog die Augenbrauen hoch. »Ich meine, ich …« Er unterbrach sich. Der Drache hatte die Nüstern gebläht und atmete aus, dass Hirads Haare nur so flatterten. Er musste sich zusammenreißen, um sich in diesem fauligen, bitteren Gestank nicht zu übergeben.

»Und jetzt?«, fragte der Drache.

»Ich habe schreckliche Angst.« Hirad fror. Er schauderte immer noch und fühlte sich, als gefröre der Schweiß auf seiner Haut, doch im Raum war es heiß, sehr heiß. Auf zehn Gitterrosten knisterten und knackten im hinteren Teil des Raumes zehn große Feuer und umgaben den Drachen auf drei Seiten. Das Ungeheuer selbst schien auf weichem Schlamm zu ruhen. Hirad stützte sich wieder auf die Hände.

»Furcht ist vernünftig. Ebenso vernünftig ist es zu wissen, wann du besiegt bist. Nur deshalb bist du noch am Leben.« Der linke Flügel des Drachen zuckte. »Nun sage mir, was du hier willst.«

»Wir haben jemanden verfolgt. Er ist hier hereingekommen.«

»Ich dachte mir schon, dass du nicht allein bist. Wen hast du gejagt?«

Der Barbar musste wider Willen lächeln, die ganze Situation war völlig absurd. Er redete mit einem Untier, das es eigentlich nur in Legenden gab, und konnte die Idee nicht ganz abschütteln, dass dies alles nur eine Art von Illusion war. Oder mindestens etwas, für das es eine vernünftige Erklärung gab.

»Einen Magier. Seine Männer haben einen meiner Freunde getötet. Wir wollen ihn fangen. Hast du … hast du jemanden gesehen?«, sagte Hirad. Es ging einfach über seinen Verstand. »Hör mal, es tut mir wirklich Leid, aber ich habe Mühe, überhaupt zu glauben, dass du existierst.«

Der Drache lachte, oder jedenfalls gab er einen Laut von sich, den Hirad für Gelächter hielt. Es dröhnte in seinem Schädel wie Wellen, die auf eine Klippe schlagen, und er erbebte und schloss die Augen, als die Schmerzen, die auf den Lärm folgten, sein Gehirn erschütterten. Dann auf einmal waren die Reißzähne nur noch Zentimeter von seinem Gesicht entfernt, und die Nüstern bliesen ihm heiße Luft in die Augen. Hirad fuhr erschrocken auf, doch bevor er noch richtig begreifen konnte, wie schnell sich der Drache tatsächlich zu bewegen vermochte, zog das Ungeheuer den Kopf hoch und traf ihn an der Kinnspitze. Hirad wurde nach hinten geschleudert und rutschte über den Boden. Benommen blieb er liegen. Er setzte sich wieder auf und rieb sich das Kinn. Blut strömte aus einem tiefen Riss.

»Nun, kleiner Mann, hast du immer noch Mühe zu glauben, dass ich existiere?«

»Ich … nein, wohl nicht.«

»Das ist auch besser so. Seran glaubt an mich, auch wenn er mich enttäuscht hat. Und deine Freunde hinter der Tür dort, die glauben wohl auch an mich.« Die Stimme des Drachen in seinem Kopf war lauter als zuvor. Hirad stand auf und näherte sich dem Geschöpf wieder. Er schüttelte den Kopf, um den Nebel loszuwerden, der ihn einhüllte.

»Ja, es tut mir Leid. Ich wollte dich nicht beleidigen.« Hirad schlug das Herz bis zur Kehle. Der Drache machte ein neues Geräusch. Es mochte ein Lachen sein, doch dieses Mal klang es irgendwie geringschätzig.

»Immerhin hast du meine Existenz in Frage gestellt«, sagte der Drache. »Du hast freilich Glück, dass man mich nicht so leicht beleidigen kann. Oder vielleicht hast du auch

Glück, weil ich deine Existenz nicht in Frage stelle.« Hirad bemühte sich, wieder zu Atem zu kommen und nachzudenken, doch es schien keinen Ausweg zu geben. Die einzige Frage war, wie lange er noch am Leben blieb, bevor der Drache es leid war und ihm das Lebenslicht ausblies.

»Ja.« Hirad zuckte mit den Achseln und war bereit zu sterben. »Aber du musst doch verstehen, dass ich mit allem möglichen gerechnet habe, nur nicht mit dir, als ich diesen Raum betreten habe.«

»Ach.« Belustigung hallte in Hirads Kopf. »Dann habe ich dich also enttäuscht. Vielleicht sollte ich mich bei dir entschuldigen.« Der Drache lachte wieder. Leiser dieses Mal, eher nachdenklich als heiter.

Neben Hirads linkem Ohr raschelte es, dann flüsterte eine kaum vernehmbare Stimme:

»Lass dir nichts anmerken und sage nichts. Ich bin Denser, der Mann, den du verfolgt hast, und ich will dir helfen.« Er hielt inne. »Wenn ich sage, dass du losrennen sollst, dann rennst du, so schnell du kannst. Widersprich mir nicht und sieh dich nicht um.«

»Und nun kleiner Mann, kannst du mir eine Frage stellen.«

»Was?« Hirad blinzelte und richtete seine Aufmerksamkeit wieder auf den Drachen. Er wunderte sich, wie er auch nur für eine Sekunde vergessen konnte, dass das Ungeheuer vor ihm lag.

»Frage mich. Es muss doch etwas geben, das du über mich wissen willst.« Der Drache zog den Kopf ein wenig zurück, und der Hals beschrieb vor dem riesigen Körper einen weiten Bogen.

»Also gut. Warum hast du mich nicht getötet?«

»Weil die Tatsache, dass du dein Schwert weggesteckt hast, dich von allen anderen Menschen, die mir begegnet sind, unterschieden hat. Dadurch bist du interessant geworden, und nur wenige Menschen sind interessant.«

»Wie du meinst. Aber was tust du hier?«

»Ich ruhe aus. Ich erhole mich. Hier bin ich sicher.«

Hirad runzelte die Stirn. »Sicher wovor?« Der Drache regte sich. Er setzte die Hinterbeine ein wenig weiter auseinander, legte den Kopf wieder vor Hirad auf den Boden und sah ihm tief in die Augen. Er blinzelte langsam.

»Auf meiner Welt herrscht Krieg. Wir vernichten unsere Länder, und es ist kein Ende abzusehen. Wenn wir uns erholen und wieder zu Kräften kommen müssen, benutzen wir Zufluchtsorte wie diesen.«

»Und wo genau sind wir hier?« Hirad sah sich in der riesigen Kammer mit der hohen Decke um.

»Immerhin bist du klug genug zu erkennen, dass du dich nicht mehr in deiner eigenen Dimension befindest.«

»Ich habe leider keine Ahnung, was du mit Dimensionen meinst. Ich weiß nur, dass es auf Burg Taranspike keinen Raum von diesen Ausmaßen gibt.«

Der Drache kicherte wieder. »So einfach ist das für dich. Wenn du nur wüsstest, wie viel Mühe es erfordert hat, damit du hier stehen kannst.« Er hob den Kopf ein wenig und schüttelte ihn. Dabei schloss er die Augen, und er hielt sie geschlossen, als er weitersprach. »Nachdem du Serans Zimmer verlassen hattest, hast du ein Ankleidezimmer betreten. Dieses Zimmer liegt in keiner bestimmten Dimension, so wenig wie das Gebetszimmer, das du ebenfalls gesehen haben musst. Wenn du möchtest, dann kannst du es dir als eine Art Korridor zwischen den Dimensionen vorstellen, zwischen deiner und meiner. Es kann nur existieren, wenn die Struktur deiner Dimension intakt bleibt.« Jetzt kam der Kopf wieder näher, und die Drachenflügel stützten sich ein wenig auf den Boden, um die abrupte Bewegung auszugleichen. »Meine Brut dient als Beschützer für eure Welt. Wir sorgen dafür, dass keine feindliche Brut auf euch aufmerksam wird. Wir schützen euch vor dem, was nie hätte geschaffen werden dürfen.«

»Warum macht ihr euch diese Mühe überhaupt?«

»Glaube nicht, dass es um eurer unbedeutenden Völker willen geschieht. Nur wenige von euch haben unsere Achtung verdient. Es ist einfach so, dass wir unsere Zuflucht verlieren, wenn wir euch erlauben, die Mittel zu finden und anzuwenden, mit denen ihr euch selbst zerstören könntet. Deshalb wird auch die Tür zu eurer Welt verschlossen gehalten. Andere Bruten könnten sonst den Wunsch verspüren, hierher zu reisen und zu herrschen.«

Hirad dachte einen Augenblick darüber nach. »Dann gibst du mir also zu verstehen, dass du unser aller Zukunft beherrschst.«

Der Drache zog die Knochenwülste hoch, die ihm als Augenbrauen dienten. »Das ist gewiss eine Schlussfolgerung, zu der du kommen magst. Aber sage mir, wie lautet dein Name?«

»Hirad Coldheart.«

»Und ich bin Sha-Kaan. Du bist stark, Hirad Coldheart. Es war richtig, dass ich dich verschont und mit dir gesprochen habe. Ich werde dich wieder erkennen. Aber jetzt muss ich ruhen. Nimm deine Gefährten und geh. Der Eingang wird hinter dir versiegelt werden. Du wirst mich nie wieder finden, aber ich finde vielleicht dich. Und was Seran angeht, so muss ich einen anderen suchen, der mir dient. Ich habe keinen Bedarf an Drachenleuten, die nicht die Sicherheit meines Zufluchtsortes gewährleisten können.«

Der Barbar brauchte mehrere Herzschläge lang, bis er verstand, was er gerade gehört hatte, doch glauben konnte er es immer noch nicht. »Du lässt mich gehen?«

»Warum denn nicht?«

»Lauf, Hirad. Renne jetzt weg.«

Der Drachenkopf kam rasch vom Boden hoch, die Augen loderten und suchten nach dem neuen Sprecher. Doch Denser blieb unsichtbar. Hirad zögerte.

»Lauf!«, rief Denser. Seine Stimme ertönte irgendwo links neben Hirad.

Der Barbar schaute zu Sha-Kaan hoch, und ihre Blicke begegneten sich kurz. Er sah wilde Wut. »Oh, nein«, keuchte er. Der Drache wandte den Blick ab und schaute auf sein rechtes Hinterbein. Hirad drehte sich um und rannte los.

»Nein!« Jetzt war Sha-Kaans Stimme für alle zu hören. Laut hallte sie zwischen den Wänden. »Gib mir zurück, was du mir gestohlen hast!«

»Hier drüben!«, rief Denser, und als Hirad nach rechts schaute, tauchte der Magier ungefähr dreißig Schritte vor der Doppeltür kurz auf. Der Drache legte den Kopf schief und hauchte in Richtung des Magiers. Das Feuer versengte eine Wand, wallte über die Decke und entzündete Holz und Wandbehänge, doch Denser war bereits verschwunden. Die Hitze hüllte Hirad ein wie eine undurchdringliche Wolke. Er stolperte, schrie auf und schnappte nach Luft. Das Brüllen der Flammen und die Explosionen in der Luft schüttelten ihn durch. Der ganze Saal schien jetzt zu brennen, Schweißperlen standen ihm im Gesicht. Durch den Rauch und die brennenden Wandbehänge sah er den Unbekannten in der Tür erscheinen. Er hielt sie vorsorglich auf. Ein Schatten huschte hindurch, dann hörte Hirad den Drachen hinter sich auf die Beine kommen. Der Unbekannte erbleichte.

»Lauf, Hirad, lauf!«, schrie er. Der Drache machte einen Schritt, dann noch einen. Hirad spürte, wie der Boden unter den Füßen des Ungeheuers erbebte.

»Gebt mir zurück, was ihr mir gestohlen habt!«, brüllte der Drache. Hirad erreichte die Tür.

»Sperre sie zu!«, rief der Unbekannte. Er und Sirendor lehnten sich mit ihrem ganzen Gewicht dagegen. »Geht jetzt, geht!« Sie eilten zur Tür, die zum mittleren Saal führte. Ilkar und Denser rannten vorneweg, Sirendor folgte ihnen. Sha-Kaan spuckte Feuer gegen die schwere Doppeltür, die nach innen zerbarst. Fetzen aus Holz und Metall prallten gegen die Wände und zersplitterten noch einmal, wurden verbogen und blieben schmorend liegen. Die Erschütterung ließ Hirad straucheln, und er prallte gegen die Wand, die die Rückfront des kalten Kamins bildete. Brennende Holzstücke bedeckten den Boden und seine Stiefel, und er fürchtete, in der gewaltigen Hitze zu ersticken. Benommen blieb er einen Augenblick liegen und hatte nichts außer den Flammen vor Augen, dann schaute er auf und sah Sha-Kaan, der schon wieder einatmete und den Kopf durch die Trümmer der geborstenen Tür steckte.

Der Barbar schloss die Augen und war sicher, sein letztes Stündlein habe geschlagen, doch dann langte eine Hand um die Ecke, packte ihn am Kragen, zog ihn auf die Beine und beförderte ihn durch die Doppeltür in den mittleren Saal. Der Unbekannte zerrte ihn unter den überhängenden Feuerrost, und dann schossen zwei brennende Lanzen durch die Türen links und rechts von ihnen, verbrannten das Holz und erreichten die hintere Wand, wo das Metall des Drachenwappens über dem rechten Kamin schmolz.

»Komm schon, Hirad, wir müssen hier verschwinden«, sagte der große Krieger. Er schob Hirad zum Eingang, den anderen Gefährten hinterher.

»Bringt das Amulett zurück!«, brüllte Sha-Kaan. »Hirad Coldheart, bringe das Amulett zurück!« Hirad zögerte noch einmal, doch der Unbekannte schob ihn gerade rechtzeitig in den Gang, bevor eine weitere Feuerlanze durch den großen Raum stach und die Hitze ihnen den Atem raubte und das Haar versengte.

»Rasch!«, rief Sirendor von vorne. »Der Ausgang schließt sich, wir können es nicht aufhalten.«

Die beiden Männer verdoppelten ihre Geschwindigkeit und rannten den Gang hinunter bis ins Ankleidezimmer. Eine weitere Flammenwand lief durch den Gebetsraum, die Ausläufer drangen sogar bis in den Gang vor und leckten an Hirads Rücken, sodass sein Lederpanzer Falten warf. Ein Stück weiter den kurzen Eingangstunnel hinunter konnte er Ilkar sehen, der mit ausgebreiteten Armen schwitzend im Licht einer Laterne stand und mit einem Zauberspruch die Tür offen hielt. Doch die Tür schloss sich gerade eben noch ein weiteres Stückchen. Ilkar seufzte und schloss die Augen.

»Er schafft es nicht!«, rief Denser. »Er schafft es nicht! Lauft schneller!« Die Tür glitt zu, und mit jedem Rucken verschwand ein Stückchen von der Schlafkammer des Magiers. Sha-Kaans Heulen hallte laut in ihren Ohren. Der Unbekannte und Hirad sprangen durch die Tür und warfen Ilkar ungestüm zu Boden. Hinter ihnen schloss sich die Tür mit einem dumpfen Knall, und die Stimme des Drachen verstummte.

Ilkar, Hirad und der Unbekannte rappelten sich auf und klopften sich den Staub von der Kleidung. Der Barbar bedankte sich mit einem Nicken bei dem großen Mann, der seinerseits zum verschlossenen Eingang hin nickte. Dort war nichts zu sehen, kein Zeichen an der Wand verriet, dass dort jemals eine Tür gewesen war.

»Wir waren in einer anderen Dimension. Ich wusste doch gleich, dass die Proportionen dort nicht gestimmt haben.«

»Eigentlich waren wir nicht in einer anderen Dimension«, korrigierte Ilkar ihn. »Ich denke, wir waren eher zwischen den Dimensionen.« Er kniete sich neben den auf dem Boden liegenden Magier der Burg. »Schau an, schau an«, sagte er. »Dann war Seran also ein Drachenmann.« Er tastete nach dem Puls. »Ich fürchte, er ist tot.«

»Und er soll nicht der Einzige bleiben.« Hirad wandte sich an Denser. »Du hättest wegrennen sollen, solange du noch konntest.« Mit blank gezogenem Schwert ging er auf Denser los, doch dieser zuckte nur mit den Achseln und streichelte die Katze, die er in den Armen hielt.

»Hirad.« Der Unbekannte sprach leise, aber sein Tonfall duldete keinen Widerspruch. Der Barbar blieb stehen, den Blick immer noch auf Denser gerichtet. »Die Schlacht ist vorbei. Wenn du ihn jetzt tötest, ist es Mord.«

»Sein kleines Abenteuer hat Ras getötet. Es hätte auch mich umbringen können. Er …«

»Vergiss nicht, wer du bist, Hirad. Wir haben einen Ehrenkodex.« Der Unbekannte trat zu ihm. »Wir sind der Rabe.«

Schließlich nickte Hirad und steckte das Schwert wieder in die Scheide.

»Außerdem«, warf Ilkar ein, »hat er eine Menge zu erklären.«

»Ich habe dir das Leben gerettet«, gab Denser stirnrunzelnd zu bedenken. Hirad stürzte sich sofort auf ihn, drückte seinen Kopf gegen die Wand und presste ihm den Unterarm unter das Kinn. Die Katze fauchte und brachte sich eilig in Sicherheit.

»Du hast mir das Leben gerettet?« Das Gesicht des Barbaren befand sich nur eine Handbreit vor dem des Magiers. »So drückst du es also aus, wenn ich beinahe bei lebendigem Leibe verbrannt werde? Der Unbekannte hat mir das Leben gerettet, nachdem du es in Gefahr gebracht hast. Allein dafür hättest du schon den Tod verdient.«

»Aber ...«, protestierte der Magier. »Aber ich habe ihn abgelenkt, damit du weglaufen konntest.«

»Das war überhaupt nicht nötig.« Hirad grunzte, als er Densers verwirrten Blick sah. »Er wollte mich gehen lassen, Xetesk-Mann.« Hirad trat einen Schritt zurück und gab den Magier frei, der vorsichtig seinen Hals betastete. »Du hast mein Leben aufs Spiel gesetzt, weil du etwas stehlen wolltest. Ich hoffe, das war es wert.« Er wandte sich an die anderen Mitglieder des Raben.

»Ich weiß auch nicht, warum ich meine Zeit mit diesem Bastard vergeude. Wir müssen uns um die Totenwache kümmern.«

Alun schob mit zitternden Händen die Nachricht über den Tisch. Andere Hände legten sich über seine, stark und tröstend.

»Versuche dich zu beruhigen, Alun. Wenigstens wissen wir, dass sie am Leben sind, also haben wir noch eine Chance.«

Alun betrachtete das Gesicht seines Freundes Thraun, der sich auf der anderen Seite hinter den Tisch gequetscht hatte. Thraun war ein Riese, mehr als sechs Fuß groß, mit starken Schultern und muskulösem Oberkörper. Sein Gesicht war jugendlich, und sein sauberes, hellblondes Haar war zu einem Pferdeschwanz zusammengebunden, der halb bis zur Hüfte reichte. Er betrachtete Alun ernst und besorgt mit aufmerksamen dunkelgrünen Augen.

Dann bewegte er abrupt den Kopf, sodass der Pferdeschwanz pendelte, und sah sich im Gasthof um. Jetzt, zur Mittagsstunde, herrschte reichlich Betrieb, und ringsum waren die Gespräche der Gäste zu hören. Einige Tische standen auf dem Holzboden im Raum, außerdem gab es Nischen, in denen man ungestört reden konnte. Sie hatten sich in eine dieser Nischen zurückgezogen.

»Was steht hier, Will?« Thrauns Stimme, die so tief und knirschend war, wie sein Fass von Brustkorb vermuten ließ, riss Alun aus seiner Trübsal. Thraun zog die Hände von Aluns Händen zurück. Will saß direkt neben ihm, ein kleiner Mann, drahtig, mit wachen Augen, schwarzem Bart und schütterem Haupthaar. Will zupfte sich mit Daumen und Zeigefinger nachdenklich an der Nase, während er stirnrunzelnd las.

»Nicht sehr viel: Deine Magierfrau wurde wegen der Aktivitäten des Dordover-Kollegs zum Verhör abgeholt. Sie wird unversehrt wieder freigelassen, wenn sie mit uns zusammenarbeitet, ebenso deine Söhne. Es wird keine weiteren Mitteilungen geben.«

»Dann wissen wir also wenigstens, wo sie ist«, sagte der dritte Angehörige des Trios, das Alun um Unterstützung gebeten hatte. Der Elf Jandyr war jung, er hatte ein langes und schmales Gesicht, klare blaue Mandelaugen und einen kurzen, sauber gestutzten blonden Bart, dessen Farbe dem ebenfalls kurz geschnittenen blonden Haupthaar entsprach.

»Ja, das wissen wir«, stimmte Thraun zu. »Und wir wissen auch, wie sehr wir den Worten dieser Nachricht vertrauen können.« Er leckte sich die Lippen und schaufelte sich eine Gabel Essen in den Mund.

»Ihr müsst mir helfen!« Alun sah verzweifelt von einem zum anderen, sein unsteter Blick kam nirgends zur Ruhe. Thraun erwiderte seinen Blick, Will und Jandyr nickten.

»Das werden wir tun«, versprach Thraun, während er kaute. »Und wir müssen uns beeilen. Die Chance, dass sie tatsächlich freigelassen werden, ist äußerst gering.« Alun nickte.

»Glaubst du wirklich?«, fragte Will.

»Die Zwillingsjungen sind Magier«, erklärte Thraun. »Sie werden viel Macht haben, und sie sind dordovanisch. Alun könnte es euch auch selbst erklären. Wenn die Entführer mit Erienne fertig sind, dann werden sie vermutlich auch die Jungen töten. Wir müssen sie rausholen.« Er wandte sich wieder an Alun. »Es wird aber nicht billig.«

»Was es auch kostet, es ist mir egal.«

»Ich bin natürlich bereit, für dich umsonst zu arbeiten«, sagte Thraun.

»Nein, mein Freund, das wirst du nicht.« Alun lächelte unsicher, Tränen glitzerten in seinen Augenwinkeln. »Ich will sie wieder bei mir zu Hause haben.«

»Sie werden bald wieder bei dir sein. Aber jetzt«, sagte Thraun, »jetzt bringe ich dich erst einmal nach Hause. Du musst ruhen, wir müssen planen. Ich melde mich später wieder bei dir.«

Thraun stützte Alun beim Aufstehen, dann verließen die beiden Männer langsam den Gasthof.

Richmond und Talan hatten Ras' Leichnam in eine stille Kammer getragen, die aus dem nackten Fels, auf dem die Burg stand, gehauen worden war. Neben dem Toten brannten Kerzen, eine für jede Himmelsrichtung auf dem Kompass. Das Gesicht war gereinigt und rasiert, seine Rüstung geflickt und gewaschen, die Arme lagen ausgestreckt an seiner Seite, und das Schwert ruhte in der Scheide auf ihm; es reichte vom Kinn bis zu den Schenkeln.

Richmond, der bei ihm kniete, schaute nicht auf, als Hirad, Sirendor, der Unbekannte und Ilkar den Raum betraten. Talan, der an der Tür stand, begrüßte die anderen mit einem Nicken.

So standen die Rabenkrieger mit gesenkten Köpfen rings um Ras, der auf dem Tisch lag, und erwiesen ihrem gefallenen Freund die letzte Ehre. Jeder hatte seine Erinnerungen, jeder trauerte. Aber nur zwei ergriffen das Wort.

Als die Kerzen heruntergebrannt waren, stand Richmond auf und steckte sein Schwert wieder in die Scheide.

»Ich verpflichte mich dir und deinem Gedenken mit Leib und Seele. Ich bin dein, wenn du mich aus dem Jenseits hinter den Schleiern des Todes rufst. Wann immer du deine Stimme erhebst, ich werde dir folgen. Solange ich atme, soll dieses Versprechen gelten.« Die letzten Worte kamen nur noch als bitteres Flüstern heraus. »Ich war nicht da, als ich gebraucht wurde. Es tut mir Leid.« Er blickte zum Unbekannten, der nickte und an den Tisch trat, um ihn einmal zu umrunden. Beginnend mit Ras' Kopf löschte er nacheinander die Kerzen.

»Im Norden, im Osten, im Süden und im Westen. Auch wenn du fort bist, wirst du immer zum Raben gehören, und wir werden dich nie vergessen. Die Götter sollen lächelnd auf deine Seele herabschauen. Gut soll es dir ergehen bei allem, was dir jetzt und in der Ewigkeit noch begegnen mag.«

Schweigend blieben die Männer noch eine Weile in der Dunkelheit stehen.

Denser war in Serans Gemächern geblieben. Der tote Magier war, mit einem Laken bedeckt, auf seinem Bett aufgebahrt. Denser konnte nicht begreifen, warum er selbst noch am Leben war, doch er war dankbar dafür. Ganz Balaia sollte dankbar sein, doch keine Stadt war dankbarer als Xetesk, dass der Barbar aufgehalten worden war.

Die Katze schmiegte sich an seine Beine. Denser ließ sich an einer Wand hinabsinken und setzte sich auf den Boden.

»Ich frage mich, ob es wirklich das Richtige ist«, sagte der Magier, der das Amulett immer und immer wieder in den Händen drehte. »Ich glaube, es ist das Richtige, aber ich muss es genau wissen.« Die Katze sah ihm in die Augen, hatte aber keine Meinung dazu. »Die Frage ist allerdings, ob wir die Kraft dazu haben.« Die Katze sprang in seinen Mantel und schmiegte sich an Densers warmen Körper.

Sie nährte sich.

»Ja«, sagte Denser. »Ja, wir haben die Kraft.« Er schloss die Augen und spürte, wie sich das Mana um ihn sammelte. Es war ein schwieriges Unterfangen, doch er musste Gewissheit haben. Über eine solche Entfernung eine Kommunion zu halten, war anstrengend für Geist und Körper. Wissen und Ruhm kosten stets ihren Preis, sofern sie überhaupt kommen wollen.

Sie beerdigten Ras außerhalb der Burgmauern und markierten das Gelände mit dem Zeichen des Raben – ein einfacher Umriss vom Kopf des Vogels, das Auge vergrößert und der Flügel über den Kopf gereckt.

Alle außer Richmond verließen müde und hungrig die Grabstätte. Der einsame Krieger, der in der windigen, mondlosen Nacht auf der klammen Erde kniete, wollte bis zur Morgendämmerung Nachtwache halten.

Als sie in der großen Küche am Tisch saßen, erzählte Ilkar Talan, was sie hinter der Dimensionstür erlebt hatten. Erst jetzt begann Hirad zu zittern.

Er nahm seinen Becher mit Kaffee vom Tisch und starrte ihn an; seine Hände zuckten, bis die Flüssigkeit über den Rand schwappte.

»Geht es dir nicht gut?«, fragte Sirendor.

»Ich weiß nicht«, erwiderte Hirad. »Irgendwie nicht.« Er hob den Becher an die Lippen, doch er schaffte es nicht, auch nur einen Schluck zu trinken. Der Kaffee rann am Kinn hinunter. Das Herz pochte heftig in seiner Brust, er spürte den Puls sogar noch am Hals. Schweißtropfen bildeten sich auf seiner Stirn, und die Achselhöhlen wurden feucht. Bilder von Sha-Kaans Kopf kamen ihm in den Sinn. Er sah diese Bilder und das Feuer, das ihn ringsum einhüllte. Er konnte wieder die Hitze spüren, und seine Hände zitterten stärker. Er ließ den Becher fallen.

»Bei den Göttern, Hirad, was ist denn nur los?«, fragte Sirendor beunruhigt. Der Barbar lächelte gezwungen. Er sah sicher so verstört aus, wie er sich fühlte. »Du musst dich hinlegen.«

»Lass mir ein wenig Zeit«, sagte Hirad. »Ich glaube, meine Beine können mich im Augenblick sowieso nicht tragen.« Er sah sich am Tisch um. Alle starrten ihn jetzt an, die Speisen waren vergessen. Er zuckte mit den Achseln. »Ich habe noch nicht einmal geglaubt, dass sie überhaupt existieren«, erklärte er. »So groß war er. Riesig. Und direkt vor mir.« Er hielt die bebende Hand vor sein Gesicht. »So übermächtig. Ich kann doch nicht …« Er unterbrach sich, und ein Schaudern lief durch seinen ganzen Körper. Teller und Besteck auf dem Tisch klapperten. Tränen trübten sein Auge, und er spürte, wie sein Herz noch schneller schlug. Er schluckte schwer.

»Was hat er überhaupt gesagt?«, wollte Ilkar wissen.

»Es war so laut. Es hat in meinem Kopf gedonnert«, sagte Hirad. »Er hat über Dimensionen und Portale gesprochen und wollte wissen, was ich dort tat. Ha, ist das nicht komisch? Er war so riesig und wollte wissen, was ich tat. Ich. Ich bin so klein, und er sagte, ich sei stark.« Wieder schauderte er. »Er sagte, er werde mich wieder erkennen. Mein Leben lag in seiner Hand. Er hätte mich mühelos zerquetschen können. Mich auslöschen. Warum hat er es nicht getan? Ich wünschte, ich könnte mich an alles erinnern.«

»Hirad, du stammelst ja nur noch«, sagte Sirendor. »Ich glaube, wir sollten uns das alles für eine andere Gelegenheit aufheben.«

»Es tut mir Leid, aber ich glaube, ich muss mich jetzt hinlegen. Kannst du mir helfen?«

»Aber sicher doch, alter Freund.« Sirendor lächelte. Er schob die Bank zurück und half Hirad auf die wackligen Beine.

»Bei den Göttern, ich fühle mich, als sei ich eine ganze Woche lang krank gewesen.«

»Oh, du bist schon dein ganzes Leben lang krank.«

»Ach, hau doch ab, Larn.«

»Würde ich ja gerne, aber wenn ich dich loslasse, fällst du um.«

»Er soll reichlich heiße und süße Getränke zu sich nehmen«, riet der Unbekannte, als die Freunde an ihm vorbeischlurften. »Aber nichts Alkoholisches.«

»Ist der Xetesk-Magier eigentlich noch da?«, fragte Hirad. Der Unbekannte nickte.

»Er ist in Serans Gemächern«, ergänzte Ilkar. »Er schläft. Das ist auch kein Wunder nach all den Sprüchen, die er heute gewirkt hat. Er darf erst gehen, wenn ich mit ihm gesprochen habe.«

»Du hättest mich ihn töten lassen sollen.«

Der Unbekannte lächelte. »Du weißt doch, dass ich das nicht zulassen konnte.«

»Ja. Nun komm schon, Larn, sonst breche ich noch hier an Ort und Stelle zusammen.«

Die beiden Männer saßen auf niedrigen Stühlen links und rechts vor einem Kamin, dessen Feuer schon lange erloschen war. Die Nacht eilte herbei, ihre Decke über die Kolleg-Stadt Xetesk zu legen, und ihr zum Trotz flammten Laternen auf, vertrieben die Dunkelheit und beleuchteten die überladenen Bücherregale, die an allen Wänden des kleinen Arbeitszimmers aufgestellt waren. Auf dem peinlich in

Ordnung gehaltenen Schreibtisch brannte eine einsame Kerze auf einem Stapel von Blättern, die verschnürt und ordentlich betitelt waren.

Tief unterhalb des Arbeitszimmers kehrte Ruhe im Kolleg ein. Späte Vorlesungen fanden hinter verschlossenen Türen stand; in den gepanzerten Kammern der Katakomben wurden Sprüche vervollkommnet und weiterentwickelt. Draußen regte sich kein Lüftchen.

Jenseits der Mauern des Kollegs regte sich noch Leben in Xetesk, doch sobald die Nacht wirklich angebrochen war, würde es auch dort still werden. Die Stadt existierte nur, um dem Kolleg zu dienen, und das Kolleg hatte schon früher einen hohen Preis für seine bloße Existenz verlangt. Gasthöfe versperrten die Türen, Gäste mussten bis zum Morgengrauen bleiben, Geschäfte und Läden, die direkt oder indirekt vom Kolleg lebten, verrammelten die Fenster. Kein Licht drang aus den Häusern, kein Gast war hier willkommen.

Allerdings kamen die Protektoren nicht mehr aus dem Kolleg, um sich Versuchskaninchen für ihre Experimente zu schnappen. Die Magier von Xetesk benutzten nicht mehr ihr eigenes Volk als Opfer bei Zeremonien, um die Mana-Ladung zu erhöhen. Doch die alten Ängste hielten sich hartnäckig, und die Gerüchte schwirrten nach wie vor durch die Märkte, die bei Tage belebt und in der Nacht gespenstisch still waren.

Als die Dunkelheit kam, drang ein unheildrohendes Schweigen wie eine klebrige Wolke der Angst und Sorge aus dem Kolleg nach draußen, als sei eine Nebelwand vom Meer her über den Ort gezogen. Unzählige Jahre voller blutiger Rituale ließen sich nicht einfach verleugnen. Die Herzen verkrampften sich immer noch ängstlich, wenn bei Dunkelheit in der Ferne Holz splitterte, und die Rufe der Menschen verstummten verzagt, wenn Schritte vor versperrten Türen zögerten. Die Angst rann durch die Adern der Menschen in Xetesk, und die dunklen Ahnungen schwanden erst, wenn am Morgen der Himmel wieder hell wurde.

So war die Arbeit der Stadtwache nicht schwer. In der Dämmerung versperrte sie die Tore der einzigen voll befestigten Stadt in Balaia und patrouillierte auf leeren Straßen. Seit Jahrhunderten ging die Angst um in den leeren Gassen. Doch sie war ein Vermächtnis der Vergangenheit, sie hatte keinen Bezug zum Heute mehr.

Die Veränderungen kamen jedoch zu langsam, die Stadt erstickte. Nur wenige Einwohner von Xetesk waren fortgegangen und hatten die Freiheit genutzt, die ihnen der jetzige Herr vom Berg geschenkt hatte, kaum dass er das Gewand des herrschenden Magiers im Kolleg übergestreift hatte.

In den letzten zwölf Jahren war Styliann auf nichts als Widerspenstigkeit gestoßen, wann immer er versuchte, die alten Bräuche über Bord zu werfen, als zögen seine Untertanen eine perverse Befriedigung daraus, jedem Menschen mit Angst und Schrecken zu begegnen. Doch jetzt konnte ihm sein Scheitern beim Versuch, den Willen der Mehrheit und das Bewusstsein des Volkes zu beeinflussen, sogar zum Vorteil gereichen.

Styliann war eine beeindruckende Gestalt, weit mehr als sechs Fuß groß und mit dem Körper eines Vierzigjährigen gesegnet, der sein wahres Alter von mehr als fünfzig Jahren Lügen strafte.

Das Haar, das nur noch die Hälfte des Schädels bedeckte, war lang, dunkel und zu einem Pferdeschwanz gebunden, der bis über die Schulterblätter reichte. Er trug dunkle Hosen und ein dunkelblaues Hemd und dazu, über die Schultern gelegt, seine schwarze Amtstracht mit dem goldenen Saum. Seine Nase war lang und schmal, das Kinn markant, und die kalten, grünen Augen konnten jeden einschüchtern, auf den sie gerichtet wurden.

»Dann kann ich annehmen, dass sie unversehrt aus Terenetsa fliehen konnte?«, fragte sein Gast, der auf der anderen Seite des Kamins Platz genommen hatte.

Styliann blinzelte mehrmals und schüttelte den Kopf, um sich aus seinen Träumen zu reißen. Er warf einen Blick auf Nyer, seinen wichtigsten Adjutanten, der den Rang eines Erzmagiers bekleidete, und musste an die alte Maxime denken, die sich um die richtige Position für Freunde und Feinde drehte. Er war der Ansicht, dass er Nyer, den gerissenen Politiker, Intriganten und scharfsinnigen Denker, an genau die richtige Stelle manövriert hatte.

»Ja, so ist es. Mit knapper Not. Sie müsste jetzt in Sicherheit sein.« Er schauderte, als er an seinen letzten Kontakt mit Selyn dachte, weil er sich um die Sicherheit der Spionin gesorgt hatte. Trotz des Tarnzaubers war sie von denen bedroht gewesen, die sie beobachten sollte. Die Erinnerungen an die Art und Weise, wie sie aus Terenetsa entkommen war, einer kleinen ländlichen Gemeinde der Wesmen, nicht allzu weit westlich der Blackthorne-Berge gelegen, suchten jetzt noch seine Träume heim. Er streckte die leicht zitternde Hand zum niedrigen Tisch aus und nahm sein Weinglas mit dem schweren, süffigen Rotwein, dem die Lagerzeit nicht so gut bekommen war, wie er gehofft hatte. Er war müde. Die Kommunion über eine so große Entfernung kostete Kraft, und er musste später am Abend noch die Katakomben besuchen, um zu beten.

»Aber irgendetwas beunruhigt Euch doch, mein Lord.«

»Hmm.« Styliann schürzte die Lippen. Eine Weigerung, sich weiter zu äußern, konnte von Nyer als persönliche Beleidigung aufgefasst werden, und das durfte er sich nicht erlauben. Noch nicht. »Sie hat genau das gesehen, was wir befürchtet haben. Die Wesmen unterwerfen die Dörfer in der Nähe der Blackthorne-Berge. Sie hat gehört, dass der Schamane ihnen versprach, sie am Leben zu lassen, wenn sie die Ernte abliefern und Gehorsam geloben. Die Beweise sind erdrückend. Sie stellen Armeen auf, sie vereinigen sich, und die Magie der Schamanen ist stark.«

Nyer nickte. Er fuhr sich mit den Fingern durchs lange graue Haar.

»Und Parve?«, fragte er.

»Ich habe sie gebeten, dorthin zu reisen.«

»Selyn?«

»Ja. Dort ist niemand sonst, und wir brauchen Antworten.«

»Aber, mein Lord …«

»Ich bin mir der Risiken wohl bewusst, Nyer!«, fauchte Styliann. Dann lenkte er sofort wieder ein. »Verzeiht mir.«

»Keine Ursache«, erwiderte Nyer. Er legte Styliann einen Augenblick lang beruhigend eine Hand aufs Knie.

»Wir müssen jetzt sehr vorsichtig sein«, sagte Styliann, nachdem er noch einen Schluck Wein getrunken hatte. »Sind unsere Beobachter sicher, dass die Wytchlords noch eingesperrt sind?«

Nyer seufzte ausgiebig. »Wir glauben es.«

»Es nur zu glauben, reicht nicht aus.«

»Bitte, Styliann, lasst es mich erklären.« Es verstieß gegen das Protokoll, wenn er den Vornamen benutzte, doch Styliann ließ es ihm durchgehen. Nyer war ein alter Magier, der sich nur selten an die Etikette hielt. »Die Sprüche, mit denen festgestellt werden kann, ob die Wytchlords noch im Manakäfig sitzen, sind kompliziert. Sie stehen für dieses Vierteljahr kurz vor dem Abschluss. Es gab Verzögerungen, weil in dem Bereich des interdimensionalen Raumes, in dem sich der Käfig befindet, ungewöhnlich starke Aktivitäten zu verzeichnen waren.«

»Wann haben wir die Antwort?« Styliann zog an einem bestickten Band neben dem Kamin.

»In den nächsten paar Stunden. Spätestens in einem Tag.« Nyer zuckte verlegen mit den Achseln.

»Ihr wisst doch, dass es nur eine Frage der Zeit ist, nicht wahr?«

»Mein Lord?«

»Die Beweise sind alle da.« Styliann seufzte. »Die Vereinigung der Wesmen-Stämme, die Schamanen an der Spitze der Kriegertruppen, die Heere, die im Südwesten zusammengezogen werden …«

»Müssen es denn die Wytchlords sein?«

»Ihr wollt doch nicht wirklich eine Antwort auf diese Frage, oder?« Styliann lächelte, und Nyer schüttelte den Kopf. Es klopfte an der Tür.

»Herein!«, rief Styliann. Ein junger Mann trat ein. Er hatte kurzes rotes Haar und ein ängstlich angespanntes Gesicht.

»Mein Lord?«

»Mach Feuer und bringe mir noch eine Flasche von diesem eher durchschnittlichen Roten aus Denebre.«

»Sofort, mein Lord.« Der junge Mann ging wieder hinaus.

Die beiden erfahrenen Magier setzten ihre Unterhaltung nicht fort, sondern dachten, jeder für sich, über die Zukunft nach. Was sie sahen, gefiel ihnen nicht.

»Können wir sie denn dieses Mal aufhalten?«, fragte Nyer schließlich.

»Ich fürchte, da kommt es vor allem auf Euren Mann an«, erwiderte Styliann. »Mindestens so sehr wie auf den genauen Zeitpunkt, zu dem die Wytchlords geflohen sind. Ich nehme doch an, dass er Bericht erstattet hat?«

»Das hat er getan, und wir haben jetzt das Amulett.«

»Hervorragend!« Styliann klatschte die Handflächen auf die Lehnen seines Stuhls und stand auf. Er trat ans Fenster und wagte kaum, die nächste Frage zu stellen. »Und?«

»Es ist Septerns Amulett. Wir kommen jetzt einen Schritt weiter, immer vorausgesetzt, wir finden die richtige Hilfe.«

Styliann atmete schwer, als er lächelnd aus seinem Turm hoch über dem Kolleg nach draußen schaute. Der Turm überragte das Kolleg, und der ringsum laufende Balkon erlaubte einen ungehinderten Blick auf die Stadt und die Umgebung. Die Nacht war kühl, aber trocken. Eine dünne Wolkendecke schob sich von Südosten heran und drohte die unzähligen Sterne, deren bleiches Licht die Dunkelheit durchbrach, zu verdecken. Der keineswegs unangenehme Geruch von brennendem Öl und die Hitze der Stadt wurden vom leichten Wind herangetragen. Hinter den Kolleg-Mauern herrschte tiefe Stille.

Stylianns Turm war von denen seiner sechs Magiermeister umgeben, doch der seine war höher als alle anderen. Wenn er hinunterblickte, konnte er auch in Laryons Turm Lampen brennen sehen. Der erst vor kurzem ernannte Meister musste nun in den inneren Kreis aufgenommen werden und den Bund der sieben Türme vervollständigen.

»Alles hängt jetzt davon ab«, meinte er.

»Laryon hat hart gearbeitet«, erklärte Nyer, der an seine Seite getreten war. »Er hat sich verdient gemacht.«

»Und Euer Mann? Wird er dafür sorgen, dass wir die notwendige Hilfe bekommen?«

»Ich bin in dieser Hinsicht äußerst zuversichtlich.«

Styliann nickte und blickte nach Xetesk hinaus. Er durfte darauf vertrauen, dass seine Leute jeden Befehl ohne

Murren ausführten. Der erste Schritt war erfolgreich getan, aber jetzt wurde der Weg schwieriger, und diejenigen, die zu viel wussten, mussten in seiner Nähe unter Kontrolle bleiben.

»Ich glaube, Nyer, wenn der Wein gebracht wird, können wir uns eine kleine Feier erlauben.«

Drittes Kapitel

Sie legte sich wieder aufs Bett. Das Pochen im Kopf jagte Wellen der Übelkeit durch ihren Körper. Sie schauderte und betete jedes Mal, dies möge der letzte Anfall von Übelkeit sein, doch sie wagte nicht zu hoffen, dass dem tatsächlich so war.

Jeder Muskel im Körper tat weh und verkrampfte sich vor Schmerz, alle Sehnen waren überdehnt. Die Haut spannte sich so straff auf der Brust, dass sie fürchtete, sie könne aufplatzen, wenn sie tief einatmete. Schon das flache, keuchende Schnaufen, wenn sie mühsam Luft in die gequälten Lungen sog, ließ sie wimmern. Sie hatte keine Ahnung, wie lange sie bewusstlos gewesen war, und sie wusste nicht zu sagen, wie lange die Symptome noch anhalten würden.

Doch die körperlichen Schmerzen waren nichts im Vergleich zu den Qualen im Herzen und in ihrer Seele, weil man ihre Söhne entführt hatte. Ihren Lebensinhalt. Ihretwegen bebte und zitterte sie am ganzen Körper. Sie wollte mit dem Bewusstsein nach ihnen tasten und den Geist ihrer Kinder berühren, doch sie konnte es nicht und fluchte über ihre Entscheidung, die Unterweisung in der Kommunion aufgeschoben zu haben.

Wo waren sie? Waren sie zusammen? Bei den Göttern, sie hoffte es. Waren sie noch am Leben? Die Tränen quollen ihr aus den Augen, als die Droge ein wenig Macht über ihren Körper verlor. Ein gewaltiges Schluchzen erschütterte sie, und ihre Schreie hallten durch ihr Gefängnis. Endlich schlief sie erschöpft wieder ein.

Die Morgendämmerung kam, doch das zweite Erwachen brachte keine Linderung der Qualen. Bleiches Licht fiel durchs einzige Fenster herein, das hoch oben im kreisrunden Raum angebracht war. Sie befand sich in einem Turm, so viel war sicher. Ihre Gefängniszelle enthielt ein kleines Bett mit Strohmatratze, einen Tisch und einen Stuhl, einen gewebten Teppich, in dem das Rot und Gold schon lange verblichen waren, der aber immerhin etwas Schutz vor der Kälte des mit Steinplatten ausgelegten Bodens bot. Bekleidet war sie mit dem Nachthemd, in dem man sie verschleppt hatte. Socken hatte sie nicht getragen, von Schuhen ganz zu schweigen, und es war kalt im Raum. Staub bedeckte alle Oberflächen und wallte in die Luft, sobald sie sich unruhig auf dem Bett regte. Sie zog die Decke bis zu den Schultern hoch.

Die einzige Tür des Raums fesselte ihre Aufmerksamkeit. Sie war verschlossen und verriegelt, das schwere Holz saß beinahe fugenlos im Stein des Turms. Wieder kamen die Tränen, doch dieses Mal war sie stark genug, sie zurückzudrängen. Sie zwang sich, das Mana in sich zu wecken und einen Fluchtweg aus dem Turm zu suchen. Das Mana war da, es pulsierte in ihr und strömte um sie, es war unendlich und veränderte und wandelte sich stets und floss hierhin und dorthin. Die Flucht war nur eine Beschwörung entfernt. Die Tür konnte ihrem Flammenbogen keinen Widerstand entgegensetzen.

Doch als sie bereit war, erinnerte sie sich. *Wenn du einen Spruch wirkst, werden deine Jungen sterben.* Sie kam zu Sinnen und sah, dass sie unwillkürlich aufgestanden war. Sie ließ sich auf den Stuhl sinken.

»Geduld«, sagte sie sich. »Geduld.« Zorn konnte für einen Magier sehr zerstörerisch sein. Sie wusste zwar nicht, welches Schicksal ihre Jungen erleiden mussten, doch sie konnte es sich nicht erlauben zu tun, wofür ihre Familie, die Malanvai, so bekannt waren, und einfach vor Wut in die Luft zu gehen.

Die Sehnsucht in ihrem Herzen und die Schmerzen in ihrem Leib nahmen mit jeder Sekunde zu, doch endlich klärte sich wenigstens ihr Geist. Die Entführer hatten gewusst, dass sie eine Magierin war, und man hatte sie aus einem ganz bestimmten Grund aus Dordover verschleppt. Man wollte sie unter Kontrolle halten, und es ist schwer, einen Magier, der bei Bewusstsein ist, ohne Gewalt und Fesseln unter Kontrolle zu halten. Deshalb benutzten sie nun ihre Söhne, um sie zu beherrschen. Aus diesem Grund glaubte sie auch, dass ihre Söhne noch am Leben waren. Und nicht nur das, die Kinder mussten sogar in der Nähe sein. Denn wer auch immer sie entführt hatte, musste wissen, dass sie sich nicht fügen würde, solange sie nicht zuerst ihre Söhne gesehen hatte. Neue Hoffnung keimte in ihr, doch die Freude erstarb sofort wieder, als sie noch einmal die verriegelte Tür betrachtete.

Das Herz krampfte sich ihr im Leibe zusammen, als sie an ihre Jungen dachte. So klein waren sie noch, allein und so verängstigt. Mitten in der Nacht entführt und an irgendeinem Ort eingesperrt, den sie nicht kannten. Sie konnten nicht wissen, was all dies zu bedeuten hatte. Wie mochten sie sich fühlen? Verraten. Verlassen von der Mutter, die behauptete, sie mehr als alles auf der Welt zu lieben. Verängstigt, weil sie allein und hilflos waren. Eingeschüchtert durch die Trennung von der Mutter.

Zorn wallte auf und verdrängte die Seelenqualen.

»Geduld«, ermahnte sie sich murmelnd. »Geduld.« Bald musste jemand zu ihr kommen. Auf dem Tisch stand ein Krug mit Wasser, doch keine Nahrung.

Ihr Blick blieb auf die Tür geheftet, während der Hass auf ihre Entführer in den Adern kochte. Das Brophane zehrte an ihren Kräften, doch in ihrem Körper pulsierten das Mana und die Liebe für ihre Kinder.

Als der Schüssel endlich herumgedreht wurde und der Mann, den sie gefürchtet hatte, vor ihr stand, konnte sie allerdings nichts weiter tun, als zu schluchzen und ihm für seine Worte zu danken.

»Willkommen auf meiner Burg, Erienne Malanvai. Wie ich sehe, erholt Ihr Euch bereits. Nun, ich denke, es ist an der Zeit, dass wir Euch mit Euren wundervollen kleinen Jungs zusammenbringen.«

Es war kalt, und er saß in einem riesigen, konturlosen, leeren Raum allein auf der rissigen Erde. Kein Wind wehte, und doch bewegte irgendetwas sein Haar. Als er hinschaute, sah er direkt vor sich den Drachen. Sein Kopf war riesig, den Rest des Körpers konnte er nicht erkennen. Der Drache hauchte ihn an, und er blieb einfach sitzen, als die Haut in seinem Gesicht verbrannte und seine Knochen dunkel anliefen und zersprangen. Er öffnete den Mund zu einem Schrei, doch kein Laut kam über die Lippen. Er flog über das Land, das schwarz und verkohlt unter ihm lag. Der Himmel über ihm war voller Drachen, doch am Boden bewegte sich nichts. Er wollte seine Hände betrachten, doch sie waren nicht da, und er fühlte, dass das Fleisch seines Gesichts verbrannt war. Es war heiß. Er rannte. Seine Arme ruderten aufgeregt, doch die Beine waren unendlich träge. Der Drache holte ihn ein, er konnte nicht mehr weglaufen. Er stürzte, und der Drache war wieder vor ihm. Das Ungeheuer hauchte, und wieder saß er nur da, während die Haut aus seinem Gesicht gebrannt wurde und die Knochen schwarz anliefen und zersprangen. Er konnte nicht fliehen, es gab kein Versteck, die Hitze versengte seine Augen, die er dennoch nicht schließen konnte. Er öffnete den Mund und wollte schreien.

Hände tasteten über sein Gesicht. Er setzte sich auf, doch da war kein Drache und kein verkohltes Land. Unter dem Feuerrost brannte ein Feuer. Ilkar legte das Schüreisen weg, mit dem er die Flammen geweckt hatte. Hirad dachte, es müsse kalt sein, doch ihm war heiß. Sehr heiß. Talan und der Unbekannte saßen aufrecht in ihren Betten, und Sirendor hatte die Hände um Hirads Gesicht gelegt.

»Beruhige dich, Hirad. Es ist vorbei. Es war nur ein Traum.«

Hirad sah sich noch einmal im Raum um. Er schnaufte schwer, und sein Herzschlag wurde langsamer.

»Es tut mir Leid«, sagte er.

Sirendor tätschelte seine Wangen und richtete sich wieder auf. »Du hast mir eine Heidenangst eingejagt«, sagte er. »Ich dachte schon, du liegst im Sterben.«

»Ich bin tatsächlich gestorben«, gab Hirad zurück.

»Du und alle anderen auf der Burg«, meinte Ilkar. Der Magier streckte sich und gähnte.

»Dann war ich wohl laut, was?« Hirad lächelte angestrengt.

Ilkar nickte. »Sehr laut. Weißt du noch, was du geträumt hast?«

»Das werde ich nie mehr vergessen. Ich habe von Drachen geträumt. Ich sah tausende von Drachen. Und Sha-

Kaan. Aber es war nicht hier. Wo auch immer, es war ein toter Ort. Ihre eigene Welt, glaube ich. Sha-Kaan sagte mir, sie zerstörten ihre Welt. Sie war schwarz und verbrannt. Und Sha-Kaan hat auch mich verbrannt, aber ich bin nicht gestorben. Ich habe nur da gesessen und geschrien, aber es kam kein Laut aus meinem Mund. Ich verstehe das nicht. Wie kann es noch eine andere Welt geben? Wo ist sie?« Er schauderte.

»Das weiß ich nicht. Ich weiß nur, dass ich noch nie so große Angst hatte. Solche Dinge existieren einfach nicht.«

»Und ob sie existieren.«

»Du weißt schon, was ich meine«, sagte Sirendor. »Du musst mit Ilkar reden, aber das kann warten. Vielleicht sollten wir alle mit ihm reden. All dieses Zeugs über Dimensionen und Drachen. Ich weiß auch nicht.« Er hielt inne. Hirad hörte schon nicht mehr zu.

»Wie spät ist es denn?«

»Die Morgendämmerung kommt in einer Stunde«, erklärte der Unbekannte, nachdem er einen Vorhang zur Seite gezogen hatte.

»Ich glaube, ich versuche gar nicht erst, noch einmal einzuschlafen«, sagte Hirad. Er stand auf und zog sich Kniehosen und Hemd an. »Ich gehe in die Küche und hole mir etwas Kaffee.« Sirendor und die anderen drei wechselten einen Blick, den Hirad nicht zu deuten wusste. »Das ist doch kein Problem, oder?«

»Nein«, sagte Sirendor. »Das ist kein Problem. Ich begleite dich.«

»Danke.« Hirad lächelte. Auch Sirendor lächelte, doch es wirkte ein wenig gezwungen. Sie verließen den Raum.

Die Küche der Burg wurde nie geschlossen, und sechs offene Feuer wärmten die großen Räume. Tische zum Arbeiten und Essen nahmen den größten Teil der freien Fläche

ein, an Haken ringsum hingen Töpfe, Pfannen und Koch-
utensilien, deren Zweck nicht immer gleich zu erkennen war.
Rauch zog durch Schornsteine ab, und Dampf entwich aus
hoch angebrachten offenen Fenstern. Die Hitze der Koch-
stellen erzeugte in der Küche eine behagliche Wärme, und
in die gerufenen Anweisungen an die Küchenhilfen mischte sich das Gelächter der Speisenden. Gerüche von braten-
dem Fleisch und der süße Duft von frisch gebackenem Brot
weckten Erinnerungen an die lange vergessene Kindheit.

Auf einem Feuer siedete Wasser in einem großen Topf.
Becher und Kaffeemehl standen daneben auf Tabletts bereit. Ein Stück von den schwatzenden und klappernden Kö-
chen und Dienern entfernt ließen sich die beiden Männer
mit ihren Getränken an einem Tisch nieder.

»Du scheinst so bedrückt, Sirendor.« Die Freunde sahen einander in die Augen. Sirendor machte in der Tat ein
bekümmertes Gesicht. Seine Stirn war von tiefen Falten
durchzogen, und das ganze Gesicht sprach von Sorgen. Hirad war nicht daran gewöhnt, seinen Freund so betrübt zu
sehen.

»Wir haben geredet.«

»Wer?«

»Was glaubst du denn? Wir anderen, während du geschlafen hast.«

»Wenn du das so sagst, dann wird mir ganz seltsam zu-
mute.« Was es auch war, es musste ernst sein. So hatte er
Sirendor schon seit Jahren nicht mehr gesehen.

»Wir werden leider nicht jünger.«

»Was?«

»Du hast es gehört.«

»Larn, ich bin einunddreißig. Du bist dreißig, der große
Mann ist gerade mal dreiunddreißig und der Älteste von
uns. Was redest du da?«

»Wie viele Söldner kennst du denn, die über dreißig sind und immer noch in der ersten Reihe kämpfen?«

Hirad holte tief Luft. »Nun ja, nicht sehr viele, aber ich meine … wir sind doch etwas Besonderes. Wir sind der Rabe.«

»Ja, wir sind der Rabe. Und wir werden zu alt, um zu kämpfen.«

»Du machst Witze! Wir haben die Bande gestern windelweich geprügelt.«

»Ja, so möchtest du das sehen, nicht wahr?« Hirad nickte, und Sirendor lächelte. »Ich dachte mir schon, dass du das sagen würdest. Meiner Ansicht nach waren wir aber lange nicht so gut wie sonst.«

»Das liegt daran, dass wir zu viel Zeit mit Herumstehen und Wacheschieben verbracht haben. Wie ich schon sagte, wenn wir nicht kämpfen, dann verlieren wir unsere Kraft.«

»Bei den Göttern, Hirad, du bist störrisch, obwohl dir die Fakten ins Auge springen. Hältst du es wirklich für einen Zufall, dass wir in den letzten Jahren immer weniger Kampfeinsätze und mehr Aufträge für Beratungen und Rückendeckung im Hintergrund übernommen haben?« Hirad sagte nichts dazu. »Unsere alte Kampfkraft ist dahin. Als wir gestern eingesetzt wurden, hätten wir es beinahe nicht geschafft.«

»Ach, hör doch auf, Larn …«

»Ras ist gefallen!« Sirendor sah sich um, dann senkte er die Stimme. »Auch du hättest sterben können. Richmond hat einen unglaublichen Fehler gemacht, und Ilkar hat den Schild fallen lassen. Wenn der Unbekannte nicht gewesen wäre, dann hätte man uns ausgelöscht. Uns, den Raben!«

»Ja, aber die Explosion …«

»Du weißt so gut wie ich, dass wir vor zwei Jahren durch sie hindurchgestürmt wären, bevor der Magier überhaupt

Zeit gehabt hätte, den Spruch zu wirken. Wir müssen uns an die Gegebenheiten …« Sirendor ließ den Satz unvollendet und trank einen Schluck Kaffee. Hirad starrte ihn nur fassungslos an.

»Hirad, ich möchte, dass wir in zehn Jahren auf die guten alten Zeiten zurückblicken können. Wenn wir aber versuchen, den Raben in der gegenwärtigen Form weiterzuführen, dann werden uns keine zehn Jahre mehr bleiben.«

»Ein einziger schwieriger Kampf, und du willst aufgeben.«

»Es ist nicht nur dieser eine Kampf. Der gestrige Tag war eine Warnung vor dem, was jederzeit passieren könnte. In den letzten zwei Jahren hat es schon mehrmals Warnsignale gegeben. Jeder von uns hat sie gesehen. Du hast allerdings beschlossen, sie zu ignorieren.«

»Wollt ihr anderen dann den Raben auflösen?«, fragte Hirad. Seine Augen wurden feucht. Seine Welt ging in die Brüche, und er sah keinen Ausweg. Noch nicht.

»Nicht unbedingt. Vielleicht sollten wir aber eine Pause einlegen und eine Bestandsaufnahme machen.« Sirendor lehnte sich zurück und hob hilflos beide Hände. »Gott weiß, dass wir ganz sicher kein Geld mehr brauchen, um uns ein bequemes Leben zu gönnen. Manchmal denke ich, dass wir inzwischen halb Korina besitzen.« Er lächelte einen Moment. »Hör mal, ich habe dieses Thema zur Sprache gebracht, weil ich eine Sitzung anberaumen will, sobald wir wieder in der Stadt sind. Wir müssen darüber reden, wir alle, wenn wir etwas Zeit hatten, darüber nachzudenken.«

Hirad starrte seinen Kaffee an und ließ sich vom Dampf das Gesicht wärmen. Die beiden Männer schwiegen eine Weile.

»Wenn wir weiter tun, als sei alles noch so, wie es vor ein paar Jahren mal war, dann werden wir eines Tages nicht mehr schnell genug sein. Hirad?« Der Barbar schaute auf. »Hirad, ich will dich nicht auf die gleiche Weise verlieren, wie wir Ras verloren haben.« Sirendor nagte an der Unterlippe, dann seufzte er. »Ich will nicht zusehen müssen, wie du stirbst.«

»Wirst du auch nicht.« Hirads Antwort fiel recht grantig aus. Er kippte den Rest Kaffee in sich hinein und stand auf. Er musste die Lippen fest zusammenpressen, damit sie nicht zitterten. »Ich sehe mal nach den Pferden«, sagte er schließlich. »Wir sollten wohl lieber früh aufbrechen.« Er verließ die Küche und marschierte zum Innenhof, wo er stehen blieb und den Ort anstarrte, der möglicherweise der letzte sein sollte, an dem der Rabe gekämpft hatte. Zornig wischte er sich die Tränen aus den Augen und ging zu den Stallungen.

Auch Ilkar sprach sich dagegen aus, noch länger zu rasten, und begab sich sofort in Serans Gemächer. Der tote Magier aus Lystern, der kleinsten der vier Kolleg-Städte, lag inzwischen auf einem niedrigen Tisch seines Arbeitszimmers. Ein Tuch bedeckte den Leichnam. Ilkar zog das Tuch von Serans Gesicht zurück und runzelte die Stirn.

Die Haut des toten Magiers war auf dem Schädel straff gespannt, und das Haar war rein weiß. So hatte er am vergangenen Abend noch nicht ausgesehen. Der Schnitt auf der Stirn, der inzwischen gesäubert worden war, erweckte jetzt den Eindruck, als stammte er lediglich von einer kleinen Kralle.

Er hörte eine Bewegung hinter sich. Denser, der Magier aus Xetesk, hielt in der Tür der Schlafkammer inne. Die Pfeife qualmte gemächlich in seinem Mund, die Katze war in seinem Mantel verborgen. Ilkar fand, dass die Pfeife nicht zu ihm passte. Denser war ganz gewiss kein alter Mann, auch wenn die Anstrengungen ihm das Aussehen eines

Mannes gaben, der die Mitte der Dreißig deutlich überschritten hatte.

»Ein unglückliches Ergebnis, aber leider unvermeidlich«, erklärte Denser. Er wirkte schrecklich müde. Sein Gesicht war grau, die Augen dunkel und eingesunken. Er lehnte sich an den Türrahmen.

»Was ist mit ihm geschehen?«

Denser zuckte mit den Achseln. »Er war kein junger Mann mehr. Wir wussten, dass er sterben könnte.« Er zuckte noch einmal mit den Achseln. »Es gab keine andere Möglichkeit. Er wollte uns aufhalten.«

»Uns?« Endlich fiel der Groschen. »Die Katze«, sagte Ilkar.

»Ja. Sie ist ein Hausgeist.«

Ilkar zog Seran das Tuch wieder über den Kopf und ging zu Denser hinüber. »Komm schon, setz dich lieber, ehe du umfällst. Ich habe einige Fragen, die beantwortet werden müssen.«

»Ich dachte mir schon, dass es kein reiner Höflichkeitsbesuch wird.« Denser lächelte.

»Nein.« Ilkar lächelte nicht.

Als er saß, blickte Ilkar zu Denser, der sich auf Serans Bett gelegt hatte. Damit war seine erste Frage schon beantwortet. Der Xeteskianer hätte nicht genug Kraft gehabt, um am vergangenen Abend die Burg zu verlassen.

»Du hast dich gestern überanstrengt, nicht wahr?«, fragte der Julatsaner.

»Ich hatte zu arbeiten, nachdem ich dies hier an mich gebracht hatte«, bestätigte Denser. Er zog das Amulett unter dem Mantel hervor. Es hing an einer Kette um seinen Hals. »Ich nehme an, du willst über das hier reden.«

Ilkar nickte. »Was für eine Art von Arbeit hattest du zu tun?«

»Ich musste herausfinden, ob dies das Stück ist, das wir finden wollten.«

»Und? Ist es das richtige?«

»Ja.«

»Dann hat Xetesk dich geschickt?«

»Natürlich.«

»Und die Schlacht hier?« Ilkar machte eine vage Geste in die Runde.

»Tja, sagen wir mal, es war recht einfach, mich in eine angreifende Truppe einzuschleusen, doch es ging nicht unbedingt günstig für mich aus, wie du ja weißt.«

»Warum hast du dich nicht einfach der Garnison angeschlossen?«

»Während ein Drachenmagier hier weilt? Schwerlich.« Denser kicherte. »Ich fürchte, Seran und Xetesk waren nicht sehr gut aufeinander zu sprechen.«

»Was für eine Überraschung«, murmelte Ilkar.

»Komm schon, Ilkar, so sehr unterscheiden wir uns doch gar nicht.«

»Zum Teufel auch! Ist die Selbsttäuschung in Xetesk so gewaltig, dass deine Herren wirklich glauben, alle Magier seien im Grunde gleich? Das ist eine Beleidigung für die ganze Magie und ein Makel in deiner Ausbildung.« Ilkar wurde allmählich wütend, seine Wangen brannten, und die Augen waren schmale Schlitze. Es war erstaunlich, wie blind man manchmal in Xetesk war. »Du weißt, woher die Kraft gekommen ist, mit der du gestern das Mana geformt und deine Sprüche gewirkt hast. An meinen Händen klebt jedoch kein Blut, Denser.«

Denser schwieg eine Weile. Er steckte sich die Pfeife wieder an, holte die Katze aus dem Mantel und setzte sie auf dem Bett ab.

Das Tier starrte Ilkar an, während der Dunkle Magier

ihm den Hals kraulte. Ilkars Empörung nahm sogar noch zu, doch er hütete seine Zunge.

»Ich glaube, Ilkar«, sagte Denser schließlich, während er eine Serie von Rauchringen produzierte, »dass du meinen Meistern keine Mängel in ihrer Lehre vorwerfen solltest, solange du nicht die Mängel deiner eigenen erkannt hast.«

»Was meinst du damit?«

Denser spreizte die Finger. »Siehst du Blut an meinen Händen?«

»Du weißt genau, was ich meine«, fauchte Ilkar.

»Ja, ich weiß es. Und du solltest wissen, dass ein Xetesk-Magier mehr als nur eine einzige Quelle für sein Mana hat. Das Gleiche gilt zweifellos auch für dich.«

Schweigen senkte sich zwischen ihnen, während draußen in den Gängen der Burg schon die ersten Geräusche des neuen Tages zu hören waren.

»Ich werde nicht über die Ethik der Kollegien mit dir diskutieren, Denser.«

»Das ist aber schade.«

»Es ist sinnlos.«

»Ein Mangel in deiner Ausbildung, Ilkar?«

Er ignorierte den Seitenhieb. »Ich muss zwei Dinge wissen. Wie hast du von Seran und dem Amulett erfahren, und was genau ist es eigentlich?«

Denser überlegte eine Weile. »Also, ich bin nicht berechtigt, Geheimnisse des Kollegs auszuplaudern, aber im Gegensatz zu dir hat Xetesk die Geschichten über die Drachenmagier immer ernst genommen, so lückenhaft sie auch sein mögen. Unsere Dimensionsforschung hat es uns erlaubt, einen Spruch zu entwickeln, mit dem man genau die Art von Störungen entdecken kann, die durch die Öffnung eines interdimensionalen Portals entstehen. Damit meine ich Portale wie jenes, durch das wir gestern gegangen sind.

Wir hatten Seran in Verdacht, auch wenn ich dir den Grund dafür nicht nennen kann. Wir nahmen seine Gemächer aufs Korn und konnten das gewünschte Resultat erzielen. Ich wurde geschickt, um Drachen-Artefakte zu bergen, und habe dies hier gefunden.« Er nahm das Amulett von der Kette und warf es zu Ilkar hinüber, der es einige Male in den Händen herumdrehte, bevor er mit den Achseln zuckte und es wieder zurückwarf.

»Es ist mit Überlieferungen der Drachen beschriftet. Sie sind in allen vier Schriftsprachen der Kollegien geschrieben«, sagte Denser, während er das Amulett wieder an die Kette hängte. Er lächelte leicht. »Es wird für unsere Forschungen ungeheuer nützlich sein, und wenn wir damit fertig sind, dann können wir jeden beliebigen Preis dafür verlangen. Du würdest nicht glauben, was ein Sammler für so ein Stück bezahlen würde.«

»Und das ist alles?«, fragte Ilkar tonlos.

Denser nickte. »Jeder braucht Geld. Gerade du solltest doch wissen, dass die Forschung nicht eben billig ist.«

Ilkar nickte. »Und was nun?«

»Ich muss dieses Stück hier möglichst schnell in die richtigen Hände geben«, sagte Denser.

»Xetesk?«

Denser schüttelte den Kopf. »Zu weit entfernt und zu gefährlich. Korina. Wir können es dort sicher aufbewahren. Ich nehme an, ihr wollt in diese Richtung reisen?«

»Ja.«

»Ich möchte den Raben als Leibwache haben. Ihr werdet gut bezahlt.«

Ilkar sah ihn mit großen Augen an und fragte sich, ob er recht gehört hatte. »Du machst Witze, Denser. Nach allem, was gestern Abend passiert ist? Du hast vielleicht Nerven, das muss ich dir lassen. Soweit ich weiß, brennt Hirad immer noch darauf, dich umzubringen. Und selbst wenn es die anderen nicht stört, glaubst du wirklich, ich könnte jemals so tief sinken, dass ich für Xetesk arbeite?«

»Es tut mir Leid, dass du es so siehst.«

»Aber überraschen dürfte es dich doch eigentlich nicht.« Ilkar stand auf und klopfte den Staub aus seinen Kleidern. »Du musst dir schon jemand anders suchen. Es gibt genug Leute hier, die nur auf eine bezahlte Rückreise in die Stadt warten.«

»Mir wäre der Rabe am liebsten, nicht zuletzt weil ich auch eine Entschädigung leisten möchte.«

»Wir wollen dein Geld nicht«, sagte Ilkar. »Ich werde Julatsa Bericht erstatten, wenn ich wieder in Korina bin. Dir muss bewusst sein, dass es wegen dieses Vorfalls ein Protestschreiben der drei anderen Kollegien an Xetesk geben wird.«

»Wir freuen uns schon darauf.«

»Da gehe ich jede Wette ein.« An der Tür drehte Ilkar sich noch einmal um. »Bist du hungrig? Ich kann dir den Weg zur Küche zeigen.«

»Danke, Bruder.«

Ilkars winziges Lächeln verschwand sofort wieder. »Ich bin nicht dein Bruder.«

Viertes Kapitel

Erienne saß im abgelegenen Turmzimmer auf dem Doppelbett, in jedem Arm einen ihrer Söhne. Ihr Körper war endlich zur Ruhe gekommen, so kurz die Verschnaufpause auch sein mochte, und ihre Kinder weinten nicht mehr.

Doch die Jungen hatten an ihr gezweifelt, und den Moment des Wiedersehens würde sie ihr Lebtag nicht mehr vergessen. Oben auf der Wendeltreppe sich selbst überlassen, hatte sie den Türgriff gepackt und die Tür geöffnet. Halb erwartete sie schon, ihre Kinder tot zu sehen, doch die beiden saßen nebeneinander auf der Bettkante und flüsterten miteinander. Essen und Trinken standen ignoriert und kalt auf dem Tisch, der außer den beiden Stühlen das einzige weitere Möbelstück war. Der kalte Stein des Fußbodens war nicht einmal mit einem Läufer bedeckt.

Sie hatte sie einen Augenblick lang betrachtet, das etwas zerzauste, widerspenstige braune Haar, die runden Gesichter, die hellblauen Augen, die kleinen Nasen, die leicht abstehenden Ohren und die Hände mit den langen Fingern. Ihre Jungen. Ihre wunderschönen Jungen.

Dann hatten die beiden gleichzeitig die Gesichter zu ihr

herumgedreht, und sie hatte die Arme ausgestreckt und einen Hass wahrgenommen, wie sie ihn noch nie verspürt hatte. Denn einen kleinen Augenblick lang hatten die Kinder in ihr nicht die Mutter und Beschützerin gesehen, sondern eine Verräterin. Eine Frau, die zugelassen hatte, dass sie verschleppt und eingeschüchtert wurden.

So hatte sie in der Tür gestanden, aufgelöst und barfüßig, das Nachthemd fleckig und zerrissen, im Gesicht noch die Spuren von Brophane, das Haar zerzaust. Die Tränen waren ihr in die Augen geschossen und hatten eine helle Spur auf die vom Staub verschmutzten Wangen gezeichnet.

»Ich bin hier, eure Mutter ist hier.« Sie waren ihr in die ausgebreiteten Arme gestürzt, und alle drei hatten geweint, bis sie nichts mehr wussten, außer einander zu halten und zu hoffen, dass sie nie wieder voneinander getrennt werden würden. Jetzt saßen sie zu dritt auf dem Bett, die Knaben hatten die Köpfe an ihre Brust geschmiegt, und sie hatte die Arme um sie gelegt und streichelte sie sachte.

»Wo sind wir, Mami?«, fragte Thom, der links neben ihr saß. Erienne drückte die Jungen an sich und sah böse zur verschlossenen Tür, vor der, wie sie wusste, Isman stand. »Ich muss ihnen helfen und einige Fragen über die Magie beantworten, und dann lassen sie uns gehen.«

»Wer sind sie?« Verwirrt und verunsichert sah Aron seine Mutter an. Sie spürte, wie sich seine Hand in ihrem Rücken verkrampfte.

»Wenn wir daheim sind, werde ich euch alles über sie erzählen. Es sind Menschen, die die Magie verstehen möchten, und was die Menschen nicht verstehen, das macht ihnen Angst. So war es schon immer.«

»Wann können wir nach Hause gehen?«, fragte Aron.

Erienne seufzte. »Das weiß ich nicht, meine Lieben. Ich weiß auch nicht, was sie mich fragen wollen.« Sie lächelte, um die Spannung zu brechen. »Ich sag euch was. Wenn wir wieder zu Hause sind, dann sollt ihr selbst auswählen, was ihr als Nächstes lernen wollt. Was meint ihr, was soll es sein?«

Die Jungen beugten sich vor, wechselten einen Blick, nickten und sagten gleichzeitig: »Die Kommunion!«

Erienne lachte. »Ich wusste, dass ihr das sagen würdet. Böse Jungs! Ihr wollt das nur lernen, damit ihr euch unterhalten könnt, ohne dass ich es höre.« Sie kitzelte ihnen den Bauch, und sie wanden und wehrten sich. »Böse Jungs!« Sie zauste ihnen das Haar und drückte sie wieder an sich.

»So«, sagte sie schließlich, während sie voller Unbehagen die Teller beäugte. »Ich will jetzt, dass ihr das Brot auf den Tellern esst, aber nichts sonst. Habt ihr verstaden? Ich muss bald gehen und dafür sorgen, dass wir schnell wieder nach Hause kommen. Ich komme später wieder her und unterrichte euch, und ich hoffe, ihr habt nicht schon wieder vergessen, was ich euch letzte Woche beigebracht habe.« Sie wollte aufstehen, doch die Jungen hielten sie fest.

»Musst du wirklich schon gehen, Mami?«, fragte Aron.

»Je eher ich gehe, desto eher sind wir wieder daheim bei eurem Vater.« Wieder umarmte sie die Jungen. »Hört mal, ich werde nicht lange fort sein, ich verspreche es.« Die beiden schauten zu ihr auf. »Ich verspreche es«, wiederholte sie.

Sie befreite sich aus ihren Armen und ging zur Tür, zog sie auf und sah einen überraschten Isman vor sich. Der groß gewachsene Krieger stieß sich eilig von der Wand ab, wo er gelümmelt hatte, und baute sich vor ihr auf. Die Bahnen seines Lederumhangs flappten über dem abgetragenen braunen Hemd.

»So schnell fertig?«, fragte er.

»Ich habe es eilig«, erwiderte Erienne unwirsch. »Ich werde jetzt Eure Fragen beantworten. Meine Jungen brauchen ihren Vater und ihr eigenes Bett.«

»Auch wir sind, genau wie Ihr, sehr daran interessiert, Euren Aufenthalt hier so kurz wie möglich zu halten«, erwiderte Isman elegant. »Der Hauptmann wird Euch bald befragen. Bis dahin aber …«

»Sofort«, antwortete Erienne. Sie schenkte ihren Jungen ein letztes Lächeln, die beiden winkten zum Abschied, und sie schloss hinter sich die Tür.

»Ihr seid nicht in der Position, Forderungen zu stellen«, höhnte Isman.

Erienne lächelte und trat einen Schritt näher an ihn heran. Dabei wurde ihr Gesicht hart, und es schien, als gefröre das Lächeln auf ihren Lippen.

»Und wenn ich nun einfach an Euch vorbeigehe?«, zischte sie. Ihr Gesicht war bleich vor Zorn. »Was wollt Ihr dann machen?« Ihre Gesichter waren nur noch eine Handbreit voneinander entfernt, und sein Blick wurde unstet. »Wie wollt Ihr mich aufhalten? Wollt Ihr mich töten?« Sie lachte. »Ihr habt Angst vor mir, denn Ihr wisst so gut wie ich, dass ich Euch töten könnte, ehe Euer Schwert auch nur die Scheide verlassen hat. Wir sind allein, also führt mich nicht in Versuchung. Bringt mich einfach nur sofort zu Eurem Hauptmann.«

Isman schürzte die Lippen und nickte.

»Er sagte mir schon, dass Ihr Schwierigkeiten machen würdet. Wir haben Euch einige Monate beobachtet, bevor wir Euch geschnappt haben. Er sagte, die von Eurer Art wissen viel, sind aber arrogant.« Er drängte sich an ihr vorbei und führte sie die Wendeltreppe hinab. Unten drehte er sich um. »Er hatte Recht. Er hat immer Recht. Nur zu, dann tötet mich, wenn Ihr glaubt, Ihr könntet es tun. Vor dieser Tür stehen drei Männer. Ihr kommt nicht weit. Und das wiederum wisst Ihr so gut wie ich, nicht wahr?«

»Allerdings hätte ich dann immer noch die Befriedigung, Euch sterben zu sehen«, sagte Erienne. »Und ich könnte die Furcht in Euren Augen sehen. Denkt darüber nach. Wenn Ihr mich nicht die ganze Zeit beobachtet, wisst Ihr nie, ob ich nicht doch noch irgendwann einen Spruch wirke. Ihr könntet jeden Augenblick sterben, aber Ihr wisst es nicht.«

»Wir haben Eure Kinder.« Das höhnische Lächeln war wieder da.

»Tja, dann solltet Ihr Euch besser gut um sie kümmern, nicht wahr? Und kehrt mir nie den Rücken zu, Isman.«

Der Krieger stieß ein verächtliches Lachen hervor, doch als er sich umdrehte, um die Tür zu öffnen, glaubte Erienne, ihn schaudern zu sehen.

Denser saß am Ende einer Bank vor einem Tisch, um den die Männer Platz genommen hatten, die ihn nur wenige Stunden zuvor auf der Stelle getötet hätten. Der Barbar, Hirad Coldheart, war nicht dabei. Er kümmerte sich um die Pferde, hatte Sirendor Larn erklärt. Denser lief es kalt den Rücken hinunter. Er legte die Gabel beiseite, ließ das halb gegessene Frühstück aus Fleisch, Soße und Brot stehen und trank einen Schluck Kaffee. Seine Katze lag schnurrend neben ihm auf der Bank und aalte sich in der Wärme, die von den Feuern in der Küche ausging.

Sie hatten sich darauf gefasst gemacht, durch das Schwert des Barbaren zu sterben. Ihre innere Ruhe war vollkommen. Und wären sie in diesem Moment gestorben, er mit splitternden Knochen und seine Katze mit einer geistigen Explosion, dann hätte ganz Balaia mit ihnen sterben können.

Denser schaute zum Unbekannten Krieger auf. Sie alle hatten seinetwegen noch eine Chance. Seinetwegen und wegen des einfachen Kodex, den der Rabe immer befolgt hatte. Dieser Kodex war der Grund dafür, dass der Rabe vor allen anderen Söldnertruppen bevorzugt wurde, dass er so erfolgreich und so stark war. Das Töten war erlaubt, solange es in der Schlacht geschah und wenn man sich selbst und andere verteidigte, doch außerhalb dieser Grenzen war es Mord. Jahrelang hatte der Rabe, womöglich sogar ganz allein, gegen Räuber, Banditen, Kopfgeldjäger und andere Männer, die kaum besser waren als gedungene Mörder, in vorderster Front gekämpft und seine Hände nicht besudelt.

Viele sagten, ihre Feinde fürchteten sie gerade deshalb, weil sie sich eisern an ihren Kodex hielten, und Denser war sicher, dass dieser sagenhafte Ruf ihnen einen großen Vorteil verschaffte. Das Wichtigste aber war, dass sie schon als Einzelne herausragende, wenn nicht gar brillante Kämpfer waren. Als Kampfgemeinschaft waren sie einfach phantastisch.

Doch es war der Kodex, der den Ausschlag gab, wenn die Kosten für ihren Sold in Betracht gezogen wurden. Der Kodex bedeutete, ihre Auftraggeber konnten sich darauf verlassen, dass der Vertrag erfüllt wurde und dass der Rabe den Kampf den Regeln gemäß führte.

So einfach war die Regel: Töten, aber niemals morden.

So einfach, dass viele versuchten, sie für sich zu übernehmen, wenn sie sich als Söldner oder Magier verdingten. Doch den meisten fehlte die Disziplin, die Intelligenz, das Standvermögen oder die Geschicklichkeit, in der Hitze der Schlacht, beim Sieg, beim Rückzug oder beim Nachgeplänkel an den Regeln festzuhalten. Und ganz gewiss hatte es niemand ohne jeden Makel über zehn Jahre hinweg geschafft.

Es wäre leicht gewesen, sie als Helden zu bezeichnen, doch Denser hatte sie mehr als einmal kämpfen sehen, und für ihn war offensichtlich, was sie waren. Sie waren eine Truppe von unglaublich effizienten Tötungsmaschinen. Sie töteten, aber sie mordeten nicht.

Doch als Denser sich am Tisch umsah und die Männer betrachtete, die schweigend aßen, jeder seinen eigenen Gedanken nachhängend, da kamen sie ihm müde vor, und die Furcht traf seinen Bauch wie ein Faustschlag, als ihm bewusst wurde, dass sie ihn jederzeit abweisen konnten.

Er brauchte sie. Xetesk brauchte sie. Bei den Göttern, ganz Balaia brauchte sie, wenn die Informationen, die von den Spionen kamen, zuverlässig waren und die Wytchlords sich tatsächlich erhoben. Doch wie konnte er den Raben überzeugen, das zu tun, was getan werden musste? Und war Xetesk in der Lage, die Kollegien zu einen?

Obwohl er wusste, was noch alles geschehen konnte, fragte Denser sich, ob er nicht in genau diesem Augenblick vor der größten Herausforderung seines Lebens stand.

Der Rabe.

Er war ziemlich sicher, dass diese Männer auch durch die volle Wahrheit nicht zu beeindrucken wären. Sie übernahmen die Kontrakte nicht, weil sie an irgendeine Sache glaubten. Die tieferen Beweggründe der Auftraggeber waren ihnen sogar relativ gleichgültig. Der Auftrag selbst musste ihnen interessant erscheinen, ihrem Ruf angemessen und ihrer Aufmerksamkeit würdig. Wert, das Risiko einzugehen. Deshalb war die Wahrheit nutzlos, wenigstens bis zu dem Augenblick, in dem er sie nicht mehr verbergen konnte. Ohnehin konnte keine Entlohnung den Risiken gerecht werden, die er ihnen zumuten wollte.

Denser schob sich wieder einen Bissen in den Mund. Es war eine Schande, dass er den Raben nicht wie geplant in

Korina getroffen hatte. Dort wäre es ihm möglich gewesen, seine Verbindung zum Kolleg lange genug zu kaschieren. Der Auftrag, die Verteidigung von Burg Taranspike zu verstärken, war in den Plänen von Xetesk nicht berücksichtigt worden. Jetzt waren die Rabenkrieger gegen ihn eingestellt, und er hatte es nicht einmal geschafft, Ilkar zu überreden, dass sie sich bezahlen ließen, mit ihm nach Korina zu reisen, obwohl sie ohnehin in diese Stadt wollten.

Er schaute auf und bemerkte, dass der Blick des Unbekannten auf ihm ruhte. Der Krieger erwiderte gelassen seinen Blick, schluckte einen Bissen herunter und zielte mit dem Messer auf Denser.

»Eines musst du mir verraten«, sagte er. »Hast du schon einmal einen Drachen gesehen?«

»Nein«, erklärte Denser.

»Nein? Und was hättest du getan, wenn Hirad den Drachen nicht so wirkungsvoll abgelenkt hätte, damit du dieses Ding stehlen konntest?«

Denser musste lächeln. »Das ist eine sehr gute Frage. Wir haben nicht damit gerechnet, dass dort ein Drache ist.«

»Offensichtlich. Ich vermute, dass du sonst tot wärst.«

»Kann sein.« Denser zuckte mit den Achseln. In Wahrheit war er sicher, dass er überlebt hätte, doch er konnte sehen, wohin die Unterhaltung führte, und er erkannte seine Chance.

»Ganz sicher sogar.« Der Unbekannte wischte mit einem Stück Brot über seinen Teller und schob es sich in den Mund. »Man könnte also sagen, dass wir dir, wenngleich ohne es zu wissen, geholfen haben, das Amulett zu bekommen.«

Denser nickte und füllte seinen Becher aus der Kupferkanne auf dem Tisch nach.

»An welchen Prozentsatz denkt ihr denn?«

»Fünf Prozent vom Verkaufswert.«

Denser blies die Wangen auf. »Das ist aber eine Menge Geld.«

Jetzt war es am Unbekannten, mit den Achseln zu zucken. »Nenne es eine Entschädigung für den Tod eines Rabenmannes. Oder für die unzähligen Nächte, in denen wir aufwachen und zittern und schwitzen, weil wir uns an das erinnern, was wir dort drinnen gesehen haben. Es macht mir wirklich nichts aus, dir zu verraten, dass ich meine ganze Selbstbeherrschung aufbieten musste, um mich nicht einfach umzudrehen und wegzurennen.«

»Das wäre übrigens eine Premiere gewesen«, warf Ilkar ein, und der Unbekannte nickte bestätigend.

»Er wäre nicht der Einzige gewesen«, sagte Sirendor. Auch die anderen am Tisch nickten beifällig und lächelten.

»Und dabei habt ihr noch nicht einmal die Hälfte gesehen.« Alle Köpfe drehten sich um. Hirad stand in der Tür der Küche. Er kam langsam zu ihnen herüber, sein Gesicht war verkniffen, die Augen waren müde.

»Alles in Ordnung, Hirad?«, fragte Sirendor.

»Nein, eigentlich nicht. Ich war draußen und erinnerte mich an das, was Sha-Kaan gesagt hat. Wenn diese Tür noch da wäre, dann würde ich das Amulett zu ihm zurückbringen.«

»Warum denn das?«, fragte Sirendor. Denser hielt den Atem an.

»Es war etwas, das er gesagt hat. Es ging darum, dass zwischen seiner und unserer Welt ein Portal offen bleibt, und darum, etwas zu behüten, das wir nicht hätten herstellen dürfen. Was es auch war, er ist jetzt wütend. Was, wenn er sich entscheidet, das Portal nicht mehr zu erhalten?«

»Ich habe keine Ahnung, was du da redest, Hirad.« Wieder hatte Sirendor das Wort ergriffen.

»Ich eigentlich auch nicht«, gab Hirad zu. »Aber ich fürchte, wenn wir jemals einen Drachen am Himmel von Balaia sehen, dann wird es um uns alle geschehen sein.«

»Was meinst du damit?«, fragte Denser.

»Was glaubst du denn, was ich meine?«, knurrte der Barbar. »Wir werden alle sterben. Sie sind zu mächtig, und es gibt zu viele von ihnen. Glaube mir.« Er ging zu den Kochtöpfen hinüber und schöpfte sich etwas Fleisch in eine Schale.

»Hör mal, um noch einmal darauf zurückzukommen«, wandte Denser sich wieder an den Unbekannten Krieger. »Ich bin mit den fünf Prozent einverstanden, wenn ihr mich wohlbehalten bis Korina bringt.«

Ilkar, der Hirad beobachtet hatte, fuhr herum, als hätte er eine Ohrfeige bekommen. »Ich habe dir schon gesagt, dass wir nicht für Xetesk arbeiten.« Seine Stimme war tief, ruhig und fest.

»Wie viel genau ist das Ding deiner Ansicht nach überhaupt wert, Mann aus Xetesk?«, wollte Hirad wissen.

Denser zog die Augenbrauen hoch. »Nun, ich kann es nicht beschwören, aber meiner Ansicht nach reden wir hier über eine Größenordnung von fünf Millionen Echtsilber.«

Ungläubiges Schweigen herrschte am Tisch.

»Wir übernehmen den Auftrag.«

»Hirad!«, fauchte Ilkar. »Du verstehst das nicht.«

»Es ist ein Haufen Geld, Ilkar.«

»Es ist ein unglaublicher Haufen Geld, sollte man wohl eher sagen«, meinte Talan. »Eine Viertelmillion Echtsilber dafür, dass wir einen Passagier auf einer Reise mitnehmen, die wir sowieso unternehmen wollten.« Hirad konnte nur fassungslos die Zahl hauchen.

»Weißt du was, Hirad? Ich kann einfach nicht glauben, dass ausgerechnet du dich auf so etwas einlässt. Er hätte dich beinahe umgebracht.« Ilkars Tonfall klang beinahe verächtlich.

»Ja, und deshalb ist er mir etwas schuldig.« Hirad sah den Xeteskianer nicht an, während er sprach. »Ich muss ihn ja nicht mögen. Ich muss ihn nicht einmal anschauen. Ich kann ihn sogar weiter hassen. Ich muss es einfach nur ertragen, auf dem Rückweg nach Korina in seiner Nähe zu reiten. Dann zahlt er uns einen Haufen Geld, und wir sehen ihn nie wieder. Ich glaube, das schaffe ich.«

»Aber ganz so einfach ist es doch nicht«, erwiderte Ilkar.

»Doch, das ist es.«

»Nein, so einfach ist es nicht, und ich habe ein Problem damit«, beharrte Ilkar, doch der Barbar baute sich vor ihm auf.

»Ich weiß, dass du mit der Ethik von Xetesk nicht übereinstimmst ...«

»Das ist eine Spur untertrieben ...«

»... aber wenn man sich überlegt, was ihr hinter meinem Rücken ausgeheckt habt, dann ist dies meiner Ansicht nach eine Summe Geldes, die wir nicht einfach ausschlagen sollten, meinst du nicht? Es könnte der letzte Sold sein, den wir jemals einnehmen.« Er richtete sich auf, und Ilkar starrte ihn finster an. »Finde dich damit ab, Ilkar, du wirst überstimmt. Mache es uns nicht schwerer als nötig.« Ilkar kniff die Augen zusammen, bis sie nur noch schmale Schlitze waren.

Der Unbekannte gab Denser die Hand. »Wir sind im Geschäft. Talan wird den Vertrag aufsetzen, und ich werde unterzeichnen. Wir werden keinen festen Sold einsetzen, sondern den Prozentsatz und deine Absicht zu zahlen.«

»Ausgezeichnet«, stimmte Denser zu. Die Männer schüttelten sich die Hände.

»In der Tat.« Der Unbekannte trank seinen Becher aus.

»Und jetzt habe ich das Gefühl, dass es im Krähenhorst bald ein Fest gibt.«

Die Küchentür wurde abermals geöffnet.

»Wie ich hörte, konntet ihr meinen Magier nicht retten. Eine Schande. Seran war ein guter Mann.«

Die Rabenmänner drehten sich zu ihrem Auftraggeber um. Denser sah seinen einstigen Gegner jetzt zum ersten Mal. Baron Gresse war in mittleren Jahren, er hatte einen wachen Verstand und vier Söhne, die seine eigenen erlahmenden Kräfte mehr als wettmachten. Er verschmähte die Kleidung der vornehmen Leute, obwohl er zu den fünf reichsten Baronen zählte, und kam in praktischer Reiterkluft herein, die aus ledernem Wams, einem Wollhemd und mit Leder verstärkten Hosen bestand. Den Mantel hatte er über einen Arm gelegt.

Vor der Tür entließ er seine Bewaffneten, dann verscheuchte er das schwatzende Küchenvolk, während er zum Tisch des Raben schritt. Er betrachtete die Männer mit großen braunen Augen, und sein Kopf mit dem schütteren grauen Haar nickte leicht. Dann streckte er eine Hand aus.

»Der Unbekannte Krieger.«

»Baron Gresse.« Die Männer schüttelten sich die Hände.

»Es ist mir eine Freude, Eure Bekanntschaft zu machen.«

»Ganz meinerseits.« Der Unbekannte drehte sich um. »Hole doch dem Baron einen Kaffee, Talan.«

»Nun gut, nun gut, der Rabe. Keine große Überraschung, dass wir den Kampf gewonnen haben. Seran hat stets kluge Entscheidungen getroffen.« Gresse nagte an der Unterlippe. »Aber wo soll ich einen Zweiten wie ihn finden?«

»In Julatsa«, schlug Ilkar vor. »Auf uns ist Verlass.«

Gresse kicherte. »Darf ich mich zu Euch setzen?« Er deutete zur Bank. Ilkar rückte ein Stück, und der Baron ließ sich nieder. Talan stellte ihm einen Becher Kaffee hin. Der Adlige bedankte sich nickend.

Ein unbehagliches Schweigen senkte sich über den Tisch. Denser kratzte sich nervös am Bart. Der Unbekannte musterte den Baron, wie immer mit unbewegter Miene. Ilkar sah gespannt zu.

»Ich will Euch nicht lange im Ungewissen lassen«, erklärte Gresse. Er trank einen Schluck Kaffee, ein Lächeln spielte um seine Lippen. »Aber ich hatte gehofft, Ihr könntet etwas bestätigen, das ich gehört habe.«

»Wenn wir können«, sagte der Unbekannte, »dann werden wir es gern tun.«

»Gut. Ich will mich kurz fassen. Man hat mich zu einer Sitzung der Handelsallianz von Korina eingeladen, auf der es um die sich verschlechternden Bedingungen westlich der Blackthorne-Berge gehen soll. Es gibt Gerüchte, dass die Wesmen seit einiger Zeit besonders aktiv seien. Sie hätten das Abkommen über das Wegerecht am Understone-Pass gebrochen, und man befürchtet, sie könnten in den Osten des Landes einfallen, obwohl ich betonen möchte, dass die Garnison in Understone selbst bisher nichts Außergewöhnliches gemeldet hat. Ich möchte nur wissen, ob Ihr ähnliche Gerüchte gehört habt. Mir ist bekannt, dass Ihr vor nicht allzu langer Zeit an der Seite von Baron Blackthorne gekämpft habt. Leider kann er aber nicht an der Sitzung der Handelsallianz teilnehmen.« Gresses Augen blitzten.

»Wir haben nur für ihn gekämpft, weil der Unbekannte bessere Konditionen für seinen Wein aushandeln wollte«, erklärte Sirendor lächelnd.

»Das ist Euch wohl nicht gelungen.«

»Es war ein Teil der Übereinkunft«, erklärte der Unbekannte. »Und was die Gerüchte angeht, so haben wir viele gehört, als wir dort waren, doch wir reden über einen Zeitpunkt, der mittlerweile sechs Monate zurückliegt.«

»Alles, was ihr gehört habt, und sei es noch so unsicher, könnte wichtig genug sein, dass es in der Sitzung vorgetragen wird.«

»Wenn man es so weit fasst«, sagte Ilkar. »Wenn Ihr also alles glauben wollt, was Ihr hört, dann sind die Wytchlords wieder da, Parve ist wieder eine blühende Stadt, und die Wesmen brennen alles nieder, was sich westlich der Blackthorne-Berge befindet.«

»Ihr aber schenkt diesen Gerüchten keinen Glauben«, sagte Gresse.

»Mich würde rein gar nichts überraschen, sobald eine Kriegertruppe der Wesmen im Spiel ist«, erklärte Ilkar. »Aber davon mal abgesehen – nein.«

»Hmm«, machte Gresse nachdenklich. »Interessant. Übrigens, vielen Dank für Eure Hilfe gestern. Wie ich hörte, habt Ihr einen Mann verloren. Das tut mir Leid.«

»Wenn wir ehrlich sind, dann ist dies ein Risiko, das wir immer und jederzeit eingehen«, sagte Hirad. Besonders überzeugt klang es freilich nicht.

»Dennoch, es schmerzt sicherlich, einen Freund zu verlieren. Es tut mir Leid, und ich bin Euch dankbar. Die gestrige Schlacht war eine, die zu verlieren ich mir auf keinen Fall leisten konnte. Ich meine dies ganz wörtlich.«

»Das klingt fast wie eine Durchhalteparole.«

Gresse zuckte mit den Achseln. »Burg Taranspike ist von großer taktischer Bedeutung. Wer sie hält, beherrscht das Wegerecht für eine der Hauptrouten nach Korina. Hätte ich die Festung an Baron Pontois verloren, dann könnte er jetzt meine beiden wichtigsten Transportwege in die Hauptstadt kontrollieren und besäße Ländereien zu beiden Seiten meines Besitzes. Er könnte mir den Zugang verweigern oder unmöglich hohe Zölle verlangen. Beides hätte mich mit der Zeit in den Ruin getrieben. Die beste Ausweichroute ist nicht nur einige Stunden, sondern mehrere Tage länger.«

»Es sei denn, Ihr hättet Euch entschlossen, die Festung zurückzuerobern«, sagte Hirad.

»Diese Möglichkeit besteht immer. Es ist teuer, aber diese Möglichkeit besteht.« Gresses Gesicht wurde hart.

»Und dennoch setzt Ihr Euch mit Pontois in der Handelsallianz von Korina an einen Tisch.«

»Ja. Ich weiß schon, es klingt seltsam, aber so ist die Realität. Und da liegt auch das Elend der Allianz. Dieses Wort hat heutzutage einen seltsamen Beiklang«, sagte er mit einem traurigen Unterton.

Die Männer am Tisch schwiegen eine Weile. Der Unbekannte Krieger musterte den Baron und trank Kaffee. Schließlich lächelte der große Kämpfer. Gresse bemerkte es und runzelte die Stirn.

»Es scheint mir, als hättet Ihr vergessen, uns zu erzählen, welche Gerüchte Ihr selbst gehört habt«, sagte der Unbekannte.

»In der Tat, und es kann sogar sein, dass ich mehr habe als bloße Gerüchte. Ich habe leider Beweise dafür, dass die Wesmen die Ortschaften nicht etwa niederbrennen, sondern sie vielmehr erneut unterwerfen, ausbauen und vereinen.«

»Was meint Ihr mit ›erneut‹?«, fragte Hirad.

»Ich kann dir später noch Nachhilfe in Geschichte geben«, warf Ilkar kopfschüttelnd ein.

»Wie könnt Ihr nur …« Denser biss sich auf die Unterlippe und ließ den Satz unvollendet.

»Wolltest du etwas sagen, Xetesk-Mann?«, grollte Hirad.

»Ich habe mich nur gewundert, wie er an diese Informationen kommen konnte.« Densers Ausrede wurde von einem Gesicht, das seine Überraschung zeigte, Lügen gestraft.

»Alles hat seinen Preis«, erwiderte Gresse gelassen. »Darf ich heute Morgen mit Euch nach Korina reiten?«

»Seid unser Gast«, erklärte Hirad. »Denser zahlt genug.«

»Gut.« Gresse stand auf und warf Hirad einen fragenden Blick zu. »Mein Gefolge wird in etwa einer Stunde marschbereit sein, wenn es Euch recht ist.«

»Das passt uns sehr gut«, antwortete der Unbekannte. »Meine Herren, der Krähenhorst wartet.«

Erienne und der Hauptmann trafen sich in der Bibliothek. Der von zwei Kaminfeuern und einem Dutzend Lampen erhellte Raum, diese makellos gepflegte Heimstatt der Bücher, war ein beredtes Zeugnis seiner Bildung, wenngleich nicht unbedingt seiner Moral.

Fünf Fächer hoch und an drei Seiten des Raumes etwa fünfzehn mal fünfundzwanzig Fuß groß ragten ringsum volle Bücherregale auf. Links und rechts neben der einzigen Tür brannten Feuer in Kaminen. Teppiche bedeckten den Boden, und ein Lesepult nahm das hintere Ende der Bibliothek ein. Man hatte Erienne angewiesen, in einem großen grünen Ledersessel vor einem der Kaminfeuer Platz zu nehmen. Der Hauptmann kam in Begleitung eines Bewaffneten, der ein Tablett mit Wein und Essen trug. Er hüllte sich in Schweigen, bis er sich auf einem ähnlichen Sessel niedergelassen hatte, der im rechten Winkel zu ihrem aufgestellt war.

Sie hatte den Blick aufs Feuer gerichtet, um nicht ihn ansehen zu müssen. Sie blieb ins Spiel der Flammen vertieft und hörte kaum das Klirren der Gläser, das Gluckern des Weins, als er eingeschenkt wurde, und das Kratzen des Messers auf der Aufschnittplatte.

»Ich heiße Euch noch einmal willkommen, Erienne Malanvai«, sagte der Hauptmann. »Ihr müsst hungrig sein.«

Eriennes Blick wanderte über das Tablett, das zwischen ihnen auf einem niedrigen Tisch stand. Sie war überrascht über die Qualität der Speisen.

»Wie könnt Ihr es wagen, mir dies anzubieten, wenn der Unrat, den Ihr meinen Jungen vorsetzt, kaum für einen Hund geeignet ist, von verängstigten kleinen Kindern ganz zu schweigen?«, sagte sie. »Jeder soll sofort einen Teller hiervon bekommen.«

Sie spürte, wie der Hauptmann lächelte. »Du hast es gehört. Frisches Lamm und Gemüse für die Jungen.«

»Ja, Herr.« Die Tür wurde geschlossen.

»Ich bin ja nicht unvernünftig«, erklärte der Hauptmann.

Eriennes Gesicht verriet ihre Abscheu. »Ihr habt mitten in der Nacht zwei unschuldige Kinder aus ihrem Heim entführt und in einen kalten Turm eingesperrt, verstört, wie sie waren. Ihr habt mich von ihnen ferngehalten und ihnen Dreck zu essen vorgesetzt, den ich nicht einmal meinen Schweinen geben würde. Kommt mir nicht mit Vernunft.« Ohne ihn anzusehen, suchte sie sich etwas Fleisch und Gemüse aus und aß schweigend. Sie schenkte sich ein Glas Wein ein und trank es, während sie wieder das Feuer anstarrte. Die ganze Zeit über sah der Hauptmann ihr zu und wartete.

»Nun fragt«, sagte sie und stellte das leere Glas auf den Tisch. »Ich glaube nicht, dass ich irgendwelche Geheimnisse vor Euch habe.«

»Das würde die Sache sicherlich einfacher machen«, erklärte der Hauptmann. »Ich bin froh, dass Ihr zur Zusammenarbeit bereit seid.«

»Glaubt nicht, es geschehe aus Furcht vor Euch oder Eurer Truppe lahmer Affen«, erwiderte Erienne überheblich. »Meine Kinder sind mir wichtig, und ich bin bereit, ihnen in jeder erdenklichen Weise zu helfen, solange nicht das Kolleg von Dordover kompromittiert wird.«

»Sehr gut.« Der Hauptmann füllte sein Glas nach. »Ich wünschte allerdings, Ihr würdet mich anschauen.«

»Dabei würde mir übel. Euren Namen auszusprechen, ist eine Beleidigung für mein Kolleg, und mit Euch zu reden, kommt einer Ketzerei gleich. Nun stellt Eure Fragen. In einer Stunde will ich meine Söhne wieder besuchen.« Erienne blickte weiter ins Feuer und zog Trost aus dessen Wärme und Farbe.

»Das sollt Ihr tun, Erienne, das sollt Ihr tun.« Der Hauptmann streckte seine Beine zum Feuer hin aus, und zwei abgestoßene, vor Alter rissige braune Reitstiefel tauchten in Eriennes Gesichtsfeld auf. »Nun gut, ich bin sehr beunruhigt, weil die so genannten dimensionalen Forschungen und Untersuchungen die Grundfesten Balaias stark erschüttern.«

»Nun, Ihr wart hier sicher sehr fleißig, nicht wahr?«, erwiderte Erienne nach kurzem Nachdenken.

»Freche Bemerkungen werden Euch wehtun«, sagte der Hauptmann. Es bestand nicht der geringste Zweifel, was er damit meinte.

»Ich wollte damit sagen, dass nur wenige Menschen überhaupt etwas über die Existenz der Dimensionsmagie wissen, ganz zu schweigen von den möglichen Gefahren, die sie mit sich bringt.«

»In der Tat.« Der Hauptmann beugte sich vor und kratzte sich am linken Bein. Erienne sah kurz sein ergrauendes Haar, das auf dem Schädel bereits schütter wurde. »Im Gegensatz zur landläufigen Ansicht glaube ich durchaus an den Wert der Magie, wenn sie richtig eingesetzt wird. Mir sind allerdings auch ihre Gefahren bewusst, weil ich mir

Zeit genommen habe, es selbst herauszufinden. Wenn man in den Dimensionen herumpfuscht, könnte meiner Ansicht nach das Gleichgewicht der heute existierenden Welt beeinträchtigt werden.«

»Ihr redet mit dem falschen Kolleg«, sagte Erienne.

»Nun ja, es ist erheblich schwieriger, einen Xetesk-Magier in die Hände zu bekommen«, gab der Hauptmann giftig zurück.

»Ich würde gern einräumen, dass es mir aufrichtig Leid tut«, gab Erienne zurück. Jetzt endlich schaute sie ihn an. Sein graues Haar war kurz geschnitten, und auch sein Bart, in dem es noch einige braune Strähnen gab, war sauber gestutzt. Er hatte Ringe unter den Augen, und die roten Flecken auf den Wangen und der Nase verrieten, dass er gern zur Flasche griff. Er wurde offenbar auch fett, da er die mittleren Jahre hinter sich hatte, was Ledermantel und Hemd nicht verbergen konnten. Er reagierte nicht auf ihr plötzlich erwachtes Interesse.

»Aber Septern war ein Dordover-Magier.«

»Wir haben bereits festgestellt, dass Ihr Eure Hausaufgaben gemacht habt.« Erienne füllte ihr Glas nach. »So ist Euch sicher auch bekannt, dass er seit mehr als dreihundert Jahren für tot gehalten wird.«

»Und das ist alles, was wir wissen?«, erwiderte der Hauptmann. »Ich hatte gehofft, eine Hüterin der Dordover-Magie wie Ihr könnte meine Bildungslücken füllen.«

»Das ist einer Eurer Trugschlüsse«, sagte Erienne. »Ihr nehmt an, wir hätten geheime Texte.«

»Aber Septern war ein Dordover-Magier«, wiederholte der Hauptmann.

»Ja, das war er. Und er war ein Genie, seiner Zeit so weit voraus, dass es uns bis heute nicht gelungen ist, seine Arbeit vollständig nachzuvollziehen.« Erienne pflückte einige Weintrauben aus der Obstschale und aß sie. Die Kerne spuckte sie in die Hand und warf sie anschließend ins Feuer.

Der Hauptmann beugte sich stirnrunzelnd vor. »Aber er muss doch über seine Erkenntnisse berichtet haben. Ich weiß, dass dies von jedem Magier verlangt wird.«

»Septern hat sich nicht an die Regeln gehalten.« Erienne seufzte, als das Stirnrunzeln des Hauptmanns sich vertiefte. »Hört mir zu, Ihr müsst eines verstehen. Septern war ein Rückfall in jene Zeiten, bevor die Kollegien sich voneinander getrennt haben.«

»Dann war er also nicht nur seiner Zeit voraus, sondern auch seiner Zeit hinterher.« Der Hauptmann lächelte selbstzufrieden über seinen Scherz und entblößte braune, faulende Zähne in entzündetem rotem Zahnfleisch.

»Ja, ich denke schon. Offenbar war er fähig, die Lehren auf einer sehr grundlegenden Ebene zu verstehen, und deshalb konnte er die Überlieferungen von Dordover, Xetesk und Julatsa mit unterschiedlichem Erfolg lesen und begreifen. Er war brillant, aber er war auch überheblich. Er lebte außerhalb des Kollegs, berichtete nur selten über seine Arbeit und führte kaum verständliche Tagebücher über seine Forschungen, und diese Tagebücher sind nicht einmal vollständig in unserer Bibliothek vorhanden. Xetesk besitzt einige davon, andere gingen in seinem Haus verloren – vorausgesetzt, er hat überhaupt all das aufgeschrieben, was er unserer Ansicht nach zu tun imstande war.« Erienne trank einen Schluck Wein. »Kann ich bitte etwas Wasser haben?«

»Gewiss.« Der Hauptmann stand auf und öffnete die Tür; draußen im hallenden Flur war zu hören, wie ein Mann Haltung annahm. »Wasser und ein Glas. Sofort.« Er kehrte zu seinem Sessel zurück. »Eine interessante Geschichte. Ich weiß natürlich von seinem Haus. Ich habe mehrmals Männer in die Ruinen geschickt. Nun sagt mir, wie ist der Stand Eurer Dimensionsforschung, und was wollt Ihr damit erreichen?«

Erienne öffnete den Mund und wollte etwas sagen, dann besann sie sich und dachte über ihre Antwort nach. Es war viel zu leicht. Der Hauptmann war überhaupt nicht das, was sie geglaubt hatte. Sie war sicher, dass sie ihn ewig hassen würde, weil er ihre Kinder entführt hatte, doch sein Verhalten war verwirrend. Da saß sie nun in einem warmen Zimmer, sie hatte gutes Essen bekommen und höfliche Fragen nach ihrer Arbeit für das Kolleg beantwortet. Bisher hatte er nichts gefragt, was er nicht auch ganz offen beim Kolleg hätte in Erfahrung bringen können. Es musste mehr dahinter stecken, die Frage war nur, wann er damit herausrücken würde. Sie hatte das unbehagliche Gefühl, er suchte sie in Sicherheit zu wiegen, damit der unausweichliche Schlag umso härter traf. Sie nahm sich vor, wachsam und aufmerksam zu bleiben.

»Nach allem, was wir bisher über Septern wissen, hat er in der Dimensionsmagie große Fortschritte gemacht. Er hat ein stabiles, sich selbst erhaltendes Portal geschaffen, mit dessen Hilfe man zwischen bestimmten Dimensionen wechseln konnte, und wir glauben, dass er weite Reisen unternommen hat. Einige seiner schwer verständlichen Schriften legen diese Vermutung jedenfalls nahe. Dordover ist weit davon entfernt, sein Wissen über Dimensionstore nachvollziehen zu können. Wir können nicht reisen, wir können nicht hinüberblicken. Bisher können wir nur andere Dimensionen erkunden und Eigenheiten von Land und Meer aufzeichnen. Um schnellere Fortschritte zu machen, würden wir Septerns verlorene Texte brauchen. Wir glauben, in seiner Magie sind die Überlieferungen mehrerer Kollegien vermischt.«

»Und wohin soll diese Forschung Eurer Ansicht nach führen?«

»In andere Dimensionen. Wir wollen forschen und Karten zeichnen und anderen Lebensformen begegnen. Es gibt unendliche Möglichkeiten.« Entgegen ihrem Willen brach Eriennes Begeisterung über diese Aussichten durch.

»Ihr wollt erobern, unterwerfen, beherrschen und stehlen.« Die Stimme des Hauptmanns war hart, aber nicht schroff.

»Gibt Euch dies Anlass zur Sorge?«

Er nickte. »Ich denke, es steht uns nicht zu, in andere Dimensionen einzudringen. Wir haben unsere eigene, und die ist schon schwer genug zu kontrollieren, auch ohne Verbindungen zu anderen Orten und anderen Zeiten. Ich sehe grässliche Szenarien vor mir, in denen andere hier bei uns eindringen, um sich für das zu rächen, was wir ihnen angetan haben. Niemand wird mehr sicher sein, weil jederzeit irgendwo und irgendwann eine Tür geöffnet werden kann.«

»Das ist erst recht ein Grund, die Forschungen voranzutreiben und unser Verständnis zu vertiefen«, sagte Erienne.

»Wir sind doch nicht so naiv anzunehmen, dass die Magier von Dordover oder Xetesk diese Magie erforschen, weil sie dem Volk von Balaia etwas Gutes tun wollen, oder? Die Vorstellung, Ihr könntet Türen öffnen, die zu schließen Ihr nicht imstande seid, bereitet mir allerdings großes Unbehagen.« Der Hauptmann kratzte sich am Ohr. »Nun sagt mir: Ist Xetesk weiter fortgeschritten als Dordover?«

Erienne starrte ihn fassungslos an. »Wenn und falls die fehlenden Abschnitte von Septerns Dimensionstexten gefunden werden, dann könnten wir uns gezwungen sehen, eine gemeinsame Forschungsgruppe zu bilden«, sagte sie langsam. »Bis dahin bleibt die Kommunikation allerdings auf ein Minimum beschränkt.«

»Ich verstehe.«

»Es ist dumm, so etwas einen Magier aus Dordover zu fragen.«

»Manchmal fördert die größte Dummheit die schönsten Edelsteine zutage.«

Die Tür wurde geöffnet, und ein Mann brachte einen Krug Wasser und zwei Gläser herein. Er stellte beides auf dem Tisch ab und zog sich zurück. Erienne schenkte sich ein und trank das Glas in einem Zug aus.

»Gibt es sonst noch etwas?«

»Oh, eine Menge sogar«, erwiderte der Hauptmann. Er leerte sein Weinglas und füllte es gleich wieder auf. »Ich habe gerade erst begonnen, auch wenn ich dankbar annehme, was Ihr mir bisher gesagt habt. Ich sollte Euch vielleicht zu Euren Kindern gehen lassen, aber denkt über eines nach. Wenn man annimmt, dass Ihr bereits alles wisst, was man über die Dimensionsmagie in Erfahrung bringen kann, dann finde ich das neuerdings aufkommende Interesse an Septerns Forschungen mehr als beunruhigend. Andererseits war die Dimensionsmagie nicht der einzige Bereich, in dem er seine Forschungen betrieben hat. Es gibt einen Punkt, der sogar noch wichtiger ist. Er hat einen ganz bestimmten Spruch erschaffen, nicht wahr? Ich möchte gern wissen, warum Xetesk plötzlich alles daran setzt, diesen Spruch zu finden.«

Eriennes Gesicht wurde leichenblass.

Fünftes Kapitel

Der Rabe und seine Schutzbefohlenen brachen auf, als die Sonne gerade am Tau zu lecken begann, der das Gras auf dem gestrigen Schlachtfeld benetzte. Der Regen der vergangenen Nacht hatte sich nach Westen verzogen, über die zentrale Ebene hinweg in Richtung der Blackthorne-Berge, die als dunkle Linie am Horizont zu erkennen waren.

Ein sanfter Wind wehte an diesem Frühlingsmorgen. Baron Pontois, seine Soldaten, die Söldner und die Magier waren fort, nach Norden durch den Grethern-Wald verschwunden, aus dem sie gekommen waren. Von ihrem Lager waren nur noch niedergetrampeltes Buschwerk und ein einzelner, mit Pfählen abgegrenzter Erdwall zu sehen, in dem sie ihre Toten begraben hatten.

An der Spitze der kleinen Truppe ritten Hirad, Richmond und Ilkar. Baron Gresse hatte sich zum Unbehagen seiner Leibwächter entschlossen, zwischen Talan und dem Unbekannten Krieger zu reiten. Denser und Sirendor Larn folgten hinter diesem zweiten Trio, und Gresses vier Bewaffnete bildeten die Nachhut.

Für den Baron war dieser Ritt gewiss eine willkommene Gelegenheit, seiner übermäßig besorgten Familie zu entfliehen und frei durchs Land zu reisen. Der Unbekannte und Talan dagegen konnten auch hier nicht von ihrer Gewohnheit lassen, so viele Informationen wie möglich aus so vielen Quellen wie möglich zu sammeln.

»Seid Ihr denn noch mit Blackthorne verbündet?«, fragte Talan.

Gresse nickte. »Wir haben uns gegenseitig freies Geleit gewährt, aber ich würde das nicht unbedingt ein Bündnis nennen. Er reist, ohne Zoll zahlen zu müssen, über diesen Pass nach Korina, und ich habe auf seinem Land bis Gyernath ähnliche Rechte.«

Der Unbekannte runzelte die Stirn. »Hat er östlich von Gyernath Land besetzt? Ich habe gehört, er …«

»Vor sechs Monaten schon. Er hat inzwischen fast ganz Gyernath annektiert, auch wenn der Stadtrat erheblichen Druck auf ihn ausübt, damit er die Wegezölle niedrig hält. Bis jetzt waren die Bemühungen erfolgreich.«

»Was ist denn aus Lord Arlen geworden?«, fragte der Unbekannte.

»Er arbeitet für Blackthorne.«

»Ach …« Allmählich entstand ein Bild.

»Bei den Göttern, nein, es gab keine Kämpfe. Ich will keine Kämpfe mehr, das kann ich getrost sagen. Offiziell kontrolliert Arlen immer noch die Ländereien östlich von Gyernath, in Wirklichkeit wird er aber durch Blackthornes Kräfte stark unterstützt. Er bekommt Metall aus den Minen im Süden und einen Anteil von den Zöllen, die dem Handelsverkehr aus dem Südosten einschließlich Korina auferlegt werden.« Gresse kicherte und streckte eine Hand aus, um den Oberschenkel des Unbekannten zu tätscheln. »Ich an Eurer Stelle würde Arlen von der Liste möglicher Auftraggeber streichen. Blackthorne hat jetzt alle Finanzen rings um Gyernath im Griff.«

»Sonst noch jemand, den wir streichen können?«, fragte Talan.

»Mich jedenfalls nicht«, sagte Gresse. »Ich bin sicher, dass Pontois so schnell nicht aufgibt. Entweder er plant schon den nächsten Angriff auf Taranspike oder er hofft, ich werde es dort mit den Befestigungen übertreiben und ihm weiter im Westen eine Blöße zeigen.«

»Tja, wenn Ihr uns braucht, dann solltet Ihr rechtzeitig Bescheid sagen«, warnte der Unbekannte.

»Sehr früh«, stimmte Talan zu.

»Ich habe Gerüchte gehört, dass Ihr Euren Waffenrock an den Nagel hängen wollt«, sagte Gresse, ohne den beiden in die Augen zu sehen.

»Glaubt es besser erst, wenn Ihr es seht«, riet ihm Talan mit hochgezogenen Augenbrauen.

»So viel zu einem fairen Informationsaustausch«, knurrte Gresse, doch in seinen Augen blitzte es amüsiert.

»Ihr sollt der Erste sein, der es erfährt, wenn es so weit ist. Na, wie gefällt Euch das?«, fragte der Unbekannte.

»Damit muss ich mich wohl abfinden.« Gresse schüttelte den Kopf und schwieg.

Der Taranspike-Pass war ganz von grauen Felsen eingerahmt. Die kühlen Schieferplatten boten Vögeln und zähen Pflanzen ein Heim. Zu beiden Seiten der Wände, die den Pass begrenzten, fiel das Land steil ab. Hier gab es schwarze Abgründe, tiefe Schluchten und abweisende, lebensfeindliche Täler, in denen das Wasser unter den Felsen verlief; das unterirdische Gurgeln erinnerte an die Stimmen verlorener Seelen. Im Pass selbst standen nach dem Regen der vergangenen Nacht Pfützen auf der weichen Erde und verwandelten den Weg in eine Schlammwüste. Doch im

Laufe des Tages sollte die Sonne zeigen, welche Kraft sie in der heißen Jahreszeit zwischen den Felsen entwickeln konnte. Sie sollte bald den Schlamm erreichen und die Erde austrocknen, bis Risse auf dem Weg entstanden, der manchmal einem Dutzend, an anderen Orten aber nur drei Wagen nebeneinander Platz bot.

Die Rufe der Vögel, das Schlagen der Pferdehufe und die Stimmen der Männer hallten zwischen den Wänden wider und erzeugten eine Atmosphäre, die bei einem einsamen Reiter gewiss großes Unbehagen hervorgerufen hätten. In einer Gesellschaft wie dieser jedoch, in der jeder auf die Gefährten zählen konnte, durfte man die gespenstische Stimmung ignorieren.

Sirendor Larn atmete die frische Luft auf dem Pass tief ein und genoss die Kühle in den Lungen, die die Erinnerung an die Gerüche und den Rauch auf der Burg und in deren Umgebung aus seinem Kopf vertrieb. Auf dem Pass sollte es keine Schwierigkeiten geben, denn Gresses Männer sicherten diese Gegend, und soweit Sirendor wusste, war dies ohnehin keine sonderlich gefährliche Gegend. Korina war kaum mehr als einen Tagesritt entfernt, und die Stimmung des Mannes, der ohnehin nicht zum Trübsinn neigte, war im Augenblick so gut, wie sie nur sein konnte. Das einzige Wölkchen am blauen Himmel war die bevorstehende Sitzung. Er hatte Angst, wenn er daran dachte, wie Hirad reagieren mochte.

Die meiste Zeit hatte er mit Denser geplaudert und Ilkars finsteres Starren mit einem Grinsen quittiert, wenn er dem Blick des Elfen begegnete. Denser schien ganz in Ordnung zu sein. Es war gewiss nicht das erste Mal, dass Sirendor an einem Tag gegen einen Mann kämpfte, um am nächsten mit ihm nach Hause zu reiten. So war es eben, wenn man sich als Söldner verdingte. Denser war offensichtlich ein fähiger Magier, und wie es den Wechselfällen des Kriegshandwerks entsprach, war auch er letzten Endes nur ein Mann, der sich unablässig fragte, wohin ihn der nächste Auftrag wohl führen mochte. Der einzige Unterschied bestand darin, dass der Magier viel selbstsicherer zu sein schien als die meisten anderen Menschen. Sirendor ging davon aus, dass dies auf seine Ausbildung in Xetesk zurückzuführen war, und nahm sich vor, Ilkar demnächst nach Einzelheiten über das Dunkle Kolleg zu fragen.

Als er wieder zu Denser schaute, musste er lächeln. Die Pfeife war zwischen die Zähne geklemmt und stieß gemütliche Rauchwolken aus wie immer, die Katze hockte vor dem Magier auf dem Sattel. Wenn man Genaueres über das Tier erfahren wollte, gab sich der Magier freilich sehr zurückhaltend und murmelte nur, es sei ein idealer Gefährte für jemanden wie ihn, der sein Leben hauptsächlich in Einsamkeit verbrachte. Denser dagegen versuchte nicht zum ersten Mal, den Rücken des Unbekannten mit neugierigen Blicken zu durchbohren.

»Er fasziniert auch mich«, erklärte Sirendor. »So war es schon immer.« Aus seinen Träumen gerissen, fuhr Denser herum.

»Was?«

»Der Unbekannte. Ich kenne ihn seit zehn Jahren, und ich weiß noch nicht einmal, wo er geboren wurde.«

»Auch kein Name?«, fragte Denser.

»Nein. Auch seinen Namen weiß ich nicht«, bestätigte Sirendor.

»Ich habe angenommen, Ihr wärt die Einzigen, denen er es verraten hat.«

»Ich fürchte, das ist nur ein Gerücht. Nicht einmal Tomas weiß es.«

»Wer ist Tomas?«, wollte Denser wissen.

»Der Wirt im Krähenhorst. Nun ja, er ist gemeinsam mit dem Unbekannten der Wirt. Tomas kennt ihn seit mehr als zwanzig Jahren. Er hat sich damals um den Unbekannten gekümmert, als dieser im Alter von dreizehn Jahren in Korina aufgetaucht war.« Sirendor schüttelte den Kopf. »Man lernt schnell, ihm gewisse Fragen besser nicht zu stellen.«

»Warum nennt ihr ihn den Unbekannten Krieger?«

Sirendor lachte. »Das ist die Frage, die am häufigsten gestellt wird. Sage mir, was du bisher gehört hast, und dann verrate ich dir die Wahrheit.«

»Ich habe bisher nur gehört, dass er nicht gefunden werden wollte«, sagte Denser achselzuckend. »Deshalb habe er sich geweigert, seinen Namen zu nennen.«

»Das hört man häufig, aber es ist völlig falsch«, erklärte Sirendor. »Ich meine, wenn er versucht hat, sich vor jemandem zu verstecken, dann war es doch ganz sicher keine gute Idee, sich Unbekannter Krieger zu nennen und mit dem Raben zu reiten, meinst du nicht auch?« Denser nickte. »Nein, als wir vor zehn Jahren im Krähenhorst den Raben gegründet haben, trafen wir uns, weil wir als Einzelkämpfer zuvor einen Kontrakt angenommen hatten, den Gyernath ausgeschrieben hatte. Mit ›wir‹ meine ich ihn, mich, Hirad und Ilkar. Ich erinnere mich noch, dass wir alle nach Korina zurückritten. Er sagte, er besitze dort einen Gasthof, und wir könnten bei ihm übernachten und etwas zu essen bekommen, weil er etwas mit uns besprechen wollte. Wir nannten uns nach dem Raben wegen des Ortes, an dem wir tranken, und dann einigten wir uns auf den Kodex und unterzeichneten das Dokument, das Tomas in seinem Hinterzimmer an die Wand gehängt hat. Als der Unbekannte an der Reihe war, wollte er zuerst nicht unterschreiben und sagte, sein Name sei unwichtig. Erst in diesem Augenblick wurde uns anderen klar, dass er in der ganzen

Woche, die wir gemeinsam gekämpft hatten, nicht verraten hatte, wie er hieß.«

»Warum aber der Rabe? Krähen leben im Krähenhorst, aber nicht der Rabe.«

»Es ist die gleiche Familie von Vögeln, doch der Name ist besser. Kannst du dir vorstellen, wie wir dastehen würden, wenn wir uns ›die Krähe‹ genannt hätten?«

Denser kicherte, und der Laut wurde von den Felsen vor ihnen zurückgeworfen, wo sich der Pass ein wenig verbreiterte. Sirendor fuhr mit seiner Erklärung fort.

»Wie auch immer, ich weiß noch, als wäre es gestern gewesen, was Hirad und Ilkar gesagt haben. Das Großmaul meinte: ›Wir wollen keinen geheimnisvollen Mann in der Gruppe, also unterschreibe oder verzieh dich.‹« Sirendor schüttelte den Kopf, als die Erinnerungen in ihm auftauchten. Es war so typisch und unverwechselbar Hirad. »Ilkar meinte: ›Genau, wer bist du überhaupt, irgendein sagenhafter unbekannter Krieger, oder was?‹ So entstand der Name, der dann mit dem Kodex auf Pergament verewigt wurde. Und dieser Name blieb haften.« Sirendor zuckte mit den Achseln. »So einfach war das.«

Denser kicherte noch einmal. »Nun ja, nun ja. Und so entstehen Legenden.«

»Das wollen wir doch hoffen«, sagte Sirendor.

»Aber seid ihr nicht neugierig? Wollt ihr nicht wissen, wie er wirklich heißt und warum er es euch nicht sagen will?«, fragte Denser, wieder ernst werdend. »Ich kann mir nicht vorstellen, dass ein Mann behauptet, sein Name sei nicht wichtig.«

Sirendor drehte sich im Sattel herum, legte einen Finger auf die Lippen und antwortete mit gesenkter Stimme.

»Ja, wir waren neugierig, und ich glaube, in Augenblicken wie diesem, wenn meine Gedanken frei schweifen, bin ich es immer noch. Glaube nicht, wir hätten es nicht probiert, wir hätten ihn nicht betrunken gemacht und versucht, ihm den Namen zu entlocken, und wir hätten nicht gedroht, nicht mehr mit ihm zu reden. Doch er gab nicht nach, und wenn du ihn bedrängst, dann wird er zornig. Du lernst bald, deine Neugierde zu zügeln. Er ist unser Freund. Wenn er irgendetwas für sich behalten will, und sei es sein Name, dann respektieren wir das. Er ist der Rabe.«

»Aber er verheimlicht euch etwas«, bohrte Denser. »Er verrät euch nicht …«

»Genug«, sagte Sirendor. »Es ist seine Entscheidung. Belassen wir es dabei.« Doch der Blick, den Denser ihm zuwarf, ließ vermuten, dass der Magier ganz anderer Ansicht war.

Ein Schwarm großer weißer Möwen mit grauen Flügeln flog über den Pass in ihre Richtung. Sie drehten ab, der Sonne entgegen, und ihre Rufe hallten zwischen den Klippen. Weitere Vögel, dunkler und kleiner und wendiger, stiegen protestierend auf. Ihre erbosten Rufe zerstreuten den Schwarm, der sich hoch droben wieder formierte, um die Reise nach Westen fortzusetzen. Mit laut flatternden Schwingen kehrten die kleineren Vögel zu den Felsen zurück, wo ihre Nester und Küken vor den räuberischen Möwen geschützt waren.

Gresse hatte die Begegnung beobachtet. Er blickte noch einen Moment zum Himmel hinauf, ehe er sich an den Unbekannten wandte. »Sagt mir, hat Blackthorne sich wegen der Gerüchte über die Wesmen beunruhigt gezeigt?«

»Ich glaube, Ihr macht Euch übertriebene Vorstellungen von unserer Bedeutung«, erwiderte der Unbekannte. »Söldner bekommen keine Gelegenheit, mit Baron Blackthorne zu reden.«

Gresse drehte sich im Sattel um und sah den Unbekannten Krieger mit seinen funkelnden Augen an.

»Unbekannter, ich bin der älteste Baron, und ich bemühe mich sehr, keinen Übertreibungen zum Opfer zu fallen. Der Ruf des Raben und seine Bedeutung zählen gewiss nicht zu den Dingen, die ich übertrieben bewerten könnte. Ich rede gelegentlich auch mit Blackthorne, und ich weiß, dass er Eure Gesellschaft schätzt.«

»Dann redet doch selbst mit ihm.«

»Er ist zweihundertfünfzig Meilen entfernt im Südwesten, und deshalb frage ich Euch«, erwiderte Gresse pikiert.

»Und Ihr wollt es mir nicht sagen.«

Der Unbekannte warf einen Blick zu Talan, der mit den Achseln zuckte. Die Gruppe ritt jetzt im gemächlichen Trab, und Denser, der wieder mit Sirendor plauderte, war ein Stück zurückgefallen.

»Vor sechs Monaten, als sich Eurer Darstellung nach Arlen an Blackthorne verkauft hat, waren wir im Osten von Balaia, um die Bedrohung durch die Wesmen einzuschätzen«, erklärte der Unbekannte. Gresse knallte die Faust auf den Sattelknauf.

»Ich wusste doch gleich, dass es noch mehr zu erzählen gibt. Ihr seid ein gerissener Fuchs.«

»Es war sinnvoll, dort nachzusehen«, ergänzte Talan. »Wir wollen ehrlich sein: Wenn die Wesmen über den Understone-Pass eine Invasion beginnen und nach Süden statt nach Norden vorrücken, dann wird Blackthorne noch vor den Kollegien in großer Gefahr schweben. Das Gleiche gilt für den Fall, dass sie eine Invasion über die Bucht von Gyernath beginnen. In diesem Fall wären sie nur fünf Tagesreisen von der Stadt und nur wenige Stunden von Burg Blackthorne entfernt.«

»Und was habt Ihr herausgefunden?«

Hirad, der vor ihnen ritt, gab den Befehl zum Anhalten. Die Reiter zügelten die Pferde und stiegen ab, um zu ruhen und etwas zu essen. Es war kurz nach Mittag, und inzwischen war es auf dem Pass angenehm warm. Sie befanden sich in einer Senke, die zu beiden Seiten von Felsen eingerahmt war, was die Kraft der Sonne noch verstärkte.

»Nichts, das irgendetwas von dem bestätigen könnte, was Ihr gehört habt.« Talan zuckte mit den Achseln und wischte mit der behandschuhten Hand über einen Felsblock, bevor er sich setzte. Links von ihm machten sich Gresses Leibwächter daran, ein Lagerfeuer anzuzünden. Sie sammelten die Zweige der kräftigen trockenen Büsche ein, die am Wegesrand wuchsen. »Wir sind als Begleitschutz für eine von Blackthornes Weinlieferungen nach Leionu durch den Pass geritten. Hinter dem Pass wandten wir uns nach Süden und blieben vier Tage bei Blackthornes Leuten, bis wir schließlich die Bucht von Gyernath durchquerten. Wir haben keine brennenden Dörfer gesehen, keine marschierenden Heere und keinen Hinweis darauf, dass die Wesmen Überfälle verübt hätten. Wenn sie sich wirklich irgendwo zusammenrotten, dann tun sie dies in ihrem eigenen Land auf der südwestlichen Halbinsel. Es tut mir Leid, dass ich Euch enttäuschen muss.«

»Aber das war schon vor sechs Monaten.« Gresse zog das weiche Gras und das Heidekraut einem Steinblock vor und setzte sich neben ihn.

»Das mag ja sein, aber Baron Blackthorne macht sich meines Wissens tatsächlich keine Sorgen wegen einer Invasion der Wesmen«, sagte der Unbekannte. Er suchte kurz in seinem Gepäck herum und zog einen kleinen Lederbeutel heraus, der mit einem Korken verschlossen war. »Hier, Sirendor. Hier ist Salz.« Er warf den Beutel zu dem Krieger hinüber, der aufsprang und ihn mit einer Hand fing. »Aber benutze es dieses Mal auch wirklich. Dadurch wird deine Suppe womöglich nahezu genießbar.« Hirad lachte, während Sirendor fluchte.

»Er sollte sich aber Sorgen machen.« Gresse dachte eine Weile nach. »Wie hat der Pass ausgesehen?«

»Er war gut bewacht. Tessaya ist kein Narr. Er verdient eine Menge an den Zolleinnahmen dort, und er wird ihn gewiss nicht der Handelsallianz oder einem rivalisierenden Stamm überlassen.« Der Unbekannte kratzte sich an der Nase.

»Kasernen?«

»Verrammelt und leer.« Der Unbekannte schüttelte leicht den Kopf. »Er hat zu beiden Seiten des Passes größere Wachabteilungen stationiert, aber er hat sich nicht auf eine Belagerung vorbereitet.«

»Danke«, sagte Gresse. »Ich danke euch beiden. Entschuldigt, dass ich Euch bedrängt habe.«

Talan zuckte mit den Achseln. »Schon gut. Ich nehme an, Ihr habt noch andere Quellen?«

»Neuer sind sie in der Tat, und nicht weniger zuverlässig. Der Pass sei nach Osten hin abgeriegelt, er sei von Wesmen besetzt, und aus dem Südwesten kämmen Kampfabteilungen. Wenn dies wahr ist, dann stecken wir in Schwierigkeiten. Wir haben keine organisierte Verteidigung, und weder Blackthorne noch die Kollegien sind stark genug, um Gegenwehr zu leisten. Haltet nur die Augen und Ohren offen, um mehr bitte ich Euch gar nicht.« Gresse seufzte. »Ich kann wohl nicht hoffen, die Barone bei dieser Sitzung zu einem Bündnis zu überreden, wenn Blackthorne nicht dabei ist. Ich hoffe nur, es ist nicht schon zu spät.«

Talan zog die Augenbrauen hoch. »Glaubt Ihr denn wirklich, dass es so ernst ist? Ist etwas dran an den Gerüchten über die Wytchlords?«

Gresse schnaubte erbost. »Ja, es ist so ernst. Es ist gut möglich, dass wir bald um unser Land kämpfen müssen. Und was die Wytchlords angeht, so können wir uns für immer von Balaia verabschieden, falls sie durch irgendein garstiges Wunder zurückgekehrt sein sollten.«

Das Feuer erwachte knackend zum Leben, und die Flammen malten bleiche Schatten auf die im Sonnenlicht liegenden Wände des Passes. Die Männer schwiegen, jeder hing seinen Gedanken nach und starrte ins hypnotische Flackern. Es war ein guter Augenblick, um eine Weile still zu sein. Sirendors Fleischbrühe wurde ausgeteilt und schmeckte tatsächlich gut.

Der Trupp ritt durch Korinas Osttor in die Stadt, als die Sonne hinter einigen hohen Gebäuden versank. Manch ein Besucher wurde aufgehalten und durchsucht, doch der Rabe wurde wie immer einfach durchgewinkt und durfte sich ungehindert unter das Gedränge auf den gepflasterten Straßen mischen, wo der nachmittägliche Handel Korinas stattfand.

»Manchmal ist es schon ein Vorteil, zum Raben zu gehören«, bemerkte Sirendor. »Es gibt nicht so viele von unserer Sorte, wie du vielleicht glauben möchtest.« Denser schwieg sich aus.

Kurz nachdem sie die Stadt betreten hatten, verabschiedeten sich Gresse und seine Männer und wandten sich nach Süden zu den Büros der Handelsallianz. Dort standen den Baronen stark bewachte Gemächer zur Verfügung.

Korina war die Hauptstadt von Ost-Balaia. Die Bevölkerung lag seit langer Zeit bei etwa zweihundertfünfzigtausend Menschen, und wenn große Feste anstanden oder der Handel besonders lebhaft wurde, konnten es auch bis zu dreihunderttausend sein. Die meisten Kaufleute kamen mit Handelsflotten aus den Ländern im Osten und Süden des nördlichen Kontinents. Korina lag an der Mündung des Flusses Kour, und man hatte sichere Tiefwasserhäfen angelegt, die aus dem Süden Händler anlockten und dazu einluden, auf die kürzere, aber weniger gewinnbringende Reise nach Gyernath zu verzichten.

Das hervorstechendste Merkmal der Stadt waren die stabilen, weitläufigen und niedrigen Gebäude, die wegen der starken Winde und Stürme, die immer wieder durch die Flussmündung fegten, wenn das Klima vom Winter zum wärmeren Wetter des Frühlings wechselte, widerstandsfähig gebaut sein mussten. Auf drei Plätzen fanden an jedem Wochentag stark besuchte Märkte statt; verbunden wurden die Handelsplätze durch Straßen voller Geschäfte und Läden, Gasthöfe und Garküchen, Bordelle und Spielhallen.

Außerhalb dieses Dreiecks und näher zum Hafen hin blühte die Schwerindustrie. Dort klirrte es, dort brannten Schmiedefeuer, dort wurde gesägt und gegossen, dort wurden Waren für das Inland und für Kunden in Übersee produziert. In allen Lücken zwischen den Häusern, die der Unterhaltung, dem Handel, der Verwaltung und der Arbeit dienten, wohnten Menschen. Manche im Elend, manche in einem Luxus, von dem diejenigen, die nichts als den Dreck an ihren Händen sahen, nicht einmal träumen konnten, und die meisten in einem Zustand ewiger Veränderung irgendwo zwischen diesen Extremen.

Die Rabenkrieger ließen die Pferde im Schritt laufen und wandten sich zum westlichen Markt und zum nördlich davon gelegenen Krähenhorst. Die Straßen waren voller Menschen und Karren mit Zugtieren, es roch frisch, verfault und übel, und neben den Gerüchen trug der Wind den ewigen Lärm der Stadt heran. An Verkaufsständen, auf Wagen, aus Weidenkörben und von Tabletts, die an Schultergurten hingen, wurden alle nur denkbaren Waren feilgeboten: feines Tuch, das aus dem Elfenland im fernen Süden importiert wurde, Töpferwaren und solche aus Eisen und Stahl, geschmiedet und gegossen in den Werkstätten und Brennöfen von Korina und Jaden; Fleisch, Gemüse und Pasteten, die in den zahllosen Küchen der Stadt zubereitet wurden, manche sauber, viele aber auch minderwertig und schmutzig. Der lebhafte Handel wurde allein durch die Sprache der klingenden Münze kontrolliert, und überall wechselten Silber und Bronze die Hände und schimmerten im roten Licht der untergehenden Sonne.

Glücklicherweise bewegte sich der größte Teil des Verkehrs in die entgegengesetzte Richtung, als der Tag sich dem Ende neigte. Doch immer noch war der gepflasterte Marktplatz voller Stände, durch die sich der Rabe einen Weg bahnen musste. Reden konnten sie nicht mehr, als der Unbekannte sie im Gänsemarsch über den Platz führte, zum Krähenhorst und in das stille Hinterzimmer des Gasthofes, das ihnen nach der Schlacht als Zuflucht diente.

Tomas' Sohn Rhob, ein Bursche, der aus Ehrfurcht vor den Söldnern fast erstarrte, führte die Pferde in die Ställe, und die müden Reiter gingen steifbeinig nach drinnen.

»Hallo, Junge!« Der Wirt stand hinter der Bar und grüßte den Freund, der ihm trotz des seltsamen Namens längst kein Unbekannter mehr war. Die Plätze im Krähenhorst waren, wie um diese Tageszeit zu erwarten, etwa zu einem Viertel besetzt. Es war eine große Gaststube, dreißig Tische in einem weitläufigen, von Eichenpfosten gestützten niedrigen Raum. Die Theke stand direkt gegenüber der Tür und lief in einem Viertelkreis von rechts nach links bis zur Küchentür, zum Hinterzimmer und der nach oben führenden Treppe. Rechts befand sich der offene Kamin des Krähenhorsts. Bücher standen ringsum an drei Wänden auf Brettern, die Lampen waren mit roten und gelben Schirmen versehen, um eine warme Atmosphäre zu erzeugen.

»Hallo, Tomas.« Die Stimme des Unbekannten klang müde.

»Geht einfach durch«, sagte Tomas. Er war ein großer, glatzköpfiger Mann Ende vierzig. »Ich bringe euch Wein, Ale und Kaffee. Maris ist gerade mit Kochen fertig. Ich …« Er runzelte die Stirn und unterbrach sich, als er die Neuankömmlinge näher ins Auge fasste und Denser bemerkte. Der Unbekannte nickte, ging zur Bar und legte Tomas eine Hand auf den Arm.

»Heute Abend wird es hier ein Fest geben. Wir haben viel zu feiern, vieles zu erinnern und Ras zu betrauern.«

Nichts weiter wurde gesprochen. Der Rabe marschierte an Tomas vorbei ins Hinterzimmer, und die Männer nickten und lächelten zum Gruß.

Drei Dinge stachen im Hinterzimmer sofort ins Auge: das Symbol des Raben mit den gekreuzten Schwertern über dem Kamin, die lange Tafel mit den sieben Plätzen vor der großen Doppeltür an der hinteren Wand und die kostbar gefertigten weichen Stühle und Sofas. Hier ließen sich die Rabenkrieger nieder, seufzten dankbar und schwiegen eine Weile.

Denser zögerte. Insgesamt gab es zehn Sitzplätze. Schließlich entschied er sich für einen schlichten, rot gepolsterten Stuhl in der Nähe des kalten Kamins.

»Nicht dort.« Talans Stimme ließ ihn augenblicklich innehalten. »Dort hat Ras gesessen. Setz dich auf Tomas' Sofa, wenn du schon musst. Ich denke, es wird ihn nicht stören.«

Denser setzte sich.

»Und nun«, verkündete der Unbekannte, indem er sich an den dunklen Magier wandte, »das Wichtigste zuerst. Wie lange wird es deiner Ansicht nach dauern, bis wir bezahlt werden?«

»Also, wie ich Ilkar schon erklärt habe, ist das Amulett vor allem ein Werkzeug für die Forschung, und wir werden es in den nächsten Monaten noch nicht verkaufen. Wir werden aber einen Mindestpreis festsetzen, und ich kann euch fünf Prozent von diesem Preis als Vorschuss geben. Sagen wir zweihunderttausend Echtsilber?«

Der Unbekannte sah sich rasch zu seinen Gefährten um. Niemand erhob Einwände.

»Das soll uns recht sein. Unser Geld ist bei der Zentralbank deponiert. Deine Zahlung muss binnen einer Woche erfolgen.«

Denser stand auf. »Das Geld wird morgen dort sein. Und wenn ihr mich jetzt entschuldigen wollt, ich brauche ein Bad.« Er wollte gehen, doch der Unbekannte hielt ihn auf.

»Wo übernachtest du?«

»Darüber habe ich noch nicht nachgedacht.«

»Lass dir von Tomas ein Zimmer herrichten. Er wird dir nichts berechnen.«

»Das ist sehr freundlich von dir, vielen Dank.« Denser schien ein wenig überrascht, doch er lächelte.

»Und wenn du möchtest, kannst du auch zum Fest kommen. Immerhin hast du es finanziert. Bei Anbruch der Dämmerung im vorderen Schankraum.« Denser nickte. »Nur eine Sache wäre da noch zu klären. Ilkar? Eine Voraussage, bitte.«

Ilkar nickte, und er schien beinahe amüsiert, als er aufstand und zu Denser hinüberging.

»Was hast du vor?«, fragte Denser.

»Nichts weiter«, sagte Ilkar. »Es ist ein ganz alltäglicher Spruch, nichts Dauerhaftes. Ich will mich nur vergewissern, ob du aufrichtig bist. Wenn ich dich berühre, beantwortest du die Fragen einfach mit ja oder nein.«

Ilkar schloss die Augen und sprach eine kurze Beschwörung. Er zog die rechte Hand vor den Augen, vor dem Mund und vor dem Herzen vorbei, ehe er sie auf Densers Schulter legte.

»Werden die zweihunderttausend Echtsilber von heute an gerechnet binnen einer Woche auf das Konto des Raben bei der Zentralbank überwiesen werden?«

»Ja.«

Ilkar öffnete die Augen und hielt Denser die Tür auf. »Wir sehen uns dann.« Denser ging. Ilkar schloss hinter ihm die Tür und wandte sich erbost an den Unbekannten Krieger. »Sonst noch etwas, das wir ihm geben sollen? Vielleicht die Erlaubnis, Julatsa-Blut zu verwenden, um sein Mana aufzufrischen?«

Der Unbekannte schwieg.

»Ich traue ihm nicht«, sagte Hirad.

»Warum steigt er hier ab, wenn er nicht zahlen will?«, fragte der Unbekannte.

»Nein, ich meinte nicht das Geld«, erklärte Hirad. »Die Voraussage beweist, dass er zahlen wird. Es steckt aber viel mehr dahinter. Warum zum Beispiel war er so schnell bereit, uns so viel Geld zu geben? Wir hätten den Auftrag auch für zweitausend pro Mann übernommen.«

»Warum steigt er hier ab?«, wiederholte der Unbekannte. »Wenn er uns in irgendetwas hineingezogen hat, dann will ich wissen, wo er steckt. Deshalb, Ilkar, will ich ihn heute Abend hier unten haben.«

»Rechnest du mit Ärger?«, fragte Talan.

»Nein.« Der Unbekannte lehnte sich zurück und streckte die Beine aus. »Aber trotzdem solltet ihr die Kurzschwerter anlegen, und zwar nicht nur aus Respekt vor Ras.«

»Das wird aber auch Zeit.« Ilkar hatte den Korken aus einer Weinflasche gezogen und schenkte sich einen Kelch ein.

»Was meinst du?« Sirendor winkte ihm, weil er ebenfalls ein Glas haben wollte. Der Magier gab ihm das erste und füllte ein weiteres Glas.

»Jetzt hast du innegehalten und mit Nachdenken begonnen, nachdem der erste Glanz des Echtsilbers verblasst ist, und auf einmal wirst du nervös, nicht wahr?« Er setzte sich auf seinen Stuhl. »Xetesk ist gefährlich. Nichts ist mehr so, wie es vorher war. Es gibt Zusammenhänge hinter dem, was wir an der Oberfläche sehen, und ich persönlich glaube kein Wort von dem, was er über das Amulett gesagt hast.«

»Warum hast du geschwiegen?«

»Hättet ihr denn auf mich gehört, Hirad?«, knurrte Ilkar. »Zweihundertfünfzigtausend für einen Tagesritt, und auf der anderen Seite meine Bedenken. Wie sollte ich dagegen ankommen?«

»Ich kann immer noch nicht erkennen, wo das Problem liegen soll«, sagte Richmond. »Wir sind hier, wir sind in Sicherheit, das Geld wird überwiesen. Wir haben uns die Möglichkeit erkauft, uns freier zu bewegen.«

»Falls wir überleben und das Geld ausgeben können«, murmelte Ilkar.

»Jetzt übertreibst du aber«, meinte Sirendor.

»Du kennst sie nicht«, gab Ilkar nachdenklich zurück. »Ich kenne sie. Wenn er uns in etwas hineingezogen hat, dann sind wir austauschbar. Xetesk hat keinen Kodex, und sie folgen keinen festen Regeln.« Er hielt inne. »Hört mal, ich sage doch nur, dass ihr bei Denser vorsichtig sein sollt. Vielleicht haben wir heute noch einmal Glück gehabt, aber wir müssen erst einmal abwarten und sehen, wie der Hase läuft.«

»Niemand kann uns zwingen, noch einmal für Xetesk zu arbeiten«, stellte Hirad gelassen fest.

»Das ist richtig, niemand kann uns zwingen«, antwortete Ilkar.

»Wir müssen überhaupt für niemanden mehr arbeiten.« Talans Worte wurden mit Schweigen quittiert. Hirad stand steifbeinig auf und ging zum Tisch, auf dem die Getränke standen. Er schenkte sich Wein ein und brachte die Flasche und noch einige weitere Gläser zum Kamin mit. Wer noch nicht versorgt war, bediente sich jetzt.

»Wir müssen schon lange für niemanden mehr arbeiten, aber ich weiß, was Talan damit meinte«, sagte der Unbekannte. »Die zweihundertfünfzigtausend bedeuten, dass wir alles tun können, was wir uns ganz zu Anfang überlegt haben, und alles, was wir nie zu träumen wagten. Stellt euch nur vor, welche Möglichkeiten wir jetzt haben.«

»Ich glaube, du solltest besser damit beginnen, dass du mir erzählst, was gestern Abend vor sich gegangen ist und was du da gesagt hast.« Hirad leerte seinen Becher und schenkte sich nach.

»Wir haben versucht, dich zu wecken. Wir hatten nicht die Absicht, dich auszuschließen«, sagte Sirendor. »Wir haben die Burg verlassen, um uns zu Richmond zu gesellen. Ich weiß nicht, wie es den anderen ging, aber als ich Ras' Grab vor mir sah, bekam ich zum ersten Mal Angst, eines Tages könnte es auch mich erwischen. Oder Ilkar …« Er machte eine ausholende Geste und nickte Hirad zu. »Oder dich. Das will ich nicht. Ich will eine Zukunft haben, solange ich noch jung bin und sie genießen kann.«

»Dann ist die Entscheidung gefallen?«, erwiderte Hirad schroff.

Sirendor holte tief Luft. »Als wir geredet haben, wurde deutlich, dass wir alle das Gleiche gedacht haben. Bei den Göttern, Hirad, selbst du hast in den letzten zwei Jahren schon davon gesprochen, einfach aufzuhören. Wir wollen alle überleben. Talan will reisen, Ilkar will unbedingt nach Julatsa zurück. Ich ... ach, du weißt ja, was ich will.«

»Ehemann und Vater sein, was?« Hirad lächelte, obwohl ihm das Herz bis zum Hals schlug und ein Knoten seine Kehle zuschnürte.

»Ich muss nur aufhören zu kämpfen, dann kann der Bürgermeister mir die Heirat nicht mehr verwehren. Du weißt doch selbst, wie das ist.« Sirendor zuckte mit den Achseln.

»Allerdings. Sirendor Larn wurde von der Tochter des Bürgermeisters gezähmt. Früher oder später musste das ja passieren.« Hirad wischte sich den linken Augenwinkel trocken. Auf einmal herrschte im Hinterzimmer eine gespannte Atmosphäre, und die Aufmerksamkeit der Kameraden war ganz und gar auf ihn gerichtet. »Du weißt, dass ich dir nicht im Weg stehen will.«

»Ich weiß«, sagte Sirendor, aber der Blick, den sie wechselten, sprach Bände.

»Du kannst doch sicher erkennen, wie vernünftig es ist«, sagte der Unbekannte. Hirad starrte ihn nur an. »Bei den Göttern, Hirad, ich bin seit einem Dutzend Jahren Mitbesitzer dieses Gasthofs, und in dieser langen Zeit habe ich höchstens ein Dutzend Mal hinter der Theke gestanden.«

»Was ist mir dir?« Der Barbar wandte sich an Richmond.

»Vor dem gestrigen Tag war ich noch nicht sicher«, erklärte der blonde Krieger. »Aber ich bin müde, Hirad. Sogar herumzustehen und darauf zu warten, dass etwas passiert, ermüdet mich schon. Ich ...« Er hielt inne und rieb sich mit drei Fingern über die Stirn. »Gestern habe ich einen Fehler gemacht, den ich mir vorwerfen werde, bis ich ins Grab sinke. Im Augenblick traue ich es mir nicht einmal mehr zu, ordentlich in der Schlachtreihe zu kämpfen, und ich wäre überrascht, wenn du es könntest. Das gilt auch für die anderen.«

Wieder gab es ein gedehntes, unbehagliches Schweigen. Hirad sah von einem Gefährten zum anderen, doch keiner wusste etwas zu sagen.

»Es ist unglaublich«, erklärte Hirad schließlich. »Zehn Jahre. Zehn Jahre sind wir zusammen, und ihr trefft die wichtigste Entscheidung eures Lebens – meines Lebens –, während ich geschlafen habe.« Er war zu empört, um die Stimme zu erheben, und sprach scheinbar völlig ruhig. Doch er wusste auch, dass es im Grunde nicht der Zorn war, der ihn bewegte. Es war eine tiefe, bittere Enttäuschung. Die Konsequenz, die sich unausweichlich aus der Gründung des Raben ergab. Die Auflösung. Seltsamerweise hatte Hirad zu Anfang nie geglaubt, dass es überhaupt so lange halten würde. Die Zukunft war bedeutungslos gewesen. Bis heute. Jetzt brach seine Welt rings um ihn zusammen, und das machte ihm Angst. Große Angst.

»Es tut mir Leid, Hirad.«

»Ich wollte eigentlich nicht mehr, als dass man mich nach meiner Meinung fragt, Sirendor.«

»Ich weiß. Aber die Entscheidung wurde nicht gestern Abend gefällt. Da wurde sie nur bestätigt.«

»Ihr habt mich nicht gefragt.« Hirad stand auf und ging zur Tür. Er wollte jetzt trinken und lachen. »Ich sag euch was«, erklärte er. »Ihr Frührentner bezahlt das Fest, und ich versuche, euch zu verzeihen.«

Stylianns Augen funkelten, und sein Gesicht lief rot an. In der Gefängniszelle unter seinem Turm sanken drei Magier auf ihren Stühlen in sich zusammen. Sie waren zu erschöpft, um respektvoll vor ihrem Meister aufrecht zu stehen.

»Sagt es mir noch einmal.« Stylianns Stimme war leise und ruhig, doch sie erfüllte mit ihrer Kraft die kleine Kammer.

»Wir sind erst seit drei Stunden wirklich sicher, und auch da mussten wir noch ein letztes Mal alles überprüfen. Wir wollten keinen Anlass zur Beunruhigung geben, solange wir nicht absolut sicher waren«, berichtete einer von ihnen, ein alter Magier, der sein ganzes Leben dieser einzigen Aufgabe gewidmet hatte.

»Beunruhigung?«, wiederholte Styliann. Seine Stimme schnappte beinahe über. »Das größte Übel in Balaias Geschichte ist verschwunden. Mich zu beunruhigen, sollte die geringste Eurer Sorgen sein.«

Die drei Magier wechselten nervöse Blicke.

»Leider nicht nur verschwunden, mein Lord. Sie sind nicht mehr im Käfig, und wir glauben, dass sie sich auch nicht mehr im interdimensionalen Raum befinden.« Der alte Magier schluckte schwer. »Wir glauben, dass sie mit Wesen und Geist nach Balaia zurückgekehrt sind.«

Das Schweigen, das darauf folgte, schmerzte in den Ohren. Styliann Atem zischte zwischen den halb geöffneten Zähnen. Er sah sich noch einmal in der kleinen Kammer um, wo Zeichnungen und Darstellungen des Dimensionsraums, des Spruchs und der zugehörigen Gleichungen jeden freien Fleck an den Wänden bedeckten. Auf dem abgewetzten Holztisch lagen Notizbücher herum. Die drei in einem losen Halbkreis aufgestellten Stühle boten jeweils einem schockierten Magier Platz, und alle drei schauten zu ihm auf, wie er an der Türe stand, Nyer auf einer Seite neben sich, und Laryon auf der anderen. Er musste den Kopf nicht nach links oder rechts wenden, das war überflüssig. Die Tragweite dessen, was sie gerade gehört hatten, jagte Schauer durch die Manakanäle.

»Wie lange sind sie schon verschwunden?«, fragte er. Dies war die Frage, die sie am meisten gefürchtet hatten.

»Wir können … das können wir nicht mit Gewissheit sagen«, brachte der älteste Magier heraus.

Styliann nagelte ihn mit Blicken fest. »Wie bitte?« Wieder wechselten die drei unbehagliche Blicke. Endlich ergriff die jüngere Frau das Wort.

»So war es eben mit den Wächtern, mein Lord«, sagte sie. »Alle drei Monate werden die Sprüche gewirkt und die Berechnungen durchgeführt, wenn gewisse Konstellationen uns die größtmögliche Gewissheit versprechen.«

Styliann ließ den alten Mann nicht aus den Augen. »Wollt Ihr mir damit sagen, dass die Wytchlords womöglich schon vor drei Monaten in Balaia angekommen sein könnten?«

»Sie waren im Käfig, als wir das letzte Mal die Sprüche gewirkt haben«, erklärte die Frau. »Jetzt sind sie nicht mehr da.«

»Ja oder nein.« Styliann glaubte fast, er könne ihre Herzen pochen hören. Dann wurde ihm bewusst, dass er seinen eigenen Herzschlag wahrnahm.

»Ja.« Der alte Mann wandte den Blick ab. Er hatte Tränen in den Augen. Styliann nickte.

»Nun gut«, sagte er. »Säubert den Raum, eure Arbeit hier ist beendet.« Er wandte sich an Nyer. »Uns bleibt keine andere Wahl. Nehmt Verbindung mit den anderen Kollegien auf, aber sagt nichts über die Ereignisse hier oder auf Burg Taranspike. Wir müssen am Triverne-See ein Treffen anberaumen. Umgehend.«

»Ich hätte es nicht geglaubt, wenn ich es nicht mit eigener Nase riechen könnte«, erklärte Sirendor. Er stand neben Hirad an der Theke des Krähenhorsts und betrachtete die Kleidung des Barbaren – Lederhosen, ein eng sitzendes schwarzes Hemd, das den Oberkörper betonte, ein beschlagener Gürtel, an dem das Kurzschwert in der Scheide hing. Ilkar war bei ihnen, er trug ein schwarz gesäumtes gelbes Hemd und Lederhosen. Hinter der Theke stand der Unbekannte, mit einfachem weißem Hemd und ähnlichen Kniebundhosen bekleidet wie seine Freunde.

»Wovon redest du?«, wollte Hirad wissen.

»Tja, mein guter Freund, in den Stunden, die wir getrennt waren, hast du nicht nur dieses widerliche verschwitzte Lederzeug abgelegt, das du trägst, wenn du mit Drachen plauderst, sondern du hast offensichtlich auch ein Duftbad genommen. Das ist ein wahrhaft denkwürdiges Ereignis.« Sirendor sprang auf den nächsten Tisch und wandte sich an die Gäste. »Meine Damen und Herren – der übel riechende Barbar hat ein Bad genommen!« Es gab Gelächter, und hier und da wurden Hochrufe laut. Hirad konnte sogar sehen, dass Denser lächelte, bevor der Magier, der ein weites schwarzes Hemd und ebensolche Hosen trug, sich wieder daran machte, seine Katze zu kraulen, mit der er dicht vor dem Kaminfeuer in einem Lehnstuhl saß.

»Schwinge du nur vorlaute Reden, Großmaul«, sagte Hirad. Er zielte mit dem Finger auf Sirendor. »Aber nun schau dich selbst an. Deine Kleidung wirft die Frage auf, ob du lieber Männlein oder Weiblein an deinem Gemächt herumspielen lässt. Es wird deiner zukünftigen Braut das Herz brechen.«

»Nennst du mich etwa eine Schwuchtel?«, fragte Sirendor.

»Allerdings.«

Sirendor schmollte und blickte an sich hinab: bestickte, kniehohe weiche Stiefel, vorne verschnürt, darüber eine mit Gold bestickte braune Pluderhose, in die ein wallendes purpurnes Seidenhemd mit offenem Kragen gesteckt war. Am Gürtel hing das Kurzschwert, und die behaarte Brust zierte ein Anhänger mit einem Edelstein.

»Vielleicht hast du ja Recht.« Sirendor sprang leichtfüßig

auf den Boden der Gaststube, die sich rasch gefüllt hatte, sobald bekannt geworden war, dass der Rabe ein Fest ausrichtete, und schwenkte den Bierkrug in seinen Händen.

Denser erhob sich von seinem Platz am Feuer und ließ die Katze dort in der Wärme zurück. Er drängte sich durch die Gäste zu den vier Kampfgefährten. Ilkar nahm seinen Krug, drehte sich um und entfernte sich.

»Es sieht nicht so aus, als könnten die zwei bald Freunde werden«, bemerkte Sirendor.

»Dir entgeht aber auch rein gar nichts, was?«, gab Hirad zurück. Er grinste breit, als er den sich nähernden Xeteskianer sah.

»Denser.« Der Unbekannte begrüßte den Dunklen Magier mit einem Nicken.

»Es wird voll«, meinte Denser. Er zündete seine Pfeife an.

»Möchtest du Rotwein?« Sirendor hielt eine Flasche hoch.

»Gern.« Denser sah zu, wie Sirendor ihm einschenkte. »Danke.« Er trank einen Schluck und zog die Augenbrauen hoch. »Nicht schlecht.«

»Nicht schlecht?«, wiederholte der Unbekannte. »Das ist ein Roter von Blackthorne, mein Freund. Eine kostspielige Spezialität des Krähenhorsts.«

»Ich bin in dieser Hinsicht kein Experte.« Denser zuckte mit den Achseln.

»Offensichtlich. Du trinkst wohl lieber billigen Fusel.« Der Unbekannte drehte sich postwendend um, suchte in den Regalen zur Linken und wählte eine Flasche aus. Er stellte sie auf die Theke und fischte einen Korkenzieher aus seiner Hosentasche.

Dann hielt er inne und blickte an seinen Freunden vorbei auf die überfüllte Gaststube. Er war, wo er sein wollte, hinter der Theke, und er fühlte sich ausnehmend wohl. Es war eine ganz einfache Tätigkeit, doch er fühlte sich dabei wohl. Sehr wohl. Hinter seiner Zufriedenheit lauerte jedoch ein Abgrund, den er sich lieber nicht genauer ansehen wollte.

»Na, ist das ein Leben?«, sagte er, während er den Korken aus der Flasche zog und das Meer aus Gläsern, Gesichtern, Farben und Rauchwolken überblickte. Er nahm ein frisches Glas. »Dieses Spülwasser, Denser, geliefert vom Weinberg Baron Corins, ist wohl eher nach deinem Geschmack. Versuche, nicht daran zu ersticken.«

»Ich habe einen Vorschlag für euch«, verkündete Denser auf einmal.

»Oh, wirklich? Noch mehr Gelegenheiten, bei lebendigem Leibe verbrannt zu werden, was?«

Denser starrte Hirad an. »Eigentlich nicht. Wollt ihr mich anhören?«

»Wenn du willst, na gut, aber du verschwendest deine Zeit«, sagte der Unbekannte.

»Warum?«

»Weil wir vor ein paar Stunden in den Ruhestand getreten sind. Ich habe schon meinen neuen Job als Barkeeper angetreten.« Hirad und Sirendor lachten. Denser wirkte einen Moment lang entsetzt, während er zu entscheiden versuchte, ob sie es ernst meinten oder nicht.

»Trotzdem …«, sagte er.

»Na gut, dann sag es uns.« Sirendor lehnte sich an die Theke und stemmte die Ellenbogen darauf. Hirad folgte seinem Beispiel, während der Unbekannte, ebenfalls auf die Theke gestützt, mit dem Korkenzieher spielte.

»Das Amulett, das wir geborgen haben, ist nicht das einzige«, sagte Denser.

»Was für eine Überraschung.« Sirendor drehte den Kopf zu den Freunden herum.

»Hört mal, ich will ehrlich mit euch sein. Wir entwickeln einen neuen Angriffszauber, der bereit sein soll, falls es tatsächlich eine Invasion der Wesmen gibt. Wir brauchen drei weitere Stücke, um unsere Forschungen abzuschließen, und ich – oder vielmehr Xetesk – will, dass der Rabe mir hilft, sie zu finden.«

Keiner der Rabenkrieger sagte etwas, und Denser betrachtete der Reihe nach ihre Gesichter. Schließlich richtete sich der Unbekannte auf.

»Wir haben uns schon gefragt, warum du uns so viel gezahlt hast, nur um hierher zu kommen«, erklärte er. »Wir waren uns außerdem einig, dass wir nicht mehr für Xetesk arbeiten wollten. Nimm dir ein paar Protektoren.«

Denser schüttelte den Kopf. »Nein. Protektoren sind reine Muskelmänner. Für diese Art von Bergung brauche ich Leute mit Hirn.«

»Und der Rabe ist – war – eine Kampftruppe. Wir haben noch nie solche Bergungsaufträge übernommen, und wir werden jetzt nicht damit anfangen«, klärte Sirendor ihn auf.

»Aber es ist nicht einmal ein langfristiger Auftrag. Und die Bezahlung würde so ähnlich aussehen wie heute.«

Der Unbekannte stützte sich auf die Theke. »Also wie gehabt: jeweils fünf Prozent?«

»Ich kann nur nicht versprechen, dass es so leicht wird wie beim letzten Mal.« Denser lächelte Hirad an.

»Ja, nerv mich nur. Aber ich würde wirklich gern mal einen Auftrag sehen, den du als schwierig bezeichnest.«

»Entschuldigung, das ist etwas schräg herausgekommen. Ich meinte eure Arbeit als Leibwächter auf dem Rückweg.«

Sirendor musste breit grinsen. Er richtete sich auf und klopfte seine Kleidung ab.

»Denser, vor ein paar Jahren hätten wir dir vermutlich die Hand abgebissen, wenn du uns so viel Geld geboten hättest. Aber heute – nun, was mich angeht, so bin ich einfach nicht interessiert. Ich meine, wir hätten wirklich Mühe, so viel Geld auszugeben. Es tut mir Leid, alter Junge, aber der Ruhestand hat durchaus seine Vorzüge.« Er wandte sich ab und knuffte Hirads Arm. »Wir sehen uns später.« Er schlenderte zum Vordereingang, wo gerade eine atemberaubend schöne Frau mit zwei Männern eingetreten war. Sie trug einen strahlend blauen Mantel und schob gerade ihre Kapuze zurück. Darunter kam eine Flut von lockigem rotem Haar zum Vorschein.

Sie sah Hirad, bevor er sie bemerkte, und winkte. Er und der Unbekannte drehten sich ganz zu ihr um und erwiderten den Gruß. Dann wandte sie sich zu Sirendor um. Die beiden gingen aufeinander zu und umarmten und küssten sich. Der Krieger bugsierte die Frau zu einem Tisch rechts neben der Bar, in der Nähe des Eingangs zum Hinterzimmer.

Der Unbekannte stellte eine Flasche Wein und zwei Kristallgläser auf ein Tablett.

»Arbeit für den Barkeeper, würde ich sagen.«

»Und ob.« Hirad wandte sich wieder an Denser. Das Gesicht des Dunklen Magiers war unbeteiligt, doch seine Augen verrieten, wie enttäuscht und besorgt er war. »Hätte es nur an mir gelegen, dann hätte ich deinen Vorschlag angenommen. Bastarden wie dir sollten wir jeden Penny abknöpfen, den wir nur bekommen können.«

»Ich fühle mich geschmeichelt. Glaubst du, das war das letzte Wort zu diesem Thema?«

Hirad schnaufte schwer. »Tja, der Unbekannte war zweifellos interessiert, und ich bin ziemlich sicher, dass die langweiligen Brüder sich mitschleppen ließen. Deine Probleme sind Sirendor, der verliebt ist, aber erst heiraten kann, wenn er zu kämpfen aufhört, und Ilkar, der alles hasst, was du vertrittst.«

»Abgesehen davon gibt es also keine Probleme?« Denser zündete seine Pfeife an.

»Ich sag dir was: Du bearbeitest Sirendor und betonst, dass der Auftrag nur kurze Zeit in Anspruch nehmen wird und dass er für seine Braut einen Haufen Geld verdienen kann und so weiter. Ich versuche mein Glück bei Ilkar. Ich nehme an, er würde mitkommen, wenn er wüsste, dass es dir um die Entwicklung eines Spruchs geht. Aber einfach wird es nicht.«

»Und wenn du ihn nicht überreden kannst?«

»Dann läuft es nicht. Der Rabe arbeitet nie getrennt.«

»Ich verstehe.«

»Gut. Wo ist er denn nun?«

Denser deutete zur Mitte des Schankraums, wo Ilkar mit dem Tuchhändler Brack und zwei recht gut aussehenden Frauen redete. »Ich könnte mich da wenigstens mal ins Gedränge mischen, wenn sonst schon nichts herauskommt«, meinte Hirad. Dann rief er: »He, Ilks! Brauchst du noch was zu trinken?« Ilkar nickte. Der Barbar nahm einen Krug und drängte sich durch die Gäste.

»Hirad, wie schön, dich zu sehen.«

»Du warst noch nie ein guter Lügner, Brack. Etwas zu trinken?« Der Händler hob seinen Kelch. Hirad schenkte ihm und Ilkar ein. »Ich muss Ilkar mal einen Augenblick entführen, meine Damen, aber ich verspreche, dass wir bald wieder hier sein werden.« Ilkar schaute den Barbaren schräg von der Seite an, doch er ließ sich zur Theke führen. Hirad sah Denser an Sirendors Tisch stehen und konnte überrascht beobachten, wie Larn aufstand und dem Dunklen Magier zum Kamin folgte. Der Mann musste über eine außergewöhnliche Überzeugungskraft verfügen. Er war nicht sicher, ob es ihm selbst gelungen wäre, die Verliebten so schnell wieder voneinander zu trennen.

»Nun, was hatte Denser zu sagen?«

»Siebenhundertfünfzigtausend, Ilkar. Drei Aufträge, keine lange Dauer.«

Ilkar schüttelte den Kopf. »Weißt du was, Hirad, ich wundere mich über dich. Und ich bin enttäuscht, dass du mich nach zehn Jahren immer noch nicht gut genug kennst, um dir so einen Vorschlag zu verkneifen.«

»Aber …«

»Ich habe alles gesagt, was ich zu sagen habe. Ich werde nicht für oder mit Xetesk arbeiten. Man kann ihnen nicht trauen. Es ist mir egal, wie viel er anbietet, weil es nie genug sein wird.«

Hirad nagte an der Unterlippe. »Hör mal, Ilkar, warum siehst du es nicht einfach so, dass du ihnen einen Haufen Geld abnimmst? Gib es an Julatsa weiter, wenn du es selbst nicht haben willst, aber ich dachte, du willst vielleicht so oder so auf jeden Fall im Auge behalten, was Xetesk im Schilde führt.«

Ilkar runzelte die Stirn. »Was genau sollen wir eigentlich für Denser tun?«

Hirad winkte ihn näher heran.

Der Unbekannte Krieger lehnte sich an die Bar und war es zufrieden, einfach den Abend verstreichen zu sehen, während er den exzellenten Roten von Blackthorne nippte. Er rückte ein Stückchen weiter und zog den Ellenbogen seines weißen Hemds aus einer Pfütze auf der Theke.

Wenn er die Gaststube überblickte, fühlte er sich beinahe um zehn Jahre in der Zeit zurückversetzt. Talan und Richmond – die langweiligen Brüder, wie Hirad sie immer nannte – saßen schweigend beisammen und fuhren mit den Fingern auf den Rändern ihrer Weinkelche hin und her. Hirad und Ilkar standen ein paar Schritt abseits und waren in ein angeregtes Gespräch vertieft. Er lächelte und schüttelte den Kopf, trank noch einen Schluck aus seinem Glas und schenkte sich aus der Flasche hinter der Theke nach.

Schließlich wanderte sein Blick zum Kamin und den beiden Männern, die in Lehnstühlen links und rechts davor saßen und miteinander redeten. Sein Lächeln verschwand. Denser. Der Kopf des Magiers war größtenteils von der Rückenlehne seines Stuhls verborgen, doch er konnte die Katze und die unvermeidliche Hand sehen, die ihren Rücken kraulte. Je eher der Magier verschwand, desto besser. Der Unbekannte hasste das Gefühl, belogen zu werden.

Sirendor war anscheinend gut in Form. Seine Augen funkelten hell im Feuerschein, und seine Kleider trugen ihm heute Abend die Aufmerksamkeit vieler Frauen ein. Auch in diesem Moment konnte der Unbekannte eine sehen, die ihn beobachtete. Sie stand dicht neben der Tür. Der glückliche Kerl. Er brauchte sich niemals große Mühe zu geben. Sie schmolzen zu seinen Füßen dahin und fielen ihm förmlich ins Bett. Er fragte sich, ob Sana wusste, wie sehr man sie beneidete. Im Augenblick wirkte sie allerdings etwas gereizt, wie sie da mit ihren Leibwächtern am Tisch saß. Sirendor hatte sie kurz zuvor allein gelassen.

Die Frau an der Tür näherte sich dem Kamin. Sie hatte langes braunes Haar, das mit Haarnadeln nach hinten gesteckt war, jedoch frei um ihren Hals spielen konnte. An einer Seite des Halses hatte sie ein schwarzes Mal. Die große, schlanke Gestalt war mit Hosen aus weichem Tuch, einem dunklen Hemd und einem knappen Lederwams bekleidet. Einen dunkelroten Umhang hatte sie sich um die Schultern gelegt. Der Unbekannte schüttelte den Kopf. Sirendors Anziehungskraft war anscheinend unwiderstehlich, ob seine Verlobte nun anwesend war oder nicht. Er wurde ein wenig neidisch. Nein. Sehr neidisch sogar.

Der Blick der Frau wanderte zu einer Gruppe von Markthändlern, die gerade mit ihren Krügen anstießen und einen Trinkspruch brüllten, und dann weiter, bis sie dem Blick des Unbekannten begegnete. Dem Krieger gefror das Blut in den Adern. Die Augen in diesem hellen Gesicht mit den vollen Lippen und der entzückenden Nase waren kalt, dunkel und voller Bosheit. Sein Blick wanderte automatisch zu ihren Händen, und dort sah er Stahl blitzen. Zwei Männer saßen am Kamin, und der Unbekannte war absolut sicher, dass die Frau sich nicht für Sirendor Larn interessierte.

»Bei den Göttern«, murmelte er. Er lockerte das Kurzschwert im Gürtel, tauchte unter der Theke durch und bahnte sich einen Weg durch die Gäste.

»Sirendor! Sirendor! Pass auf!«, rief er. Er warf einen Blick zu der Frau, die sich rasch zum Kamin vorarbeitete. »Sirendor. Links von dir, verdammt, links von dir.« Sirendor sah ihn stirnrunzelnd an, als jemand sich zwischen sie schob. »Geh mir aus dem Weg, verdammt! Sirendor, die Frau, roter Mantel, rotbraunes langes Haar, links von dir.«

Das Herz des Unbekannten raste. Er spürte, wie sich die Atmosphäre im Schankraum veränderte, er sah die Frau, die den Dolch jetzt gezückt hatte, rasch zu ihrem Ziel vordringen. Sie war nahe. Sie war viel zu nahe, und Sirendor, der sich umsah, während er sich, die Hand auf den Schwertknauf gelegt, vom Sessel erhob, hatte sie noch nicht bemerkt.

Der Unbekannte würde zu spät kommen. Die Mörderin hatte Sirendor schon fast erreicht. »Halte sie auf, Sirendor. Um Himmels willen, lasst mich vorbei!«

Endlich sah Sirendor, der sich vor Denser aufgebaut hatte, die Angreiferin. Als sie zuschlug, blockte er den Hieb mit dem Arm ab. Ihr Dolch schlitzte seinen Ärmel auf und riss eine Wunde in sein Fleisch. Im nächsten Augenblick fuhr die Klinge des Unbekannten tief in die Schulter der Frau. Sie starb auf der Stelle und ging ohne einen Laut zu Boden. Ihr Blut spritzte ins Feuer und verdampfte zischend.

Es wurde totenstill im Schankraum. Die Gäste machten Platz, als Hirad, Ilkar, Talan und Richmond zum Kamin stürzten. Sirendor hatte sich wieder gesetzt, er hob die Hand und rollte den Ärmel hoch, um die Schnittwunde freizulegen. Sie war tief und blutete stark.

»Danke, Unbekannter, ich habe sie nicht gesehen. Ich … was ist denn überhaupt los?«

Der Unbekannte kniete vor dem Leichnam der Frau und hatte schon ihren Dolch hochgehoben, um die Klinge zu untersuchen.

»Nein, nein, nein, nein, verdammt!«, sagte er und kratzte sich mit der freien Hand am Kopf.

»Unbekannter?«, fragte Hirad.

Der Unbekannte warf einen kurzen Blick zum Barbaren. Ihm standen die Tränen in den Augen. Er schüttelte den Kopf und wandte sich wieder an Sirendor.

»Es tut mir Leid, Sirendor. Ich war zu langsam. Es tut mir so Leid.«

»Kannst du mir nicht verraten, worüber du da redest, Unbekannter?« Sirendor lächelte, dann musste er plötzlich würgen. »Bei den Göttern, ich …« Er wandte sich ab und übergab sich ins Feuer. »Mir ist kalt«, sagte er. Seine Stimme war kraftlos und leise. Die Augen, auf einmal blutunterlaufen, richteten sich ängstlich auf Hirad, der den Unbekannten zur Seite stieß und sich vor Sirendors Sessel kauerte. »Hilf mir.«

»Was ist los?« Hirads Herz schien in seiner Brust zerspringen zu wollen. »Was hat das zu bedeuten?« Eine Hand wurde auf seine Schulter gelegt.

»Er wurde vergiftet, Hirad. Es ist ein Nervengift«, sagte der Unbekannte.

»Dann holt einen Heiler!«, rief Hirad. »Holt sofort einen Heiler!« Die Hand auf seiner Schulter drückte ein wenig stärker.

»Es ist zu spät. Er stirbt.«

»Nein, er stirbt nicht«, knurrte Hirad.

Sirendor drehte das schweißüberströmte Gesicht zu seinem Freund herum und lächelte, obwohl Schauer durch seinen ganzen Körper liefen und Tränen über seine Wangen rollten.

»Lass mich nicht sterben, Hirad. Wir müssen alle überleben.«

»Ruhig, Sirendor. Atme ruhig. Es wird schon wieder.«

Sirendor nickte. »Mir ist so kalt. Ich will nur …« Seine Stimme brach, und er schloss die Augen.

Hirad legte beide Hände um Sirendors Gesicht, das heiß und verschmiert von seinem Schweiß war.

»Bleib bei mir, Larn. Du darfst mich nicht allein lassen.«

Sirendor öffnete noch einmal für einen Moment die Augen und fasste Hirads Hände. Die Berührung war so kalt, dass der Barbar zusammenzuckte.

»Es tut mir Leid, Hirad. Ich kann nicht. Es tut mir Leid, Hirad.« Die Hände fielen herunter, er schloss ein letztes Mal die Augen und starb.

Sechstes Kapitel

»Wer war sie?« Sana durchbohrte Hirad förmlich mit Blicken und flehte ihn an, ihr zu helfen, das Geschehene zu verstehen. Sie hatten sich im Schankraum direkt vor dem Hinterzimmer versammelt. Der Bürgermeister und zwei Leibwächter saßen in der Nähe der Tür des Krähenhorsts an einem Tisch.

Sana hatte sich etwas beruhigt, doch die roten Augen und das bleiche Gesicht waren deutliche Spuren ihres Kummers. Die Rabenkrieger hatten Sirendor auf einen Tisch im Hinterzimmer gelegt und mit einem Laken bedeckt. Sana war hineingestürmt, hatte das Tuch weggerissen und ihn angeschrien, er solle wieder aufwachen, zurückkommen, die Augen öffnen und atmen. Sie hatte auf seine Brust getrommelt, das Haar aus seiner Stirn gestrichen, ihm einen langen Kuss auf die Lippen gegeben und seine Hände gehalten.

Die ganze Zeit über hatte Hirad in der Nähe gestanden und nicht gewusst, ob er sie wegziehen oder ihr zu Hilfe eilen sollte. Sirendor schütteln, bis er wieder erwachte und lächelte. Doch er konnte nur herumstehen und zuschauen und die Tränen niederkämpfen, während er am ganzen Körper zitterte.

Endlich hatte Sana sich an ihn gewandt, das Gesicht an seine Schulter geschmiegt und leise geschluchzt. Er hatte ihr Haar gestreichelt und das Schweigen der Rabenkrieger bemerkt, und er wusste, dass nun endgültig vorbei war, was einst existiert hatte.

Er hatte sie nach draußen geführt, und sie hatte sich etwas gefangen, bis sie sich von ihm lösen und Fragen stellen konnte. Hirad hatte sich noch nie so elend und nutzlos gefühlt.

»Eine gedungene Mörderin. Eine Hexenjägerin.«

»Aber warum …« Sie konnte kaum sprechen.

»Sie hatte es nicht auf Sirendor abgesehen. Sirendor ist ihr nur zufällig in den Weg gekommen.« Hirad zuckte mit den Achseln. Eine dumme Geste. »Er ist gestorben, weil er einen anderen Mann gerettet hat.«

»Und? Davon wird er nicht wieder lebendig.«

Hirad fasste sie bei den Händen. »Das war ein Risiko, das er jeden Tag eingehen musste.«

»Heute nicht. Heute ist er in den Ruhestand getreten.«

Hirad schwieg einen Augenblick. Er wischte die frischen Tränen fort, die über ihre Wangen rollten.

»Ja, ja, das hat er getan«, sagte er schließlich. »Ich werde denjenigen erwischen, der dafür verantwortlich ist.«

»Ist das deine Antwort darauf?«

»Es ist die einzige Antwort, die ich geben kann.« Wieder zuckte er mit den Achseln.

»Es wird Nacht, Hirad. Alles ist verloren.« Und als er ihr in die Augen schaute, da wusste er, dass sie die Wahrheit gesagt hatte. Sie drückte seine Hand ganz leicht, drehte sich um und ging zu ihrem Vater. Hirad sah ihr noch einen Augenblick nach, dann stieß er die Tür zum Hinterzimmer auf und ging wieder hinein.

Drinnen herrschte Schweigen. Das Feuer knackte im Kamin, alle saßen herum und hielten ihre Gläser in den Händen, aber niemand sprach. Hirad ging zu Sirendors Leichnam. Das Tuch war durch ein neues ersetzt worden. Er betrachtete den Umriss des Gesichts unter dem Tuch, legte eine Hand auf die Hand des Freundes und betete darum, dass diese Finger noch einmal zupacken könnten, obwohl er wusste, dass sie es nie wieder tun würden. Er drehte sich um.

»Warum wollen sie dich umbringen, Denser?«

»Das habe ich ihn auch schon gefragt«, erwiderte Ilkar.

»Und was hat er gesagt?«

»Dass er warten wollte, damit auch du es hören kannst.«

»Ich bin jetzt da, also kann er reden.«

»Komm und setz dich, Hirad«, sagte der Unbekannte. »Wir haben dir ein Glas eingeschenkt. Es wird nicht helfen, aber wir haben dir trotzdem eines eingeschenkt.«

Hirad nickte, gesellte sich zu seinen Freunden und ließ sich auf seinem Stuhl nieder. Der Unbekannte drückte ihm den Kelch in die linke Hand. Mit der Rechten tastete Hirad unwillkürlich nach Sirendors Stuhl, doch hinschauen konnte er nicht.

»Wir hören, Denser«, sagte er mit mühsam beherrschter Stimme.

»Zuerst möchte ich sagen, dass dies, was ich euch gleich mitteilen werde, in eurem eigenen Interesse bisher nicht gesagt wurde.«

»Du übernimmst dich«, sagte der Unbekannte. »Wir entscheiden selbst, was in unserem Interesse liegt. Die Folge davon, dass wir etwas nicht wussten, liegt dort drüben unter dem Leichentuch. Wir müssen genau erfahren, in was du uns da hineingezogen hast. Ganz genau. Dann wirst du gehen, und wir werden reden.«

Denser holte tief Luft. »Zuerst einmal werde ich mich nicht dafür entschuldigen, dass ich ein Xeteskianer bin. Es ist einfach ein Moralkodex, und vieles von dem, was über uns gesagt wird, ist reine Erfindung. Unsere Vergangenheit ist jedoch nicht frei von dunklen Punkten.«

»Ich muss schon sagen, Denser, du hast eine Gabe zur Untertreibung«, sagte Ilkar.

»Wir könnten faszinierende Diskussionen führen, Ilkar.«

»Das wage ich zu bezweifeln.«

»Na gut«, fuhr Denser nach kurzem Überlegen fort. »Ihr habt gehört, was Gresse gesagt hat, und seine Informationen sind präzise. Die Stämme der Wesmen erheben und vereinen sich. Die Schamanen stehen an der Spitze, die Ältestenräte arbeiten mit ihnen zusammen, und wir müssen zusehen, wie gewissermaßen im Schatten der Blackthorne-Berge die Einheimischen unterworfen werden.«

Der Unbekannte Krieger richtete sich auf. »Wie weit im Osten soll dies sein?«

»Wir haben einen Augenzeugenbericht aus einem Dorf namens Terenetsa, ungefähr drei Tagesritte vom Understone-Pass entfernt«, sagte Denser.

»Bei den Göttern, das ist nahe«, keuchte Talan. »Kein Wunder, dass Gresse Blackthorne warnen wollte.«

»Ich kann aber immer noch nicht verstehen, was dies mit dem Tod meines Freundes zu tun haben soll«, murmelte Hirad.

»Bitte«, sagte Denser. »Glaubt mir, es ist von Bedeutung. Wir setzen schon seit einigen Monaten Magier als Spione im Westen ein, und das Bild, das sich ergibt, ist finster. Wir schätzen, dass die Wesmen bereits sechzigtausend Mann unter Waffen haben und sich in ihrem Kernland versammeln. Eine Invasion des Ostens steht bevor, und wir haben keine Verteidigung. Es gibt kein Bündnis zwischen den vier Kollegien, und die Handelsallianz hat höchstens ein Zehntel der Stärke, die sie vor dreihundert Jahren besaß.«

»Aber welche Chance haben sie eigentlich?«, meinte Ilkar geringschätzig. »Ein paar tausend Magier könnten ihren Vorstoß ganz allein aufhalten. Sie haben doch dieses Mal nicht die Wytchlords, die ihnen magische Unterstützung geben.«

»Ich fürchte, sie haben sie«, erwiderte Denser.

Plötzlich war das Knacken des Feuers im Kamin das einzige Geräusch im Raum. Talans Glas hielt auf halbem Wege zu den Lippen inne, Ilkar öffnete den Mund, um etwas zu sagen, doch es kam nichts heraus.

Richmond schüttelte den Kopf. »Warte mal«, sagte er. »Ich habe gehört, sie seien vernichtet worden.«

»Man kann sie nicht vernichten«, erklärte Ilkar. »Wir haben nie herausgefunden, wie dies möglich wäre. Wir wissen es bis heute nicht. Xetesk konnte nichts weiter tun, als sie so gut festzusetzen, dass sie nicht entkommen konnten.« Er richtete den Blick auf den Xetesk-Magier. »Was ist geschehen?«

Denser atmete schwer und klopfte die Pfeife am Feuerrost aus. Während er sprach, stopfte er sie neu. Seine Katze schlief auf seinem Schoß. »Als wir Parve zerstörten, taten wir es in der Absicht, alles zu vernichten, was den Wytchlords in Balaia als Machtbasis gedient hatte. Wir haben nie geglaubt, wir könnten damit auch die Wytchlords selbst vernichten. Ihre Körper sind zwar verbrannt, doch ihre Seelen waren noch da. Wir haben sie in einen Mana-Käfig gesperrt und in den interdimensionalen Raum versetzt.« Die Katze rührte sich. »Danach haben wir ihn ständig beobachtet.«

»Wen habt ihr beobachtet?«, wollte Richmond wissen.

»Den Käfig. Wir, und zwar wir allein, haben dreihundert Jahre lang nicht in unserer Wachsamkeit nachgelassen. Wir wurden geschmäht, wir wurden diskreditiert, doch wir haben allen gedient, weil wir die Gefahr erkannt haben.« Er zuckte mit den Achseln.

»Damit hattet ihr wohl Recht«, meinte Ilkar.

Denser nickte. »Wir haben eine Zeit lang eine Zunahme von interdimensionalen Durchgängen verzeichnet, wahrscheinlich wegen der Aktivitäten von Drachenleuten. Einer dieser Durchgänge hat den Käfig beschädigt. Wir dachten, es sei reparabel.« Er kratzte sich am Kopf und zündete die Pfeife mit einer Flamme an, die er auf der Spitze seines Daumens entstehen ließ. »Wir haben uns geirrt. Mana muss in den Käfig eingedrungen sein, denn die Wytchlords sind nicht mehr drin. Wir glauben, dass sie wieder in Balaia sind. In Parve.«

Ilkar rieb sich die Nase und zupfte mit den Fingern der rechten Hand an der Unterlippe. Er kniff die Augen zusammen.

»Wie lange sind sie jetzt dort?«, fragte er.

»Wen interessiert das schon?«, warf Hirad ein. »Ich warte immer noch darauf …«

»Warte, Hirad.«

»Nein, Ilkar, ich werde nicht länger warten.« Hirad wandte sich mit erhobener Stimme an Denser. »Was mich angeht, so könntest du bisher auch in einer Wesmen-Stammessprache gesprochen haben. Du hast dir deine dumme Pfeife in den dummen Mund gesteckt und irgendeinen Unfug über Drachenleute und irgendeine alte Bedrohung geredet, die seit hundert Jahren nicht mehr existiert, falls sie überhaupt einmal von Bedeutung war. Ich habe keine Ahnung, wovon du redest, und ich weiß immer noch nicht, warum diese Hexenjägerin meinen Freund umgebracht hat.«

»Ich kann dein Bedürfnis zu verstehen nachvollziehen«, antwortete Denser freundlich.

»Du hast absolut keine Ahnung, was ich für Bedürfnisse habe, Xetesk-Mann«, sagte Hirad grantig. Er trank sein Glas aus und reichte es dem Unbekannten, der es nachfüllen sollte. »Du hast keine Ahnung, welcher Abgrund sich in meinem Leben aufgetan hat, und du drückst dich um die einzige Antwort herum, die mir helfen könnte, mit dem Trauern zu beginnen. Warum wollte dich diese Mörderin unbedingt umbringen?«

Denser zögerte einen Augenblick, ehe er antwortete. »Ich würde gern dafür sorgen, dass alles, was ich sage, richtig aufgefasst wird«, sagte er. »Darf ich zuerst einige andere Dinge erklären?«

»Nein, du sollst mir vor allem eines erklären. Warum wollte die Mörderin dich umbringen?«

Denser seufzte. »Es ging um das, was ich bei mir trage.«

»Und was genau ist das?«, fragte Hirad.

»Das hier.« Er zog das Amulett aus dem Hemd, das er Sha-Kaan gestohlen hatte. Er trug es an einer Kette um den Hals. »Es ist der Schlüssel zu Septerns Werkstatt.«

»Könntest du nicht einfach die Tür eintreten?« Hirads Stimme war voller Verachtung. »Ich meine, ist das wirklich alles? Ist dieses Ding da wirklich der Grund dafür, dass Sirendor sterben musste?« Er bemerkte Ilkars Gesichtsausdruck und schenkte sich die nächsten Worte. »Was ist es, Ilkar?«

Der Elf sah Hirad an, als sei er unendlich weit entfernt.

»Dawnthief«, keuchte er, und sein Gesicht war kreidebleich. »Er hat es auf Dawnthief abgesehen.«

Erienne brachte gerade Aron und Thom ins Bett, als Isman unangekündigt das Zimmer betrat. Sie hatte den Nachmittag und den ganzen Abend mit ihren Kindern verbringen dürfen und beschlossen, ihnen Geschichten über die alte Magie zu erzählen. Die ganze Zeit über waren die beiden Kleinen kaum von ihrer Seite gewichen.

Auf ihr Drängen war das Feuer angezündet worden, und das einzelne Fenster war den ganzen Tag offen geblieben. Ihre Bitte, die Jungen im Innenhof spielen zu lassen, wurde allerdings abgelehnt.

Sie hatte einige Zeit gebraucht, um die Ängste der Kinder so weit zu beschwichtigen, dass die beiden ihr zuhören wollten. Wie üblich war dann kein Wort verschwendet, sobald es darum ging, sie in der Dordover-Magie zu unterweisen. Sie erzählte von den alten Zeiten, als die Kollegien noch geeint waren und die erste Stadt der Magie am Triverne-See gebaut wurde, und von den dunkleren Tagen, als es zur Abspaltung kam, als die Kollegien sich aufteilten, weil jedes für sich eine eigene Festung haben wollte. Sie redete über die Überlieferung, die das Leben jedes Magiers bestimmte und durch die sich ein jedes Kolleg von den anderen unterschied, und sie sprach auch über das Mana, mit dem sie ihre Sprüche wirkten.

Die Jungen wurden müde, als es dunkelte, und sie fachte das Feuer wieder an. Zum Abendessen, das sie mehr oder weniger schweigend einnahmen, gab es heiße Suppe, Kartoffeln und grünen Salat. Sie wusch den Kindern das Gesicht und kämmte ihr Haar. Der Hauptmann hatte Waschlappen und eine Bürste ins Zimmer bringen lassen, weil er meinte, jedermann sollte jederzeit sauber und würdevoll aussehen. Erienne wünschte, er hätte seinen eigenen Rat befolgt.

Isman drang nun ins Zimmer ein, als sie gerade ein Lied summte, zu dem ihre Jungen einschlummern konnten. Erschrocken fuhren die Kinder wieder auf und waren sofort wieder ängstlich und hellwach.

»Hättet Ihr nicht anklopfen können?« Erienne drehte sich nicht um, als sie die harten Stiefel auf dem kalten Steinboden hörte.

»Der Hauptmann will Euch sofort sehen«, sagte Isman.

»Wenn meine Jungen schlafen«, erwiderte Erienne. Sie sprach leise und streichelte weiter die Köpfe ihrer Kinder, um sie zu beruhigen. Die Jungen sahen sie ängstlich und verunsichert an, und Eriennes Zorn regte sich wieder.

»Der Hauptmann ist der Ansicht, dass Ihr vorerst genug Zeit mit ihnen verbracht habt.«

»Das zu beurteilen ist doch wohl allein meine Sache«, fauchte Erienne.

»Nein«, erwiderte Isman. »Nein, es ist nicht Eure Sache.«

Schließlich drehte sie sich zur Tür um. Isman stand dort mit drei weiteren Männern. Sie beugte sich über die Jungen und küsste sie auf die Stirn.

»Ich muss jetzt gehen«, flüsterte sie. »Seid brav und schlaft. Ich bin bald wieder da und sehe nach euch.« Sie strich ihnen die Haare aus den Gesichtern.

Als sie aufstand, sah sie Isman und seine Handlanger vor sich, und jede Faser in ihr schrie danach, die Männer in Stücke zu reißen. Sie hätte es gekonnt, keine Frage. Doch die unmittelbare Folge davon wäre der Tod ihrer Jungen gewesen. Sie hatten keine Chance, aus der Burg zu entkommen, denn der Hauptmann hatte zu viele Männer. Sie verkniff sich den Spruch, und der Manafluss ebbte wieder ab.

»Ihr werdet eure Muskeln nicht brauchen«, sagte sie. »Ich werde keine Schwierigkeiten machen.«

»Ihr und Eure Leute haben uns schon genug Schwierigkeiten gemacht«, antwortete Isman. Er führte sie in die Bibliothek.

Trotz der Wärme, die von den Kaminfeuern ausstrahlte, war die Luft kühl. Der Hauptmann saß an einem Lesetisch, zwei kleine Lampen beleuchteten das Buch, das er gerade studierte. Eine halb geleerte Flasche Schnaps stand links von ihm, direkt daneben ein gerade gefülltes Glas. Er schaute nicht auf, als sie über die Teppiche zu ihm hinüberging, nachdem Isman sie in den Raum geschoben, sich zurückgezogen und die Tür hinter sich geschlossen hatte.

»Setzt Euch.« Der Hauptmann wies auf einen Stuhl mit harter Lehne, der vor dem Schreibtisch stand. »Und nun sagt mir«, fuhr er fort, immer noch ohne aufzuschauen, »warum Xetesk hinter Dawnthief her ist?«

»Ich denke, das sollte doch offensichtlich sein«, erklärte Erienne.

Der Hauptmann starrte sie verständnislos an, seine Stimme war kalt. »Nehmt an, dass es nicht offensichtlich ist.«

»Wer Dawnthief besitzt, hat große Macht. Was glaubt Ihr sonst, warum sie ihn haben wollen?« Sie blieb äußerlich ruhig, doch in ihrem Innern tobte ein Sturm, und Ihr Herz pochte heftig in der Brust. Sie hatte alle anderen Gedanken aus ihrem Kopf verbannt, solange sie bei Aron und Thom war, doch jetzt beängstigte sie die Tragweite dessen, was der Hauptmann ihr gerade anvertraut hatte.

»Ihr müsst wissen, dass es nicht viele schriftliche Informationen darüber gibt«, sagte er. »Wie groß sollten die Sorgen sein, die ich mir deshalb mache? Könnte Xetesk ihn finden?«

»Bei den Göttern, ja, wir alle sollten uns deshalb Sorgen machen.«

»Können sie ihn finden?«

»Das weiß ich nicht.« Erienne biss sich auf die Unterlippe.

»Diese Antwort ist nicht sehr hilfreich.« Der Hauptmann erhob ein wenig die Stimme, und sein Gesicht bekam einen rötlichen Schimmer.

»Nun, es kommt vor allem darauf an, den Zugang zu Septerns Werkstatt zu finden. Wenn man diese Informationen hat, dann kann man vermutlich den ganzen Spruch rekonstruieren, würde ich meinen. Aber dies sind nur Spekulationen.«

»Ihr helft mir immer noch nicht«, warnte der Hauptmann.

»Ich helfe Euch am besten, indem ich Eure Befürchtungen und Informationen nach Dordover übermittle. Das wäre der schnellste Weg, diese Entwicklung aufzuhalten oder wenigstens unter Kontrolle zu bekommen.«

Der Hauptmann nahm einen großen Schluck und füllte sein Glas auf. Er lächelte. »Das habt Ihr Euch nett ausgedacht, aber ich werde Euch sicher nicht bei Euren Vorgesetzten Bericht erstatten lassen, nur damit dann zwei Kollegien die gleiche Beute jagen, nicht wahr? Vielleicht sollte ich Euch auch noch erklären, dass ein Versuch der Kommunion höchst unklug wäre. Ich besitze die Fähigkeit, einen solchen Spruch zu spüren, und dies wäre für Eure Jungen leider tödlich.«

Erienne riss erschrocken den Mund auf. Es gab nur eine Möglichkeit, wie er so etwas vollbringen konnte.

»Demnach arbeiten Magier für Euch?« Ihre Stimme verriet ihren Zweifel.

»Nicht alle Magier betrachten mich als Bedrohung für die Magie«, erklärte der Hauptmann selbstgefällig. »Für viele bin ich der Einzige, der die Kontrolle ausüben kann.« Er lächelte. »Und jetzt arbeitet auch Ihr in gewisser Weise für mich.«

»Als Sklavin«, fauchte Erienne. Sie war erschüttert, doch jetzt verstand sie alles. Wie sonst hätte er die Informationen so schnell bekommen können? Sie mussten von einem Magier aus Lystern oder vielleicht auch aus Julatsa stammen.

Ein Magier aus Xetesk oder Dordover hätte sich auf keinen Fall herabgelassen, für ihn zu arbeiten. Sie versuchte es noch einmal. »Ihr versteht es nicht. Dawnthief ist zu groß, um damit herumzuspielen. Wenn Xetesk ihn beherrscht, dann beherrschen sie alles, Euch selbst eingeschlossen. Wenn Ihr öffentlich bekannt gebt, was Ihr wisst, dann werden die drei Kollegien sie aufhalten. Das müssten Eure Magier Euch doch eigentlich erklärt haben.«

»Nein, das haben sie mir nicht erklärt«, gab der Hauptmann zurück, und die Belustigung wich schlagartig aus dem harten geröteten Gesicht. »Sie haben mir vielmehr gesagt, dass diese absolute Macht auf keinen Fall in den Händen eines Magiers oder Kollegs ruhen darf, und dass die Mittel, um den Spruch zu wirken, zerstört oder von einem Mann gehütet werden müssen, der genau weiß, was er besitzt, ohne jedoch die Macht zu besitzen, den Spruch anzuwenden. Sollte der Spruch vollständig wieder gefunden werden, dann werde ich sein Hüter sein.«

Zum zweiten Mal in ebenso vielen Minuten verschlug es Erienne die Sprache. Dieses Mal mischte sich allerdings echte Furcht in ihre Überraschung. Wenn der Hauptmann tatsächlich glaubte, er könne als Hüter von Dawnthief fungieren, dann unterlag er in noch viel größerem Maße, als sie gedacht hatte, der Selbsttäuschung, und er war gefährlicher, als sie je angenommen hätte. Offenbar hatte er keine Vorstellung von der Macht des Spruchs oder davon, wie weit manche Magier gehen würden, um ihn in ihren Besitz zu bringen.

»Glaubt Ihr wirklich, Xetesk, Dordover oder sonst jemand wird sich damit abfinden, dass Ihr solche Macht in Händen haltet?«, fragte Erienne. Sie versuchte, die Frage so unbeteiligt wie möglich klingen zu lassen.

»Ihnen wird nichts anderes übrig bleiben, sobald ich die

Figuren auf dem Spielbrett kontrolliere«, erwiderte der Hauptmann.

Erienne runzelte die Stirn und rutschte unwillkürlich auf dem Stuhl hin und her, während ein kalter Schauder über ihren Rücken lief. Die Frage war, wie viel der Mann tatsächlich wusste. »Es tut mir Leid, da kann ich Euch nicht folgen.«

»Ach, nun hört schon auf, Erienne. Glaubt Ihr wirklich, ich hätte Euch willkürlich ausgesucht? Glaubt Ihr tatsächlich, mein Wissen sei derart begrenzt? Ihr seid Dordovers klügste Hüterin der Magie und bekanntermaßen eine Expertin für den auf mehreren Überlieferungen beruhenden Dawnthief. Ich kontrolliere Euch doch schon.« Er zuckte mit den Achseln. »Ich muss jetzt nur noch den Menschen finden, der am ehesten fähig ist, den Spruch zu wirken.«

»Den werdet Ihr niemals erwischen. Er ist viel zu gut geschützt«, erwiderte Erienne.

»Da irrt Ihr Euch. Und nicht zum ersten Mal. Vor gar nicht so langer Zeit wäre es mir sogar beinahe gelungen, ihn zu töten. Im Rückblick war dies ein sehr glücklicher Fehlschlag, besonders für Euch.«

»Warum?« Doch sie kannte die Antwort bereits.

»Weil ich gestern auf die Idee kam, das Mittel zu zerstören, mit dem der Spruch gewirkt werden kann. Und Ihr wisst ohnehin schon viel mehr, als gut für Euch ist. Sobald ich Euch beide habe, werde ich auch den Respekt bekommen, den ich verdient habe, wenn ich mein Werk vollbringe.«

»Ihr wisst so wenig«, knirschte Erienne. »Wir werden Euch nicht helfen, und Ihr werdet den Xeteskianer nicht erwischen.«

»Wirklich? Ich wäre vorsichtig, ehe ich solche Erklärungen abgebe.«

»Er und ich würden lieber sterben, als Euch bei Eurem lächerlichen Plan zu helfen. Falls Euer Plan je funktionieren sollte, würden die Wände dieser Burg nach so viel zerstörerischer Magie derart hell glühen, dass man es bis Korina sehen kann. Ihr seid nicht stark genug, um eine solche Macht zu bändigen.«

Der Hauptmann schwieg eine Weile. Er ließ den Rest im Glas kreisen, dann kippte er den Branntwein hinunter und nahm sofort die Flasche, um sich wieder einzuschenken.

»Natürlich ist der Tod ein Ausweg, den Ihr wählen könntet«, räumte er ein, während er sich am Ohr zupfte. »Aber dies ist keine Entscheidung, die Ihr für Eure Kinder treffen könnt, nicht wahr?« Er lächelte. »Ihr solltet besser noch einmal gründlich über diese Angelegenheit nachdenken. Das Wohl Eurer ganzen Familie hängt davon ab, dass Ihr die richtigen Antworten gebt. Isman wird Euch in Euer Zimmer bringen. Isman!« Die Tür wurde geöffnet.

»Ich will zu meinen Kindern zurück«, forderte Erienne.

Mit verblüffender Geschwindigkeit langte der Hauptmann über den Tisch, packte Eriennes Kinn und zog sie zu sich herüber.

»Ihr seid hier in meiner Gewalt. Vielleicht müsst Ihr eine Weile allein verbringen, um Euch daran zu erinnern, was?« Er ließ sie los. »Wenn Ihr zu der richtigen Entscheidung gelangt seid, dann gebt mir Bescheid und kommt her. Bis dahin sollt Ihr Frieden und Stille genießen. Isman, die Audienz ist beendet.«

»Bastard«, flüsterte Erienne. »Bastard.«

»Ich muss die Unschuldigen in Balaia vor dem Ansturm der dunklen Magie schützen. Ich erwarte, dass Ihr mir dabei helft.«

»Ich will meine Söhne sehen!«, rief sie.

»Dann macht Euch nützlich und hört auf, mich mit Dingen abzuspeisen, die jedes Kind erraten könnte!« Der Gesichtsausdruck des Hauptmanns wurde wieder freundlicher. »Bis dahin kann ich Euren Wunsch leider nicht erfüllen.« Er öffnete sein Buch und entließ sie mit einem Wink.

Alle redeten durcheinander. Ilkar brüllte Denser an, der die Hände erhoben hatte, um den anderen Magier zu besänftigen. Der Unbekannte versuchte, die Aufmerksamkeit des Xetesk-Magiers zu gewinnen, während Richmond und Talan fassungslose Blicke wechselten und verwirrte Fragen stellten.

Hirad allein schien von allem losgelöst. Sein Blick ruhte auf dem zugedeckten Leichnam von Sirendor Larn, und der Lärm kam ihm vor wie das ferne Rauschen der Brandung am Meer. Zehn Jahre. Zehn Jahre hatten sie nach der Gründung in der erfolgreichsten Söldnertruppe, die es je gegeben hatte, als Gefährten gekämpft. Unbeschadet hatten sie das Schlachtfeld verlassen, wenn überall Blut geflossen war. Sie hatten einander so oft das Leben gerettet, dass sie kaum mehr als ein Kopfnicken als Dank für nötig hielten.

Und jetzt war Sirendor tot. Kurz zuvor hatte er sein Schwert der Liebe wegen für immer in die Scheide gesteckt und war von einer Meuchelmörderin umgebracht worden, die nicht ihn, sondern einen anderen hatte töten wollen. Und warum? Weil der Mann, der den Raben in solche Gefahr brachte, den Schlüssel zur Werkstatt eines toten Magiers gestohlen hatte, und weil die Hexenjäger nicht wollten, dass er ihn behielt.

Er kochte vor Wut, und seine Stimme brachte den Lärm zum Verstummen, als hätte sich eine Wolke vor die Sonne geschoben.

»Er ist für den Schlüssel gestorben, den du gestohlen hast.« Es wurde still im Raum. »So war es doch, oder? Bist du mit deinem Tagewerk zufrieden?« Seine Stimme brach. »Nachdem wir alle überlebt hatten, musste er wegen einer drei Zoll großen Scheibe sterben. Um deiner selbst willen solltest du hoffen, dass sie tatsächlich so ungeheuer wichtig ist, wie du sagst.« Er setzte sich wieder auf seinen Stuhl. Alles Aufbegehren und Anklagen verebbte, er presste sich die Faust an die Lippen, und die Tränen schossen ihm in die Augen.

»Oh, das Ding ist wirklich sehr wichtig, Hirad«, erklärte Ilkar, dessen Wangen gerade wieder Farbe bekamen. Seine Augen waren schmale Schlitze. »Wenn es ihm gelingt, Dawnthief zu bekommen, dann könnte sich Sirendors Tod, verglichen mit dem, was wir noch erleben müssen, als Gnade erweisen.«

»Was, zum Teufel, ist dieses Ding überhaupt?«, verlangte Talan zu wissen.

»Dawnthief ist ein Spruch. Ich glaube sogar, *der* Spruch schlechthin, und Septern ist angeblich der Magier, der ihn geschaffen hat«, erklärte der Unbekannte. Er sah sich fragend zu Denser um.

»Völlig richtig, Unbekannter. Der Spruch selbst ist allen magischen Kollegien gut bekannt«, erklärte Denser. »Jeder, der die Magie benutzt, weiß um seine Macht … um seine katastrophalen Kräfte. Glücklicherweise sind zwar die Worte allgemein bekannt, aber Dawnthief wirkt nur, wenn drei bestimmte Katalysatoren vorhanden sind, und bisher hat niemand entdeckt, worum es sich dabei handelt oder wie man diese Informationen bekommen könnte. Dies hat sich jetzt möglicherweise geändert. Das Amulett wird uns zu Septerns Werkstatt führen, und wir rechnen damit, die nötigen Informationen dort zu finden.«

»Du hast schon gewusst, was du suchst, als wir dir begegnet sind, oder?«, fragte Talan.

»Ja«, bestätigte Denser. »Hör mal, ich kann keine Details über Xetesks jüngste Forschungen preisgeben, aber wir sind jedenfalls zu der Ansicht gekommen, dass Septern ein Drachenmagier war …«

»Was ist ein …«

»Später, Talan«, sagte der Unbekannte. »Fahre fort, Denser.«

»Es gab viele Hinweise, die uns zu dieser Schlussfolgerung geführt haben, aber wichtig war dabei vor allem, dass unsere Suche nach Dawnthief in eine neue Richtung gelenkt wurde – in andere Dimensionen, um es genau zu sagen. Wie ich Ilkar schon erklärt habe, haben wir einen Spruch entwickelt, der die Mana-Bewegungen und die Mana-Formen aufspürt, mit denen man ein Dimensionstor öffnen kann. Wir sind auf der Suche nach Dawnthief durch viele solcher Tore gegangen, die ausnahmslos von Drachenmagiern geöffnet worden waren. Dieses Mal haben wir gefunden, was wir gesucht haben.«

»Und meine Freunde starben dafür«, sagte Hirad.

»Du weißt nicht, wie Leid mir das in diesem Fall tut«, erwiderte Denser leise.

»Ich will dein Mitgefühl nicht, Denser. Ich will nur wissen, warum die Hexenjäger dich töten wollen.«

»Liegt das nicht auf der Hand?«

»Nein, ganz und gar nicht«, sagte Hirad. »Ich frage dich, warum mein Freund an deiner Stelle gestorben ist, und du hast es mir immer noch nicht gesagt.«

»Nun gut. Um es ganz klar zu formulieren: Sie wollen mich umbringen, weil ich bin, was ich bin, und weil ich von dem Ort komme, von dem ich komme.«

»Warum spielt es eine so große Rolle, wer du bist?«, fragte Ilkar.

»Ich bin der führende Dawnthief-Magier von Xetesk«, erklärte Denser einfach.

Ilkar riss die Augen auf. »Das wird ja immer verrückter«, murmelte er.

»Was …«, wollte Talan fragen.

»Warte«, unterbrach Ilkar ihn. »Willst du mir jetzt etwa auch noch erklären, dass du die Absicht hast, den Spruch tatsächlich zu wirken?«

»Es ist die einzige Möglichkeit, die Wytchlords zu vernichten, Ilkar. Das weißt du so gut wie ich.«

»Ja, aber …«

»Sie kehren zurück, und wenn wir Dawnthief nicht finden und so bald wie möglich gegen sie einsetzen, dann wird er womöglich eines Tages gegen uns selbst eingesetzt. Ihn zu finden und ihnen nur damit zu drohen, das wird nicht ausreichen. Sie müssen vernichtet werden, weil sonst ganz Balaia verloren ist. Es wird eine Invasion geben, und dieses Mal haben wir nicht genug Kraft, um den Wesmen beliebig lange Widerstand zu leisten. Nicht wenn die Wytchlords sie unterstützen.«

»Der Spruch, der das Licht stiehlt, soll also die Lösung sein.« Ilkars Worte hingen schwer in der Luft, seine Befürchtungen kamen auch in seiner Körperhaltung zum Ausdruck. Er saß gespannt auf seinem Stuhl, als wollte er jeden Augenblick aufspringen.

»Was hat das zu bedeuten?«, fragte Talan.

»Du weißt nicht, worüber er redet, du kannst es nicht wissen. Ich weiß es«, erklärte Ilkar. »Ich habe Dawnthief studiert – es ist ein Pflichttext. Einfach ausgedrückt, oder rein technisch gesehen, kann dieser Spruch alles zerstören, je nach Qualität und Dauer der Vorbereitungen – und wenn ich ›alles‹ sage, dann schließt das die ganze Welt mit ein.« Er zuckte mit den Achseln. »Deshalb wird der Spruch auch Dawnthief genannt. Es bedeutet ›Dieb des Lichts‹, weil er die Sonne aus dem Himmel fegen kann.«

»Wenn es so wichtig ist, dass du den Spruch findest und wirkst, dann müssten die Hexenjäger doch Verständnis dafür haben.«

»Warum sollten sie uns glauben?« Denser hob hilflos die Hände. »Sei nicht so naiv, Richmond. Sie wissen nur, dass ich auf Reisen bin, sie wollen nicht, dass Dawnthief gefunden wird, und die einfachste Lösung scheint darin zu bestehen, mich zu töten.«

»Nun gut«, sagte der Unbekannte. Er trank sein Glas aus, füllte es erneut und reichte die Flasche im Kreis weiter. »Wir wissen jetzt also, dass du auf der Abschussliste stehst und gefährlich bist, und dass wir eigentlich nicht einmal mit dir reden sollten. Es wäre jetzt wohl an der Zeit, dass du erschöpfend erklärst, wozu du uns anheuern willst.«

Die Atmosphäre im Raum kühlte merklich ab. Denser sah von einem verärgerten Gesicht zum anderen.

»Wir müssen die Katalysatoren bergen, und dabei sollt ihr mir helfen.«

»Warum gerade wir?«

»Warum heuert irgendjemand den Raben an?«

»Ein paar mehr Details könnten nicht schaden.«

Denser holte tief Luft. Die bohrenden Fragen des Raben setzten ihm zu. Er zog wieder das Amulett hervor.

»Nehmen wir an, es geht wie geplant, und wir finden Informationen über die Katalysatoren von Dawnthief. Wir müssten dann die Katalysatoren selbst bergen. Ich brauche Schutz, ich brauche Kämpfer und magische Verteidigung. Ich brauche auch Leute, denen man völlig vertrauen kann. Aus der Sicht von Xetesk kommt nur der Rabe in Frage.«

Es gab ein kurzes Schweigen.

»Ich bin nicht sicher, ob ich es verstehe«, sagte Hirad. »Warum zieht ihr nicht einfach mit einem Haufen Protektoren und Xetesk-Magiern los? Denen könnt ihr doch vertrauen.«

»Ganz so einfach ist es leider nicht«, erklärte Denser. »Es gilt, politische Aspekte zu berücksichtigen, und wenn herauskommt, dass Xetesk eine solche Aktion durchführt, dann haben wir sofort die Agenten der Wytchlords auf den Fersen. Wir müssen so lange wie möglich verdeckt vorgehen.«

»Ganz zu schweigen von dem Aufruhr, der in den Kolleg-Städten entstehen würde«, meinte Ilkar.

»Und die Hexenjäger«, fügte der Unbekannte hinzu.

»Die sollen bloß aufpassen«, knurrte Hirad.

»Oh, keine Sorge, mit denen werden wir noch genug zu tun bekommen«, sagte Denser.

»Je früher desto besser.«

»Im Ernst«, fuhr Denser fort, »sie müssen zum Schweigen gebracht werden. Was sie wissen oder zu wissen glauben, könnte für ganz Balaia verhängnisvoll werden, wenn es den Falschen zu Ohren kommt.«

»Ist es dumm, wenn ich ein Bündnis aller vier Kollegien ins Gespräch bringe, da die Angelegenheit doch so wichtig ist?«, fragte Richmond.

»Überhaupt nicht«, stimmte Denser zu. »Ein Treffen aller vier Kollegien wurde bereits anberaumt, auch wenn es dort vor allem um die Bedrohung durch die Wesmen und nicht um die Suche nach Dawnthief gehen wird. Wir können es uns nicht erlauben, die anderen Kollegien über unsere Suche zu informieren. Noch nicht. Ilkar kann es euch bestätigen. Sie würden die Suche nur stören und die Anwendung des Spruchs mit unmöglichen Bedingungen belegen. Es muss so lange wie möglich geheim bleiben.« Er hielt inne. »Glaubst du mir, Ilkar?«

Der Elf erwiderte gelassen seinen Blick. »Das ist keine Frage, die ich so ohne weiteres beantworten könnte. Es hat weit reichende Folgen für meine Beziehung zu Julatsa. Ich bin durch meine Ehre gebunden, den Meistern alles zu berichten. Das weißt du so gut wie ich.«

Wieder trat Schweigen ein. Richmond legte ein Scheit ins Feuer.

»Ich weiß. Ich bitte dich nur um etwas Zeit, damit ich dir meine ehrlichen Absichten beweisen kann. Aber ich brauche eine Antwort«, sagte Denser schließlich.

»Auf welche Frage?«, murmelte Hirad.

»Werdet ihr uns helfen?«

»Wie viel?«, fragte Talan.

»Fünf Prozent vom Wert jedes Artefakts, die gleichen Bedingungen wie gehabt.«

»Ich kann nicht glauben, dass du gerade diese Frage gestellt hast«, fauchte Hirad. »Was für eine Rolle spielt es, wie viel sie zahlen? Wir haben hier genug zu tun.« Er deutete auf Sirendors verhüllten Leichnam.

»Es spielt immer eine Rolle«, erwiderte Talan. »Es wird keine Entscheidung fallen, solange nicht alle Bedingungen bekannt sind. So war es schon immer.«

»Wir sind im Ruhestand, Talan. Schon vergessen?«

»Balaia kann es sich nicht erlauben, euch im Ruhestand zu belassen«, sagte Denser.

»Halt den Mund, Xetesk-Mann. Das geht dich nichts an.« Hirad sah sich nicht einmal zu ihm um.

»Hirad, so beruhige dich doch«, sagte der Unbekannte. »Es ist auch so schon schwer genug.«

»Wirklich? Wir suchen die Hexenjäger und töten sie. Was soll daran schwierig sein?«

Der Unbekannte überging die Bemerkung. »Noch eine Frage, Denser. Angenommen, wir bergen die Katalysatoren. Was wird dann geschehen?«

»Ihr helft mir, sie in die Torn-Wüste zu bringen und Dawnthief gegen die Wytchlords in Parve einzusetzen. Das heißt, falls ihr das wollt.«

»Also, wir sind sicher nicht bereit, die Katalysatoren so ohne weiteres an Xetesk abzuliefern«, sagte Ilkar.

»Das habe ich auch nicht erwartet«, erwiderte Denser.

»Nun? Habt ihr alle genug gehört?«, fragte der Unbekannte.

»Mehr als genug.«

»Also gut.« Der Unbekannte stand auf und öffnete die Tür. »Denser, es ist Zeit, dass du uns verlässt. Wir müssen reden, und wir müssen Totenwache halten.«

»Ich brauche eine Antwort«, wiederholte Denser.

»Morgen bei der ersten Dämmerung«, versprach der Unbekannte. »Bitte …« Er deutete zur Tür.

Denser hielt noch einmal inne, ehe er ging. »Ihr könnt euch nicht weigern«, sagte er. »Für uns alle hängt viel zu viel davon ab.«

Der Unbekannte schloss die Tür hinter Denser und füllte alle Gläser nach, bevor er sich wieder an seinen Platz setzte.

»Nun, wer macht den Anfang«

»Es ist ein Albtraum«, sagte Ilkar. »Ich weiß nicht recht, was ich sagen soll.«

»Sirendor Larn ist seinetwegen gestorben, es ist offensichtlich, dass Ras' Tod nichts mit unserem letzten Auftrag zu tun hatte, und wir sitzen hier herum und plaudern darüber, ob wir für ihn arbeiten.« Hirad schrie beinahe. »Warum müssen wir überhaupt noch diskutieren?« Er stand auf und ging zum Kamin. »Es ist doch ganz einfach. Wir ziehen los und töten die Hexenjäger. Denser kann sich seinen Spruch in den Hintern schieben, und das hier …« Er zerrte den Kodex aus dem Rahmen über dem Kamin und riss ihn in Stücke. »Das hier ist Geschichte.«

Entgeistert starrten sie Hirad und das zerfetzte Stück Pergament an. Jetzt erst hielt er inne und bemerkte, wie erregt er war. Sein Atem ging schnell, sein Herz pochte heftig in der Brust, hinter sich hörte er das Feuer knacken. Er sah seine Freunde herausfordernd an, ob sie es wagten, ihn zu kritisieren oder ihm zu widersprechen.

»Setz dich, Hirad«, sagte der Unbekannte leise.

»Warum denn? Damit du …«

»Ich sagte, setz dich!«, donnerte der große Mann.

Hirad, der immer noch die zwei Stücke des Kodex in den Händen hielt, gehorchte.

»Wir wissen alle, wie bekümmert du bist.« Der Unbekannte sprach jetzt wieder ruhiger. »Und wir werden uns mit Sirendors Mördern befassen, glaube mir. Aber was wir gerade gehört haben, hat alles verändert, auch wenn du es noch nicht begriffen hast.«

»Wirklich?« Hirad seufzte.

»Wirklich«, bestätigte der Unbekannte. »Ich denke aber, Ilkar kann das besser erklären als ich.«

Der Julatsan-Magier zog die Augenbrauen hoch. »Um es ganz simpel auszudrücken, sind die beiden schlimmsten Dinge, die ich mir überhaupt vorstellen konnte, gleichzeitig passiert. Jedenfalls behauptet Denser genau dies. Die Wytchlords sind ausgebrochen, und Xetesk hat einen Zugang zum Dawnthief gefunden.«

»Und?«

»Bei den Göttern, Hirad, ich habe vorhin nicht gescherzt. Dawnthief kann alles zerstören. Ganz wörtlich. Wenigstens theoretisch. Wenn Denser Erfolg hat und die Wytchlords vernichtet – und wir müssen beten, dass es ihm gelingt –, dann befindet sich die gefährlichste Waffe überhaupt in den Händen des Dunklen Kollegs. Was, glaubst du, bedeutet dies für uns, für die anderen?«

»Dann töten wir Denser und nehmen den Spruch an uns, sobald er ihn gewirkt hat.«

»Ja, aber um das zu tun, müssten wir direkt neben ihm stehen.«

»Wir könnten ihn jetzt töten und das Amulett in unseren Besitz bringen«, sagte Hirad ruhig.

Schweigen. Richmond nickte.

»Das würde auf jeden Fall Zeit sparen.«

»Und wenn er in Bezug auf die Wytchlords Recht hat?«, fragte Ilkar.

»Dann soll jemand anders den Spruch wirken.«

»Aber klar«, schnaubte Ilkar. »Ich kann ja mal Tomas fragen, ob er Zeit für uns hat.«

»Du weißt, was ich meine.«

»Ganz so einfach ist es nicht, Hirad. Denser wurde vermutlich sein Leben lang in der Theorie des Dawnthief-Spruchs ausgebildet. Wenn er der wichtigste Dawnthief-Magier von Xetesk ist – und ich habe keinen Grund, daran zu zweifeln, dass dies zutrifft –, dann ist er der Mann, der die besten Chancen hat, den Spruch zu wirken. Vielleicht sogar der Einzige überhaupt.«

»Also glaubst du ihm, Ilkar?« Talan beugte sich vor, leerte sein Glas und streckte die Hand nach der Flasche aus, die der Unbekannte ihm anbot.

»Warum sollte er in dieser Hinsicht lügen? Er riskiert, dass ich über Dawnthief einen Bericht nach Julatsa schicke, und er hat völlig Recht mit seiner Einschätzung, wie mein Bericht aufgenommen würde, wenn ich es tue. Bei den Göttern, was für ein Durcheinander.« Ilkar nagte an der Unterlippe und sank auf seinem Stuhl zusammen.

»Welche Möglichkeiten haben wir denn nun?«, wollte Talan wissen.

»Wir haben überhaupt keine«, sagte Ilkar. »Eigentlich

haben wir überhaupt keine Wahl. Ich meine, wir könnten beschließen, seine Bitte abzulehnen und selbst gegen die Hexenjäger vorzugehen, aber was, wenn er die Wahrheit sagt? Wir hätten dann Balaia im Stich gelassen, und was noch schlimmer ist, wir hätten es Xetesk und den Wytchlords überlassen, unter sich zu entscheiden, wer Dawnthief besitzen soll. Dawnthief bedeutet unumschränkte Macht, er ist wirklich so mächtig, so viel könnt ihr mir glauben. Macht euch keine Illusionen. Wenn die Wytchlords zurückkehren, dann kommen sie, um uns alle zu vernichten.«

»Sind sie denn wirklich so übel?«, fragte Richmond.

»Ja. Bei den Göttern, ja«, antwortete Ilkar. »Du musst dazu wissen, woher sie gekommen sind. Sie gehörten ursprünglich zum einzigen existierenden Kolleg, doch sie wurden aufgrund ihrer Ansichten hinter die Blackthornes verbannt. Sie haben Jahrhunderte damit verbracht, ihren Hass zu kultivieren und sich selbst unsterblich zu machen. Als sie damit Erfolg gehabt hatten, kamen sie, um sich zu nehmen, was ihnen ihrer Ansicht nach zustand. Beim ersten Mal haben wir gesiegt. Dieses Mal werden wir nicht mehr siegen, wenn wir Dawnthief nicht haben.« Er hielt inne, weil ihm bewusst wurde, dass die anderen ihm nicht folgen konnten. »Hört zu, die Wytchlords wollen nicht erobern, sie wollen vernichten und östlich der Berge alles Leben auslöschen. Das haben sie versprochen, als sie ins Mana-Gefängnis gesteckt wurden. Meiner Ansicht nach sollten wir Denser unterstützen ... lasst es mich so sagen. Ich werde ihm helfen, ob der Rabe es insgesamt tut oder nicht, und ich will, dass ihr meinem Beispiel folgt. Wir werden dabei wahrscheinlich alle sterben, aber dann haben wir es wenigstens versucht.«

»Ich hatte noch nie große Lust, als Märtyrer für mein Land zu fallen«, erklärte Talan.

»Aber so eine Aufgabe wäre sicher etwas Neues für den Raben«, warf Richmond ein. »Ich meine, wenn wir mal nicht nur des Geldes wegen kämpfen.«

»Der Ruhestand ändert die Ansichten zu gewissen Dingen.« Ilkar zuckte mit den Achseln, doch sein Lächeln war etwas verkrampft.

»Für Sirendor hat sich gewiss eine Menge verändert.« Hirads Stimme war kaum mehr als ein Flüstern.

»Allerdings. Und wir dürfen nicht vergessen, was wir uns aufbürden, wenn wir diesen Auftrag annehmen. Vorausgesetzt natürlich, wir akzeptieren ihn überhaupt.« Der Unbekannte sah sich in der Runde um.

»Ich will es Schwarz auf Weiß im Vertrag geschrieben sehen, dass Dawnthief wie besprochen ausschließlich gegen die Wytchlords eingesetzt wird. Ich arbeite für Balaia, nicht für Xetesk«, sagte Ilkar, und seine Stimme verriet kompromisslose Härte.

»Und ich will eine Zusage von Denser, dass wir die Hexenjäger bei der ersten Gelegenheit angreifen, die wir bekommen.« Hirad blickte zu Sirendor hinüber.

»Hast du das, Talan?«, fragte der Unbekannte, als niemand mehr etwas zu ergänzen hatte. Talan nickte. »Denser muss den Vertrag beim ersten Morgengrauen unterschreiben, deshalb solltest du ihn besser jetzt gleich aufsetzen. Gibt es sonst noch etwas?«

»Nur eine Sache wäre da noch«, erklärte Richmond. »Sollten wir nicht Denser bewachen? Oder, um es genauer zu sagen, das Amulett, das er besitzt?«

»Keine Sorge, seine Katze wird schon dafür sorgen, dass ihm nichts passiert«, sagte Ilkar.

Hirad sah den Elf von der Seite an. Er konnte sich nicht vorstellen, wie das Tier mehrere Bewaffnete in Schach hielt. »Dann ist die Katze eine gute Schwertkämpferin, was?«

Trotz der gedrückten Stimmung musste Ilkar lachen.
»Die Katze ist ein Hausgeist, Hirad. Sie hat einen Teil seines Bewusstseins in sich, besser kann ich es nicht ausdrücken. Ich wage allerdings zu behaupten, dass sie in mehr als einer Gestalt auftreten kann.«

»Ich verstehe«, sagte Hirad, der überhaupt nichts verstand.

»Ich erkläre es ein andermal. Vertrau mir einfach für den Augenblick, ja?«

»Also gut, meine Herren«, sagte der Unbekannte, indem er aufstand. »In einer Stunde sind wir zur Totenwache wieder hier. Bis dahin sollten wir Hirad allein lassen, damit er in seinem Kummer ungestört ist.«

Hirad lächelte dankbar, denn die ersten Tränen standen ihm schon in den Augen. Als die anderen gegangen waren, erlaubte er es sich zu weinen.

Siebtes Kapitel

Selyns Flucht aus Terenetsa hatte etwas von einer glücklichen Fügung an sich, auch wenn sie der Ansicht war, sie habe nie in echter Gefahr geschwebt. Ganz gewiss aber war sie wütend darüber, dass der Schamane sie so leicht hatte sehen können, obwohl sie sich mit einem Spruch getarnt hatte und niedergekauert war, sobald die Pfeile flogen.

Als die Wesmen hinter einem Pfeilhagel vorgerückt waren, hatte sie sich konzentriert und einen weiteren Tarnzauber gewirkt, bevor sie durch eine nicht zugesperrte Öffnung in der Seite der Hütte sprang, in der sie sich verborgen hatte, um die Umgebung zu beobachten.

Sie war auf festgetretenem Schlamm gelandet und hatte sich zwischen fliehenden Hühnern abgerollt. Das Geflügel hatte verwirrt in die Runde geschaut, weil die Tiere etwas spüren, aber nichts sehen konnten. Sie war mit einer fließenden Bewegung wieder auf die Beine gekommen und in den Wald gerannt. Dort hatte sie noch einmal die Richtung gewechselt und war tiefer und tiefer in den Wald eingedrungen, bis die Geräusche der Verfolger leiser wurden.

Mehrere Stunden später, als die Abenddämmerung kam,

hielt sie eine Kommunion mit Styliann, bevor sie in einem dichten Gebüsch, in dem sie für ihren schlanken Körper etwas Platz geschaffen hatte, in tiefen Schlaf fiel.

Am nächsten Morgen erwachte Selyn, als das Sonnengesprenkel auf ihrem Gesicht spielte. Es war still im Wald bis auf die natürlichen Geräusche. Kein Lüftchen regte sich, und es wurde rasch warm. Sie machte ein Lagerfeuer und entzündete es, bevor sie ein Kaninchen aus der Schlinge holte, die sie am Vorabend gelegt hatte. Geübt zog sie das Tier ab und spießte es auf, um es zum Frühstück zu essen. Weniger als eine Stunde später war sie schon wieder unterwegs.

Im Nordwesten, also in der Gegend, in die sie reisen wollte, wimmelte es vor Überfallkommandos der Wesmen, die Einheimische suchten, die sie unterwerfen konnten, während sie nach passendem Gelände für Stützpunkte Ausschau hielten. Lager auf Lager sah sie auf ihrer heimlichen Reise. Die Wesmen richteten sich ruhig und umsichtig ein, und sie wunderte sich über den offenkundigen Mangel an Eile. Es war, als warteten sie auf irgendetwas. Sie hatte Angst herauszufinden, was es war.

Als der erste Nachmittag ihrer Reise in die Torn-Wüste in die Abenddämmerung überging, kam die Angst mit Macht. In Parve würde sie gewiss den Beweis dafür finden, dass Balaia Chaos und ein ausgedehnter Krieg drohten, wie es ihn seit mehr als dreihundert Jahren nicht mehr gegeben hatte – seit der Zeit, als die Wesmen das letzte Mal eine Invasion versucht hatten. Sie konnte nur hoffen, dass sie Styliann genügend Informationen übermitteln konnte, ehe sie gefasst und getötet wurde. Denn wenn Styliann Recht behielt, dann würde sie die Stadt der Wytchlords nicht mehr verlassen können.

Das Gefühl der Angst wich rasch einem Gefühl des Verlustes, und eine Zeit lang war sie verzagt. Sie wusste, dass sie am besten jeden Gedanken daran, nach Xetesk zurückzukehren, weit von sich schieben sollte. Solche Gedanken konnten ihr Urteil trüben und dazu führen, dass sie übervorsichtig vorging. Sie ersetzte diese Sehnsucht durch den kalten Ehrgeiz, sich über jeden Zweifel hinaus als Xetesks beste Magier-Spionin zu beweisen. Sie selbst hatte stets an ihre Fähigkeiten geglaubt, doch andere hegten durchaus Zweifel, und zwar einfach nur, weil sie eine Frau in einem von Männern dominierten Orden war.

Abgesehen von der Aussicht, in den eigenen Reihen gepriesen zu werden, bekam sie nun auch die Chance, das höchste Opfer für den Ruhm Xetesks zu leisten. Vielleicht konnte sie sogar den Verlauf des Krieges beeinflussen, der unweigerlich kommen musste.

Ihre Entschlossenheit kehrte zurück, und sie konzentrierte sich nur noch darauf, ihre innere Stärke aufzubauen.

Geschmeidige und dennoch kräftige Lederstiefel bedeckten ihre Füße und Waden, das matte Dunkelbraun verschmolz mit den Schatten im Wald. In jedem der Stiefel steckte ein Dolch in einer Scheide. Gesprenkelte grüne Hosen und eine ebensolche Jacke vervollständigten ihre Tarnkleidung.

An den Händen trug sie schwarze Handschuhe, eng anliegend und mit aufgenähten Griffflächen an den Fingerspitzen und Handflächen. Verborgen unter den Ärmeln ihrer Jacke und denen des braunen Wollhemds war mit jedem Handgelenk ein Federzug verbunden, der einen gekerbten Bolzen abschießen konnte. Im Nahkampf war die Waffe nützlich, doch sie hatte keine große Reichweite. Drei weitere Dolche hingen neben einem Satz Dietriche am Gürtel. Auf dem Rücken und unter der Jacke trug sie ein Kurzschwert in einer Scheide.

Kopf und Hals hatte sie in ein langes Halstuch gehüllt. Wenn sie es sich bei verdeckten Aktionen umband, blieben nur die großen braunen Augen frei. Das schwarze Haar trug sie kurz geschnitten, die Fingernägel waren kurz, aber scharf, und auch ihre Füße waren in bester Ordnung. Sie war schlank und doch kräftig gewachsen, hatte lange Beine und kleine Brüste. Man sah ihr sofort an, wie beweglich und schnell sie sein konnte.

Schnell und erfolgreich war sie vor allem, weil sie so klug war, nur dort einzudringen, wo sie nicht entdeckt werden konnte. Herauszukommen, sobald das Mana ausging, das war das Wichtigste, wenn man überleben wollte. Styliann hatte eine Bemerkung gemacht, dass sie auch eine hervorragende Meuchelmörderin abgeben würde, doch sie hatte die Vorstellung, auf Befehl jemanden zu töten, entsetzlich gefunden. Andererseits war ihr Weg durchaus mit den Leichen jener gepflastert, die versucht hatten, sie aufzuhalten.

Selyn lächelte in sich hinein. Vielleicht durfte sie Xetesk doch noch einmal wieder sehen. Wenn sie vorsichtig war und fest daran glaubte, war alles möglich. Sie stand unter Druck, rechtzeitig Parve zu erreichen. Sie kannte nur einen Spruch, der ihr diesen Druck nehmen würde, und setzte ihn ein. So zog sie nach Nordwesten durch den lichter werdenden Wald zum gebirgigen, öden Land, das reichlich Plätze zum Verstecken bot, aber nicht mehr viele, an denen sie Trost finden konnte. Die Länder im Westen waren gekennzeichnet durch tiefe Schluchten und Gebirgsketten, über die ganz plötzlich und ohne Vorwarnung heftige Stürme kommen konnten. Im Augenblick aber wärmte die Sonne die Erde, und der kalte Fels schien eine Ewigkeit entfernt zu sein.

Die Sonne hatte den Zenith schon überschritten, als der Rabe durchs Nordtor Korina verließ. Sie wollten zu den

Ruinen von Septerns Haus, das drei Tageritte im Nordwesten lag. Am Morgen hatte Sirendors Beerdigung stattgefunden. Denser war zu diesem Ereignis nicht eingeladen worden.

Nachdem sie den Ort ihres Kummers hinter sich gelassen hatten, ritten sie in lockerer Formation. Der in sich gekehrte und hohläugige Denser bildete mit Talan und Richmond die Spitze. Der Unbekannte Krieger und Hirad Coldheart ritten ungefähr zwanzig Schritt hinter ihnen. Ilkar hatte sich weit zurückfallen lassen. Seit sie ihre Pferde gesattelt hatten, war von ihm kein Wort mehr zu hören gewesen.

Eine Stunde war nach ihrem Aufbruch aus Korina vergangen, und Hirad rechnete schon beinahe mit einem Angriff der Hexenjäger. Die Überlegung, dass sie vielleicht doch nur eine einzelne Meuchelmörderin ausgesandt hatten, brachte Hirad auf die Frage, was für eine eigenartige Organisation das sei. Er war sogar ein wenig enttäuscht von ihnen, baute jedoch darauf, dass sie Denser nach wie vor umbringen wollten, und wenn er den Rücken des Dunklen Magiers betrachtete, musste er sogar lächeln. Es war in der Tat eine eigenartige Situation.

»Warum verabscheut Ilkar Xetesk eigentlich so sehr?«, fragte er, ohne den Blick von Denser zu wenden.

»Warum fragst du ihn das nicht selbst?«, gab der Unbekannte zurück. »Es ist an der Zeit, dass er zu uns aufschließt.« Er drehte sich im Sattel um und winkte dem Magier, sich zu ihnen zu gesellen, doch erst als auch Hirad sich umdrehte, spornte Ilkar sein Pferd an.

Als der Elf näher kam, runzelte Hirad die Stirn. Ilkar trug die Nachwirkungen von Densers Offenbarungen am vergangenen Abend wie eine offene Wunde im Gesicht. Er versuchte zu lächeln, als er zu seinen Freunden stieß, doch zu mehr als einem Hochziehen der Augenbrauen reichte es nicht.

»Alles klar, Ilkar?«, fragte Hirad.

»Was für eine blöde Frage«, erwiderte Ilkar. »Was kann ich für euch tun?« Seine Stimme war tonlos und belegt. Hirad wusste genau, wie der Magier sich fühlte.

»Hirad hat sich nur gefragt, was du eigentlich gegen Xetesk hast«, erklärte der Unbekannte.

»Jede Menge«, sagte Ilkar. »Um es einfach zu sagen, vertreten Julatsa und Xetesk, was die Magie angeht, völlig unterschiedliche Standpunkte. Wozu sie dienen soll, wie man die Forschung betreibt, wie man genügend Mana aufbaut ... einfach alles. Wenn wir hüh sagen, dann sagen sie hott. In Julatsa gilt es als Verbrechen, für die Meister von Xetesk zu arbeiten. Versteht ihr?«

»Nein«, sagte Hirad.

Ilkar seufzte. »Schau mal – unterbrich mich, wenn du es schon weißt –, der Grund dafür, dass die Kollegien sich spalteten, war überwiegend moralischer Natur. Es ging um die Ziele der Forschung und um die Anwendung der Magie, die durch die Forschung entdeckt wurde. Auch die Methoden, um Mana zu sammeln, waren ein Streitpunkt. Um es verkürzt zu sagen: Xetesk fand einen schnellen Weg, das Mana aufzufrischen, und zwar durch Menschenopfer. Ich kann Xetesk eine Menge verzeihen, aber nicht dies.«

»Gibt es dort heute noch Menschenopfer?«, fragte der Unbekannte.

»Sie behaupten, es gebe keine, doch es ist eine Tatsache, dass die Methode immer noch wirkt, obwohl sie andere, kaum weniger verachtenswerte Wege gefunden haben. Wie auch immer, es läuft darauf hinaus, dass nach zweitausend Jahren unsere Traditionen – unser Verständnis für die Physik der Magie – sich so sehr von den in Xetesk praktizierten unterscheiden, dass wir kaum verstehen können, wie sie Sprüche bauen und wirken.«

»Könntest du denn Dawnthief heraufbeschwören?«, fragte Hirad. »Ich meine, das ist doch kein Spruch aus Xetesk, oder?«

»Nein, das ist er nicht, aber ich könnte es trotzdem nicht«, erwiderte Ilkar. »Nun ja, theoretisch könnte ich es, denn ich kenne die Worte und die Überlieferung, weil Septern die Informationen an alle Kollegien gegeben hat. Doch in der Praxis würde ich gewiss scheitern, da ich noch nie mit der Mana-Gestalt dieses Spruchs gearbeitet und die Feinheiten, die es beim Wirken des Spruchs zu beachten gilt, nicht studiert habe.«

»Dann sorgen wir also besser dafür, dass Denser am Leben bleibt.« Hirad schürzte die Unterlippe.

»Wenigstens, bis wir herausgefunden haben, ob er die Wahrheit sagt oder nicht.«

»Ja, bis dahin sollte er überleben«, murmelte der Unbekannte.

Sie schwiegen eine Weile. Hirad verdaute, was Ilkar ihm erzählt hatte, und wünschte, er hätte aufmerksamer verfolgt, was die Magier so trieben. Noch wichtiger war es aber herauszufinden, was die Hexenjäger trieben. Es musste da, so überlegte er, einen Zusammenhang geben.

»Was weißt du eigentlich über diese Hexenjäger, Unbekannter?«, fragte er.

»Du hast wohl in der letzten Nacht nicht viel Schlaf bekommen, was?« Der Unbekannte lächelte leicht.

»Das Nachdenken erklärt freilich nur einen Teil des Schlafmangels, großer Mann. Nun?«

»Nicht sehr viel.« Der Unbekannte zuckte mit den Achseln. »Ihr Anführer ist ein Mann namens Travers. Er war der Kommandant der Garnison, die schließlich die Kontrolle über den Understone-Pass verlor, als wir in den Anfangstagen des Raben im Norden für die Lords von Rache gekämpft haben. Er war ein gefährlicher Mann, aber inzwischen muss er recht alt sein.« Der Unbekannte zögerte. »Ich denke, Ilkar weiß mehr darüber.«

Jetzt endlich lächelte auch Ilkar. Seine Ohren zuckten, und er massierte sich die Stirn mit Daumen und Zeigefinger.

»Ich bin ein Elf, Unbekannter«, sagte er. »Ich fürchte, sehr viel weiß ich auch nicht. Travers ist entweder ein strahlender Held, der einen langen Krieg gegen die Übel der Magie unternimmt, oder ein einstmals großartiger Soldat, der gegenüber der heutigen Realität blind ist. Es kommt immer darauf an, auf welcher Seite des Zauns du stehst.«

»Und auf welcher Seite stehst du?« Hirad beugte sich vor und legte die Hände auf den Sattelknauf, um den Rücken zu strecken. Er atmete den Geruch des Leders ein, in den sich der starke Eigengeruch seines Pferds mischte. Er fand beides auf eine seltsame Weise beruhigend.

»Ich halte ihn für blind«, sagte Ilkar. »Es begann alles als großartiger Plan, und viele wollten, dass er Erfolg hätte. Ich war einer davon. Nach dem Debakel am Understone-Pass gründete er eine Gruppe, der es vor allem darum ging, die destruktive Magie von Xetesk einzudämmen, in geringerem Maße auch die von Dordover. Er wollte sie nicht gänzlich verbieten lassen, er wollte auch nicht, dass sie ganz eingestellt wurde, sondern er wollte sie überwachen und im Stillen erforschen lassen.

Damals hieß seine Gruppe die Geflügelte Rose. Die Mitglieder hatten am Hals die Tätowierung einer Rosenblüte mit zwei weißen Flügeln.« Er strich über die linke Seite seines Halses, während er sprach. »Ich glaube, dies sollte Leidenschaft und Freiheit symbolisieren.«

»Und war das damals glaubwürdig?«, fragte der Unbekannte.

»Irgendwie schon«, erwiderte Ilkar. »Anfangs haben sie
für hehre Ideale gekämpft. Es ging ihnen nur darum, das
Land vom Schatten dessen zu befreien, was sie als dunkle
Magie betrachtet haben, und sie wollten ihr Ziel erreichen,
ohne zu Gewalttaten greifen zu müssen.«

»Verdammt will ich sein«, schnaufte Hirad.

»Ja, ich weiß schon, was du meinst«, sagte Ilkar. »Wie du
dir leicht vorstellen kannst, haben sie nach und nach ihre
Ideale verraten. Was anfangs ein Plan war, um die Magie
zu reglementieren, entwickelte sich mit der Zeit zu einer
Hexenjagd, die sich auf jeden Anhänger irgendeines Kollegs
erstreckte, der von Travers für gefährlich gehalten wurde.
Das schließt natürlich auch mich ein, zumal ich jetzt auf
eine höchst unglückliche Weise mit unserem ruhmvollen
Anführer da vorne im Bunde bin.«

»Tragen sie heute noch diese Tätowierung?« Hirad deutete auf seinen Hals.

»Nicht mehr in der gleichen Form wie früher«, sagte der
Unbekannte. »Sie haben das Abzeichen vollständig schwarz
gefärbt, aber das Motiv selbst ist geblieben.«

»Genau«, bestätigte Ilkar. »Die Schwarze Schwinge, so
nennen sie sich jetzt selbst. Die Rose ist ihnen heute vermutlich etwas peinlich.«

»So konnte ich auch erkennen, dass die Frau gefährlich
war.« Hirad brauchte einen Moment, um zu verstehen, dass
der Unbekannte mit keinem von ihnen direkt gesprochen
hatte. »Verdammt auch.«

»Was meinst du, Unbekannter?«, fragte Hirad.

»Ich habe die Tätowierung erkannt, das meine ich. Wenn
ich schneller gehandelt hätte, dann hätte ich Sirendor retten können. Vielleicht. Als ich aber erkannte, dass sie es auf

Denser abgesehen hatte, verspürte ich im ersten Moment kein sonderlich großes Verlangen, sie aufzuhalten. Es war mir ja egal, ob er lebt oder stirbt, und in gewisser Weise ist es mir immer noch egal.«

»Aber dann hast du von Dawnthief gehört«, bemerkte Ilkar.

»Wenn das mal wahr ist«, meinte der Unbekannte.

»Immer noch skeptisch, Unbekannter?«

»Immer noch ein Elf, Ilkar?«

Die Gebäude der Handelsallianz von Korina kündeten von großartigen, vergangenen Jahrhunderten.

Die Flure, Büros, Küchen und Gemächer der einstmals stolzen Organisation lagen in einem Garten, der von den Gärtnern der Stadt unterhalten wurde. Diesen Beitrag verdankte man dem Vermächtnis des dritten Grafen Arlen, der die HAK für ihre Opfer in den ersten Kriegen gegen die Wesmen vor dreihundert Jahren hatte entschädigen wollen. Seitdem war das Vermögen der Arlen geschrumpft und verblasste neben der aufblühenden Macht des Barons Blackthorne, die vor allem dem neuen, lukrativen Handel mit Mineralen zu verdanken war.

Nach außen wahrte die HAK tapfer ihr Gesicht. Eine gewundene Zufahrt hinter filigranen Eisentoren führte zu einem auf Säulen ruhenden Vordach. Dahinter bildete eine Doppeltür aus Ebenholz den Eingang. Das Hauptgebäude hatte drei Stockwerke und war aus weißem Stein gebaut, der etwa siebzig Meilen nordöstlich in den Denebre-Bergen abgebaut wurde.

Drinnen zeigten sich allerdings die Risse. Die Eingangshalle war mit aufrecht stehenden Rüstungen geschmückt, die allesamt stumpf und staubig waren. Es war kein Geld mehr da, um jemanden zu beschäftigen, der sie polierte.

Farbe blätterte ab, Feuchtigkeit und Schimmel breiteten sich in den Ecken aus, die Luft roch muffig.

Die große Tafel war verkratzt, vernarbt und rissig, der Stoff auf den Stühlen verschlissen, und aus Rissen in der altersschwachen Bespannung quoll die Füllung. Was die Quartiere anging, so hätte kein Lord oder Baron ein Zimmer ohne die Gesellschaft eines vertrauenswürdigen Leibwächters bezogen.

Baron Gresse fand die ganze Atmosphäre bedrückend. Sein anfänglicher Optimismus, weil das Treffen überhaupt anberaumt worden war, löste sich rasch auf, als die üblichen Streitereien zwischen dem Dutzend Abgeordneten begannen, die es überhaupt für nötig gehalten hatten, an der Sitzung teilzunehmen.

Lord Denebre, der die Sitzung einberufen hatte, nachdem er durch einen Überfall der Wesmen auf einen seiner Geleitzüge am Understone-Pass empfindliche Verluste erlitten hatte, war formell der amtierende Vorsitzende der HAK, und man glaubte allgemein, er werde auch der letzte sein. Er hatte verkündet, dass Tessaya, der Stammesführer, der die Verträge über freies Geleit am Understone-Pass unterzeichnet hatte, eben diese Verträge gebrochen habe, und man müsse militärisch eingreifen, um die Handelsroute offen zu halten.

Doch die zwölf am Tisch versammelten Barone und Lords – angefangen beim weißhaarigen, runzligen, aber immer noch kräftig gebauten Lord Rache, über den schwarzbärtigen, aufgedunsenen Lord Elimot, dessen bloßer Anblick das Auge beleidigte, bis hin zum jungen Pontois, der sehr groß war und ein Gesicht wie ein Raubvogel hatte – verschanzten sich hinter Zynismus, als sei er eine Rüstung.

Nach drei Stunden voller nutzloser Argumente, Ansprachen und Diskussionen waren die Delegierten in zwei

Gruppen gespalten. Gresse, Denebre und der älteste Sohn von Lord Jaden, dessen Ländereien im Norden der Kolleg-Städte lagen, sahen sich in der Minderzahl. Angeführt von Pontois, Rache und Havern wurde Entschluss auf Entschluss gefasst, und jeder war eine Ablehnung der Forderungen, die Denebre vorgetragen hatte. Man warf ihm sogar vor, er habe das Scharmützel provoziert, und es wurde beantragt, seine Worte aus dem Protokoll zu streichen. Den Höhepunkt bildete eine kurzsichtig geführte Debatte über die Frage, wie die HAK den größten Nutzen aus einer Einigung der Stämme schlagen mochte, während die drei abgewiesenen Vertreter verwirrt und wütend schwiegen.

Gresse, der die meiste Zeit über nur wenig gesagt hatte, ergriff erst das Wort, als Pontois ihm eine direkte Frage stellte.

»Ihr seid ungewöhnlich still, Gresse. Überlegt Ihr Euch noch, wie Ihr die Schäden an Eurer Burgmauer bezahlen sollt, oder behaltet Ihr Eure Gedanken aus triftigem Grund für Euch?«

»Mein lieber Pontois«, erwiderte Gresse, »ich bin durchaus der Ansicht, dass Ihr den kleinen Streit, den Ihr hier unbedingt beginnen musstet, verloren habt, und dass Eure Wunden erheblich mehr des Leckens bedürfen als die meinen. Unterdessen, so fürchte ich, decken sich meine Überlegungen ganz und gar nicht mit den Entscheidungen, die Ihr zu treffen gedenkt. Ich meine vor allem Eure Absicht, den Wesmen wieder Waffen zu verkaufen.«

»Du meine Güte«, sagte Pontois. »Dann verfügt Ihr vermutlich über bessere Informationen als die Lords Rache und Havern?«

»Allerdings«, bestätigte Gresse, und die Achtung, die er genoss, brachte die Anwesenden wenigstens vorübergehend zur Vernunft. »Wie Denebre schon zu erklären versucht hat, könnten die Wesmen jederzeit eine Invasion Balaias beginnen, wenn man den Angaben über die jetzt schon im Kernland zusammengezogenen Truppen trauen kann. Sie sind gut organisiert, sie sind stark, und sie sind geeint, und ich werde morgen beim ersten Tageslicht losmarschieren, um Blackthorne zu unterstützen.«

»Wirklich?« Pontois behielt sein Lächeln bei. »Ein kostspieliges Unterfangen.«

»Geld spielt keine Rolle«, sagte Gresse. »Das Überleben dagegen eine sehr große.« Gelächter erhob sich am Tisch.

»Eure Befürchtungen sind angesichts der bekannten Tatsachen völlig unangemessen«, sagte Lord Rache. »Womöglich hat das Alter Euren Verstand verwirrt.«

»Seit Generationen leben wir – ich schließe meine eigene Familie ein – jetzt schon vom Reichtum, den Balaia, seine Menschen und seine großen Schätze uns zu bieten haben. Wir haben von seiner Schönheit getrunken und uns in seiner Sicherheit gesonnt. Unsere Meinungsverschiedenheiten verwehen wie die Spreu im Wind, wenn man sie mit den Kriegen vergleicht, die so oft schon den Westen zerrissen haben. Doch dies gilt nicht mehr. Der Westen ist geeint und wendet sich nun gegen uns. Wir stehen kurz davor, um unser nacktes Leben kämpfen zu müssen, und der Feind ist stärker, besser gerüstet, zahlreicher und besser ausgebildet als wir«, sagte Gresse. »Könnt Ihr das nicht sehen? Hört Ihr nicht, was Denebre euch sagt?« Er wandte sich an Pontois. »Ich würde auf meinen Befestigungen Freudentränen vergießen, wenn ich Eure Männer sehen könnte, wie sie Burg Taranspike wieder einzunehmen versuchen, wirklich. Aber wenn wir uns nicht mit der Gefahr befassen, die uns jetzt gerade droht, dann wird auf Burg Taranspike bald das Banner der Wesmen wehen.«

»Ich würde lieber auf diese Wesmen warten und dabei den Wein aus Euren Weinkellern trinken«, sagte Pontois. »Das Wetter ist in Balaia heuer sehr wechselhaft.« Seine Worte wurden am Tisch beifällig aufgenommen, und irgendjemand kicherte gehässig.

»Lacht nur«, sagte Gresse, »solange Ihr könnt. Ich bemitleide Euch für Eure Dummheit, und ich bemitleide auch Balaia. Ich liebe dieses Land. Ich schaue gern von meiner Burg ins Land und sehe in der Morgensonne in der Ferne die Blackthorne-Berge schimmern oder den Tau vom Weideland direkt vor mir aufsteigen, und ich rieche gern die frische Luft.«

»Ich will Euch gern auf meinen Wehrgängen ein Plätzchen einrichten und Euren Schaukelstuhl dort aufstellen lassen«, erwiderte Pontois.

»Ich hoffe aufrichtig, Ihr seid tot, lange bevor ich einen Schaukelstuhl brauche«, spuckte Gresse. »Und ich werde jeden Tag verfluchen, an dem ich zwangsläufig auch Eure Haut beschütze, während ich zusammen mit anderen diesem Land treu diene und mich bemühe, es zu retten.« Er fuhr herum und schritt zur Tür, während hinter ihm schallendes Gelächter ertönte. Die Hand schon auf den Griff gelegt, hielt er noch einmal inne. »Überlegt Euch, warum Blackthorne nicht hier ist. Überlegt Euch, warum die vier Kollegien in genau diesem Augenblick am Triverne-See ein Treffen anberaumt haben. Und überlegt Euch, warum der Rabe für Xetesk arbeitet, obwohl er geschworen hat, genau dies niemals zu tun.

Sie alle wollen unser Land vor den Wesmen retten und unsere Frauen davor bewahren, die Söhne dieser Bastarde zur Welt bringen zu müssen. Jeder von euch, der sich weigert, zu Blackthorne, nach Understone oder zu den Kollegien zu reiten, um das eigene Leben in die Hände der Götter von Balaia zu legen, wird sich verantworten müssen, wenn seine Zeit gekommen ist. Und kommen wird sie.«

Es war still im Festsaal, als Gresse zum letzten Mal in seinem Leben die Räumlichkeiten der HAK verließ.

Als der Tag sich dem Ende zuneigte, führte Denser die Gruppe vom Hauptweg in dichtes Waldland hinein. Er hielt an, als sie vor den Blicken der Reisenden auf dem Weg gut verborgen waren. Sobald sie abgesattelt hatten, zündete Richmond ein kleines Feuer an.

Denser ging zu seinem Pferd, hielt den Mund dicht an sein Ohr und deutete tiefer in den Wald. Die braune Stute tappte in die Richtung, in die Densers Finger gezeigt hatte, und alle anderen Pferde folgten ihr.

»Hübscher Trick«, sagte Richmond.

»Ach, das war weiter nichts.« Denser zuckte mit den Achseln. Er setzte sich, lehnte sich an einen Baum und zündete seine Pfeife an. Die Katze steckte den Kopf aus seinen Gewändern, sprang auf den Boden und verschwand im Unterholz.

»Wie sieht nun der Plan aus, Denser?«, fragte Talan, während er sich Straßenstaub aus dem Auge wischte.

»Ganz einfach. Wir glauben, das Amulett könne uns die Position eines Dimensionstores zeigen, über das wir Septerns Werkstatt erreichen können. Wir nehmen an, dass sie sich im interdimensionalen Raum befindet. Wenn man sich ansieht, welcher Tradition das Amulett entstammt, dann muss Ilkar den Spruch wirken, um die Tür zu öffnen.«

»Das ist kein Problem, Denser«, murmelte Ilkar. »Ich wirke die ganze Zeit Dimensionssprüche.«

»Also gut«, sagte Hirad. »Jetzt höre ich euch schon wer weiß wie lange über Dimensionen und Portale reden, aber ich habe immer noch keine Ahnung, was ihr damit eigentlich meint. Gibt es vielleicht eine Erklärung, die jemand wie ich verstehen kann?«

Ilkar und Denser wechselten einen Blick. Der Xeteskianer nickte dem Julatsaner zu.

»Im Grunde ist die Idee dahinter recht einfach, doch es ist schwer, das alles aufzunehmen«, sagte Ilkar. »Tatsache ist, dass es eine bisher unbekannte Anzahl von Dimensionen gibt, man kann sie auch Welten nennen, die neben unserer eigenen existieren. Wir – das heißt, die Magier ganz allgemein – haben zwei identifiziert, doch es gibt offensichtlich noch viel mehr als diese.«

»Ach ja, offensichtlich.« Hirad schürzte die Lippen.

»Wo ist das Problem?«, fragte Ilkar. Seine Ohren zuckten.

»Ich weiß, dass du einen Drachen gesehen hast, und du sagst, er habe sich in einer anderen Dimension befunden, aber jetzt sagst du auf einmal, es gebe noch andere Welten, die hier irgendwie herumliegen«, sagte Talan. »Ich will es mal so ausdrücken. Wir gehen nach draußen und sehen den Himmel, die Erde und das Meer. Jetzt sagst du uns, wir sollen glauben, dass es hier bei uns noch andere Dimensionen gibt, die wir nicht sehen können, und du verkündest sogar, dass du zwei davon kennst.«

»Entschuldige, Ilkar«, mischte sich Richmond ein, »aber das kommt jetzt doch etwas überraschend.«

»Und ob«, pflichtete Talan ihm bei. »Ich meine, wie, zum Teufel, ist man überhaupt auf die Idee gekommen, dass es solche Dinge geben könnte?«

»Denser?«, fragte Ilkar. Die Katze tauchte aus dem Unterholz auf und rollte sich, die Augen auf das Gesicht ihres Meisters gerichtet, in Densers Schoß zusammen.

»Wir glauben, dass Septern von Anfang an davon wusste, auch wenn niemand sagen kann, wie er es herausgefunden hat. Er war der Magier, der als erster die Existenz anderer

Dimensionen außer jener, von der wir durch die Mana-Forschung schon lange wussten, postuliert hat. Heute scheint es ganz offensichtlich zu sein, doch damals wurde Septern von den meisten anderen Magiern geschnitten, während er heute als Genie gilt. Die Verachtung seiner Kollegen war auch der Grund dafür, dass er Dordover verließ und sein eigenes Haus aufgebaut hat.«

»Jetzt bin ich nicht schlauer als vorher«, sagte Hirad.

»Wir vermuten, dass Septerns Bewusstsein aus irgendeinem Grund für die Nuancen des Manaflusses jenseits unserer Dimension offen war. Er konnte Dinge sehen und spüren, die kein anderer Magier jemals wahrgenommen hat. Er war einzigartig«, sagte Denser. »Es tut mir Leid, dass ich so vage bin, aber wir wissen leider nicht sehr viel über Septerns Frühwerk. Er hat allerdings die notwendige Magie begriffen und die Überlieferung formuliert, mit deren Hilfe man Sprüche entwickeln kann, um neue Dimensionsportale zu erschaffen. So stellen wir es uns jedenfalls heute vor.«

»Also gut«, sagte der Unbekannte. »Dann nehmen wir also an, dass die Drachen eine eigene Welt haben, die sich von unserer Welt unterscheidet. Sie stellen Verbindungen zu uns her, um zu fliehen, ob es uns nun gefällt und ob wir es verstehen oder nicht. Ich habe dazu freilich noch zwei Fragen. Was hält die Drachen, die ihre Kriege ausfechten, eigentlich davon ab, einfach herzukommen und hier die Herrschaft zu beanspruchen? Und was befindet sich eigentlich in dieser anderen Dimension?« Er stand auf und legte ein paar Zweige ins Feuer.

»Denser, mach weiter.« Ilkars Tonfall war alles andere als freundlich.

»Wir wissen nicht sehr viel über die Dimension der Drachen. Niemand konnte jemals dorthin reisen, abgesehen höchstens von Septern. Der Drache, dem du begegnet bist«, er nickte Hirad zu, »nun ja, wir glauben, dass er zu einer sehr großen Brut oder Familie gehört, deren Mitgliedern dieser Zugang zwischen unseren Dimensionen exklusiv zur Verfügung steht. Dieser Korridor hat viele Verbindungen zu unserer Welt, eine für jeden Angehörigen der Brut und seinen zugehörigen Drachenmagier. Die Drachen verteidigen den Korridor gegen die Angriffe der anderen Bruten. Was Sha-Kaan dir erzählt hat, scheint diese Annahmen zu stützen.« Er trank einen großen Schluck, kaute nachdenklich an der Unterlippe und dachte gründlich nach, ehe er die nächste Frage beantwortete.

»Niemand«, sagte er schließlich langsam, »war bisher fähig, Septerns Arbeit zu wiederholen. Es gibt also keine Reisen zwischen den Dimensionen. Wenn wir den Schüssel zu seiner Werkstatt finden, dann können wir vielleicht einen großen Schritt tun, um dies zu ändern. In Xetesk wissen wir dank Septerns Schriften eine ganze Menge über den interdimensionalen Raum, und dort haben wir den Mana-Käfig der Wytchlords konstruiert. Wir haben auch Beweise für die Existenz weiterer Dimensionen gefunden, doch bisher sind wir nur in eine einzige vorgedrungen.«

»Dies war allerdings diejenige, die ihr unbedingt brauchtet, nicht wahr, Denser?« Ilkar verzog voller Abscheu das Gesicht.

»Wir haben in der Tat festgestellt, dass diese Dimension nützlich ist«, erwiderte Denser gereizt.

»Bitte sage uns, was du weißt.« Die Stimme des Unbekannten machte deutlich, dass es sich nicht um eine höfliche Bitte handelte.

»Einfach ausgedrückt, ist es eine Dimension, die von Wesen bewohnt wird, die ihr Dämonen nennen würdet. Aber denkt euch nicht zu viel dabei«, sagte Denser. »Sie können ohne, hmm, ohne weit reichende Modifikationen und ohne beständige Unterstützung durch einen Magier nicht in dieser Dimension leben.« Denser kraulte abwesend seine Katze. Das Tier schnurrte und streckte sich.

»Warum nicht?«, fragte Richmond.

»Weil sie vom Mana leben. Es ist für sie die Luft, die sie atmen. Und hier ist die Konzentration von Mana in jeder Hinsicht unzureichend. Umgekehrt könnten wir auch nicht in ihrer Dimension leben. Xetesk hat nun, das will ich gern zugeben, diese Dimension angezapft, um Mana zu gewinnen.«

»Und das ist schlecht, Ilkar?« Richmond drehte sich zum Julatsa-Magier um.

»Es geht dabei nicht so sehr um den Gebrauch des Mana, sondern eher um die Methoden, die eingesetzt werden, um die Verbindung zu halten. Es ist aber sinnlos, jetzt weiter darüber zu sprechen. Es ist eine moralische Frage.«

Die Gruppe verstummte, und jeder verdaute oder versuchte zu verdauen, was sie bisher gehört hatten. Für Hirad war das alles nur Geplapper und Gewäsch. Er hatte die erste Frage gestellt und kaum die Antwort aufnehmen können, und er war nicht sicher, ob er überhaupt irgendetwas verstanden hatte. Es war ihm auch egal. Er konnte sich nicht konzentrieren, seine Gedanken schweiften immer wieder ab; er träumte mit offenen Augen von Sirendor, während sein Herz auf kalte Rache sann.

»Habt ihr genug gehört?«, fragte Denser.

»Eine Frage noch.« Richmond runzelte die Stirn. »Wo sind diese anderen Dimensionen im Verhältnis zu unserer eigenen? Ich meine, ich kann die Sterne sehen. Sind die Dimensionen irgendwo dort oben?«

»Nein«, erklärte Denser, und ein kleines Lächeln spielte um seine Lippen. »Obwohl die Analogie im Grunde gar nicht schlecht ist. Aber eigentlich gibt es keine Hinweise und keine Vorstellungen, wo die anderen Dimensionen liegen. Die einfachste Art, es zu beschreiben, besteht darin, dass ich dich bitte, dir eine Leere zu denken, die viel größer ist, als du sie dir womöglich überhaupt vorstellen kannst, und dann Blasen hineinzusetzen, möglicherweise unendlich viele, die alle jeweils eine eigene Dimension darstellen.

Und jetzt wird es schwierig, weil du dir vorstellen musst, dass die Blasen zur gleichen Zeit überall und nirgends sind. Egal wie groß die Zahl der Blasen ist und wie groß diese Leere ist, zwischen den Blasen gibt es keinen messbaren Abstand, sodass man theoretisch ohne Zeitverzögerung, je nachdem, wie sie angeordnet sind, zwischen ihnen reisen kann.« Er hielt inne. »Stimmt das so ungefähr, Ilkar?«

»Es entspricht meinem bisherigen Verständnis«, sagte Ilkar, doch sein Gesicht verriet, dass er gerade etwas Neues gelernt hatte.

»Wie kommt es nun, dass der Drache das Amulett hatte?«, fragte Talan.

»Gute Frage«, erwiderte Denser. »Kurz nachdem Septern den Text für Dawnthief veröffentlicht hatte, ist er verschwunden. Wir vermuten, dass er durch sein Drachenportal ging, oder durch eines, das er selbst hergestellt hat. Wir mussten davon ausgehen, dass Septern uns eines Tages seine Erkenntnisse zukommen lassen wollte, und so war es nur sinnvoll anzunehmen, dass er als Drachenmagier den wichtigsten Schlüssel, dieses Amulett, den Drachen anvertraut hat und sie entscheiden ließ, wann wir dafür bereit waren. Wir sind gerade einen Schritt weiter gekommen, das ist alles. Gibt es sonst noch etwas?« Schweigen war die Antwort. »Gut. Dann wollen wir beim ersten Tageslicht aufbrechen.«

Hirad starrte den Dunklen Magier an, der in einer Tasche nach etwas suchte.

»Eines will ich dir ganz klar sagen, Denser«, erklärte der Barbar mit ruhiger Stimme, während er einen Dolch aus dem Gürtel zog und die Schneide mit dem Daumen prüfte. Er untersuchte aufmerksam die kurze Klinge. »Du hast hier nicht die Führung. Wenn die Mitglieder des Raben zustimmen, dann werden wir zu dieser Magierwerkstatt reisen, die du suchst, aber erst dann und nicht vorher.«

Denser lächelte. »Gern, wenn du es so haben möchtest.«

»Nein, Denser«, sagte Hirad. »Ich will es nicht so haben, sondern es ist einfach so, wie ich sage. In dem Augenblick, in dem du dies vergisst, bist du allein. Oder tot.«

»Und Balaia müsste mit mir sterben«, erwiderte Denser.

»Tja, dafür haben wir bisher nur dein Wort«, sagte der Unbekannte.

Hirad nickte. Denser erwiderte überrascht seinen Blick.

»Aber ich bin der Einzige, der weiß, was wir tun müssen«, erklärte er.

»Im Augenblick mag dies so sein«, sagte der Unbekannte. »Aber mach dir mal keine Sorgen, sobald wir es verstehen, werden wir zu der Art und Weise, wie wir die Dinge anpacken wollen, einiges zu sagen haben. Da kannst du ganz sicher sein.«

Schweigen senkte sich über die Gruppe. Richmonds Feuer knackte, und eine Brise raschelte in den oberen Ästen. Die Nacht kam. Denser klopfte den Kolben seiner Pfeife an den Wurzeln des Baumes aus.

»Wenn ich einen Vorschlag zur Diskussion stellen dürfte«, sagte er langsam, »dann möchte ich empfehlen, dass wir so langsam schlafen gehen sollten.«

Achtes Kapitel

Abspaltung. Misstrauen. Verdacht. Mana. Die Luft knisterte von alledem.

Der Triverne-See lag am Fuß der Blackthorne-Berge, wo der gewaltige Gebirgszug allmählich flacher wurde, um mehr als einhundert Meilen weiter nördlich in der Triverne-Bucht dem Meer zu begegnen. Der See wurde durch Magie geschützt und bot den mächtigen grünen Bäumen, die ihn an drei Seiten umgaben, ideale Bedingungen. Nur das östliche Ufer war unbewaldet. Üppige Vegetation und Blumen in strahlenden Farben bildeten einen prächtigen Teppich zwischen den Baumstämmen und der vielfältigen Pflanzenwelt, die sich bis hinauf in die Hügel erstreckte, wo die kühlere Luft von den Bergen nur noch widerstandsfähige Büsche, Moos und Heidekraut im Übermaß wachsen ließ. Eine Vielzahl von Vogelarten versammelte sich am Ufer, und ihre Lieder und ihr in allen Regenbogenfarben schillerndes Gefieder vermochten auch das kälteste Herz zu erwärmen.

Der Regen, der häufig über den Blackthorne-Bergen niederging und dann in prächtigen Wasserfällen von den Gipfeln herunterstürzte, schien das Gleichgewicht des Sees niemals zu stören. Das ganze Jahr über speisten unterirdische Flüsse den See, und der Wasserfall, der sich nach ausgiebigen Regenfällen bildete, ergoss sich in ein tiefes, schönes Becken, das seinerseits mit dem See in Verbindung stand.

Am Morgen des Treffens war die Oberfläche des Triverne-Sees ruhig, nur hin und wieder ließ eine leichte Brise kleines Wellengekräusel in alle Richtungen laufen. Das sanfte Glucksen des Wassers am Ufer hätte den Eindruck tiefer Ruhe an einem sonnigen, leicht bewölkten Tag vervollkommnen können.

Doch das große Zelt zerstörte diesen Eindruck. Stolz erhob es sich keine fünfzig Schritt vom See entfernt. Es war der Ausgangspunkt einer Spannung, die so durchdringend war, dass sie sich sogar an die Kleidung zu klammern und auf Haar und Haut zu drücken schien.

Das Zelt war der Inbegriff geometrischer Perfektion. Es war exakt quadratisch gebaut und hatte auf allen vier Seiten Eingänge, die jeweils genau im gleichen Abstand voneinander angebracht waren.

Baldachine, jeder in der Farbe eines Kollegs gehalten, spendeten Schatten über den Eingängen, und jeder Zugang wurde durch eine Abordnung von Kolleg-Wächtern beschützt. Eine zweite Phalanx bewachte jeden Eingang von innen.

An identischen quadratischen Tischen unmittelbar hinter den jeweiligen Eingängen saßen die Meister mit ihrem Gefolge. Für Lystern war Heryst, der Lordälteste, gekommen. Julatsa wurde von Barras vertreten, dem Hauptunterhändler und Gesandten des Kollegs in Xetesk. Für Dordover war Vuldaroq anwesend, der Herr des Turms, und Xetesk wurde von Styliann, dem Herrn vom Berge, repräsentiert. Jeder war von zwei Adjutanten flankiert.

Als Styliann sich auf seinen mit Hermelin bespannten Stuhl setzte, versuchte er, die Stimmung seiner Amtsbrüder einzuschätzen. Oder sollte er sie doch eher als Widersacher betrachten?

Barras, der Julatsaner. Ein alter Elf, den er gut kannte. Ungeduldig, reizbar, intelligent. Die klaren blauen Augen saßen in einem runzligen Gesicht, die weiße Haarmähne war zurückgebunden und als Pferdeschwanz über eine Schulter gelegt, die Finger der rechten Hand trommelten wie üblich nervös auf der nächsten verfügbaren Oberfläche herum, in diesem Fall auf der Armlehne seines Stuhls.

Heryst, der stille Mann aus Lystern. Er hatte sich bequem zurückgelehnt, sein Gesicht war dunkel von den Schatten, die seine Begleiter warfen. Die langen Finger waren zu einem Spitzdach zusammengelegt und stützten das Kinn, doch sonst wirkte er so entspannt und ruhig, wie es in dieser Gesellschaft nur möglich war. Styliann schätzte seine umsichtigen Ratschläge, und er musste die Tatsache anerkennen, dass der Mann mit fünfundvierzig Jahren der jüngste Lordälteste war, den Lystern jemals ernannt hatte. Styliann sah Parallelen zu seinem eigenen Leben, auch wenn sein Aufstieg nicht auf demokratischen Verfahren beruht hatte.

Er seufzte. Vuldaroq. Geschwätz und Getöse. Wenn er aufgebracht war, schoss er mit der Geschwindigkeit eines Elfenpfeils los und fand sein Ziel mit der Ungenauigkeit einer Katapultladung. Das Gesicht des Turmherrn aus Dordover war jetzt schon gerötet. Er hatte sich vorgebeugt, die Arme vor sich auf den Tisch gestützt, und sah sich mit zusammengekniffenen Augen um. Sein mächtiger Körper war auf einen Stuhl gequetscht, der gewiss bald verbreitert werden musste. Bei den Göttern, Styliann wusste genau, was dies bedeutete. Die von den Kollegien ernannten Tischler mussten sich treffen und neue Stühle für sie alle herstellen. Zur Hölle mit den Dordovanern und ihren kleinlichen Vorstellungen von Gleichheit. Wann immer an irgendeinem Mantel ein Fädchen geändert werden musste, wurde die Debatte gleich um Tage zurückgeworfen.

Dieses Mal durfte es aber keine Verzögerungen und kein Gezeter geben, denn sonst mussten sie alle sterben. Styliann war fest entschlossen, dafür zu sorgen, dass wenigstens Xetesk überlebte.

Aller Augen ruhten auf ihm. Er vergewisserte sich, dass seine Ratgeber es bequem hatten, trank einen Schluck Wasser aus seinem Glas und stand auf.

»Im Namen des Einen, das wir einst waren, und im Namen der Vier, die wir geworden, begrüße ich Euch«, sagte Styliann. »Meine Herren, ich bin Euch sehr verbunden, dass Ihr so kurzfristig die Reise hierher unternehmen konntet.« Dies war die rituelle Begrüßung, die nichts weiter zu bedeuten hatte. Wenn ein Treffen am Triverne-See einberufen wurde, dann hatte es Vorrang vor allem anderen.

»Ihr alle habt sicherlich die zunehmenden Aktivitäten westlich der Blackthorne-Berge bemerkt.« Die Abgeordneten regten sich unruhig. Styliann lächelte. »Ach, nun kommt schon, meine Herren. Ich denke, wir können uns die scheinheiligen Dementis doch schenken, oder?«

»Die Spionageabteilungen der anderen Kollegien sind lange nicht so gut ausgestattet wie Eure eigene, auch wenn Euch dies überraschen mag.« Barras' Finger hörten einen Moment lang zu trommeln auf.

»Das bezweifle ich keineswegs«, sagte Styliann. »Doch ich bin sicher, dass ein einziger guter Spion von jedem Kolleg ausreicht, um genügend Informationen zu sammeln, die geeignet sind, uns alle nervös zu machen.«

Vuldaroq tupfte sich das Gesicht mit einem Tuch ab.

»Das ist alles höchst interessant, Styliann, doch wenn Ihr nur gekommen seid, um zu bestätigen, was unsere Spione sowieso schon herausgefunden haben, dann kenne ich weitaus interessantere Beschäftigungen, um meine Zeit zu füllen.«

»Mein lieber Vuldaroq«, erwiderte Styliann so gönnerhaft, wie es das Protokoll gerade eben noch erlaubte, »ich bin gewiss nicht hier, um irgendjemandes Zeit zu verschwenden, und ganz sicher auch nicht meine eigene. Ich wäre allerdings sehr daran interessiert zu erfahren, welches Ausmaß die Aktivitäten der Wesmen nach den Meldungen Eurer Spione zu haben scheinen.« Er lachte leise und spreizte beschwichtigend die Finger. »Vorausgesetzt natürlich, Ihr seid bereit, uns solche Einzelheiten mitzuteilen.«

»Aber gern.« Heryst von Lystern antwortete als Erster. »Wir haben seit Wochen niemanden mehr im Westen, aber wir haben Hinweise auf eine Einigung der Stämme bekommen. Doch um ehrlich zu sein, ohne eine bindenden Kraft in Gestalt eines Oberherrn vermögen wir dort keine echte, substanzielle Bedrohung zu erkennen.«

»Ich kann Euch in diesem Punkt nicht zustimmen«, sagte Vuldaroq. »Wir haben im Augenblick Spione im Kernland und im Mittelwesten. Wir schätzen, dass dort ein Heer von etwa dreißigtausend Mann aufgestellt wird, doch höchstwahrscheinlich wird es zu Konflikten zwischen den Stämmen kommen. Es gibt keine Hinweise auf umfangreiche Truppenverlegungen in Richtung der Blackthorne-Berge.«

»Barras?«, fragte Styliann. Sein Herz schlug schneller. Keiner von ihnen hatte es bemerkt. Vielleicht der alte Elf …

»Entscheidend ist, dass es im Westen keine echte Bedrohung gibt, ganz egal, wie groß die Streitmacht der Wesmen nun ist. Ohne die magische Unterstützung durch eine Macht, wie die Wytchlords sie repräsentiert haben – sofern man bei den Wytchlords überhaupt von Unterstützung im üblichen Sinne reden darf –, wird es ihnen nie gelingen, uns zu unterwerfen. Ich glaube in der Tat, dass sie kaum weiter kommen würden als bis zum Understone-Pass.«

»Schließlich können die Wrethsires kaum als gleichwertiger Ersatz gelten.« Heryst kicherte.

»Nun ja, sie könnten immerhin den Wind etwas heftiger wehen lassen«, sagte Vuldaroq.

Es gab Gelächter am Tisch, doch die Vertreter aus Xetesk stimmten nicht ein. Als die anderen sich wieder beruhigt hatten, ergriff Barras das Wort.

»Vermutlich habt Ihr noch weitere Informationen, die Ihr uns mitteilen wollt, Styliann? Oder soll dies ein rein freundschaftliches Treffen werden?« Er lächelte, doch das Lächeln gefror ihm auf den Lippen, als er das harte Gesicht des Herrn vom Berge sah.

»Es hat ein Problem im interdimensionalen Raum gegeben.« Als Styliann sprach, wurde es im Zelt totenstill, einige hielten sogar den Atem an, andere rissen die Augen auf. Styliann sah langsam von einem zum anderen. Vuldaroqs Gesicht war rot vor Zorn, Heryst sah aus, als könne er nicht begreifen, was er gerade gehört hatte, und Barras trommelte heftiger den je mit den Fingern. Er war es auch, der als Erster wieder das Wort ergriff.

»Das darf ich dann wohl so verstehen, dass Ihr die Seelen der Wytchlords nicht mehr unter Kontrolle habt?«

»So ist es.« Styliann senkte den Blick und betrachtete seine Papiere. Ringsum wurden die anderen Gäste unruhig. »Deshalb habe ich dieses Treffen anberaumt. Xetesk glaubt, dass die Situation sehr ernst ist.«

»Styliann, ich denke, jetzt sollte Euch die Bühne gehören«, meinte Barras, dem die Besorgnis anzumerken war.

Styliann nickte. »Ich will mich kurz fassen. Mindestens

sechzigtausend Wesmen sind bewaffnet, vereint und bereit zur Invasion. Im Augenblick sind sie noch im Kernland stationiert und deshalb durchschnittlich zehn Tage von den Blackthornes entfernt; doch weniger als drei Tagesmärsche vom Understone-Pass entfernt werden bereits einige Dörfer zu Stützpunkten aufgerüstet. Ein Schaden am Mana-Gefängnis, als ein Drachenmagier-Portal geöffnet wurde, erlaubte es den Wytchlords, ein Mana-Leck zu nutzen und genügend Kraft für den Ausbruch zu sammeln. Wir glauben, dass sie nach Balaia zurückgekehrt sind, wo sie vor allem Parve wieder aufbauen wollen. Ich habe einen Spion nach Parve geschickt, um die Lage einzuschätzen. Soweit es mir bekannt ist, sind dies die nackten, vollständigen Tatsachen. Wir stehen vor einer Katastrophe.«

Nachdenkliches Schweigen herrschte, gekritzelte Notizen wurden zwischen den Delegierten ausgetauscht.

»Ein großartiger Fehlschlag für Xetesk und den derzeitigen Herrn vom Berge«, bemerkte Vuldaroq. »Der Mana-Käfig war gewiss einer Eurer größten Triumphe, und nun ist er dahin.«

Styliann seufzte und schüttelte den Kopf. »Ist dies alles, was Ihr an Überlegungen beizusteuern habt, Vuldaroq? Wir werden mit einer derart schwerwiegenden Bedrohung konfrontiert, dass ich nicht einmal sicher bin, ob wir sie überleben werden, ganz zu schweigen von einer erfolgreichen Bekämpfung, und Euch fällt nichts Besseres ein, als eine spöttische Bemerkung von Euch zu geben, nachdem wir uns drei Jahrhunderte lang stellvertregend für alle Völker Balaias abgerackert haben. Was leider auch Euch selbst einschließt.« Er setzte sich wieder.

»Wir wollen nicht vergessen«, sagte Barras, der das Stichwort aufgriff, »dass nur Xetesk die Mittel und die Möglichkeiten hatte, die Wytchlords gefangen zu setzen. In unseren

Kollegien hat sich keiner danach gedrängt, bei dieser Aufgabe zu helfen, und ich beispielsweise möchte Xetesk meinen ausdrücklichen Dank aussprechen für die großen Bemühungen und auch dafür, dass sie umgehend dieses Treffen einberufen haben, sobald es nötig wurde.«

Vuldaroq setzte sich mit gerötetem Gesicht und tupfte sich wieder einmal das Gesicht hab. Er kochte, weil er nun wusste, dass er die Stimmung der Vertreter aus Julatsa falsch eingeschätzt hatte, und wie sich gleich zeigen sollte, hatte er sich auch in Bezug auf Lystern geirrt.

»Ich möchte mich Barras' dankenden Worten anschließen«, sagte Heryst, der sich als Nächster erhob. »Es gibt nun einige wichtige Fragen, die unbedingt beantwortet werden müssen. Die ersten, die mir einfallen, sind folgende: Können die Wytchlords ihre frühere Macht wiedergewinnen, und wie lange wird die Wiederherstellung ihrer Körper dauern? Hängt die Invasion der Wesmen von der Wiederherstellung der Wytchlords ab, oder wird sie schon vorher beginnen? Und schließlich noch die Frage, wie wir auf all dies reagieren sollen, und ob wir mit Hilfe von dritter Seite rechnen können? Ich bitte um Stellungnahmen.« Er setzte sich wieder.

Styliann räusperte sich. »Ich bin ein wenig in Verlegenheit«, sagte er. »Es gibt da ein Detail, das ich noch nicht erwähnt habe.«

»Aha«, sagte Vuldaroq mit geschürzten Lippen.

»Wir haben zunächst angenommen, der Mana-Käfig sei erst vor kurzem aufgebrochen worden, und dies könnte durchaus zutreffen. Ich muss aber darauf hinweisen, dass die Art und die Häufigkeit der magischen Berechnungen auch die Möglichkeit zulässt, dass die Wytchlords im schlimmsten Fall schon vor drei Monaten in Parve eingetroffen sind.«

Wieder senkte sich Stille über den Tisch, dieses Mal war es jedoch ein eher zorniges Schweigen.

»Und wie lange brauchen sie nun, um sich wiederherzustellen?«

»Ich habe keine Ahnung«, erklärte Styliann. »Ihre Fähigkeiten sind nicht mein Spezialgebiet.«

»Dann könnten sie also bereits wiederhergestellt sein und herumlaufen.« Herysts Stimme verriet seine Furcht.

»Immer mit der Ruhe, Heryst. Ich glaube, wenn sie schon so weit wären, dann hätten wir es bereits bemerkt.« Barras hob eine Hand, um den Mann aus Lystern zu beruhigen. »Vergesst nicht, dass sie bloße versengte Knochenhaufen sind. Es ist kaum vorstellbar, dass die Wiederherstellung sehr rasch vonstatten gehen kann, meint Ihr nicht auch?«

»Wir haben die Wytchlords auch früher schon unterschätzt«, sagte Heryst.

»Und das soll uns nicht noch einmal passieren«, erwiderte Styliann. »Deshalb dieses Treffen.«

»Dieser Teil der Diskussion ist doch sinnlos«, sagte Vuldaroq brüsk. »Wir können nur raten, was den Zeitrahmen angeht. Wir sind uns einig, dass wir dringend handeln müssen; die Frage ist jetzt, welche Form diese dringenden Handlungen annehmen sollen.«

Styliann nickte. »Dennoch müssen wir versuchen, die betreffenden Informationen zu bekommen. Ich werde über die Erkenntnisse meines Spions in Parve berichten, sobald ich sie habe. Ich rate Euch allen, soweit Ihr noch über aktive Zellen verfügt, sie sofort ins Kernland und in die Torn-Wüste zu schicken. Wir können es uns nicht erlauben, hinterrücks überrascht zu werden.«

Zustimmendes Gemurmel erhob sich am Tisch, man machte sich Notizen.

»Um noch einmal auf Herysts Fragen zurückzukommen«, fuhr Vuldaroq fort. »Ich glaube, dass seine zweite Frage wichtig, aber im Augenblick nicht zu beantworten ist.« Der dicke Dordovaner zupfte an seiner Nase.

»Warum glaubt Ihr dies?«, fragte Styliann.

»Weil die Antwort erst offenkundig sein wird, wenn die Wesmen sich tatsächlich in Bewegung setzen. Ob dies nun vor oder nach der Wiederherstellung der Fall ist, erst dann werden wir die Antwort wissen.«

»Da bin ich anderer Ansicht«, sagte Barras. »Wir haben bereits Hinweise darauf bekommen, dass die Wesmen unter der Herrschaft von Schamanen aktiv geworden sind, und jetzt wissen wir, dass der Einfluss der Wytchlords dahinter steckt. Wir wissen nicht, in welchem Ausmaß die Lords die Ereignisse steuern können, bevor sie wieder über einen Körper verfügen. Ich würde aber meinen, dass ihr Einfluss jetzt schon groß ist. Stylianns Spion wird dies zweifellos bestätigen. Ich denke, wir müssen mit einem Invasionsversuch rechnen, noch bevor die Wiederherstellung abgeschlossen ist.«

»Vergesst nicht, dass die Wesmen schon seit einer ganzen Zeit eine große Streitmacht aufbauen«, ergänzte Heryst.

»In der Tat«, stimmte Barras zu. »Und sie kämpfen nicht mehr gegeneinander, soweit wir es sagen können. Zumindest im Augenblick tun sie es nicht, und auch dies ist sicherlich auf einen äußeren Einfluss zurückzuführen. Doch Vuldaroq wird zweifellos darauf hinweisen, dass wir nicht wissen können, wann sie sich tatsächlich in Bewegung setzen. Wir können im Augenblick nur die Löcher im Osten stopfen und warten und so schnell wie möglich unsere Verteidigung aufbauen.«

»Und damit, meine Herren, kommen wir zum Kern unseres Treffens«, sagte Styliann. »Wir brauchen eine Armee, und wir brauchen sie sofort.«

»Gott sei Dank, dass wir einander so sehr hassen«, sagte Barras, »denn sonst hätten wir nie die Kolleg-Wachen in diesem Ausmaß unterhalten.« Gelächter erhob sich. »Wie viele Männer können wir aufbieten?« Das Gelächter erstarb. »Julatsa hat vielleicht sechstausend reguläre Soldaten, von denen die Hälfte meine Stadt bewachen wird. In einem Monat könnten wir vielleicht noch einmal achttausend Reservisten aufbieten.«

»Ich habe keine genauen Zahlen über unsere Truppenstärke«, sagte Vuldaroq. »Die Stadtwache hat eine Größe von etwa zweitausend Mann, die Kolleg-Wache muss etwa dreimal so stark sein. Ich müsste nachfragen, ehe ich endgültige Zahlen vorlegen kann.«

»Heryst?«, fragte Styliann.

»Elfhundert reguläre Soldaten, zweihundert Berittene und nicht mehr als zweitausend Reservisten. Die meisten dienen halbtags in der Stadtwache. Wir haben nicht genügend Mittel für ein großes stehendes Heer«, erklärte er.

»Aber darunter befindet sich immerhin der beste General Balaias«, sagte Styliann.

Heryst verneigte sich und nahm das Lob entgegen. »In der Tat.«

»Und Ihr, Styliann?«, fragte Vuldaroq. »Ich nehme an, Ihr und Eure Dämonenbrut seid zahlreicher als wir anderen zusammen.«

»Nein, Vuldaroq«, sagte Styliann. »Denn wir haben Mauern gebaut, um Männer zu sparen. Die Stadtwache umfasst siebenhundert Mann, die Kolleg-Wache fünftausend, und im Augenblick sind nicht ganz vierhundert Protektoren im Dienst.«

Barras stellte rasch einige Berechnungen im Kopf an. »Damit sind wir drei zu eins unterlegen, selbst wenn wir alle unsere Reservetruppen aufbieten. Was ist mit der HAK?« Vuldaroq seufzte und schniefte verächtlich.

»Ich wünschte, ich könnte behaupten, dass sie mobil machen, doch es sieht leider so aus, als würden sie mit Scharmützeln untereinander ihre Mittel erschöpfen, und sie haben offenbar nichts anderes im Kopf«, sagte Styliann. »Ich habe alle Informationen, die ich preisgeben konnte, an Baron Gresse übermittelt, und wenigstens er nimmt die Bedrohung ernst. Die HAK hat eine Sitzung anberaumt, doch ich habe keine Hoffnung, dass dabei etwas Nützliches herauskommt. Im Vergleich zu ihnen sieht unser gegenseitiges Misstrauen aus wie das Geplänkel von Kindern auf einem Spielplatz.«

»Können wir überhaupt etwas von ihnen erwarten?«, fragte Heryst.

»Gresse und Blackthorne werden uns an der Bucht von Gyernath unterstützen, aber davon abgesehen …« Styliann schüttelte den Kopf.

»Nutzlose Parasiten«, murmelte Vuldaroq.

»Da würde ich Euch Recht geben«, sagte Barras. »Was sollen wir nun also tun?«

»Wir sprechen ab, wie viele Männer wir jeweils abordnen wollen, wir ernennen einen militärischen Kommandanten und gehen nach Hause und sehen unsere Offensivmagie durch«, sagte Vuldaroq, der jetzt mit den Fingern rasch auf die Armlehne trommelte.

»Heryst, ist Darrick hier?«, fragte Barras.

Heryst lächelte. »Ich hielt es für klug, ihn mitzubringen«, sagte er.

»Nun, ich glaube, dann können wir uns die mühsame Wahl eines Befehlshabers sparen. General Darrick ist wohl der einzige Mann, der die Achtung genießt und die Fähigkeiten besitzt, um diese Aufgabe zu übernehmen. Ich schlage vor, dass wir ihn hereinbitten und fragen, was er seiner Ansicht nach braucht.«

Am Tisch herrschte eine Eintracht von einer Qualität, die sonst, wenn die Delegationen der vier Kollegien aufeinander trafen, nur selten festzustellen war. Doch Heryst zerstörte die angenehme Atmosphäre sofort wieder.

»Und während wir warten, könnten wir uns vielleicht über eine Frage Gedanken machen, die bisher noch nicht angesprochen wurde. Wie, bei allen Göttern, sollen wir die Wytchlords dieses Mal nur aufhalten?«

Es musste so kommen. Die Spannung hatte zugenommen, seit sie Dordover verlassen hatten, doch das machte den Zwischenfall nicht weniger bedauerlich.

Gerade eben, höchstens zwei Tagesritte von der Burg entfernt, hatte Thraun seine Schutzbefohlenen von den bekannten Wegen herunter und tief in eine Region geführt, die für das unberührte Land Balaias typisch war: Felsklippen und dichter Wald, kleine Plateaus, steile Hänge mit verborgenen Wasserläufen und Sumpf an den tieferen Stellen.

Das Gelände war schwierig, und sie kamen nur langsam voran. Nicht selten mussten die Reiter absteigen und ihre Pferde über gefährliche Stellen führen, wo ein falsch gesetzter Huf eine Katastrophe nach sich ziehen konnte.

Dieses langsame Tempo zehrte an Aluns ohnehin schon angeschlagener Zuversicht. Thraun konnte es spüren, und trotz seiner Versicherungen und trotz des Wissens, dass dies ein sicherer Weg war, konnte Aluns Ungeduld jederzeit in einen offenen Streit umschlagen.

Als der Tag sich hinter den Bäumen verkroch und der Spätnachmittag Wolken brachte, ließ Thraun sie auf einem ebenen Stück am Ufer eines Bachs halten. Es war ein grüner, fruchtbarer Ort, ringsum von steilen Hängen umgeben, an die sich Büsche und Bäume klammerten. Einige mit großen Flechten überzogene Felsblöcke verrieten, dass es hier in der Vergangenheit Steinschläge gegeben hatte.

Thraun stieg ab und tätschelte seinem Pferd den Bauch. Das Tier trottete ein paar Schritte und senkte den Kopf, um behutsam etwas Wasser zu trinken. Im Westen brauten sich Wolken zusammen, und es roch nach Regen, wenngleich noch schwach, während die Wärme des Tages der Abendkühle wich.

»Wir haben noch Tageslicht«, sagte Alun unglücklich. »Wir könnten noch weiterreiten.«

»Das Licht schwindet rasch in diesen Tälern«, erklärte Thraun. »Und dies ist ein sicherer Ort.« Er legte Alun eine Hand auf die Schulter. »Wir werden schon rechtzeitig dort eintreffen. Vertrau mir.«

»Woher willst du das wissen?« Alun schüttelte die Hand ab und entfernte sich, sein Blick wanderte missmutig über das Lager.

»Wir werden keine Schwierigkeiten haben, solange es nicht regnet«, sagte Will. Er schaute Alun hinterher und runzelte die Stirn. »Ist er jetzt …«

»Er bemüht sich«, antwortete Thraun. »Ich glaube, er ist mit den Nerven am Ende. Versuche, ihn nachsichtig zu behandeln. Er braucht jedes bisschen Zuversicht, das wir ihm geben können.« Er schnüffelte in der Luft. Ein leichter Wind ließ die Blätter rascheln. »Und es wird auch nicht regnen.«

»Sorge du nur dafür, dass er ruhig bleibt«, warnte Will ihn. »Wir können es uns nicht erlauben, dass er sich gegen uns wendet.«

Thraun nickte. »Bringe du den Ofen in Gang. Ich glaube, ich sollte ihm mal ein paar Dinge erklären.«

Will nickte. Thraun entfernte sich und ließ seinen Freund zurück. Seine Schritte machten auf dem Boden nicht das geringste Geräusch. Alun saß auf einem flachen Stein an einer nach rechts verlaufenden Flussbiegung. Er hatte eine Handvoll Kiesel aufgenommen und ließ sie in der Faust klappern. Hin und wieder warf er einen in das langsam fließende Wasser. Thraun setzte sich neben ihn und riss ihn aus den Gedanken.

»Bei den Göttern …«

»Entschuldige«, sagte Thraun. Er schob sich abwesend den Pferdeschwanz in den Nacken.

»Wie kannst du nur so leise laufen?« Aluns Frage war nur zum Teil scherzhaft gemeint.

»Übung«, sagte Thraun. »Nun komm schon, erzähle mir, was dich beschäftigt, und dann sage ich dir, warum du dir keine Sorgen machen solltest.«

Alun errötete und warf Thraun einen harten Blick zu. Seine Augen schimmerten feucht.

»Ist das nicht offensichtlich?« Seine Stimme war viel zu laut für den friedlichen Ort am Flussufer. »Wir kommen viel zu langsam voran. Wenn wir dort sind, werden sie schon tot sein.«

»Alun, ich weiß, was ich tue. Deshalb hast du dich an mich gewandt. Erinnerst du dich?« Thraun bemühte sich, ruhig und verständnisvoll zu sprechen, auch wenn die gewohnte Grobheit immer noch herauszuhören war. »Wir wissen, dass es bei der Entführung nicht um Mord ging, denn sonst hätten die Entführer sie gar nicht erst verschleppt. Wir wissen auch, dass Erienne so viel Zeit herausschinden wird wie möglich, und sie wird so kooperativ sein wie nötig, während sie auf Rettung oder Freilassung wartet. Ich weiß, wie schwierig dies für dich ist, und ich würde mich genauso fühlen wie du jetzt, aber du musst einfach geduldig sein.«

»Geduldig.« Aluns Stimme klang bitter. »Wir sitzen hier herum, wir essen und schlafen in aller Ruhe, und meine

Frau und meine Kinder stehen schon mit einem Fuß im Grab. Wie kannst du nur so berechnend sein? Du spielst mit ihrem Leben.«

»Beruhige dich«, zischte Thraun. Das Gelb in seinen Augen flackerte ein wenig. »Dein Geschrei zieht nur unwillkommene Aufmerksamkeit auf uns. Hör zu. Ich verstehe deine Schmerzen und deinen Wunsch, ständig in Bewegung zu bleiben, aber glaube mir, ich spiele mit niemandes Leben. Wir können es uns nicht erlauben, einfach dorthin zu rennen, denn dann werden wir abgeschlachtet. Wenn wir deine Angehörigen retten wollen, dann müssen wir ausgeruht und wach sein. Und jetzt komm bitte und iss.«

»Ich habe keinen Hunger.«

»Du musst etwas essen. Du tust dir keinen Gefallen, wenn du hungerst, und du kannst nicht mehr klar denken.«

»Es tut mir Leid, aber ich kann nicht einfach hier herumsitzen und überhaupt nichts tun!« Aluns Stimme ließ einige Vögel aus den Bäumen fliehen.

Aus dem Nichts erschien auf einmal Will und presste Alun die Hand auf den Mund. Die Augen des kleinen Mannes funkelten wild, und sein Gesicht zeigte Wut und Verachtung.

»Oh, du tust ja schon etwas. Du setzt mit deinem Geblöke mein Leben aufs Spiel. Hör auf damit, sonst schlitze ich dir die Kehle auf, und dann können wir weiterreden.«

»Will, lass ihn los!«, knurrte Thraun. Er wollte aufstehen, doch Wills Blick ließ ihn innehalten. Alun starrte Thraun erschrocken an und flehte mit Blicken um Hilfe, die der Freund ihm aber nicht geben konnte oder wollte.

»Wir werden deine Angehörigen auf die Weise herausholen, die wir für die beste halten«, sagte Will dicht vor Aluns Ohr. »Wir werden langsam und vorsichtig vorgehen, weil wir auf diese Weise lebendig wieder herauskommen.

Ob du nun mit uns kommst, oder ob du mit dem Gesicht nach unten hier im Wasser liegst, ist mir ziemlich egal, weil ich so oder so meinen Sold bekomme. Ich glaube, deine Familie will dich aber lieber lebendig sehen, und deshalb rate ich dir, dein vorlautes Maul fest geschlossen zu halten.« Er stieß Alun von sich und marschierte an Thraun vorbei. »Lass niemals Kunden mitkommen.«

Jandyr saß auf der anderen Seite des Ofens, auf dem ein Topf mit Wasser kochte. Er hielt inne und beobachtete den Wortwechsel am Rand des Flusses. Ihm wurde schwer ums Herz. Er konnte leicht sehen, warum sie nie ein echtes Bergungsteam werden konnten, obwohl alle Zutaten vorhanden waren.

Sie hatten den Meisterdieb, den schweigsamen Fährtensucher und den Jäger. Alle waren gut, alle konnten kämpfen, und alle hatten etwas im Kopf. Aber die Persönlichkeiten passten nicht. Trotz seiner Größe und Ausstrahlung war Thraun zu sanft und zu leicht zu überreden. Ein Beweis dafür war die Tatsache, dass Alun bei ihnen war, statt zu Hause Kerzen anzuzünden. Will dagegen war viel zu leicht erregbar. Seine Sehnsucht nach Stille und Kontrolle sprach dafür, dass er innerlich alles andere als ruhig war, und dies passte nicht recht zu seinem Beruf.

Wenn er sich selbst betrachtete, dann musste Jandyr zugeben, dass er nicht mit dem Herzen bei der Sache war. Er war im Grunde kein Söldner. Er war einfach nur ein Elf, der mit seiner Geschicklichkeit im Bogenschießen Geld verdienen wollte, bis er seine wahre Berufung gefunden hatte. Er hoffte nur, er würde sie finden, ehe es zu spät war.

Wenn er die zornige Atmosphäre und die drei entfernt voneinander sitzenden Männer sah, dann konnte er nicht umhin zu denken, dass es womöglich wirklich schon zu spät war.

General Ry Darrick breitete die Karte auf dem Tisch aus. Die Seniormagier der vier Kollegien versammelten sich um ihn und mussten sich mit dem Blinkwinkel zufrieden geben, den sie eben eingenommen hatten. Nur Vuldaroq blieb sitzen.

Darrick war ein beeindruckender Mann, gut und gerne über sechs Fuß groß, mit hellbraunem Lockenhaar, das über den Ohren, in der Stirn und im Nacken sauber geschnitten war. Die kaum bezähmbare Mähne verlieh ihm ein jungenhaftes Aussehen, und sein rundes, gebräuntes und sauber rasiertes Gesicht war trotz seiner dreiunddreißig Jahre nicht geeignet, diesen Eindruck irgendwie zu verändern.

Nur wenige Menschen verwechselten mehr als einmal sein jugendliches Aussehen mit Naivität, und als er sich über die Karte beugte, lauschten die Seniormagier aufmerksam jedem Wort, das er sagte.

Darricks Ruf als Meister der Taktik war in den Jahren entstanden, die im Verlust des Understone-Passes an Tessaya und die Wesmen gipfelten. Er führte Vorstöße tief ins Land der Wesmen an, um den Aufbau von Truppen und Vorräten zu stören, und vermochte die Vorherrschaft des Ostens über den Pass um gut und gerne vier Jahre zu verlängern.

Seitdem suchten Barone, die sich seine und Lysterns Honorarforderungen leisten konnten – und sofern sie nicht bereits den Raben engagiert hatten –, in größeren Konflikten häufig seinen Rat. Es stand keinen Augenblick in Frage, dass er in einer von allen vier Kollegien gestellten Armee den größten Respekt genießen würde.

»Nun, es ist von Vorteil, dass wir angesichts unserer regulären Truppenstärke fähig sind, uns zu verteidigen. Doch dies hängt davon ab, dass Eure Schätzungen hinsichtlich der Stärke der Wesmen zuverlässig sind. Ich könnte ruhiger schlafen, wenn sie ohne Unterstützung durch die Wytchlords angriffen, denn wenn sie unsere Verteidigungslinien durchbrechen, dann haben wir kaum noch Reserven, um ihren Vorstoß nach Korina, Gyernath und zu den Kolleg-Städten aufzuhalten.« Er sah nach links und nach rechts. »Können alle gut sehen?« Er deutete auf die Karte von Balaia, auf den nördlichen Kontinent.

Hervorstechendes Merkmal in der Geographie Balaias waren die Blackthorne-Berge, die wie eine unsauber verheilte Narbe von Norden nach Süden, von Küste zu Küste, verliefen, und das Land in zwei annähernd gleich große Hälften teilten.

Im Osten, dem geringfügig größeren Teil, gab es alles, was für sich beanspruchte, Zivilisation genannt zu werden. Fruchtbares Ackerland, dichte Wälder, frei fließende Wasserläufe und natürliche Häfen boten ideale Bedingungen für Menschen und Handel.

Im Westen war das Terrain schroffer, es gab tiefe Schluchten, eine dünne, vom Wind verwehte Krume und Steppen mit Büschen. Nur kleine Bereiche waren dort überhaupt für eine Besiedlung geeignet. Im Südwesten lag das dicht bevölkerte Kernland der Wesmen, im Nordwesten die Torn-Wüste.

Einer verbreiteten Überlieferung zufolge waren der Osten und der Westen Balaias einst völlig voneinander getrennte Landmassen, die im weiten Ozean trieben, bis sie schließlich mit katastrophalen Folgen aufeinander prallten. Die Steinschläge, die immer noch einige Gegenden der Blackthornes heimsuchten, sprachen durchaus dafür.

»Man muss kein General sein, um zu erkennen, dass es drei Punkte gibt, an denen ein Vorstoß in den Osten möglich ist. Im Süden hätten wir die Bucht von Gyernath, im Norden die Bucht von Triverne, und dann natürlich den

Understone-Pass, von der Nordküste aus gesehen ungefähr am Ende des nördlichen Drittels. Die drei übrigen bekannten Pässe, hier, hier und hier, können wir unberücksichtigt lassen, weil sie für eine Invasion nicht geeignet sind. Sie sind lang und gefährlich und erlauben keine massenhafte Bewegung von Truppen. Das bedeutet aber nicht, dass ich sie völlig ignorieren werde.« Er langte über die Karte hinweg und nahm ein Glas Wasser. Während er trank, richtete er sich zu seiner vollen Größe auf.

»Dann glaubt Ihr nicht, sie könnten ein größeres Stück an der Nordküste oder der Südküste entlangsegeln?«, fragte Barras.

Darrick schüttelte den Kopf. »Nein, nicht in großer Zahl«, erwiderte er. »Ich rechne allerdings damit, dass sie mindestens bis Gyernath kleine Stoßtrupps vorschicken und Überfälle verüben, doch sie haben nicht genügend Schiffe, um große Truppenkontingente zu befördern. Wenn man dagegen nur die Bucht überwinden will, reichen Schiffe aller Art und Größe aus, und es ist einfach und schnell zu bewerkstelligen.«

»Was werden sie denn wohl tun?« Vuldaroqs Blick wanderte über die Karte und Balaias ungleichmäßige, zackige Küstenlinie.

»Wir müssen zwei miteinander verbundene Absichten in Betracht ziehen, wobei die eine der anderen untergeordnet ist«, erklärte Darrick. »Die Wesmen haben schon vor langer Zeit geschworen, die Welt von den vier Kollegien zu befreien. Die Wytchlords wollen das Gleiche tun, doch für sie ist dies nur ein Teil ihres Plans, schließlich den ganzen Kontinent zu beherrschen.

Der Vorstoß der Invasion wird deshalb wahrscheinlich über den Understone-Pass und die Bucht von Triverne erfolgen. Ich werde nacheinander beide Punkte behandeln.

Der Understone-Pass wird den größten Teil des Verkehrs aufnehmen. Es ist ein schneller Weg, es ist relativ leicht, dort auch schweres Gerät zu bewegen, und die Wesmen haben bereits die beiden Ausgänge besetzt. Glücklicherweise ist er nicht breit genug, um große Truppenverbände sehr schnell zu verlegen, doch wenn wir mit einem angreifenden Heer rechnen, dann müssen wir ihm direkt am östlichen Eingang begegnen, sodass unsere Verteidigungsmöglichkeiten beschränkt sind.

Ich werde dort mit fünfhundert Berittenen und fünftausend Fußsoldaten sehr schnell Stellung beziehen. Understone selbst ist nur eine Frühwarnstation. Die HAK-Garnison zählt weniger als hundert Köpfe, und sie ist schlecht ausgebildet und völlig unerfahren. Ich werde weitere magische Unterstützung anfordern, wenn ich mich persönlich überzeugt habe, welche Verteidigungsmaßnahmen notwendig sind.

Ich kann gar nicht nachdrücklich genug betonen, wie wichtig es ist, die Eindringlinge schon am Pass aufzuhalten. Understone ist weniger als vier Tagesritte von Xetesk entfernt und nur fünf von dem Ort, an dem wir heute stehen. Es gibt dazwischen nur wenig, um einen Vorstoß aufzuhalten.«

Er hielt inne, um auf die Reaktionen seiner Zuhörer zu warten. Die Seniormagier dachten angestrengt nach. Barras kaute an den Fingernägeln, Vuldaroq hatte die Lippen geschürzt, und Heryst nickte nur und starrte die Karte an. Styliann runzelte die Stirn.

»Habt Ihr Einwände, mein Lord?«, fragte Darrick ihn.

»Könnten wir den Pass nicht zurückerobern?«, fragte er.

»Wenn ich meine Verteidigungsaufgaben betrachte, dann ist es aus taktischer Sicht nicht nötig, und ich persönlich würde es sogar für eine ungeheure Dummheit halten, wenn wir es versuchen. Der Pass wird zweifellos in diesem Augenblick, während wir uns beraten, befestigt. Die Kasernen innerhalb des Passes können mehr als sechstausend Mann aufnehmen.«

»Aber mit entsprechender offensiver magischer Unterstützung …«, sagte Styliann.

»Im direkten Kampf würden wir Männer verlieren, weil wir drei zu eins in der Unterzahl sind. Wir haben nicht genug Krieger, um uns auf einen solchen Kampf einzulassen. Eure Magie müsste die Gleichung auf einen Wert verbessern, der günstiger ist als eins zu eins, bevor ich ernsthaft über so etwas nachdenke.« Darrick zuckte mit den Achseln. »Ich kenne keine Magie, die eine solche Wirkung hätte.«

Styliann lächelte. »Nein. Aber falls die Eroberung des Passes strategisch notwendig werden sollte – immerhin müssen wir ja auch die Wytchlords angreifen, die wohl kaum von sich aus zu uns kommen werden –, ist es dann möglich?«

»Alles ist möglich, Lord Styliann«, lautete Darricks kühle Antwort.

»Habt Ihr etwas im Sinn, das Ihr uns vielleicht mitteilen wollt?«, fragte Vuldaroq.

»Nein«, erwiderte Styliann. »Ich will nur vermeiden, dass wir zu früh auf mögliche Vorteile verzichten.«

»Ich glaube, man kann mir vertrauen, dass ich dies zu verhindern weiß.« Darricks Verneigung war kaum wahrnehmbar. »Und nun zur Bucht von Triverne. Sie ist offen und abseits der Strände schwer zu verteidigen, und sie ist weniger als vier Tagesritte von Julatsa entfernt …«

Doch Styliann hörte schon nicht mehr zu. Den Pass nicht wieder einzunehmen, gefährdete den Sieg. Doch er konnte nicht weiter drängen, ohne durchblicken zu lassen, worauf er wirklich hinauswollte. Irgendjemand musste nachgeben, und wenn er Darrick betrachtete, dann wurde ihm klar, dass er allein den General nicht würde umstimmen können. Vielleicht war es an der Zeit, die anderen Kollegien in die jüngsten Experimente einzuweihen, die Xetesk durchgeführt hatte. Damit wäre die Formulierung »starke Unterstützung durch Offensiv-Magie« sicherlich auf eine neue Grundlage gestellt. Er lächelte in sich hinein und konzentrierte sich wieder auf die militärischen Planungen. Er musste sich unbedingt mit seinem besten Dimensionsmagier beraten, einem Mann namens Dystran.

Neuntes Kapitel

Der Rabe reiste drei Tage durch ein Gebiet, in dem der Wald allmählich zottigem Buschwerk wich, bis dieses wiederum in kahle Hügel, Sümpfe und Täler überging. Sonnenschein wechselte mit kühlenden Wolken ab, die von gelegentlich recht stürmischen Winden getrieben wurden, doch insgesamt blieb es sogar nachts gleichmäßig warm, und das Reiten war angenehm.

Sie sahen keine Menschenseele.

Als sie sich Septerns Haus quer über ein Hochmoor näherten, wich der mit Heidekraut bewachsene harte Boden nackter, staubiger Erde. In der Ferne flimmerte die Luft, und das Licht schien durch einen dünnen Schleier zu dringen, bei dem es sich möglicherweise um vom Wind aufgewirbelten Staub handelte. Die Pferde kamen auf dem ebenen Untergrund gut voran, und ringsum war das Land, so weit das Auge reichte, bis auf wenige verkrüppelte Bäume oder Felstafeln, die aus der rissigen toten Erde ragten, weitgehend öde und leer.

»Was ist denn hier passiert?«, fragte Hirad. Er sah sich über die Schulter um, wo der Bewuchs in einer geraden

Linie begann, die aussah, als wären die Pflanzen künstlich gesetzt worden.

Der Dunkle Magier schnaufte vernehmlich. »Ich weiß es nicht. Ich vermute, dies sind die Nachwirkungen eines magischen Kampfes. Es erinnert ein wenig an die Torn-Wüste, auch wenn es nicht ganz so schlimm verbrannt ist.«

»Könnte es auch etwas mit Septerns Werkstatt zu tun haben?«, fragte Ilkar, der zu den Staubwolken am Horizont starrte.

»Das ist möglich.« Denser zuckte mit den Achseln. »Wer weiß schon, welche Auswirkungen ein unbeaufsichtigter Dimensionsriss auf die Umgebung hat?«

»Was, zum Teufel, ist ein Dimensionsriss?«, wollte der Unbekannte wissen.

»Nun ja, dabei handelt es sich gewissermaßen um ein Loch im Gewebe unserer Dimension, durch welches man eine andere Dimension oder vielleicht auch einfach den interdimensionalen Raum erreichen kann, wenngleich offensichtlich erheblich mehr dahinter steckt.«

»Offensichtlich«, murmelte Hirad.

Der Unbekannte starrte Hirad an. »Sind wir diesem Dimensionsding denn nahe genug, um irgendwie unter den Störungen zu leiden?«

»Das ist schwer zu sagen. Ich bin kein Experte für Dimensionstheorie«, erwiderte Denser. »Wir können alle nur raten, was Septern getan haben mag. Septern war ein Genie, aber seine Aufzeichnungen sind unvollständig.«

»Ein Genie war er ganz sicher«, bestätigte Ilkar. Er blickte zum Horizont vor ihnen. Dann kniff er die Augen zusammen und spornte sein Pferd etwas an. Hirad ließ seine Stute ebenfalls schneller laufen, bis er wieder neben Ilkar ritt.

»Kannst du etwas erkennen?«

»Nicht sehr viel«, erwiderte Ilkar. »Dieses flimmernde Durcheinander stört leider meine Weitsicht. Ich kann nur sagen, dass es dort links voraus große dunkle Umrisse zu geben scheint. Wie weit sie entfernt sind, kann ich allerdings nicht erkennen.«

»Umrisse?« Talan schaltete sich ein.

»Ich würde sagen, es könnten Gebäude sein. Möglicherweise auch Felsen, aber das glaube ich nicht.«

»Nun, dann lasst uns hinüberreiten«, sagte Hirad. »Anscheinend sind das ja die einzigen Orientierungspunkte, die wir haben.« Hirad gab seinem Pferd die Sporen und übernahm mit Ilkar an seiner Seite die Führung.

Als sie näher kamen, konnte Ilkar seine Beschreibung ergänzen. Sie ritten zu den Ruinen eines großen Herrenhauses, neben dem irgendein Wirtschaftsgebäude stand, möglicherweise eine niedrige Scheune.

»Zerstört? Bist du sicher?«, fragte Denser.

»Ich fürchte ja«, bestätigte Ilkar.

»Ist das schlecht?«, wollte Hirad wissen.

»Nicht unbedingt, aber es könnte die Idee bestätigen, dass hier eine magische Schlacht stattgefunden hat. Das Haus eines Magiers ist nicht so ohne weiteres niederzureißen«, erwiderte der Dunkle Magier.

»Es sei denn von einem anderen Magier«, antwortete Ilkar. »Oder von den Wytchlords.«

Denser zog die Augenbrauen hoch. »Ganz genau.« Die Katze in seinem Mantel fauchte laut genug, dass alle es hören konnten, steckte den Kopf kurz heraus und zog sich sofort wieder zurück.

»Du meine Güte«, sagte Denser.

»Was ist denn?« Der Unbekannte drehte sich im Sattel zu ihm um.

»Ich glaube …«, begann Denser, doch ein entsetzliches

Heulen unterbrach ihn. »Ich denke, wir werden bald Gesellschaft bekommen.«

»Was, zum Teufel, war das denn?« Hirad sah sich um, doch er konnte nichts entdecken, auch wenn auf das erste Heulen inzwischen weitere Schreie gefolgt waren.

»Wölfe«, sagte Ilkar. »Große Wölfe.«

»Nein, das sind Destranas.« Der Unbekannte biss sich auf die Unterlippe.

»Destranas? Das bedeutet, dass Wesmen in der Nähe sind«, sagte Talan. Er lockerte sein Schwert in der Scheide.

»Ja«, bestätigte der Unbekannte. »Wir müssen in Deckung gehen. Woher kommen sie?«

»Vom Nebengebäude.« Ilkar deutete darauf, und jetzt konnten sie es durch die wirbelnden Dunstschleier am Horizont alle sehen. Große Schatten bewegten sich vor der fernen schwarzen Scheune.

»Wir haben ein Problem«, sagte Richmond.

»Gut aufgepasst«, murmelte Hirad, der sich unterdessen schon nach einem Fluchtweg umsah. Es gab keinen.

»Also gut«, sagte der Unbekannte. »Lasst uns nach Norden und Westen ausweichen, damit wir uns dem Gebäude aus einer anderen Richtung nähern können. Vielleicht schütteln wir sie dabei sogar ab, dann hätten wir wenigstens einen Vorsprung herausgeholt.« Er bemerkte Hirads Blick und fügte leise hinzu: »Obwohl natürlich die Frage bleibt, wozu das noch gut sein soll.« Er trieb sein Pferd zum Galopp an, und die anderen blieben einen Moment lang überrascht zurück.

Eine Zeit lang sah es so aus, als sollte die Idee des Unbekannten funktionieren. Die Hunde liefen in eine andere Richtung, und die Hundeführer folgten ihnen gemächlich zu Pferd. Er trieb sein Pferd weiter an, doch als er sich das nächste Mal umschaute, waren die Tiere erheblich näher und schlossen Furcht erregend schnell zu ihnen auf. Sie waren riesig, vier Fuß bis zur Schulter, und ihr Heulen und Bellen ließ die Luft vibrieren und schmerzte im Ohr.

»Unbekannter!«, rief Hirad. »Wir können sie nicht abhängen. Schau nur!«

Der große Krieger drehte sich um, sah die Verfolger und hielt auf der Stelle sein Pferd an. »Alles absitzen!«, befahl er. »Ilkar, Denser, nehmt die Pferde und lasst sie frei, falls die Hunde es auf die Pferde abgesehen haben.«

»Das glaube ich nicht«, meinte Denser. »Wenn die Wesmen hier sind, dann stecken wir in größeren Schwierigkeiten, als ich bisher angenommen habe. Ich will etwas versuchen. Stört mich nur, wenn es sich wirklich nicht vermeiden lässt.«

»Was …«, setzte Ilkar an.

»Keine Fragen«, sagte Denser. Er blickte zum Himmel hinauf und breitete die Arme weit aus.

»Los, wir müssen ihn schützen«, sagte Hirad. Die vier kämpfenden Männer bildeten vor Denser einen lockeren Halbkreis. Der Unbekannte pochte mit seinem Schwert gleichmäßig auf den Boden, und Hirads Herz schien den Rhythmus aufzunehmen. Hinter ihnen gab Ilkar Densers Pferd einen Klaps auf den Hintern, und es trottete fort und folgte den anderen. Der Elf baute sich mit gezogenem Schwert hinter Denser auf. Dann ging der erste von einem Dutzend Destranas auf das wartende Quartett los, und die Wesmen, es waren vier, folgten im Galopp.

Mit gebleckten Zähnen und Schaum vor dem Maul wollte ein riesiger Hund nach Hirads Kopf schnappen. Überrascht von der Weite und der Geschwindigkeit des Sprunges wich der Barbar instinktiv aus und hielt sich den Schwertarm vor das Gesicht. Das Tier prallte seitlich gegen seinen Kopf, und sie gingen beide zu Boden.

Der Unbekannte blieb breitbeinig stehen und wartete mit erhobenem Schwert auf einen schwarzen Destrana, der mit hängender Zunge auf ihn zugerannt kam. Als das Tier nahe genug war, machte er einen Schritt nach vorn, berechnete den Sprung richtig voraus und stach mit dem Schwert aufwärts. Er traf das Tier unter dem Kinn und durchbohrte dessen Gehirn. Dann wich er zur Seite aus und zog sein Schwert heraus. Das tote Tier fiel auf den Boden.

Hirad hatte Glück gehabt und war auf den Hund gefallen. Instinktiv packte er die Kehle des Tiers mit einer Hand, während es versuchte, wieder auf die Beine zu kommen. Schließlich ließ er das Schwert fahren, riss einen Dolch aus dem Gürtel und trieb ihn immer wieder in den frei liegenden Brustkorb des Hundes. Das Blut spritzte über seine ganze Rüstung. Dann prallte das nächste Ungeheuer gegen seinen Rücken.

Talan und Richmond blieben dicht zusammen, als drei Tiere langsamer wurden und ihre Beute anvisierten. Keine Seite schien sicher zu sein, wie man angreifen oder sich verteidigen sollte, und in der Kampfpause, die nun entstand, trug Densers Spruch grässliche Früchte.

Der Dunkle Magier führte die Arme wieder zusammen und überkreuzte sie, er ballte die Fäuste und presste sie links und rechts gegen die Schultern. Dann öffnete er die Augen wieder, sah sechs Hunde abwartend die Beute umkreisen, und zielte mit dem Zeigefinger der linken Hand auf sie. Ein einziges, leises Wort sprach er dazu.

»Höllenfeuer.«

Ilkar fluchte und warf sich zu Boden.

Feuersäulen fuhren kreischend aus dem Himmel nieder, sechs an der Zahl, und jede traf einen Destrana mitten auf den Kopf. Die Tiere heulten vor Angst und Schmerzen, während sie in Flammen aufgingen und stolpernd und taumelnd starben. Die drei Hunde, die Talan und Richmond umkreisten, machten kehrt und flohen. Einer jedoch ignorierte das Gemetzel, packte Hirad am Rücken und warf ihn zu Boden.

Dem Barbaren wurde das Messer aus der Hand gerissen. Er war jetzt ohne Verteidigung, rollte sich herum und brüllte, als die Wunde in seinem Rücken in Kontakt mit dem Boden kam. Der Hund sprang, hieb mit einer Pfote nach Hirads Brust, riss das Leder bis zur Haut auf und fügte ihm eine weitere blutende Wunde zu. Hirad kroch zurück, doch es gab kein Entrinnen. Der Destrana ragte über ihm auf, Speichel tropfte ihm ins Gesicht.

Hirad packte eine Handvoll Erde und warf sie dem Hund in die Augen. Einen Augenblick abgelenkt, schüttelte das Tier den Kopf, um die Augen wieder frei zu bekommen, und der Unbekannte nutzte diesen Augenblick, um dem Hund mit einem abwärts geführten Schlag den Hals zu durchtrennen. Die Klinge kam unten wieder heraus und fuhr nur wenige Zentimeter neben Hirad in den Boden.

Schweigen. Der Wind trieb den Staub vor sich her und ließ die wenigen Gräser nicken. Vor Ilkar sank Denser auf die Knie. Sein Gesicht war von Schweiß überströmt, er keuchte schwer und zitterte am ganzen Körper. Talan und Richmond rannten zu Hirad, der noch auf dem Boden lag. Der Unbekannte reinigte sein eigenes Schwert, dann barg er die Waffen des Barbaren.

Ilkar stand auf, klopfte sich ab und betrachtete die noch brennenden Leichen der Hunde, die von Densers Magie niedergestreckt worden waren. Er wusste nicht, ob er dem Dunklen Magier gratulieren oder ihn schelten sollte. Höllenfeuer. Bei den Göttern. Kein Wunder, dass der Magier zusammengebrochen war. Ilkar lief jedoch an Denser vorbei zu Hirad. Er konnte sehen, dass die überlebenden Hunde und ihre Führer eilig das Weite suchten.

Richmond half dem Barbaren, sich aufzusetzen. Hirad war bleich und offenbar schwer verletzt.

»Wie geht es ihm?«, wollte Ilkar von Talan wissen.

»Es ging mir schon besser«, antwortete Hirad an seiner Stelle. »Kann mir mal jemand aus dem Hemd helfen?«

»Noch nicht«, sagte der Unbekannte. »Zuerst müssen wir in Deckung gehen. Kannst du reiten?«

Hirad nickte und hob einen Arm, den Richmond ergriff. Er half Hirad auf die Beine, und dann gingen sie zu Denser, der noch nicht wieder aufgestanden war. Hinter ihm kehrten die Pferde langsam wieder zurück.

»Alles klar, Denser?«, fragte Richmond.

Der Dunkle Magier schaute auf und nickte. Ein ironisches Lächeln spielte um seine Lippen. »Wir müssen die Wesmen aufhalten«, keuchte er dann. »Wir dürfen nicht zulassen, dass sie mit den Wytchlords Kontakt aufnehmen.«

»Wir sind nicht gerade in der Verfassung, sie jetzt aufzuhalten«, sagte Richmond. »Hirad ist verletzt, und wir müssen zur Scheune.«

»Woher sind sie überhaupt gekommen?«, fragte Talan.

»Sie müssen in der Nähe gelagert haben. Zweifellos haben sie auf Befehl der Wytchlords das Haus beobachtet.« Richmond spähte aufmerksam in die Richtung, in welche die Wesmen geflohen waren.

»Du bist da gerade ein großes Risiko eingegangen«, sagte Ilkar und baute sich vor dem Dunklen Magier auf.

»Ich denke, es war gerechtfertigt«, erwiderte Denser. Er deutete auf die schmorenden Kadaver. »Ich habe aber gelernt, es zu kontrollieren.«

»Ich verstehe. Aber gefährlich ist es trotzdem.« Etwas erregte Ilkars Aufmerksamkeit, und er wandte den Blick ab.

»Und anstrengend ist es«, sagte Denser. »Ich bin noch nicht einmal sicher, ob ich überhaupt laufen kann.«

»Versuche es«, sagte Ilkar. »Versuche es sofort.« Er spürte, wie die anderen ihn ansahen, während er Ausschau hielt. »Die Hunde kommen zurück.«

»Richmond, hole die Pferde«, befahl der Unbekannte. »Ilkar, du kümmerst dich um Denser. Hirad, du kommst mit mir.«

Ilkar zog Denser auf die Beine. Der Dunkle Magier musste sich am Mantel des Elfs festhalten. Als sie aufgesessen waren, ließen sie die Pferde im Galopp laufen und begannen mit dem Wettlauf zur Scheune.

Für Hirad verschwamm der Ritt in einem Nebel aus Schmerzen. Er spürte, wie das Blut aus der Wunde im Rücken lief und Hemd und Leder durchnässte. Mit jedem Schritt des Pferds, der ihn im Sattel hin und her warf, ließen seine Kräfte nach. Er war nicht fähig, ordentlich zu reiten und sich dem Rhythmus des Tiers anzupassen. Seine Augen waren verschleiert, hin und wieder konnte er überhaupt nichts sehen, und was vor ihm lag, konnte er nur selten erkennen. Irgendwie bemerkte er, dass der Unbekannte dicht bei ihm ritt und ihn im Sattel hielt. Er hatte nicht einmal mehr genug Kraft, um sich zu bedanken, und konnte sich nur noch verzweifelt am Zügel festhalten.

Der Unbekannte gab eine Reihe von dringenden Befehlen, denn die Destranas schlossen rasch auf. Vielleicht konnten sie die Scheune noch erreichen, bevor die Tiere sie einholten, doch es war knapp. Richmond und Talan trieben ihre Pferde noch stärker an, um in das lang gestreckte, niedrige Gebäude zu fliehen. Hirad dagegen stand kurz davor, endgültig das Bewusstsein zu verlieren. Er drehte den Kopf zur Seite und sah Denser vorgebeugt reiten, angetrieben von Ilkar. Der Dunkle Magier wirkte geschwächt, als läge er im Sterben.

Hirad bot seine letzten Kräfte auf und ließ sein Pferd die Hacken spüren. Das Tier reagierte sofort. Die Scheune war jetzt nur noch hundert Schritt entfernt. Richmond und Talan, die das Gebäude schon erreicht hatten, drückten eine große Tür auf und lenkten die Pferde hinein. Augenblicke danach galoppierten auch der Unbekannte und Hirad nach drinnen und zügelten ihre Pferde. Der Unbekannte sprang sofort aus dem Sattel, Hirad fiel beinahe herunter. Seine Beine gaben nach, und er brach hilflos neben dem schwer atmenden Pferd zusammen.

»Richmond, Talan, kümmert euch um ihn«, rief der Unbekannte.

Er rannte zur Tür und schaute hinaus. Denser und Ilkar waren nur noch ein paar Schritt entfernt, die Hunde waren ihnen dicht auf den Fersen. Als sie an ihm vorbei und wohlbehalten in der Scheune angekommen waren, trat der Unbekannte einen Schritt nach draußen, stieß die Scheunentür zu und schob den schweren Holzriegel vor, um sie abzusperren.

»Unbekannter, was, zum Teufel, tust du da?«, rief Ilkar von drinnen. Er zerrte an der Tür, die jedoch kaum nachgab.

»Ich werde meine Freunde nie wieder im Stich lassen, wie ich es in Korina getan habe.« Die Destranas mussten ihn in ein paar Herzschlägen erreichen.

»Das ist doch nicht nötig, Unbekannter. Sie werden sich nicht ewig hier herumtreiben«, sagte Talan. Auch er zerrte jetzt an der Tür.

»Doch, das werden sie.« Densers Stimme war schwer vor Müdigkeit. »Ihr begreift nicht, was sie sind. Die Tür wird sie nicht aufhalten.«

»Du wirst sterben, du dummer Hund!«

Der Unbekannte hörte die Rufe des Barbaren, als er sich

den Hunden stellte. »Wir werden sehen, Hirad, wir werden sehen.«

Die riesigen Tiere überwanden die Distanz in wenigen Augenblicken. Eines von ihnen, ein helles, silbergraues Tier, war ein wenig schneller als die anderen beiden, ein pechschwarzer und ein weiterer grau schimmernder Hund. Der Unbekannte tippte mit der Schwertspitze auf den Boden und atmete tief durch. Er wusste, dass der erste Hieb der entscheidende war. Als das vordere Tier nur noch zwei Schritte entfernt war, wich er seitlich aus und hob das Schwert, bis es genau aufs Maul des Destranas zielte.

Das Genick brach, und der Kiefer splitterte, doch der tote Körper traf die Schulter des Unbekannten. Mensch und Tier prallten rückwärts gegen die Tür. Die Balken stöhnten, und der Unbekannte konnte hören, wie jemand von innen dagegen trat, dann drangen zornige Worte zu ihm heraus.

Vorübergehend außer Atem schob der große Krieger das tote Tier von seinen Beinen herunter und wollte sich aufrichten, doch die anderen beiden waren zu schnell über ihm. Der Graue verbiss sich in einem Schulterblatt, das zweite Tier fegte ihm mit der mächtigen Pfote den Helm vom Kopf.

Der Unbekannte machte mit einer Hand einen Ausfall und brachte dem Grauen am rechten Hinterlauf eine tiefe Schnittwunde bei. Das Bein zuckte hilflos, doch das Maul hielt ihn weiter fest, und die Zähne drohten, die Metallplatte der Rüstung zu durchdringen, während der heiße Atem ins Gesicht des Unbekannten wehte.

Der unverletzte Hund schlug noch einmal nach dem Kopf des Unbekannten, der bereits schwächer wurde. Der Helm war verbeult vom Kopf gerutscht, und der Gurt schnitt tief in seine Haut, bis er riss. Er keuchte und schlug verzweifelt mit dem Schwert um sich, doch nur der Griff und sein Handschuh fanden ein Ziel. Er riss das Schwert zurück und spürte, wie der Panzer auf der Schulter noch ein wenig weiter nachgab, als das verletzte Tier den Kopf hin und her warf. Wogen von Schmerz überfluteten den Unbekannten, und der schwarze Destrana heulte, weil er den Sieg in greifbarer Nähe sah. Das Geheul brachte den Unbekannten wieder zu sich, und er trieb dem Tier die Klinge in die Kehle. Der Jubelschrei ging in einer Blutfontäne unter.

Als das Geräusch erstarb, gab seine Rüstung nach, und die riesigen Kiefer fanden Fleisch und Knochen. Gequält schrie der Unbekannte auf, und alles verschwamm ihm vor den Augen. Die Klinge wurde ihm aus der Hand gerissen, als der Hund ihn auf den Rücken warf. Er schlug immer und immer wieder nach der Schnauze des Hundes, doch die Fänge hielten ihn fest, während sein Blut in den Staub lief.

Der Hund zog den Kopf zurück und schlug mit der Pfote zu. Dem Unbekannten wurde die Kehle aufgerissen, und als seine Kräfte schwanden, kippte sein Kopf zurück. Mit einem Geräusch, als wäre ein Stück Holz gebrochen, flog die Scheunentür nach innen auf, und eine Klinge fuhr blitzend durch das sich verdunkelnde Gesichtsfeld des Unbekannten. Ein schwerer Körper fiel neben ihm zu Boden.

Es war vorbei.

»Wie könnt Ihr es wagen!« Erienne stürmte dem Hauptmann entgegen, als er ihre Kammer betrat. »Wie könnt Ihr es wagen!« Er hielt sie mühelos an den Armen fest und schob sie zum Stuhl vor dem Schreibtisch zurück.

»Beruhigt Euch, Erienne. Alles ist, wie es war«, sagte er.

»Drei Tage«, fauchte sie, und die Augen unter dem wirren schmutzigen Haar funkelten böse. »Drei Tage habt Ihr mich schmoren lassen. Wie könnt Ihr ihnen so etwas antun, von mir selbst ganz zu schweigen?«

Nach ihrer letzten Unterhaltung hatte der Hauptmann Wort gehalten. Sie hatte mit niemandem außer dem Wächter, der ihr Essen und Wasser brachte, gesprochen. Zuerst war es leicht gewesen, und ihr Zorn über seine Annahme, sie werde sich bald unterwerfen, brannte wie ein Feuer in ihrer Magengrube. Sie hatte sich damit beschäftigt, die Überlieferungen zu rezitieren und selten genutzte Sprüche zu wiederholen, von denen sie einige liebend gern in der Burg gewirkt hatte. Währenddessen hatte sie die ganze Zeit nach Schwächen gesucht, die sie ausnutzen konnte, um aus der Gefangenschaft des Hauptmanns zu entfliehen. Doch er hatte ihre Kinder in seine Gewalt gebracht, er hatte gedroht, die Jungen sofort zu töten, falls sie irgendeine Magie wirkte, und sie hatte keinen Zweifel, dass er tun würde, was er sagte.

Solange sie nicht bei ihren Kindern und in der richtigen Position war, um einen nützlichen Spruch zu wirken, konnte sie das Risiko nicht eingehen. Doch wie war es um ihre Zukunft bestellt, wenn er sie nicht mehr brauchte? Würde er sie wirklich alle gehen lassen? Ein Teil in ihr wollte glauben, dass er nicht fähig sei, Unschuldige zu ermorden, und dass es auch eine mitfühlende Seite in ihm gebe, doch dieser Teil war klein. Erienne wusste im Grunde genau, dass er nicht die Absicht hatte, sie wieder freizulassen. Er musste wissen, dass ihre Söhne über große potenzielle Kräfte verfügten, und vor dieser Macht hatte er Angst. So blieb ihr nichts weiter, als auf jede nur denkbare Weise dafür zu sorgen, dass sie möglichst lange am Leben blieben, und darauf zu hoffen, dass er einen Moment lang unachtsam war, damit sie die Chance bekam, die sie brauchte. Wenn er aber die Jungen nicht aus ihrem Zimmer ließ, dann würde sie diese Chance nicht bekommen.

Als die Stunden vergingen, verblasste auch ihr Zorn und wich einer schrecklichen Sehnsucht, über die sie keine Macht hatte. Sie konnte sich nicht mehr konzentrieren, und die Wiederholungen der Überlieferungen waren vergessen. Ihr Herz pochte schmerzhaft in der Brust, und sie weinte oft und lange, wenn die glücklichen Erinnerungen an die Jungen den Albträumen wichen, in denen sie ihre Kinder kalt und einsam in einem staubigen Raum liegen sah, ohne irgendjemanden in der Nähe, der sie beschützen konnte.

Sie wusste, dass die Antwort recht einfach war. Sie musste nur den Wächter rufen und einwilligen, dem Hauptmann zu helfen, wenn sie ihre Kinder wieder sehen wollte. Doch ihm zu helfen, widersprach allem, was sie je gelernt hatte. Und nicht nur das. Sie glaubte auch, dass er auf einem gefährlichen Irrweg war, und ihm zu helfen, würde Balaia in eine noch größere Gefahr bringen, als es ohnehin schon der Fall war.

Nach zwei Tagen konnte sie nicht mehr schlafen, sie konnte nicht essen und wusch sich nicht mehr, und ihre Sehnsucht war überwältigend. Sie konnte nur noch mit gesenktem Kopf durchs Zimmer schlurfen, immer rundherum im Raum, die Namen der Jungen rufen und beten, dass sie sicher zu ihr zurückkehrten. Sie dachte nur noch an ihre Kinder, und ihr Körper zitterte vor Verlangen, sie wieder zu sehen.

Am dritten Tag, als sie schon beinahe fürchtete, den Verstand zu verlieren, und als sie sicher war, dass ihre Jungen ohne sie vor Angst vergehen mussten, rief sie den Hauptmann. Als sie sich selbst im Spiegel sah, liefen ihr die Tränen über das schmutzige Gesicht. Ihr Haar war strähnig und fettig, verfilzt und wirr. Sie hatte dunkle Ringe unter den Augen, die verrieten, wie ausgezehrt sie war, und ihr Nachthemd war an einer Schulter zerfetzt, wo sie an einem vorstehenden Nagel hängen geblieben war.

»Ihr habt Euch selbst schmoren lassen«, erwiderte der Hauptmann. »Die Lösung lag allein bei Euch.«

Sie war viel zu müde, um zu widersprechen, und ließ sich auf einen Stuhl fallen. »Lasst mich die Kinder sehen«, verlangte sie.

Der Hauptmann ignorierte ihre Bitte. »Ich nehme an, Ihr habt mir etwas zu sagen?«

»Was wollt Ihr von mir?«, sagte sie. Ihre Stimme war belegt vor Erschöpfung.

»Gut«, sagte er. »Gut. Ich wusste doch, dass Ihr zur Vernunft kommt. Ich sage Euch, was wir tun werden. Zuerst einmal will ich, dass Ihr etwas ausruht, und ich will es Euch leicht machen, indem ich Euch verspreche, dass Ihr sehr bald schon Eure Söhne sehen sollt. Wie Ihr sicher bemerkt habt, halte ich, was ich versprochen habe. Dann können wir über Eure Mitwirkung reden, wenn es darum geht, Balaia vor dieser entsetzlichen Erfindung, diesem Dawnthief, zu retten.«

»Ich muss sie sofort sehen«, sagte Erienne.

Der Hauptmann beugte sich über sie und drehte ihr Gesicht zu sich. Sie sah ihn an, und sein Gesichtsausdruck wurde weicher und zeigte väterliche Sorge.

»Erienne, schaut Euch nur an. Eure Kinder werden erschrecken, wenn sie Euch so sehen. Ihr müsst schlafen, Ihr müsst Euch waschen. Kommt mit.« Er stand auf, half ihr beim Aufstehen und geleitete sie zum Bett. Er schlug die Decken zurück, und sie legte sich hin, ohne zu protestieren. »Ich bleibe bei Euch, bis Ihr schlaft. Und träumt etwas Schönes, denn wenn Ihr aufwacht, werdet Ihr Thom und Aron sehen und erkennen, dass es ihnen gut geht.« Er strich ihr die Haare aus dem Gesicht, und obwohl sie dagegen ankämpfte, umfing sie der Schlaf mit eisernem Griff, und sie fiel in einen tiefen Schlummer.

Der Hauptmann wandte sich breit lächelnd an Isman. »Siehst du, Isman? Entbehrungen können bewirken, was man mit Gewalt nicht zu erreichen vermag.« Er richtete sich wieder auf. »Und jetzt beschäftigen wir uns mit einem weiteren Stück des Puzzlespiels. Wir müssen uns überlegen, wie wir unsere wichtigste Beute zu fassen bekommen.«

Ilkar starrte ins Leere und versuchte, sich wieder zu fangen. Die Stille schmerzte in seinen Ohren. Talan war niedergekniet und hatte die Augen des Unbekannten geschlossen, und jetzt standen er, Richmond und Ilkar vor dem Leichnam des großen Mannes, während der Wind durch die offene Tür der Scheune wehte und sein blutiges Haar zerzauste. Hirad, der den letzten Hund enthauptet hatte, war zwei Schritt zurückgewichen und zusammengebrochen. Denser kümmerte sich um ihn.

Gedanken schossen wie ein unverständliches Trommelfeuer durch Ilkars Kopf. Den Unbekannten tot vor sich liegen zu sehen, das war etwas, das er sich nie hatte vorstellen können. Die Aussicht, dass der Kämpfer nicht mehr da war und nicht die richtigen Worte sagen und nicht mehr die richtigen Entscheidungen treffen konnte, um sie alle zu retten, das ging über Ilkars Fassungsvermögen.

»Warum, zum Teufel, hat er das gemacht?«, fragte er.

Richmond schüttelte den Kopf. Die Tränen standen ihm in den Augen.

»Ich weiß es nicht«, sagte er. »Wir hätten ihm helfen können. Wenn er nicht die Tür versperrt hätte, dann … warum hat er sie nur verrammelt?«

Ilkar wusste keine Antwort auf diese Frage. Er blickte zu Hirad und fing Densers Blick auf. Der Dunkle Magier machte sich Sorgen.

»Schlimm?«

Denser nickte. »Kennst du die Warme Heilung?«

»Ist es wirklich so schlimm?«

»Ja«, sagte Denser. »Er hat eine Menge Blut verloren. Nun?«

»Ich habe diesen Spruch nie benutzt«, sagte Ilkar.

»Du sollst ihn auch nicht benutzen. Du sollst nur den Manafluss für mich formen. Ich habe nicht genug Kraft.«

»Ich soll für dich das Mana kanalisieren?«, sagte Ilkar langsam. »Wie kannst du mich um so etwas bitten?«

Denser kratzte sich hinter dem Ohr am Kopf. »Dies ist nicht der richtige Augenblick, um über moralische Fragen und die Zusammenarbeit der Kollegien zu diskutieren.«

»Nein?«

»Nein!«, fauchte Denser. Er stand auf und deutete auf den liegenden Hirad. »Ich glaube, du hast es noch nicht verstanden. Wenn wir nicht sofort etwas tun, dann wird auch er sterben. Du kannst versuchen, es selbst zu tun, und deine Energie benutzen, wobei du es wahrscheinlich vermasseln wirst, oder du formst das Mana für mich, und ich mache es richtig. Ich bin gut darin.« Er baute sich vor Ilkar auf, und der Elf konnte spüren, wie sich die Katze in Densers Mantel regte. »Wie hättest du es gern?«

Ilkar wandte sich ab und begegnete den strengen Blicken von Talan und Richmond. Er hob beide Hände.

»Ihr versteht das nicht«, sagte er.

»Wir verstehen, dass Hirad sterben muss, wenn du nichts tust«, sagte Richmond. »Und wir haben gerade schon einen Gefährten verloren. Also hör auf, über Ethik zu reden, und unternimm etwas.«

Ilkar sah wieder Denser an und nickte. »Lass es uns tun.«

Denser entfernte Hirads Lederrüstung und das Hemd. Der Riss unten in seinem Rücken war hässlich, voller Blut und mehr als drei Handbreit lang. Als Denser die Gegend um die Wunde abtastete, stöhnte Hirad vor Schmerzen, obwohl er bewusstlos war.

»Die Wunde ist verschmutzt«, erklärte Denser. »Destranas sind niemals sauber. Bist du bereit?«

Ilkar nickte. Er kniete sich hin und legte die Hände auf Densers Schultern, die Zeigefinger am Halsansatz. Er öffnete sich dem Mana, spürte die Energie durch seinen Körper branden, formte die Warme Heilung und ließ die Energie durch seine Hände fließen. Es gab einen Ruck, als Denser den Fluss aufnahm, und etwas, das sich wie Schmerzen anfühlte, als die beiden Kollegien, Julatsa und Xetesk, sich begegneten und sich verbanden. Ilkar konzentrierte sich auf die Hände des Dunklen Magiers und blendete die Scheune rings um sich ebenso aus wie den zunehmenden Kopfschmerz. Er beobachtete Densers sanft arbeitende Finger, er hörte dessen leise Anrufung und spürte, wie das Mana mit zunehmender Kraft aus ihm gezogen wurde, als die Vorbereitungen sich dem Höhepunkt näherten.

Er spürte, wie er schwächer wurde. Denser nahm ihm das Standvermögen, während er mit immer stärkerem Drängen die magischen Kräfte aus ihm zog. Und dann war es getan, der Strom brach ab, der Kanal wurde geschlossen, und ein rötliches, goldenes Glühen umgab Densers Hände. Bei Ilkar wäre es ein reines Grün gewesen, weich und pulsierend, doch er konnte nicht sagen, dass das Gefühl anders war, als es nach einer ähnlichen Zusammenarbeit mit einem Julatsa-Magier gewesen wäre. Er war vorübergehend zu erschöpft, um sich zu bewegen, und sah Denser zu, der mit den Händen über die Wunde strich, die Haut formte und das zerfetzte Fleisch erforschte. Blut floss einen Moment lang auf den Boden der Scheune, Denser atmete kurz ein, und beim Ausatmen verblasste das Licht um seine Hände und erstarb.

Langsam drang die Welt wieder in Ilkars Bewusstsein ein. Sein Herz hämmerte in der Brust, und seine Arme zitterten, als er die Hände von Densers Schultern nahm. Der Dunkle Magier betrachtete sein Werk, dann hockte er sich auf die Hacken und drehte sich lächelnd zu Ilkar um.

»Das war eine sehr interessante Erfahrung. Wir sollten sie weiter erforschen«, sagte er.

Ilkar wischte sich den Schweiß von der Stirn. »Übertreibe es nicht, Denser. Ich habe das nur getan, um Hirad zu retten.«

»Wir haben ihn in der Tat gerettet«, sagte Denser. »Es tut mir Leid, dass du es so siehst. Wir sollten eigentlich voneinander lernen und nicht miteinander zanken.«

Ilkar stieß ein kurzes Lachen aus. »Und das sagt der Mann, der Dawnthief für sich selbst und sein Kolleg bekommen will.«

Beide standen auf und klopften sich den Staub aus der Kleidung.

»Willst du ihn denn nicht auch haben?« Denser tastete seine Taschen nach der Pfeife ab. »Julatsa stellt sich selbst auf ein Podest und bittet förmlich darum, heruntergestoßen zu werden. Du weißt doch, dass du Dawnthief nicht allein heraufbeschwören kannst, und trotzdem nimmst du nicht unsere Hand, die wir dir in Freundschaft und Vernunft entgegenstrecken.«

Ilkar fühlte sich, als hätte ihm ein harter Schlag den Atem genommen. Seine Ohren liefen rot an, und das Blut strömte mit Macht in sein Gesicht.

»Vernunft? Aus Xetesk? Denser, das Letzte, was ich von den Xetesk-Leuten gesehen habe, war eine Magierin, die für Erskans Handelsherren gekämpft und mit der Geistschmelze die Menschen getötet hat. Das hatte mit Vernunft nicht viel zu tun.«

Denser stopfte gelassen Tabak in den Kolben seiner Pfeife und steckte das Kraut mit einer auf seinem Daumen tanzenden Flamme an.

»Aber gewiss«, gab er zurück. »Du hast ja bei deiner Arbeit für den Raben noch nie jemanden getötet.«

»Das ist doch etwas ganz anderes.«

»Wirklich? Deine tödlichen Sprüche riechen nach Selbstgerechtigkeit, und daher gehen sie wohl in Ordnung, was?« Denser verzog höhnisch das Gesicht. »Du bist ein Söldner-Magier, Ilkar. Deine Moral ist das Geld, und dein Kodex ist der des Raben. Vergiss mein Kolleg und betrachte meine Taten, die nicht schlimmer sind als deine. Ihr in Julatsa seht euch als die weißen Ritter der Magie, und doch steht ihr, mindestens als Individuen, nicht höher als irgendein anderer Magier von irgendeinem anderen Kolleg. Wir sollten mal mit Lystern und Dordover darüber reden.«

»Das sagst du jetzt, und doch gedeiht ihr durch das Blut und Chaos zwischen den Dimensionen. Euer Kolleg hat immer wieder die Bitten zur Mäßigung missachtet, und deshalb jagen dich die Schwarzen Schwingen. Und mich auch. Ich …«

»Um Himmels willen, könnt ihr zwei nicht endlich Ruhe geben? Ich will mich erholen.« Die Stimme ließ Ilkars Zorn schlagartig verfliegen. Er lächelte, und Denser folgte seinem Beispiel.

»Ach, Hirad, du wirst wohl nie erfahren, von welchen Ängsten deine Genesung begleitet war«, sagte der Dunkle Magier.

Ilkar hatte Mühe, ein Kichern zu unterdrücken. Er blickte zu Boden und versuchte, ernst dreinzuschauen. Hirads Augen lagen tief in den Höhlen und hatten schwarze Ringe, und sein Gesichtsausdruck verriet, wie viel er in den letzten Stunden durchgemacht hatte.

»Ich habe alles gehört«, sagte der Barbar. »Wir sollten den Unbekannten begraben. Ich weiß ja, dass eine Warme Heilung nicht lange vorhält.« Er kam auf die Beine.

Denser nickte. »Du wirst in weniger als einer Stunde einschlafen.«

Talan holte eine Schaufel aus seinem Gepäck. »Ich grabe. Richmond kann den Toten zurechtmachen. Die Totenwache halten wir dann am Morgen.«

Ilkar nickte dankbar. Er war stärker erschöpft, als er zugeben wollte. Die Anstrengung, die Warme Heilung zu wirken, belastete seinen Geist so sehr wie seinen Körper. Er hatte Hirad geholfen und dabei ein Verbrechen gegenüber Julatsa begangen, für das seine Brüder ihn schneiden würden. Er schauderte. Höchstwahrscheinlich würde es aber keiner von ihnen je herausfinden.

Hirad hockte neben dem Erdhügel, der den Unbekannten bedeckte, vor der Scheune. Er hatte das Schwert gezogen und hielt es in den Händen, die Spitze auf den Boden gesetzt und den Griff vor seinem Gesicht. Sein Kummer war nicht ganz so groß wie beim Verlust von Sirendor, doch irgendwo in seinem Hinterkopf bewegten sich Gedanken, die er nicht ganz fassen konnte. Er fühlte sich ausgebrannt und nutzlos. Schon wieder. Es war ein Gefühl, an das er sich zu gewöhnen begann. Die Augen taten ihm weh, und er hob sie zum sich verdunkelnden Himmel, als der Dunst, der ihre Reise den ganzen Tag über begleitet hatte, sich verdichtete und die Sterne vom Himmel löschte.

Alle schliefen. Richmond und Talan hatten die ersten Wachen übernommen, sie lagen jetzt links und rechts in den Ecken der Scheune auf dem Rücken und schnarchten im Chor. Der völlig entkräftete Ilkar hatte sich auf einem Flecken mit weicher Erde ausgestreckt und die Hände tief in die Krume gebohrt, um im Schlaf seinen Mana-Vorrat wieder aufzuladen. Denser lächelte. Wenn Ilkar nur wüsste, wie einfach es sein könnte. Alles, was man brauchte, waren Ruhe und ein Opfer oder ein Gebet und ein passender Zugang.

Schließlich fiel sein Blick auf Hirad, der so tief schlief, dass der Atem kaum zu bemerken war. Der Mann hatte Glück. Trotz seiner Zuversicht hatte Denser keine Ahnung gehabt, ob das vom Julatsa-Magier für die Warme Heilung geformte Mana überhaupt brauchbar sein würde, oder ob Ilkars Widerstreben, den Manastrom zu lenken, die Kraftübertragung beeinflussen würde. Es war für Ilkar eine interessante Erkenntnis, dass die Warme Heilung für die beiden verfeindeten Kollegien, von kleinen Ausschmückungen abgesehen, identisch verlief. Wieder lächelte er. Er fragte sich, ob Ilkar jemals die Augen öffnen und die Wahrheit erkennen würde, die seine Meister ihm und allen seinen Brüdern vorenthielten.

Eine einzige Sorte Magie. Eine einzige Sorte Magier.

Denser saß dicht bei der Tür und lauschte dem Wind, der die Zweige der dürren Büsche an die Scheune klopfen ließ. Er füllte die Pfeife aus der Gürteltasche nach und runzelte die Stirn, als er sah, wie weit sein Vorrat schon geschrumpft war.

»Hmm.« Er zündete die Pfeife an und ließ sich von der Flamme, die er mit den Fingern produziert hatte, einen Moment lang das Gesicht wärmen. In seinem Mantel regte sich der Hausgeist und schmiegte den Kopf an seinen Bauch.

Draußen gab es ein neues Geräusch, ein Flüstern, das der Wind mit sich trug. Ein Gleiten. Es war ein Geräusch, das Denser ebenso gut kannte wie der Hausgeist, der seinen

Kopf aus dem Mantel steckte, um ihn anzuschauen. Nase und Schnurrbart zuckten, die Ohren waren aufmerksam gespitzt.

Das Flüstern kam näher, das Rauschen verwandelte sich in ein langsames Flappen, und dann konnte man hören, wie direkt rechts neben der Scheunentür etwas landete. Krallen kratzten über die Erde, die Schwingen flatterten noch einmal, dann entfernte sich das Flüstern wieder und erstarb.

Denser und die Katze sahen einander tief in die Augen.

»Nun gut, nun gut«, sagte der Dunkle Magier. »Deshalb hast du es getan. Du hast gewusst, dass sie kommen.« Er schüttelte den Kopf. »Und ich habe es nicht einmal geahnt.«

Zehntes Kapitel

Hirad wurde durch die Geräusche von geordneten Bewegungen geweckt. Er schlug die Augen auf und hörte Ilkar verlangen, jemand möge die Pferde satteln. Das Knistern und der Geruch eines Feuers verrieten ihm, dass Richmond eine Mahlzeit zubereitete. Licht strömte durch die offene Scheunentür herein, und die noch vorhandenen Schatten waren mit einem hellen Gitterwerk aus Licht überzogen, das durch die Lücken zwischen den Brettern hereinfiel. Hirad drehte sich. Er spürte einen dumpfen Druck im Rücken, doch die Schmerzen, an die er sich erinnerte, waren verschwunden.

»Guten Morgen, Hirad.«

Hirad drehte den Kopf und stemmte sich auf die Ellenbogen hoch. »Du kannst sagen, was du willst, Talan, aber ich bedaure die Frau, die morgens aufwacht und deinen Anblick ertragen muss.« Er hob einen Arm, und Talan half ihm auf die Beine. Als er stand, sah er sich in der Scheune um, und die Erinnerungen setzten mit unangenehmer Wucht wieder ein.

Sie waren nicht genug. Keinesfalls waren sie genug. Die

Lücke, die der Unbekannte hinterließ, war gewaltig. Nicht zu schließen. Hirads Herz pochte bis zum Hals hinauf, und er schaute ein weiteres Mal in der Scheune umher. Als habe er den großen Mann nur übersehen, als könne er ihn gleich finden, wie er etwa hinter den Pferden auf einem Strohballen saß. Dann ging er zur Tür, um seinen Augen noch einmal die Gewissheit zu verschaffen, die er ohnehin schon hatte.

Natürlich, dort war das Grab, und daneben stand Denser mit der Katze. Der Magier starrte den niedrigen Erdhügel an, als habe er gerade eben eine unangenehme Überraschung erlebt. Dann schüttelte der Magier den Kopf.

»Ich weiß, wie du dich fühlst«, sagte der Barbar.

Denser lächelte humorlos. »Wahrscheinlich nicht.«

»Was ist die Ursache für dies hier?« Hirad deutete auf die Szene, die sie vor sich sahen. Die Luft war so dunstig wie am vergangenen Tag. Obwohl die Sonne ungehindert von Wolken ihre Bahn am Himmel zog, lag ein leichter Nebel über Septerns Anwesen. Was weiter als dreißig Schritt entfernt war, konnte man kaum noch erkennen. Wenigstens bewegten sich keine dunklen Schatten am Horizont, aber das konnte sich rasch ändern.

»Ich glaube, das ist entweder eine Nachwirkung der Sprüche, die hier im Haus gewirkt wurden, oder der Riss verursacht Störungen in der Atmosphäre. Wir wissen nicht genau, wie die Dimensionen untereinander in Wechselwirkung stehen, doch es ist möglich, dass sie sich nicht vermischen können.« Er blickte wieder zum Grab des Unbekannten. »Wir sollten uns mal unterhalten.«

»Ja, das sollten wir tun. Wir stecken in Schwierigkeiten.«

Denser gab Hirad mit einer Geste zu verstehen, dass sie sich ein Stück von der Scheune entfernen sollten. Die beiden Männer gingen in Richtung des Hauses.

»Wir müssen eine Bestandsaufnahme machen«, sagte der Barbar. »Der Rabe ist nicht daran gewöhnt, dass seine Leute sterben. Das ist seit Jahren nicht mehr geschehen.«

»Das verstehe ich«, stimmte Denser zu. »Und mir ist klar, dass es mit uns keinen glücklichen Anfang genommen hat …«

Hirad lachte. Es klang ausnehmend verächtlich.

»Das kann man wohl sagen.« Er sprach leise und voll kalter Wut. »Zuerst einmal hätte mich deine verdammte Geheimnistuerei über die Dinge, in die du uns hineingezogen hast, fast umgebracht, und mein bester Freund ist tatsächlich gestorben. Dann sind wir aus dem gleichen Grund in dieses albtraumhafte Land gekommen, und der zweite Freund stirbt. Nur um dich zu retten.« Denser öffnete den Mund, um etwas zu erwidern, doch Hirad brachte ihn mit einem Blick zum Schweigen. »Du hast dein Leben verwirkt, und du musst wissen, dass du allein deshalb noch nicht tot bist, weil Ilkar anscheinend glaubt, dass du die einzige Chance darstellst, die Balaia noch hat.«

Der Wind frischte auf und zerrte an Densers Mantel. Die Ohren der Katze tauchten kurz im Ausschnitt auf, zuckten und verschwanden wieder. Der Magier zog die Pfeife aus der Tasche, wollte sie sich in den Mund stecken, entschied sich dann aber dagegen.

»Das ist das Einzige, das zählt. Ihr vom Raben müsst an mich glauben, auch wenn ihr mich für das, was geschehen ist, hassen solltet.«

»Ich habe nicht gesagt, dass ich an dich glaube. Ilkar glaubt an dich, und das reicht mir vorerst aus.« Hirad sah Denser an, der seine Worte stirnrunzelnd zur Kenntnis nahm. »Du hast es immer noch nicht verstanden, was? Es spielt überhaupt keine Rolle, was ich glaube. Ilkar sagt, es sei wichtig. Der Unbekannte dachte dies auch, und das bedeutet, dass der Rabe dich unterstützt. Deshalb sind wir so gut. Man nennt das Vertrauen.«

»Aber jetzt haben wir ein Problem.«

»Gut aufgepasst, Denser. Ja, wir haben ein Problem. Deine Lügen und deine Eile haben dazu geführt, dass dem Raben das Herz herausgerissen wurde.« Er machte einen Schritt und baute sich drohend vor Denser auf, der jedoch mit keiner Wimper zuckte. »Der Kern des Raben. Ich, Ilkar, Sirendor und der große Mann. Wir haben mehr als zehn Jahre zusammen gekämpft. Wir sind dir begegnet, und nach weniger als einer Woche sind zwei von uns tot. Tot.« Hirad ließ den Kopf sinken und nagte an der Unterlippe, als die Erinnerungen an Sirendor auf ihn einstürmten.

»Wir können es auch ohne sie schaffen«, sagte Denser. »Wir müssen.«

»Ach, wirklich? Ist dir irgendwie entgangen, was gestern passiert ist? Der Unbekannte hat allein fünf dieser Hunde erledigt. Was glaubst du, wer es das nächste Mal tut?«

»Nun, du stehst gerade vor mir, und in der Scheune sind zwei gute Schwertkämpfer. Der einzige Grund dafür, dass wir überhaupt hoffen konnten, den Dawnthief zu bergen, war die Annahme, dass der Rabe mit von der Partie wäre.«

»Und zwei von uns hast du schon umgebracht!«, erwiderte Hirad. »Bei den Göttern, Denser, wir sind einfach nicht mehr genug. Und keiner von denen, die jetzt noch da sind, ist auch nur annähernd so gut wie der Unbekannte oder wie Sirendor.«

»Aber das heißt doch nicht …«

»Hör mir zu!« Hirad schnaufte schwer. »Einen weiteren Angriff wie den gestrigen können wir nicht überstehen.«

Denser nickte. Er stopfte seine Pfeife und drückte den Tabak fest. Ein gemurmeltes Wort, und auf dem Zeigefinger des Magiers erschien eine Flamme. Er zündete die Pfeife an.

»Glaube mir, ich habe darüber nachgedacht. Und wie du schon sagtest, müssen wir eine Bestandsaufnahme machen. Je nachdem, wie aufwändig die Suche nach den Bestandteilen wird, müssen wir entscheiden, auf welche Weise wir weiter vorgehen sollen. Dies ist alles, worum ich dich im Augenblick bitte: Wir gehen ins Haus, suchen die Informationen, die wir brauchen, vorausgesetzt, sie sind dort, und dann setzen wir uns zusammen und reden darüber.« Er hielt inne. »Die Wesmen, die entkommen sind, werden in Parve Bericht erstatten. Gott weiß, was das noch nach sich ziehen wird.«

»Warum waren sie überhaupt hier?«

»Weil die Wytchlords schon immer angenommen haben, dass der Schüssel zum Dawnthief hier zu finden ist. Du musst mich unterstützen, Hirad, was immer du auch von mir halten magst. Für ganz Balaia hängt viel zu viel davon ab.«

»Das sagst du«, erwiderte Hirad. »Doch zuerst müssen wir eine Totenwache halten. Dann werden wir das Haus untersuchen und uns überlegen, wo wir stehen.« Er drehte sich um und kehrte in die Scheune zurück. Denser folgte ein paar Schritte hinter ihm.

Der Dunkle Magier wurde eingeladen, in der Scheune zu bleiben, während der Rabe eine kürzere Totenwache abhielt, als es dem Unbekannten eigentlich zugestanden hätte. Es war eine Tradition, so alt wie die Kameraderie der Söldner, doch dieses Mal musste die Verehrung der Toten sich der Realität ihrer Lage beugen, und aus dem gleichen Grund verließen sie bald darauf die Scheune und ritten die kurze Distanz zum Haus hinüber, statt zu laufen. Falls die Wesmen zurückkamen, konnte es ein tödliches Versäumnis sein, die Pferde ein Stück entfernt in der Scheune stehen zu haben.

Das ehemals prachtvolle Gebäude war fast völlig zerstört. Geschwärzte Steine und versengtes Holz lagen um einen Schutthaufen geborstener Wände herum, hier und dort waren Teile von alten Möbeln zu sehen, die irgendwie das Feuer überstanden hatten.

Das Haus maß an der breitesten Seite etwa zweihundert Fuß, und die Position des Haupteingangs war gerade noch zu erkennen. Die Überreste eines gemauerten Durchgangs lehnten in einem unmöglichen Winkel über einer zerstörten Treppe, daneben stand das Gerippe eines Fensterrahmens. Ein Stück Vorhangstoff, das an einem Nagel hing, flappte im Wind.

Hirad stieg ab, die anderen folgten seinem Beispiel. Denser führte die Pferde zu einem umgestürzten Baum, der ein paar Meter entfernt war, dann kehrte er zu den Freunden zurück und blieb neben Ilkar stehen. Die beiden Magier starrten das Zerstörungswerk an, und die Besorgnis war ihnen deutlich anzusehen.

»Was ist los?«, fragte Hirad. »Irgendjemand hat das Haus niedergebrannt. Na und?«

»Genau das ist das Problem. Das Haus eines Magiers brennt man nicht so einfach nieder«, erklärte Ilkar. »Solche Häuser sind sehr gut geschützt. Die Macht, die fähig war, dies zu tun«, er deutete auf die Ruinen, »muss gewaltig sein.«

»Wirklich?« Hirad wandte sich an Denser. »Glaubst du immer noch, wir können es schaffen?« Der Dunkle Magier zog die Augenbrauen hoch. »Wer hat es denn getan?«, fuhr Hirad fort. »Die Wytchlords?«

»Ziemlich sicher«, sagte Denser. »Sie müssen genau wie wir gewusst haben, wie weit Septerns Forschungen zum

Dawnthief fortgeschritten waren. Offenbar ist er verschwunden, bevor sie ihn erwischt haben.«

»Darüber waren sie vermutlich nicht sehr erbaut.« Talan trat nach einem Stück Schutt.

»Nein, und das ist unser Glück. Wenn der Dawnthief ihnen in die Hände gefallen wäre, dann hätten wir die Auswirkungen schon zu spüren bekommen.« Denser sah Hirad an. »Deshalb ist es so wichtig, dass wir Erfolg haben. Wir müssen an das glauben, was wir tun können, und wir müssen es tun.«

»Halte mir keine Vorträge, Denser«, gab Hirad zurück. »Lass uns nach drinnen gehen. Nun ja, so weit man hier überhaupt von drinnen reden kann.« Er deutete zu dem, was vom Durchgang noch stand.

»Was suchen wir hier eigentlich?«, wollte Richmond wissen.

»Wenn wir das Amulett richtig interpretiert haben, dann befindet sich der Eingang zur Werkstatt auf dem Boden, und Ilkar müsste mit seiner Magie den richtigen Weg entdecken können«, sagte Denser.

»Warum Ilkar?« Talan runzelte die Stirn.

»Auf dem Amulett steht auch etwas in Julatsa-Kode. Septern wollte es anscheinend den Magiern so schwer wie möglich machen, seine Werkstatt zu finden.«

»Mehr als das«, ergänzte Ilkar. »Wenn Dawnthief gefunden wird, dann soll nicht nur Xetesk beteiligt sein.«

»Es tut mir Leid, aber das verstehe ich nicht«, wandte Talan ein. »Zu welchem Kolleg hat Septern denn nun gehört?«

»Dordover«, antwortete Denser. »Und der größte Teil des Kodes auf dem Amulett ist dordovanisch, aber ein Xetesk-Magier kann das leicht lesen. Was wir nicht lesen konnten, war eine Passage über das Öffnen der Tür, die zur Werkstatt führt, weil dieser Abschnitt in der Schriftsprache von Julatsa verfasst war.« Denser zuckte mit den Achseln. »Wir könnten es nicht einmal lesen, selbst wenn uns ein Julatsa-Magier erklären würde, wie wir es angehen müssen.«

»Wie hat er es dann schreiben können?«

»Das, Richmond, ist eine gute Frage. Und ich kenne die Antwort nicht. Vielleicht hat er mit einem Julatsaner zusammengearbeitet, aber Ilkar wird sicher gleich sagen, dass dies unmöglich sei.«

»Nicht unmöglich, aber äußerst unwahrscheinlich. Wollen wir dann?« Ilkar führte die Gefährten über den abbröckelnden Schutt und sprang die Treppe hoch auf festeren Boden, wo der Rest des Durchgangs stand. Dort drehte er sich wieder um. »Kommst du nicht mit, Talan?«

»Noch nicht. Ich denke, jemand sollte als Wachtposten draußen bleiben, meint ihr nicht auch?«

»Gute Idee.«

Ilkar drang langsam in das ehemalige Herrenhaus ein. Überall lagen zerstörte Mauerreste herum, sie bedeckten den rissigen Steinboden und machten das Gehen schwer. Sonst war nicht mehr viel übrig. Von der Mauer mit dem Kamin standen noch drei Fuß, unter dem Ruß der Flammen war ein helles Blau zu sehen. Von den Möbeln waren nur eine ovale Tischplatte, verstreute Holzstücke und ein paar Eisenteile übrig, hier und dort auch ein Streifen vom grünen Polsterbezug.

Denser machte sich daran, mit dem Stiefel den Staub und den Schutt vom Boden zu fegen, und winkte den anderen, ihm zu helfen. Der Boden hatte viele Risse, besonders an den Fugen vor den Wänden. Der mittlere Teil war versengt und geschwärzt, aber sonst in einem etwa dreißig Quadratfuß großen Bereich nicht beschädigt.

Der Dunkle Magier holte das Amulett hervor. Seine Katze stieg unterdessen vorsichtig aus dem Mantel, schlich auf den Steinen hin und her und schnüffelte mit wachsamen Augen und Ohren ein wenig auf dem Boden herum. Denser schnalzte mit der Zunge, nahm das Amulett von der Kette und trat mitten in den frei geräumten Bereich.

»Es mag offensichtlich scheinen, aber der Eingang zur Werkstatt ist jedenfalls genau hier in der Mitte.« Er kniete sich auf den Boden und strich mit der freien Hand darüber. »Ilkar, du bist dran.« Er hielt dem Elf das Amulett hin, der es andächtig nahm und lange anstarrte, bevor er es umdrehte, um auch die andere Seite anzustarren.

»Ich hätte es mir längst gründlicher ansehen sollen, nicht wahr?«, sagte er.

»Ich habe gebetet, dass du es nicht tun würdest«, gestand Denser.

»Sagt dir das etwas?« Hirad spähte über Ilkars Schulter.

Ilkar sah sich um. »Nein, ich kann nicht viel damit anfangen. Nur dieser Teil hier …« Er deutete mit dem kleinen Finger auf eine Reihe von Symbolen, die um den inneren Ring in der Mitte des Amuletts eingraviert waren. »Das ist Julatsanisch, aber es ist ein sehr alter Text. Ein alter Stil, meine ich.«

»Natürlich«, stimmte Hirad zu.

Ilkar kicherte und klopfte Hirad auf die Schulter. »Es tut mir Leid. Hör zu, die Überlieferung der Kollegien wird über Generationen weitergegeben. Du kannst sie nicht so lernen, wie du die Worte eines Spruchs lernst. Du musst, ich weiß auch nicht … du musst es wahrscheinlich über Jahre hinweg ständig aufnehmen. Deshalb konnte Xetesk es auch nicht lesen. Es ist der Kode der julatsanischen Überlieferung.« Er unterbrach sich.

»Fahre fort, ich glaube, ich habe es so weit verstanden. Was hat diese Überlieferung denn nun zu bedeuten?«

»Nun, in dem Sinne, wie du es jetzt meinst, hat sie nicht

viel zu sagen. Es ist eine Methode, um die Erinnerungen des Kollegs zu speichern. Einfach ausgedrückt, lehrt mich die Überlieferung, die ich kenne, die Art und Weise, auf die ich das Mana für meine Sprüche formen muss, auch wenn es in Wirklichkeit erheblich komplizierter ist. Wenn ich den Kode auf diesem Amulett entschlüsselt habe, dann wird er mir zeigen, wie mit einem Spruch der Eingang zu Septerns Werkstatt geöffnet werden kann. So sieht es jedenfalls in der Theorie aus.«

Hirad betrachtete Ilkars ernstes Gesicht und die zwischen den Augen jäh nach unten verlaufenden Augenbrauen, die sich über der Nase beinahe trafen. Er lächelte.

»Danke für die Auskunft, Ilkar. Ich glaube, dann solltest du am besten ungestört weitermachen.«

Ilkar nickte und ging zum Zentrum des Raums. Er setzte sich auf die Stelle, an der Denser den Eingang vermutete. Hirad entfernte sich ein Stück und setzte sich im Schutt an eine Stelle, von der aus er Ilkars Gesicht beobachten konnte. Ihm fiel auf, dass er sich überhaupt nicht für die Magie interessiert hatte, obwohl sie einander schon so viele Jahre kannten. Wie sie funktionierte, wer in der Magie welche Rolle spielte, was man tun musste. Er hatte sich nicht dafür interessiert, aber das war, so dachte er, eigentlich auch nicht besonders überraschend. Die Magie war Ilkars Job. Hirad konnte keine Sprüche wirken, und deshalb hatte er sich nie die Mühe gemacht, sich darüber zu informieren.

Ilkar saß im Schneidersitz und hielt das Amulett in den flachen Händen. Er betrachtete es genau, sprach gelegentlich ein paar Worte. Er atmete langsam und tief, und als er die Augen schloss, bewegte sich sein Brustkorb auf die gleiche Weise weiter, was Hirad ein wenig überraschte.

Hirad warf einen Blick zu Denser, der ebenfalls Ilkar beobachtete. Mit der rechten Hand kraulte er abwesend das Kinn der Katze, zwischen den Zähnen steckte die kalte Pfeife. Ein leichtes Lächeln spielte um seine Lippen, während er fasziniert zuschaute.

Ilkar suchte etwas, so viel war offensichtlich. Er drehte den Kopf hin und her und forschte in einem Bereich, der ummittelbar vor ihm lag. Seine Augen bewegten sich hinter den geschlossenen Lidern. Hirad runzelte die Stirn, er wurde nervös, grinste unsicher. Der Anblick beunruhigte ihn.

Der Jalutsaner leckte sich über die Lippen und tastete den Boden mit den Fingern ab, das Amulett lag in seinem Schoß. Auf einmal zuckten seine Augen hinter den geschlossenen Lidern nach rechts, wo Denser stand. Der Dunkle Magier fuhr unwillkürlich zusammen. Ilkar starrte weiter und blieb eine halbe Minute völlig reglos sitzen.

Dann öffnete er die Augen. »Ich hab's«, sagte er.

»Ausgezeichnet.« Densers Lächeln wurde breiter.

Ilkar stand unsicher auf und ging zum Dunklen Magier hinüber. Hirad gesellte sich zu ihnen und betrachtete den Bereich des Bodens, in dem Ilkar geforscht hatte. Für ihn war es nichts als harter, kalter Fußboden.

»Es ist ein Kontrollspruch. Dordovanisch, glaube ich. Ich werde es versuchen, es dürfte nicht schwer sein.« Ilkar blickte noch einmal zum Amulett, drehte es herum und sprach ein paar Worte. Er sah sich über die Schulter um. »Hirad, ich würde dir empfehlen, ein paar Schritte zurückzutreten.« Der Barbar gehorchte achselzuckend.

Ilkar nahm das Amulett zwischen die beiden flachen Hände, schloss die Augen und sprach eine kurze Anrufung. Man hörte unter Druck stehende Luft entweichen, dann verschwand ein Stück Boden an der Stelle, an der Hirad gerade noch gestanden hatte.

»Nicht schlecht, Ilkar, ich bin beeindruckt«, sagte Hirad.

»Danke, Hirad.«

»Ich auch«, sagte Denser, der schon zum Loch unterwegs war, das Ilkar geöffnet hatte. »Dimensionale Übertragung. Kein Wunder, dass die Wytchlords den Eingang nicht gefunden haben.«

Hirad trat ebenfalls wieder vor. »Heute werden solche Türen nicht mehr hergestellt, was?«

»Hirad, solche Türen wurden *noch nie* hergestellt. Außer von Septern, wie es scheint.«

Unten im Loch war nichts zu erkennen. Nach den ersten paar Stufen verlor sich die Treppe in der Dunkelheit, mehr war nicht zu sehen. Hirad rief Talan zu, er möge zwei Laternen mitbringen, und als sie entzündet waren, stieg er vorsichtig die Treppe hinunter, das blank gezogene Schwert in einer und eine Laterne in der anderen Hand.

Es roch nach Schimmel und Alter, als Hirad in eine Kammer hinabstieg, die beinahe so groß war wie der Raum darüber. Direkt gegenüber der Treppe war die Wand von etwas Dunklem bedeckt, das sich bewegte. Dunkelgraue Wirbel, durchsetzt mit braunen Flecken, gelegentlich blitzte etwas grün und weiß auf, alles lief ziellos ineinander. Fremd und bedrohlich brodelte und wogte die Dunkelheit in ihrem Rahmen, und die Stille verstärkte noch den Eindruck von Gefahr. Der Raum schien unter einer erwartungsvollen Spannung zu stehen, und Hirad konnte das Gefühl nicht abschütteln, dass die Wirbel ihn jederzeit packen und ins Nichts ziehen konnten. Der Gedanke ließ ihn schaudern. Er hielt inne und spürte eine Hand auf seiner Schulter.

»Das ist der Dimensionsriss, kein Grund zur Sorge«, sagte Denser.

»Kann da nicht etwas durchkommen? Du weißt schon, von der anderen Seite.« Er gestikulierte mit dem Schwert in Richtung des Risses.

»Nein. Septern hat ihn mit seiner Magie und seiner Zauberkunst stabilisiert. Du musst von dieser Seite aus beginnen, wenn du hindurch willst.«

Hirad nickte und ging langsam weiter hinunter. Densers Antwort hatte ihn nicht völlig beruhigen können, der Riss übte eine hypnotische Anziehungskraft aus. Er vermittelte einen Eindruck von undurchdringlicher Tiefe, obwohl Hirad die Ränder sehen konnte. Der Riss schien wie ein Bild an der Wand zu hängen, weniger als eine Handbreit dick.

Ringsum sahen sie die Fragmente eines Lebens. Zur Linken ein mit Papieren bedeckter Tisch, daneben ein weiterer mit Gerätschaften, Flaschen und Behältern mit Pulver. Vor der rechten Wand stand eine Truhe. Eine Staubschicht glättete die scharfen Kanten. Am Fuß der Treppe fanden sie die Antwort auf ein Rätsel.

»Septern«, sagte Hirad.

»Zweifellos.« Denser schob sich am Barbaren vorbei, um den Leichnam zu untersuchen. »Dreihundert Jahre, doch er sieht aus, als sei er gestern erst gestorben.«

Der Tote saß gekrümmt und mit hängendem Kopf an einer Wand. Die Augen waren geschlossen, das dunkle Haar war schütter und kurz geschnitten, die Hände waren halb auf einen blutigen Riss im sonst weißen Hemd gepresst. Als das Licht der Laternen die Schatten vertrieb, sahen sie einen großen dunklen, staubigen Fleck auf dem Boden.

Denser schaute zu Hirad auf. »Stell dir nur vor, wie nahe sie dem Sieg waren. Die Tatsache, dass Septern hierher fliehen konnte, hat alle anderen gerettet. Ich frage mich, ob er es wusste.« Er trat an den mit Papieren übersäten Tisch, setzte sich auf einen Stuhl und begann, die Dokumente durchzusehen.

Hirad entfernte sich ein Stück von der Treppe, gefolgt von Ilkar, Talan und Richmond. Der Elf wiederholte den

Spruch, den er zuvor gesprochen hatte, und das Loch schloss sich über ihnen.

»Ilkar?«

»Ja, Hirad?«

»Wenn du das Amulett hier bei dir hast, und wenn du es brauchst, um die Tür zu öffnen und zu schließen, wie hat er es dann getan?«

Der Magier richtete sich erstaunt auf. »Gute Frage. Hast du eine Idee, Denser?«

Denser, der gerade ein in Leder gebundenes Buch untersuchte, drehte sich um. »Ich weiß es nicht. Was hast du denn gemacht?«

»Es ist der Flammenhand ähnlich, aber du musst das Amulett so halten, dass die Flamme direkt auf die Tür zielt.«

»Demnach müsste das Amulett, woraus es auch bestehen mag, als eine Art Katalysator wirken. Hast du seinen Hals untersucht?«

»Seinen Hals?« Ilkar runzelte einen Moment lang die Stirn. »Oh, ich verstehe.« Er beugte sich über den Toten und schob die Hand in dessen Hemd. Hirad konnte sehen, wie der Elf schauderte.

»Fühlt es sich nett an, Ilkar?«

»Feucht und kalt, Hirad. Wächsern. Sehr, sehr unangenehm. Aber er trägt eine Kette.« Ilkar zog Septern die Kette über den Kopf und nickte, als er die blutbefleckte Kopie des Amuletts sah. »Die Flächen sind weitgehend leer, aber die Gravur ist die Gleiche.«

»Gut«, sagte Denser. »Hoffentlich hat er nicht noch mehr Kopien gemacht, die den Weg hier herein öffnen.« Er wandte sich wieder seiner Lektüre zu.

Hirad beobachtete unterdessen Talan und Richmond, die ziellos die Glasbehälter auf einem Tisch betrachtet hatten und gerade damit begannen, die Truhe zu untersuchen.

Ilkar kam zu Hirad und wischte sich die Hände an der Rüstung ab.

»Was hältst du davon?« Er deutete auf den Riss, der langsam und gleichmäßig wirbelte und wallte.

»Ich bekomme eine Gänsehaut, wenn ich es sehe. Ich frage mich, was auf der anderen Seite ist.«

»Tja«, sagte Ilkar. »Ich habe so ein unbestimmtes Gefühl, dass du es bald herausfinden wirst.«

»Daran besteht kein Zweifel«, bestätigte Denser. »Hier sind einige unglaubliche Dinge aufgeschrieben.« Er tippte auf das Buch. »Das wird die Dimensionsforschung einen Riesenschritt weiterbringen. Und es beantwortet auch einige andere Fragen.« Er stand auf und trat zu Ilkar, zeigte ihm das Buch und deutete auf einen Abschnitt. »Lies das mal laut vor. Ich muss etwas probieren. Hast du ein Seil dabei, Talan?«

»Draußen.« Talan starrte den Riss an, Richmond hielt sich dicht neben ihm. Schließlich drehte er sich zu Denser um und sah ihn an. »Brauchst du eins?«

»Nein, ich wollte mir nur die Zeit vertreiben.«

»Verdammt, ich bin doch kein Gedankenleser, Denser.«

»Ist schon klar, dazu müsstet du ja erst einmal denken können«, murmelte der Dunkle Magier. »Hol mir das Seil, ja?«

Talan marschierte auf ihn zu. »Ach, hast du jetzt das Kommando übernommen? Ich sag dir was: Hol es dir doch selbst. Oder bist du nicht mehr fähig, dich zu bewegen?«

»Ich brauche nur ein Stück Seil, Talan«, sagte Denser. »Ich bitte dich nicht, die Tore der Hölle zu öffnen oder so.«

»Es ist in den Packtaschen meines Pferdes, wenn du es brauchst.« Talan machte auf dem Absatz kehrt und marschierte zum anderen Ende des Risses zurück, wo er wie zuvor Löcher in die Luft starrte.

»Bei den Göttern«, stöhnte Denser. »Flammenhand, sagtest du?«

Ilkar nickte und warf ihm das Amulett hinüber. »Lass nur das Befehlswort aus und setze ein, was du zum Formen des Mana benutzt.«

Denser befolgte die Anweisungen des Julatsa-Magiers, und gleich darauf erschien schwaches Tageslicht über ihnen.

»Es wird nicht lange dauern.« Denser lief die Treppe hinauf.

»Willst du nun vorlesen, oder willst du es lieber für dich behalten?«, fragte Hirad.

»Entschuldige«, sagte Ilkar. »Wollt ihr zwei es auch hören?«

Richmond kam achselzuckend herüber, Talan warf einen finsteren Blick in Ilkars Richtung, dann kam er ebenfalls.

»Es ist eine Art Tagebuch. Zugleich wohl auch ein Logbuch für seine Forschungen, aber dazu will ich jetzt nicht mehr sagen. Hört euch das hier an:

›Es ist erst vier Tage her, dass ich meine Schöpfung, den Dawnthief, offenbart habe, und schon suchen die Wytchlords nach mir. Ich kann die Schockwellen durch das Mana sogar hier noch spüren. Ich kann das Haus nicht verlassen, und ich kann nur hoffen, dass die vier Kollegien das Böse aus der Torn-Wüste besiegen werden, denn den Spruch, den ich erschaffen habe, um es selbst zu zerstören, darf ich nicht auf Balaia wirken. Es war eine Dummheit, die Kollegien überhaupt in meine Entdeckung einzuweihen. Ich habe hernach festgestellt, dass Dawnthief unendlich viel mächtiger ist, als ich es mir vorgestellt hätte. Es ist ein instabiler Spruch, mit dem man nur unter Schwierigkeiten arbeiten kann, aber mit der richtigen Vorbereitung, der richtigen Konzentration und natürlich mit den richtigen

Katalysatoren könnte er Balaia in eine ewige Nacht stürzen. Damit wäre alles zu Ende.

Ich stelle aber auch fest, dass ich das Wissen, das ich gefunden habe, nicht einfach zerstören kann. Ist es schrecklich, wenn man bedenkt, dass dieses Wissen uns alle in die Finsternis stürzen kann? Ich glaube nicht. Man kann niemals ungeschehen machen, was erschaffen worden ist. Deshalb habe ich die Informationen über die Namen der Katalysatoren durch den Riss zu einem Ort gebracht, wo diejenigen, die sie bewachen, geschworen haben, wachsam zu bleiben bis zum Tod und bis zum letzten Atemzug und bis das letzte Fleisch von ihren Knochen fällt.

Das wichtigste Amulett ist bei der Brut Kaan in der Drachen-Dimension. Sie wissen ganz genau, was geschehen könnte, wenn Dawnthief in die falschen Hände fällt. Vielleicht werden sie eines Tages den Schlüssel zurückgeben, und dieses Tagebuch wird gefunden werden, und man wird meine Handlungsweise verstehen. Ich selbst habe nun verborgen, was verborgen werden musste, und jetzt muss ich den Riss zerstören und die Tür für immer schließen. Ich muss daher auf dieser Seite bleiben, und ich werde mir selbst das Leben nehmen. Niemand darf Dawnthief finden. Niemand.«

Die nächste Seite war leer.

Ilkar schaute auf und sah aller Augen auf sich gerichtet. Denser kam gerade wieder die Treppe herunter und schloss die Platte über dem Eingang.

»Was ist denn passiert?«, fragte Hirad. Er deutete auf Septerns Leiche. »Er hat sich nicht selbst getötet, so viel ist offensichtlich. Und den Riss hat er auch nicht zerstört.«

Ilkar zuckte mit den Achseln. »Es kommt mir so vor, als hätten ihn die Wytchlords früher erwischt, als er es für möglich hielt. Wie Denser schon sagte, er hat Balaia gerettet, als er sich vor seinem Tod hierher zurückzog.«

»Und wir werden bald herausfinden, was er am meisten gefürchtet hat«, erklärte Denser. »Wir werden die nötigen Informationen bekommen. Also los.« Denser ging zur verschlossenen Truhe, öffnete die Riegel und klappte den Deckel auf. Darin fand er Kleidung, Stiefel und zwei Laternen. Er wandte sich an die anderen. »Wenn ich mich nicht sehr irre, dann ist die Truhe für eine Reise gepackt.«

»Was hast du nun eigentlich vor, Denser?«, fragte Hirad.

»Ich will wissen, was sich hinter dem Riss befindet.« Er schloss die Truhe und legte die Riegel wieder vor. Dann nahm er die Seilrolle von seiner Schulter, wickelte ein Ende um die Truhe und hielt ein Stück von etwa zwanzig Fuß Länge fest.

»Hirad, könntest du mal anfassen?« Denser deutete auf die Truhe.

Hirad runzelte die Stirn, kam aber zum Dunklen Magier herüber.

»Was willst du denn?«

»Nimm die Truhe und wirf sie durch den Riss, wenn es dir nichts ausmacht.«

»Oh, ich verstehe. Gute Idee.« Er kniete nieder, legte beide Arme um die Truhe, hob sie auf und ging ein paar Schritte rückwärts. »Irgendeine bestimmte Stelle?«

»In die Mitte, würde ich sagen.«

Hirad nickte und stellte sich mitten vor den Riss. Er hob die Truhe vor seine Brust. Ein paar Schritte, und dann warf er sie mitten durch das Loch. Sie verschwand, als sei sie von zähem Schlamm verschluckt worden.

Aller Augen ruhten auf dem Seil, das locker durch Densers Hände lief. Nach etwa zehn Sekunden lief das Seil etwas schneller, dann sackte es durch, fiel auf den Boden des Risses und wurde schlaff.

»Ich verstehe«, sagte Denser.

»Ich wünschte, ich könnte es auch verstehen«, murmelte Hirad.

»Es ist recht einfach. Der Riss selbst ist recht tief, vielleicht sechs Fuß, und die Reise durch den Riss verläuft langsam. Direkt hinter dem Riss fällt der Boden ein Stückchen ab, darauf müssen wir also gefasst sein.« Er hielt inne. »Also, wer ist nun bereit für die Reise ins Unbekannte?«

Schweigen. Es war ein ausgesprochen seltsames Schweigen. Eigentlich, so dachte Hirad, war ihnen ja schon eine ganz Weile klar, dass sie durch die dunkle, wirbelnde Masse gehen mussten, doch jetzt, da der Augenblick gekommen war, fragten sich alle, was sie wohl auf der anderen Seite finden mochten. Was es auch war, es war höchstwahrscheinlich anders als alles, was sie je gesehen hatten.

»Nun, wir brauchen hier wohl keine Wache zurückzulassen, oder?«, fragte Richmond.

»Nein, sicher nicht«, meinte Ilkar. »Was überlegst du, Hirad? Denkst du über den seltsamsten Ritt nach, den der Rabe je unternommen hat?«

Hirad kicherte. »Ja. Lasst uns aufbrechen.« Er klatschte in die Hände und zog sein Schwert. »Wir brauchen wohl die Laternen.«

»Ganz sicher«, sagte Ilkar. Er nahm diejenige an sich, die Denser auf dem Tisch gelassen hatte.

Sie stellten sich vor dem Riss auf, die Männer starrten in die sanft wallenden Schleier vor ihnen. Hirad sah sich von seiner Position in der Mitte einmal nach links und einmal nach rechts um. Er atmete tief durch, sein Herz schlug jetzt merklich schneller.

»Seid ihr alle bereit?«, fragte er. Die anderen nickten und murmelten zustimmend.

»Hirad, ich glaube, die Ehre des Rufs liegt jetzt bei dir«, sagte Talan.

»Danke, Talan.«

»Was ist das?«, fragte Denser.

»Hör einfach zu«, sagte Ilkar.

Hirad atmete noch einmal tief ein. »Der Rabe!«, brüllte er. »Der Rabe kommt!«

Dann sprangen sie in den Riss hinein.

Elftes Kapitel

Styliann wärmte sich die Füße am Kamin seines Arbeitszimmers und trank Tee aus dem Becher, der rechts auf dem Arbeitstisch stand. Es klopfte.

»Herein.«

Nyer und Dystran traten ein. Er bedeutete ihnen, sich auf die anderen Stühle zu setzen, und schenkte jedem einen Becher Tee ein.

Nyer ließ sich mit der Gelassenheit eines Mannes, der an hochrangige Gesellschaft gewöhnt ist, auf seinem Stuhl nieder. Dystran, ein Mann von gerade mal vierzig Jahren, war sichtlich nervös; er saß angespannt und hielt sich an seinem Becher fest.

»Ist Laryon schon unterwegs?«

»Leider nicht«, erklärte Nyer. »Er hatte ein Problem mit einigen Mitarbeitern.«

»Ich verstehe.« Styliann kniff die Augen zusammen. Normalerweise schlug man eine Einladung von ihm nicht aus. Er nahm sich vor, umgehend mit dem Meister zu reden. »Nun, Dystran, ich hoffe doch, die Forschung über die Dimensionsverbindungen macht gute Fortschritte?«

Dystran sah Nyer fragend an, und der Ältere bedeutete ihm mit einer Geste zu sprechen.

»Ja, mein Lord. Wir überprüfen es gerade in den Katakomben.« Unwillkürlich lächelte er.

»Ihr seid amüsiert?«

»Entschuldigt, mein Lord.« Dystrans Gesicht unter dem kurzen braunen Haar färbte sich rot. »Es ist nur so, dass wir nach dem ersten, sehr erfolgreichen Testlauf umgehend die Drainage verbessern mussten.«

Styliann zog fragend die Augenbrauen hoch.

»Haltet Euch an den Bericht«, ermahnte Nyer ihn.

Dystran nickte. »Wir haben den Spruch zur Dimensionsverbindung dreimal erfolgreich getestet und unsere Dimension mit einer anderen verbunden. Nachdem wir die Berechnungen richtig durchgeführt hatten, konnten wir einen Wasserlauf zwischen beiden Dimensionen steuern, wobei aber leider eine Zauberkammer überflutet wurde.«

»Ausgezeichnet«, sagte Styliann. »Wie lange dauert es noch, bis wir einen Test unter realen Bedingungen durchführen können?«

»Das ist jederzeit möglich«, erklärte Dystran. »Die einzige offene Frage betrifft den Einsatz der Magier. Wir nehmen an, dass der Kanal umso größer wird, je mehr Magier den Spruch wirken. Allerdings ist dies auch mit Gefahren verbunden.« Er hielt inne und überlegte. »Im Übrigen sind die Dimensionen auch nicht immer präzise aufeinander ausgerichtet. So können wir zwar berechnen, wann sie es sein werden, doch wir haben keinerlei Einfluss darauf, zu welchem Zeitpunkt es möglich sein wird, den Spruch zu wirken.«

Styliann runzelte die Stirn. »Wie groß sind die Fenster, in denen die Ausrichtung stimmt?«

»Die Größe schwankt zwischen einigen Stunden und

mehreren Tagen. Der genaue Zeitplan steht noch nicht fest.«

Der Herr vom Berge nickte. »Das wird reichen. Dystran, Ihr müsst Eure Magier möglichst schnell auf einen großen Probelauf unter realen Bedingungen vorbereiten. Wie viele habt Ihr?«

»Dreißig«, sagte der Magier.

»Wie ist Eure Meinung, mein alter Freund?«

»Es ist die ideale Offensivwaffe für den Pass«, erklärte Nyer.

»Natürlich.« Styliann nickte. Die Tür zum Sieg war wieder geöffnet.

Später hielt Styliann eine Kommunion mit Laryon, und was er dabei hörte, wischte das Lächeln aus seinem Gesicht. Es war traurig, wenn alte Freunde Machtspiele mit ihm spielten. Es machte ihn zornig.

Das Fleisch zuckte auf seinen Knochen. Blut strömte in die Gesichtshaut. Der Blutstrom hielt an, bis seine Wangen vor Schmerzen brannten, und dann schwoll sein Gesicht noch weiter an. Hirad ballte unwillkürlich die Hände zu Fäusten, und seine rechte Hand machte Anstalten, den Schwertgriff zu zerquetschen. Die Augen waren geöffnet, er konnte sie nicht schließen, doch er sah nichts außer Schwärze, gesprenkelt mit grauen Punkten. Hätte er den Kopf gedreht, dann hätte er die anderen nicht erkennen können. Waren sie überhaupt noch da?

Er konnte kein Geräusch hören außer dem Rauschen des Bluts in seinen Adern, während sein Gehirn verzweifelt bemüht war, die Eindrücke zu verarbeiten. Lief er? Er glaubte es nicht, doch er war sicher, dass er sich bewegte. Wohin, spielte keine Rolle. Er wollte nur, dass es aufhörte, bevor ihm das ganze Fleisch vom Körper gerissen wurde und sein

Blut ins Leere sprudelte. Selbst dann, so dachte er, würde er sich immer noch bewegen. Er spürte ein Pulsieren, das sich in seinem Bauch ausbreitete. Es begann in der Magengrube und umfasste bald darauf seinen ganzen Körper. Ihm wurde heiß. Sehr heiß. Das Blut fühlte sich an, als koche es in seinen Adern und bringe sein Fleisch zum Schmelzen.

Licht.

Das Ende der Ewigkeit.

Ein Sturz. Harter Boden. Das Licht wurde trüb.

Hirad saß in einem offenen Bereich, und es fühlte sich an, als befinde er sich in großer Höhe. Einen besonderen Grund gab es nicht dafür, es kam ihm einfach nur so vor. Er sah sich nach links und rechts um und zählte im Kopf die anderen Mitglieder des Raben ab. Sie waren alle da, alle saßen auf dem Boden und schauten einander an. Hinter ihnen schwebte der Riss ein paar Fuß über dem Boden in der Luft. Das Ende des Seils, an das die Kiste gebunden war, hing in einem leichten Bogen herunter. Hirad verfolgte es bis zur Kiste, die neben Ilkar auf der Seite lag. Hinter dem Riss befand sich eine senkrecht abfallende Klippe.

Er stand mit wackligen Beinen auf, doch er beruhigte sich rasch und versuchte, sich in der neuen Dimension zurechtzufinden. Als das Blut wieder halbwegs normal durch seine Adern strömte und sein Atem sich normalisierte, spürte er, wie sich die Haare auf seinem ganzen Körper sträubten. Er hatte nicht gewusst, was er erwartet hatte, aber es war gewiss nicht dies gewesen. Die Luft schmeckte anders, trocken und dünn, und die ganze Atmosphäre hatte etwas Fremdes und Klebriges und schien die Haut und die Augen zu reizen.

Der Himmel über ihnen war dunkel, die Wolken brodelten am Himmel, obwohl er nur einen leichten Windhauch im Gesicht spüren konnte. Es war keine Unterbrechung in der Wolkendecke auszumachen, und doch breitete sich vom Horizont her, wo die schwarzen Wolken auf das schwarze Land trafen, ein Zwielicht aus.

In der Tat, sie standen in großer Höhe. Was vorher nur eine Ahnung gewesen war, ließ sich leicht bestätigen, wenn man ein paar Schritt weit nach rechts hinten schaute. Der Riss befand sich ganz am Rand des Plateaus, auf dem sie gelandet waren. Zu beiden Seiten fiel der Fels steil ab. Grellrote Blitze zuckten und flackerten über dem Land. Sie beleuchteten nichts, sondern verstärkten nur die undurchdringliche Finsternis. Unwillkürlich wichen alle von der Kante zurück, denn alle hatten bemerkt, wie leicht sie abstürzen konnten, wenn sie in ihre eigene Dimension zurückkehren wollten.

Dann wurde Hirad klar, was er vermisste. Geräusche. Abgesehen vom Seufzen des Windes in den Ohren konnte er überhaupt nichts hören. Keine Stimmen, keine Tiere, keine Vögel. Kein Laut von irgendeinem Lebewesen. Selbst die Blitze hinter ihnen zuckten geräuschlos. Es war ihm nicht geheuer. Als stehe er im Reich der Toten.

Hirad musterte den Bereich zu seiner Linken, bis sein Blick auf Erhebungen fiel, die Gebäude sein konnten. Er schaute direkt nach vorn über offenes Gelände – es war anscheinend fester Grund, denn man sah Erde und Pflanzen, die sich im leichten Wind wiegten – und konnte tatsächlich eine Ansammlung von baufälligen Häusern ausmachen. Gesplitterte Balken, zerkrümelte Steine und gebrochene Dachziegel lagen überall herum. Die Bauten erstreckten sich gut fünfhundert oder sechshundert Schritt weit, dann hörte die Bebauung abrupt auf, vermutlich am gegenüberliegenden Ende des Plateaus.

Dahinter schwebte ein weiterer Riss im Raum. Als seine Augen sich an das Licht gewöhnt hatten, konnte er ringsum in der Ferne ungleichmäßige Felssäulen sehen, die sich oben erweiterten und ovale und runde Plattformen wie die ihre trugen. Offensichtlich befanden sie sich auf einer ähnlichen Erhebung. Diese Einsicht verunsicherte ihn einen Augenblick lang. Er glaubte, auf den anderen Plattformen weitere Gebäude zu erkennen, von denen einige beeindruckend waren wie Paläste. Doch es gab kein künstliches Licht, und nichts rührte sich in der leichten Brise.

»Ein netter Ort«, murmelte Talan. Seine Stimme klang unnatürlich laut in der Stille.

Hirad zuckte zusammen. »Bei den Göttern der Erde, was ist dies hier nur für ein Land?« Der Barbar wünschte inbrünstig, der Unbekannte wäre noch bei ihnen. Dessen Gegenwart hätte ihn gewiss ein wenig beruhigt.

»Ich verstehe das nicht«, erklärte Denser. »Wie sind sie hier heraufgekommen? Und wie kommen sie von dieser Plattform zu den anderen, und wie konnten sie die Häuser hier oben bauen ...« Er ließ den Satz unvollendet und deutete auf das verfallene Dorf auf ihrer Plattform, falls es überhaupt ein Dorf war.

»Und wer waren sie eigentlich?«

»Das unterstellt, dass sie alle fort sind«, sagte Talan.

»Auf diese Idee seid ihr doch auch gekommen oder?«, fragte Hirad. »Ich persönlich würde meinen, dass wir möglichst schnell zurückspringen sollten. Ich bekomme hier eine Gänsehaut.« Sein Herz schlug wieder schneller.

»Aber ist es nicht faszinierend?«, wandte Denser ein. »Dies ist eine andere Dimension. Stellt euch nur vor, was das bedeutet.«

»Oh, ja«, sagte Hirad. »Sie ist völlig anders als unsere, ich fühle mich hier nicht gut, und ich bekomme den Eindruck, dass wir nicht hier sein sollten.«

»Es ist anders, aber in vieler Hinsicht ist es doch ganz

ähnlich wie bei uns«, sagte Ilkar. Er bückte sich und hob eine Handvoll Erde auf. »Seht nur. Erde, Gras, Gebäude … Luft.«

»Aber keine Geräusche. Glaubt ihr, sie sind alle tot, wer auch immer sie waren?« Denser bewegte sich in Richtung der Siedlung, und Hirad folgte widerstrebend mit den anderen Mitgliedern des Raben. Er nagte an der Unterlippe. Nicht einmal das Schwert, das er kampfbereit in der Hand hielt, konnte ihn beruhigen. Die düstere Atmosphäre war beinahe als körperlicher Druck zu spüren, obwohl die Luft so dünn war, und das Fehlen von Geräuschen veranlasste ihn mehrmals, mit dem Zeigefinger der linken Hand in den Ohren zu bohren und nach dem Grund zu forschen, aus dem er, abgesehen vom Tappen ihrer Füße und ihrem Atem, nichts hören konnte.

»Wonach suchen wir hier eigentlich, Denser?«, wollte Richmond vom Dunklen Magier wissen, als sie über die trockene Erde liefern, die unter den Füßen knirschte und zerkrümelte.

»Um ehrlich zu sein, ich habe keine Ahnung. Wir brauchen Informationen, nicht ein Stückchen hiervon und ein Stückchen davon, wenn du verstehst, was ich meine.«

»Etwas wie ein Pergament vielleicht?«, hakte Richmond nach.

Denser zuckte mit den Achseln. »Kann sein. Oder ein weiteres Amulett. Vielleicht eine Art geschnitztes Schmuckstück. Was es auch ist, es sollte in diesem Müll hier ziemlich auffallen. Und ich bin sicher, dass es als Objekt aus Balaia zu erkennen ist.« Er deutete auf die Gebäude. Obwohl weitgehend zusammengebrochen, konnte man deutlich sehen, dass ihre Bauart nicht viel mit dem gemein hatte, was irgendein Volk in Balaia bauen mochte. Viele hatten Öffnungen, bei denen es sich vermutlich um Türen handelte, doch sie waren oval und schlossen nicht ebenerdig mit dem Boden ab. Die Gebäude, die teilweise noch überdacht waren, hatten im höchsten Punkt der kuppelförmigen Dächer ähnliche ovale Öffnungen.

In gewisser Weise fühlte Hirad sich an Brennöfen erinnert, auch wenn diese Gebäude hier aus Holz und Stein bestanden und nicht ausschließlich aus behauenem Stein wie die Bauten der Wesmen. Sie waren einst sicher recht hoch gewesen, zwanzig oder mehr Fuß. Für einstöckige Gebäude schien das eine enorme Höhe zu sein, auch wenn das Fehlen von Fenstern bedeutete, dass er sich irren konnte. Drinnen gab es womöglich noch weitere Etagen.

»Das gefällt mir nicht«, sagte Hirad. Er schauderte.

»Das hast du schon einmal gesagt, und ich muss dir zustimmen«, sagte Ilkar. »Ich fühle mich, als könnte ich jeden Augenblick stürzen.«

»Je weniger Zeit ich hier verbringe, desto besser.« Hirad schüttelte sich, um die Spannung aus den Schultern zu vertreiben. »Was, zum Teufel, mag Septern hier nur gesucht haben?«

Unter der Plattform durchbrach ein Lichtbalken die Nacht und tauchte alles, was er erfasste, vorübergehend in einen malvenfarbenen Glanz. Die Schatten wurden noch tiefer, und das Nachbild brannte sich ein paar Sekunden lang förmlich in Hirads Augen ein. In diesem Augenblick sah er auch die Bewegung. Der Rabe reagierte, als wäre er ein einziges Wesen, und schlagartig waren alle Schwerter gezückt.

Aus den Gebäuden und um die Ecken der Gebäude kamen die Bewohner des Dorfs, stolpernd und halb rennend. In wenigen Sekunden hatten sie den Raum vor den Gebäuden ausgefüllt und näherten sich schwerfällig dem Raben. Hirad versuchte, sie zu zählen, doch als er bei fünfzig war, kam er durcheinander, weil sie ständig in Bewegung waren. Gewiss lag ihre Zahl erheblich höher.

Aus der Entfernung wirkten sie schmal und bleich, und ihre Gliedmaßen verwirrten das Auge, doch nach wenigen Schritten wurde offenkundig, was sie waren.

»Bei den Göttern der Erde, ich kann das nicht glauben«, flüsterte Hirad. Erneut mit einer Bewegung, als wäre er ein einziges Wesen, blieb der Rabe stehen.

»Und wenn der Tod den Atem aus ihren Leibern treibt und das Fleisch aus den Gesichtern reißt«, zitierte Denser murmelnd.

Auch die Art und Weise, wie sie das Gleichgewicht hielten, oder vielmehr, wie sie es nicht hielten, war höchst eigenartig. Nicht, dass es für ein totes Geschöpf irgendeine angemessene Art und Weise gegeben hätte, das Gleichgewicht zu halten, dachte Hirad. Er schauderte und konnte es nicht genau begreifen, doch während die Dorfbewohner sich weiter schwerfällig und langsam näherten, glaubte er sehen zu können, wie bei jedem Schritt ihr Rücken zuckte.

Einer der Anführer stolperte über einen Stein und entfaltete unwillkürlich die Schwingen, um sich wieder zu fangen. Doch die Flügel waren kaum mehr als nackte Knochen, an denen nur noch einige Hautfetzen klebten, und so stürzte er. Die anderen bewegten sich weiter, inzwischen höchstens noch siebzig Schritt entfernt.

Es war unmöglich, bei diesem Anblick gelassen zu bleiben. Eine Streitmacht von toten flugfähigen Wesen, verrottete Haut auf den Knochen, ovale Köpfe mit riesigen leeren Augenschlitzen, und alle bewegten sich im gleichen, schleppenden Schritt. Sie verteilten sich und füllten den ganzen Raum bis zum Rand der Hochfläche aus. Und sie kamen erbarmungslos näher.

»Hat jemand einen Vorschlag?«, fragte der Barbar. Panik

griff mit kalter Hand nach seinem Herzen. In wenigen Sekunden würde der Tod über sie kommen.

»Sie haben keine Waffen. Was wollen sie tun?«, fragte Talan.

»Einfach weitergehen, würde ich meinen«, erwiderte Denser. »Schließlich haben wir keinen anderen Ausweg, als zurück durch den Riss zu springen. Wir können nicht hoffen, uns gegen eine so große Zahl wehren zu können. Sie müssen einfach nur weitergehen, und irgendwann habt ihr keinen Platz mehr, um die Schwerter zu benutzen. Und wenn ihr nicht vorsichtig seid, dann drücken sie euch einfach über die Kante.«

»Aber wie können sie sich bewegen?«, wollte Hirad wissen. »Sie bestehen doch nur aus Knochen, sie sind tot.«

»Ist es eine Art Zauberspruch?«, fragte Richmond.

»Vielleicht gibt es irgendetwas, das sie im Leben und im Tod an das Versprechen bindet, das sie Septern gegeben haben«, meinte Ilkar.

»Darüber können wir uns später noch Gedanken machen«, warnte Hirad. »Wir müssen irgendwie hinter sie kommen. Was es auch ist, das wir suchen und das sie verteidigen, es muss irgendwo in diesem Dorf sein.«

»Ich habe eine Idee«, sagte Denser. »Wollt ihr sie hören?« Hirad nickte. »Ilkar wirkt einen Kraftkegel gegen sie und schlägt ein Loch in ihre Reihen. Du und ich, wir rennen durch und suchen im Dorf. Alle andere beschäftigen sie so lange wie möglich und kehren dann durch den Riss zurück, bevor sie vom Rand der Plattform gestoßen werden.«

»Warum brechen wir nicht alle durch?«, fragte Richmond.

»Weil sie dann einfach umkehren würden. Ich denke jedenfalls, dass sie es tun würden«, erklärte Denser. »Wenn ein paar von uns vor ihnen bleiben, dann werden sie hoffentlich weitergehen, und ihr könnt sie beschäftigen und uns damit die Zeit verschaffen, die wir brauchen, um im Dorf zu suchen. Es ist einen Versuch wert, oder?«

Es gab ein kurzes Schweigen, das nur vom rhythmischen Scharren unterbrochen wurde, das die sich nähernden Toten machten. Sie waren jetzt nur noch eine Minute entfernt, und ihre Reihen wurden wieder dichter, weil das Plateau zum Ende hin schmaler wurde, so dass sie näher beieinander laufen mussten.

»Ich mache es«, willigte Ilkar ein.

»Möge es ein guter Spruch sein«, flüsterte Denser.

»Ganz sicher«, erwiderte Ilkar kalt.

Hirad trat links neben Ilkar, bis er direkt neben Denser stand. »Talan, Richmond, wenn Ilkar den Spruch gewirkt hat, dann solltet ihr direkt vor dem Riss stehen. So habt ihr wenigstens die Chance, in den Riss zu fallen, wenn ihr zurückgedrückt werdet, statt von der Klippe hinunterzustürzen, was auch immer da unten sein mag …«

Talan nickte. »Und was ist mit dir?«

Hirad zuckte mit den Achseln. »Ich weiß nicht. Wir müssen uns einfach gegenseitig die Daumen drücken, was?«

»Alles klar.«

»Noch etwas«, sagte Ilkar. Hirad drehte sich wieder zu ihm um. »Ich gebe Farbe in den Kegel, damit ihr ihn sehen könnt, und wenn ich den Spruch wirke, dann müsst ihr schnell sein. Wenn ihr auf Höhe der Dorfbewohner seid, lasse ich den Kegel wieder fallen, und dann liegt es bei euch.« Ilkar schloss die Augen und formte das Mana. Als er beim ersten Versuch nichts spürte, erschrak er, doch dann fuhr zu seiner Erleichterung der vertraute Ruck durch seinen Körper, als der magische Rohstoff die Dimensionsbarriere durchbrach und sich aus der statischen Kraftquelle nährte, die auch den Riss an Ort und Stelle hielt.

Ilkars Beine gaben vor Erschöpfung nach, doch dann hatte er den Kraftkegel geformt und hielt ihn stabil; er beschleunigte ihn und gab etwas hinzu, das seiner Ansicht nach als wirbelndes Grün erscheinen sollte. Eine kurze Anrufung folgte, dann öffnete Ilkar die Augen und suchte sich einen Bereich aus, der auf der linken Seite der Plattform lag.

Schließlich sprach er das Befehlswort, stieß die Hände nach vorn, und der Kegel krachte zwischen die anrückenden Dorfbewohner. Drei wurden beim Aufprall zerschmettert, sodass ihre Knochen in alle Richtungen flogen. Der Kegel pflügte weiter durch die Reihen der wandelnden Toten, stieß sie zur Seite und richtete große Schäden an. Links und rechts kippten Skelette um wie Dominosteine. Knochenflügel flatterten nutzlos, als die Beine von fallenden Kameraden weggeschlagen wurden. Am Rand der Plattform glitten sogar einige Dorfbewohner aus und stürzten ab.

Der Kegel hielt. Ilkar zog ihn ein wenig zurück, als die Dorfbewohner sich neu formierten und weiter vorrückten. Hirad wandte sich an Talan und Richmond.

»Riskiert nicht zu viel, passt gut auf und lasst ihn nichts Dummes tun.« Er deutete mit dem Daumen auf Ilkar. Die Kämpfer sagten nichts, gaben aber mit leichtem Nicken zu verstehen, dass sie es gehört hatten.

Hirad legte Denser eine Hand auf die Schulter. »Lass uns gehen. Bleib hinter mir.« Der Barbar hob sein Schwert und rannte durch den klar umgrenzten Kegel. Als er nahe genug war, boten die Dorfbewohner ein erschreckendes Bild. Eigenartige Ansammlungen von Knochen waren es, die da anrückten. Einigen fehlten Hände, anderen die Rippen. Hüftknochen und Schultern waren zerschmettert, und allenthalben war das Weiß der Knochen von schwarzen Schmutzstreifen bedeckt. Doch es waren die leblosen

Köpfe, die sich nie bewegten, die Hirad zusammenzucken ließen, als er in die leeren Augenhöhlen starrte.

Im Innern der Schädel war nichts. Kein Licht, kein Leben, nichts. Und trotzdem bewegten sie sich. Sie hatten immer noch ein Ziel. Wenn einer von ihnen gesprochen hätte, dann hätte der Barbar auf der Stelle kehrt gemacht und wäre geflohen.

Als sie fünf Schritt von der vordersten Reihe der Dorfbewohner entfernt waren, richtete Ilkar den Kraftkegel neu aus und schuf eine Lücke, durch die sie rennen konnten. Hirad zog das Schwert, hielt es vor sich und rannte los, Denser folgte ihm dichtauf. Die Katze raste zwischen seinen Beinen hindurch, an den Skeletten vorbei und ins Dorf hinein. Einen Augenblick lang liefen die Toten weiter, als sei der Kegel noch wirksam, doch als Hirad die ersten Reihen hinter sich hatte, schloss sich die Lücke schon wieder. Er schauderte, während er rannte, er schrie, als Knochenhände sich in seiner Lederrüstung verfingen, und er hackte wild um sich, als ein Kopf rechts vor ihm auftauchte. Sein Schwerthieb trennte den Schädel vom Hals, und der Körper brach zusammen.

Es war knapp. Denser keuchte laut und fluchte schnaufend. Hirad schwang das Schwert mit beiden Händen wieder und wieder in Brusthöhe. Er konnte fühlen, wie Knochen zerschmettert und die Flügelmembran, Köpfe und Schultern durchschnitten wurden. Kein einziges Mal hob ein Dorfbewohner die Hand, um nach ihnen zu schlagen.

Sie brachen durch die Linien und stolperten dahinter ein Dutzend Schritte weiter, ehe sie stehen blieben. Dann drehten sie sich um und betrachteten, was sie gerade hinter sich gelassen hatten. Die Lücke hatte sich wieder geschlossen. Die Dorfbewohner liefen weiter zum Riss, ohne sich umzudrehen, und rückten gegen das Raben-Trio vor. Die

Drei standen mit dem Rücken zur wirbelnden Schwärze des Dimensionstors und hielten die Schwerter bereit. Ilkar winkte, und Hirad winkte kurz zurück, ehe er sein schweißüberströmtes Gesicht Denser zuwandte.

»Wir müssen uns beeilen«, sagte der Dunkle Magier. »Sobald die drei durch den Riss verschwinden müssen, werden die Dorfbewohner wieder zurückkommen, und dann können wir nur noch abstürzen oder durch den anderen Riss springen.« Hirad zog die Augenbrauen hoch und nickte nervös.

Die beiden Männer liefen ins Dorf, wo sie abermals stehen blieben, um die verfallene Siedlung zu betrachten. Ringsum konnten sie die Überbleibsel einer untergegangenen Zivilisation erkennen. Gebäude, zerstört und geschwärzt, versengt und zu Schutt verfallen. Große Töpfe, Krüge und Kessel waren überall verstreut. Möbel, Tische, Stühle und Podeste lagen in den Ruinen herum. Tuch war verrottet und zu Staub zerfallen, Töpferwaren hatten Risse und waren angeschlagen, Holz war gesplittert und verbrannt, und alles bildete ein heilloses Durcheinander.

»Wie haben sie hier oben nur leben können?«, fragte Hirad. Er hob den Griff eines zerbrochenen Kruges auf. »Ich meine, hier ist so wenig Platz.« Er starrte in die Richtung, aus der sie gekommen waren, und betrachtete noch einmal die kahle Erde. Von der Siedlung aus konnte er Quadrate mit dunklerem Boden sehen, über die ein Gitter von helleren Linien gelegt war. Felder und Wege. Bei den Göttern, sie waren Bauern gewesen. Bauern, die fliegen konnten. »Und was ist da unten?« Er warf den Krug zum Rand des Plateaus. Er zerschellte auf dem Boden, lange bevor er sein eigentliches Ziel erreichte.

»Nichts, würde ich sagen«, sagte Denser. »Ich vermute, deshalb sind sie hier herauf umgezogen, um hier zu leben.«

»Das verstehe ich nicht. Warum sollte da unten denn nichts sein?«

»Du kannst Balaia nicht als Bezugspunkt nehmen, um dies hier zu erklären. Mann, ich kann doch auch nur blind herumstochern. Wir wissen nur, wo sie am Ende gelandet sind. Zieh deine eigenen Schlüsse daraus.«

»Aber warum sind sie gestorben?«

Denser zuckte mit den Achseln und wandte sich ab. Sein Blick wanderte über das Dorf. »Ich habe keine Ahnung, und wir haben im Augenblick nicht die Zeit, es uns zu überlegen. Sieh dich um.«

Hirad schaute in eins der Gebäude und entdeckte in dem vom Alter gezeichneten Inventar einen Mikrokosmos des Dorfs. Knochen lagen auf dem Boden herum, ein Schädel hing im großen ovalen Loch in der Decke, schwarzer Ruß bedeckte alle Flächen.

»Was suchen wir denn nun eigentlich?«

»Wie oft willst du das noch fragen?« Denser versuchte es aufs Geratewohl in einer andere Richtung. »Ich weiß es nicht. Hör mal, wir sollten uns trennen und uns umsehen, ob wir etwas Außergewöhnliches finden. Ich weiß auch nicht. Ich nehme an, dass es sich von diesem verdammten Schutt hier deutlich unterscheidet. Etwas, das hergebracht und nicht hier gemacht wurde.«

Hirad sah sich kurz um, dann entfernte er sich in die entgegengesetzte Richtung. Die Dorfbewohner marschierten noch, und der Rabe hielt die Stellung. Sie hielten aus. In diesem Augenblick war er sehr stolz. Diese Männer, seine Freunde und Gefährten, würden sich niemals wie Feiglinge benehmen.

Er bahnte sich einen Weg durch die Ruinen, doch ein Schutthaufen schien wie der nächste zu sein. Zerstörte Gebäude, vergammelte Möbel, zerstörte Töpferwaren. Alles verbrannt, als hätte eine gewaltige Feuersbrunst das ganze Dorf ausgelöscht. Er streifte durchs Dorf und sah sich auf der entfernten Seite der Plattform um, wo der zweite Riss in der Luft schwebte. Als er sich zu überlegen begann, was wohl dahinter liegen mochte und als ihm klar wurde, dass er nicht unbedingt versessen darauf war, es herauszufinden, hörte er Denser rufen. Er blickte nach links und sah den Magier zu einem Gebäude am Rand des Dorfs laufen.

Der Barbar eilte durch den Schutt und stürzte ein paar Schritte hinter dem Xeteskianer durch die Öffnung eines weiteren halb zerstörten Gebäudes. Und da, beobachtet und langsam umkreist von der Katze, saß ein kleines Mädchen. Ein Tupfer von Licht und Farben, der sehr lebendig wirkte.

Sie trug ein blaues Kleid, und das lange blonde Haar war mit einem passenden Tuch zusammengebunden. Ihre Augen waren groß und blau, unter der winzigen Nase war ein Mund zu sehen, der kein Lachen kannte. Sie starrte die Katze an, beobachtete deren langsame Bewegungen und umklammerte mit nackten Ärmchen eine kleine Kiste.

»Töte es, Hirad«, zischte Denser. »Mach es sofort und beeile dich.«

»Was?«, sagte Hirad. »Nein! Nimm doch einfach das Kästchen an dich, und dann verschwinden wir.« Er wollte einen Schritt zum Mädchen hin tun, aber Denser legte ihm eine Hand auf den Arm.

»Es ist nicht das, was es zu sein scheint«, sagte der Dunkle Magier. »Öffne die Augen, Hirad. Glaubst du wirklich, sie könnte hier so leben, wie sie ist?«

Das Mädchen wandte den Blick von der Katze ab und fasste die beiden Männer in der Tür, die es erst jetzt zu bemerken schien, ins Auge.

»Halte dein Schwert bereit«, sagte Denser. Er zog seine eigene Klinge und trat einen kleinen Schritt zur Seite.

Hirad beobachtete das Gesicht des Magiers. Denser war konzentriert, hatte den Blick auf das Mädchen gerichtet, und er hatte Angst. Der Barbar hob seine Klinge.

»Kannst du nicht einen Spruch wirken oder so?«

Ein Kopfschütteln. »So lange wird es nicht warten.«

»Wer ist sie?«, fragte Hirad.

»Ich bin nicht sicher. Nichts Gewöhnliches jedenfalls. Septern muss sie geschaffen haben. Behalte das Kästchen im Auge. Wir dürfen es nicht verlieren, und es darf nicht beschädigt werden.«

»Wie du meinst.«

Das Mädchen lächelte. Es war ein Gesichtsausdruck ohne jedes Gefühl, der die Augen nicht erreichte. Hirad schauderte. Als sie dann sprach, klang die Stimme zwar nach einem neunjährigen Mädchen, doch der Tonfall und die Macht dahinter jagten ihm einen Schauder über den Rücken.

»Ihr seid die Ersten«, sagte sie. »Und ihr sollt die Letzten und die Einzigen sein.«

»Und was bist du?«, fragte Denser.

»Ich bin euer Albtraum. Ich bin euer Tod.« Sie bewegte sich. Sie sprang mit irrsinniger Geschwindigkeit los. Und während sie sich bewegte, verwandelte sie sich. Hirad schrie.

Die Dorfbewohner kamen näher. Ilkar, Talan und Richmond waren zurückgewichen und standen nur noch ein halbes Dutzend Schritte vor dem Riss. Die Flanken der Dorfbewohner bewegten sich nach innen, und der Druck der Skelette, die sich nur noch ein paar Fuß vor ihnen drängten, wurde größer.

Hinter den Reihen lagen verstreut die Knochen von ungefähr vierzig wandelnden Toten, Opfer der hackenden und stechenden Schwerter des Raben-Trios. Jetzt aber waren ihre Gesichter schweißüberströmt, und sie keuchten schwer. Die Niederlage war nahe.

»Wir haben sie nicht einmal verlangsamen können«, keuchte Talan, während er einem Skelett die Beine wegtrat und ihm mit dem Schwertknauf den Schädel einschlug.

»Es macht ihnen keinerlei Eindruck«, stimmte Ilkar zu, und so war es auch. Unmittelbar vor sich sahen die Männer zuckende Arme und Beine und die Überreste von Flügeln. Alles, was sie hören konnten, waren das dumpfe Scharren der fleischlosen Füße auf der festgetretenen Erde und das Klappern von Knochen.

»Wie viele sind es denn wohl?«, sagte Richmond. Er richtete sich nach einem Schlag auf, der drei Wirbelsäulen auf einmal zerteilt hatte.

»Hunderte.« Talan zuckte mit den Achseln. »Die Frage, woher sie kommen, ist natürlich ein ganz anderes Kapitel.«

Wieder wichen sie einen Schritt zurück, bis sie die Kante des Risses hinten an ihren Schenkeln spürten. Sie schlugen noch einmal zu, ließen Knochensplitter in alle Richtungen fliegen und Dorfbewohner gegeneinander krachen. Doch die Toten bedrängten sie weiter. Keiner von ihnen hob die Arme zu einem Angriff, doch das war auch nicht nötig. Sie drängten von allen Seiten heran, und ihre Zahl allein machte schon das Ende unausweichlich.

»Wir sehen uns auf der anderen Seite«, sagte Ilkar. Er wurde rückwärts in den Riss gestoßen, und noch während er fiel, folgten Talan und Richmond, und er konnte sehen, wie die Skelette kehrt machten und zum Dorf zurückkehrten.

Die Beine des Mädchens, auf einmal braun, mit Fell bedeckt und mit dicken Muskelsträngen ausgestattet, streckten sich, und sie richtete sich auf. Mit Krallen bewehrte Füße kratzten über den Boden, ein dorniger, ledriger Schwanz wuchs in ihrem Kreuz, das Kleid löste sich auf und wurde durch einen schwer atmenden mächtigen Brustkorb mit kräftigen Rippen über einem straffen, unbehaarten Bauch ersetzt. Die Arme wuchsen und wurden kräftiger, Bizeps und Trizeps schwollen an, und die zierlichen Hände wurden größer und dicker und streckten sich. Die Finger liefen in rasiermesserscharfen Klauen aus.

Und der Kopf erst. Es war der Kopf, der Hirad den Schrei entlockt hatte. Das Gesicht des Mädchens fiel in sich zusammen, als würde Wasser in ein Loch gezogen. Nur die Augen blieben, sie waren blau bis ganz zuletzt, bis sie schließlich durch schwarze Schlitze ersetzt wurden. Darunter wuchsen Reißzähne in einem breiten Maul, aus dem Speichel rann. Das blonde Haar blieb, die Stirn war breit, das Kinn ragte vor, die Kiefer schnappten. Eine schmale Zunge schoss aus dem Maul des Wesens hervor, als es fauchend zuschlug.

Hirad hob instinktiv sein Schwert vors Gesicht, und die Tatze des Wesens prallte davon ab. Es zog sich eine kleine Verletzung zu und heulte vor Schmerzen auf. Es wich einen Schritt zurück. In einer Klauenhand hielt es immer noch das kleine Kästchen.

»Verdammter Mist!«, spuckte Hirad. Er zitterte am ganzen Körper und wechselte die Position, um Denser zu decken.

»Sei vorsichtig, Hirad.«

»Was glaubst du denn?«

Wieder griff das Wesen mit rudernden Armen und peitschendem Schwanz an. Hirad machte einen Schritt zur Seite und antwortete mit einem Hieb, der den Körper treffen sollte. Er konnte nur beten, dass er traf, bevor die Reißzähne ihn zerfetzten oder durchbohrten. Seine Klinge traf auf

Holz und dann auf Fleisch, als der wuchtige Schlag sein Ziel fand. Es gab ein schrilles Heulen, ein Geräusch wie von einer knallenden Peitsche, und ein lautes Krachen. Holzsplitter flogen in alle Richtungen davon.

Hirad richtete sich auf und versuchte, die Lage einzuschätzen. Denser lag auf dem Rücken in der Tür, halb drinnen und halb draußen. Er bewegte sich nicht. Das Wesen hatte sich zur hinteren Wand des Raumes zurückgezogen und umklammerte den Stummel, wo die linke Hand gewesen war. Vergebens versuchte es, die aus der Wunde schießenden Blutfontänen zum Versiegen zu bringen. Die abgetrennte Hand lag vor Hirads Füßen auf dem Boden, und inmitten der Trümmer der zerstörten Holzkiste lag ein einzelnes Stück Pergament, zusammengefaltet, vergilbt und mit Eselsohren.

Als er das Blatt näher ins Auge fassen wollte, verstummte das Wimmern. Der Barbar schaute auf und sah die wilden, jetzt gelb leuchtenden Augen des Wesens. Es kam gerade wieder auf die Füße, und aus dem heilenden Arm wuchs eine neue Hand.

»Bei den Göttern«, murmelte Hirad.

Das Wesen taumelte leicht und hielt sich an einem Regal fest, um nicht das Gleichgewicht zu verlieren. Hirad riss einen Dolch aus seinem Gürtel und warf ihn, bevor er sich auf das Wesen stürzte. Die funkelnde Klinge wirbelte durch die Luft und erregte die Aufmerksamkeit des Wesens. Es beobachtete den Flug des Messers und kniff die Augen zusammen, bis sie fast unter der Stirn verschwanden.

Hirad überwand die paar Schritt, die sie trennten, und schlug nach dem Hals des Wesens, als es die Aufmerksamkeit wieder auf ihn richten wollte. Der Dolch knallte harmlos gegen die Wand des Gebäudes. Das Ungeheuer wich Hirads Schwerthieb aus und schlug mit dem Schwanz nach seinen Beinen. Der Barbar verlor das Gleichgewicht, stürzte, rollte sich ab und saß gleich darauf schon wieder in der Hocke. Immer noch schwankend ging das Tier auf ihn los. Hirad richtete sich auf, und die beiden standen voreinander.

Das Wesen brüllte und blies dem Barbaren seinen heißen, stinkenden Atem ins Gesicht. Hirad wich einen Schritt zurück, als er das Geräusch hörte, das viel zu tief und mächtig war für den kleinen Körper. Er wechselte dreimal die Klinge zwischen den Händen, bis er sie schließlich in der linken Hand hielt. Dann legte er die rechte Hand über die linke und versuchte einen schräg von links unten nach rechts oben geführten Schlag. Das Wesen erfasste die Bewegung nicht, seine Hände waren zu langsam, um zu seiner Verteidigung beizutragen, und die Klinge traf das spitze Kinn. Hirad schrie, als er die Klinge durch das ganze Gesicht trieb, bis sie am linken Auge wieder austrat. Blut und Schleim spritzten aus dem gespaltenen Gesicht, als der Kopf nach oben gerissen wurde und hilflos auf den Hals sank. Das Wesen kreischte, stürzte rückwärts zu Boden und presste die Hände auf die Schnittwunde.

Hirad trat näher heran, betrachtete es einen Augenblick, schauderte und trieb ihm das Schwert durchs Herz. Noch ein Kreischen, das Wesen zuckte, verkrampfte sich und blieb reglos liegen.

»Verbrenne es.«

Hirad fuhr herum. Mühsam, gegen den Türrahmen gelehnt, kam Denser gerade wieder auf die Beine. Er massierte sich seine Seite, und die Katze, die auf seiner Schulter hockte, stupste mit der Nase sein Gesicht.

»Verbrennen?«

»Jetzt gleich. Es wird sich erholen, wenn du es nicht tust.«

Der Barbar drehte sich wieder zu dem Wesen um und sah sofort, dass es schon wieder zu atmen begonnen hatte.

»Ich kann es nicht glauben«, sagte er. Er steckte das Schwert in die Scheide und suchte in seinen Gürteltaschen nach einem Fläschchen mit Öl. Er zog einen winzigen Behälter, den Feuerstein und den Stahl heraus.

»Hier, nimm das«, sagte Denser. Eine erheblich größere Flasche rollte vor Hirads Füßen klappernd über den Boden.

»Das wird aber nicht sehr gut brennen. Es ist Lampenöl, oder?«, sagte der Barbar, der die Flasche sofort aufgehoben hatte.

»Vertrau mir, es wird brennen.«

Hirad zuckte mit den Achseln und lief zu dem Wesen hinüber. Er spritzte das Öl auf den pelzigen Körper, breitete auf dem Brustkorb neben dem tödlich getroffenen Herz etwas Zunder aus und schlug direkt daneben den Feuerstein mit dem Stahl an. Sofort entstand eine Flamme, die den Körper einhüllte. Hirad sprang zurück und wischte sich das heiße Gesicht ab.

Das Wesen öffnete unsicher die Augen. Ein Arm zuckte.

Hirad schüttelte den Kopf. »Zu spät.« Er zog das Schwert und stach ein zweites Mal ins Herz des Wesens, bis es still liegen blieb. Dann trat er wieder zurück und sah zu, wie sich das Feuer ausbreitete. Holz knirschte unter seinen Füßen. Er blickte nach unten und bemerkte, dass er auf das größte Stück des zerbrochenen Kästchens getreten war. Sein Fuß stand direkt neben dem Pergament. Er bückte sich und hob es auf.

»Ist es beschädigt?«, fragte Denser.

»Nein, ich glaube nicht. Wie geht es dir?«

»Alles in Ordnung, nur etwas außer Atem.« Der Magier rieb sich die Seite. »Wir hatten Glück, dass es ein Pergament war und kein Kristall oder so. Dein Hieb hätte unser Vorhaben recht abrupt beenden können.«

Hirad zog die Augenbrauen hoch, schlurfte hinüber und gab Denser das Pergament, bevor er dem dunklen Magier auf die Beine half. Denser sah sich über die Schulter um und nickte.

»Was war das?«

»Eine intelligente Beschwörung«, sagte Denser. »Man braucht lange, um sie zu wirken, und ich habe mich nicht sehr intensiv damit beschäftigt. Offenbar im Gegensatz zu Septern.« Er konzentrierte sich auf das Pergament.

»Aber was war das Mädchen?«

Denser unterbrach seine Lektüre. »Nun, eine intelligente Beschwörung wird zu einem bestimmten Zweck geschaffen. In diesem Fall, um das Pergament zu bewachen. Solche Wesen sind nicht im üblichen Sinne lebendig, doch sie können in einem gewissen Ausmaß eigenständig denken, und dies erlaubt es ihnen, Situationen einzuschätzen und entsprechend zu handeln. Meiner Ansicht nach war das Mädchen, das wir gesehen haben, das Abbild einer Verwandten von Septern. Wenn der Magier klare Erinnerungen hat, dann erfordert es erheblich weniger Mana, das Bild aufzubauen und zu halten.«

»Aber warum …«

»Warte, ich weiß, was du fragen willst. Das Mädchen war gewissermaßen die Ruhefunktion der Manifestation. Das Tier – dem Aussehen nach ein Wesen aus seinen Albträumen – ständig aufrechtzuerhalten, würde zu viel Mana erfordern, verstehst du?«

»Irgendwie schon, aber trotzdem, dreihundert Jahre …«

»Ja, das ist eine enorme Leistung. Ich kann kaum glauben, dass selbst ein so mächtiger Magier wie Septern fähig sein sollte, eine intelligente Beschwörung zu schaffen, die länger als vierzig Jahre existieren kann. Wahrscheinlich hat die Erscheinung über die Risse genügend statisches Mana bekommen, um sich zu halten.« Denser konzentrierte sich wieder auf das Pergament, und Hirad lief unterdessen ein paar Schritte in Richtung des Risses zurück. Alles war ruhig. Er runzelte die Stirn und lief noch ein Stück weiter.

»Ilkar?«, rief er. »Ilkar!« Nichts. Keine Antwort, aber auch die Dorfbewohner waren nirgends zu entdecken. Als er bis zum Rand des Dorfs ging, konnte er den Grund sehen. Sie waren etwa achtzig Schritt vor dem Dorf hingefallen, und ihre Knochen bildeten einen Teppich auf der Erde. Hirad lief es kalt über den Rücken. Wenn es dem Raben gelungen war, sie alle niederzumachen, wo waren dann die Gefährten? Und wenn nicht, warum waren die Skelette dann gestürzt?

Er drehte sich rasch einmal um sich selbst, und ihm wurde erneut bewusst, wie einsam es hier war. Über ihm brodelten die dunklen Wolken, gejagt von einem schrecklichen Wind, den er nicht hören konnte. Drunten wetterleuchtete es, als wollten die Blitze das Land förmlich überschwemmen. Am Horizont erhoben sich wie alte, bedrohliche Wächter die anderen Plateaus. Die Umrisse hoben sich undeutlich von der Schwärze ab, und ihre Gegenwart nahm ihm den Mut. Wo war der Rabe? Er betete, dass sie durch den Riss zurückgekehrt waren. Die Alternativen waren zu grauenhaft, um weiter darüber nachzudenken.

»Denser?« Im Laufschritt kehrte er zu der Stelle zurück, wo er den Dunklen Magier lesend zurückgelassen hatte, doch der war nicht mehr da. Panik ließ seinen Atem stocken, bis er den Xeteskianer entdeckte, der sich in die andere Richtung entfernte. Er war zum Riss am anderen Ende der Plattform unterwegs.

»Denser!« Der Magier drehte sich um. Hirad konnte die gemächlich qualmende Pfeife sehen. Die Katze saß im Mantel und steckte aufmerksam den Kopf heraus, und Denser kraulte ihren Kopf. Vom Pergament war nichts zu sehen. »Hast du es gelesen?«

Denser nickte.

»Und?«, rief Hirad, ohne seinen Schritt zu verlangsamen.

»Ich konnte nicht alles entziffern. Ilkar muss es auch noch versuchen.«

Als er Denser fast erreicht hatte, fiel ihm auf, dass irgendetwas nicht stimmte. Densers Blick irrte ständig ab, und er sah sich hin und wieder nervös über die Schulter zum Riss um.

»Alles in Ordnung? Der Rabe ist verschwunden, die Skelette liegen am Boden. Bist du sicher, dass das Ding nicht deinen Kopf erwischt hat?«

Denser zog die Augenbrauen hoch. »Ich bin sicher, dass mir nichts passiert ist.« Er hielt inne. »Hirad, ist es schon einmal vorgekommen, dass du etwas ganz Bestimmtes einfach tun musstest? Du weißt schon, irgendetwas, das deine Neugierde so erregt hat, dass du nicht anders konntest?«

Hirad zuckte mit den Achseln. »Wahrscheinlich. Ich weiß es nicht. Was meinst du denn?«

Denser drehte sich um und ging weiter zum Riss. Einen Moment lang war Hirad verwirrt. Aber nur einen kleinen Moment lang.

»Du machst Witze.« Er folgte dem Magier.

»Ich muss es wissen. Das hier ist so eine Sache.« Denser ging schneller.

»Was ist nur in dich gefahren?« Hirad begann zu traben. »Du kannst das nicht machen, Denser. Du kannst es dir nicht erlauben. Wir müssen doch …« Er legte Denser eine Hand auf die Schulter. Die Katze hieb mit einer Tatze danach, verfehlte aber die rasch zurückgezogene Hand des Barbaren. Der Dunkle Magier wandte sich ihm zu, und sein Gesicht war entschlossen. Die Augen aber blickten in weite Fernen, während er angestrengt über irgendetwas nachdachte.

»Fass uns nicht an, Hirad«, sagte er. »Und versuche nicht, uns aufzuhalten.« Er wandte sich ab, marschierte zum Riss und sprang hinein.

Ein paar Sekunden später war die Katze wieder da. Sie stürzte als höchst unelegantes Fellknäuel aus dem Riss, schlug auf dem Boden auf, rannte los, dass die Erde und der Kies nur so spritzten, und schien sich hinter Hirad verstecken zu wollen.

Der Barbar starrte die Katze an, deren Fell zerzaust und mit Staub gepudert war. Das Tier war aufgeregt und atmete schwer, der Schwanz war zwischen die Hinterbeine gezogen, und die Augen blickten wie gebannt zum Riss. Die Katze zitterte am ganzen Körper und schien auf etwas zu warten.

»Oh, nein«, schnaufte Hirad. Er machte einen Schritt hin zur wirbelnden braunen Masse, dann ließ ihn ein Flimmern der Oberfläche innehalten. Denser stürzte heraus und fiel flach in den Staub. Sein Gesicht war kreidebleich.

»Den Göttern sei Dank«, murmelte der Barbar und half Denser mit zornig zusammengepressten Lippen, sich aufzusetzen. Er spürte, wie der Magier zitterte, und klopfte ihm etwas Staub vom Mantel ab.

»Bist du jetzt zufrieden?«

»Es war schwarz«, sagte Denser. Er machte eine Geste, ohne aufzuschauen. »Ganz schwarz.«

»Das verstehe ich nicht, Denser.« Jetzt erwiderte der immer noch verängstigte Magier seinen Blick.

»Verbrannt und immer noch brennend. Alles war zerstört, zerklüftet und schwarz. Die Gegend hat ausgesehen, als sei sie lebendig. Der Boden war ganz verkohlt, und der Himmel war voller Drachen.«

Es war, als beschriebe der Magier Hirads Traum. Der Barbar richtete sich auf und wich unwillkürlich einen Schritt zurück. Er schluckte schwer und starrte zum Riss. Dahinter lebte sein Albtraum.

Dann wurde ihm wieder bewusst, wie leichtsinnig Denser gewesen war. Er richtete den Blick auf den Magier, der inzwischen aufgestanden war.

»Geht es dir jetzt besser?«

Denser nickte und bekam sogar etwas wie ein Lächeln zustande. Der Schlag des Barbaren traf ihn am Kinn, und er ging zu Boden.

»Was, zum …«, wollte er sagen.

Hirad beugte sich über ihn, packte seinen Kragen und zog ihn nahe an sich.

»Wie konntest du so etwas machen?«, keuchte der Barbar vor Wut kochend. Seine Stirn war wie eine Gewitterwolke. »Du hättest alles vermasseln können.«

»Ich …«, begann Denser hilflos.

Hirad schüttelte ihn. »Halt den Mund! Halt den Mund und höre mir zu. Du hast das Pergament mitgenommen. Was, wenn du nicht zurückgekommen wärst? Deine angeblich so wichtige Mission wäre vorbei gewesen, und meine Freunde …« Er holte tief Luft. »Meine Freunde, die für dich gestorben sind, wären für rein gar nichts gestorben.« Er ließ den Magier wieder auf den Boden fallen und setzte ihm einen Fuß auf die Brust. »Wenn du noch einmal so etwas tust, dann drehe ich dir den Hals um. Hast du das verstanden?«

Hirad hörte ein Flüstern hinter sich. Denser sah an ihm vorbei, riss die Augen auf und schüttelte den Kopf. Hirad drehte sich um und nahm den Fuß vom liegenden Magier. Densers Katze starrte ihn hasserfüllt an. Er zuckte zusammen, dann grunzte er.

»Ach, deine Katze wollte mich angreifen, was?«

»Du hast Glück gehabt, Hirad.«

Der Barbar fuhr herum. »Nein, Denser. Du bist derjenige, der Glück hatte. Ich sollte dich töten. Das Problem ist nur, dass ich dir zu glauben beginne.« Er stakste durchs Dorf zum ersten Riss. Hoffentlich, so dachte er, war der Rabe noch da. Oder das, was von ihm übrig war.

Zwölftes Kapitel

Als er in Septerns Arbeitszimmer auf dem Boden gelandet war, sah er Ilkar vor sich, der ihn lächelnd anschaute. Links war Talan gerade dabei, seinen Rucksack zu schultern. Hirad sammelte sich, während sein Herzschlag sich wieder beruhigte.

»Ich sagte euch doch, ihr sollt nicht noch einmal zurückkommen«, sagte er.

Talan zuckte mit den Achseln. »Du bist einer von uns.«

Hirad kaute an der Unterlippe, dann bedankte er sich mit einem Nicken.

»Habt ihr etwas gefunden?«, wollte Ilkar wissen.

Hirad nickte.

»Wo ist Denser?«, fragte Richmond stirnrunzelnd.

»Ich hoffe, er denkt angestrengt nach«, erwiderte Hirad.

»Worüber?«

»Über seine Verantwortung. Und darüber, wie er mit dem Raben umzugehen hat, ob tot oder lebendig.«

»Was meinst du damit?«

Hirad ließ sich mit der Antwort Zeit. Er klopfte sich den Staub aus den Kleidern und drehte sich zum Riss um, dessen Oberfläche schimmerte.

»Das solltest du am besten den großen Forscher selbst fragen«, erklärte er.

Denser tauchte aus dem Riss auf, die Katze folgte gleich danach. Er wich Hirads kaltem Blick geflissentlich aus und starrte den Boden an, während er sich sammelte. Nach ein paar Augenblicken stand er auf, und die Katze sprang in seinen Mantel. Denser rieb sich das Kinn, zog das Pergament aus einer Tasche und gab es Ilkar. Der Elf betrachtete jedoch den rot anlaufenden Fleck auf Densers Kinn. Er schürzte die Lippen und blickte am Dunklen Magier vorbei zu Hirad, während er das Pergament entgegennahm. Der Barbar lockerte die Finger der rechten Hand.

»Das ist es?«, fragte Ilkar. Denser nickte. »Und?«

»Ein Teil davon ist in der Überlieferung von Julatsa gehalten, genau wie das Amulett. Ich brauche dich, damit ich es deuten kann.«

»Ich verstehe.«

Die beiden Magier gingen zu Septerns Schreibtisch, auf dem eine Lampe genügend Licht zum Lesen spendete.

Hirad setzte sich, Talan und Richmond kamen herüber und hockten sich zu ihm. Sie hatten Fragen und wollten hören, was er zu berichten hatte.

Hirad fügte sich und schilderte die Ereignisse im Dorf, wobei er die beiden Magier genau im Auge behielt. Ihre Körpersprache und der hektische Gedankenaustausch schienen anzudeuten, dass es Probleme gab. Auch Hirad hatte seinerseits einige Fragen. Das Kopfschütteln und die stumpfen Schwertschneiden der Gefährten gaben ihm die Antwort.

Es dauerte nicht lange, bis Denser und Ilkar sich besprochen hatten und zum Zentrum des Risses direkt vor den drei Kämpfern zurückkehrten. Ilkar hielt das Pergament in der Hand, sein Gesicht war besorgt. Denser starrte Hirad unverwandt an, der Barbar ignorierte ihn jedoch und wandte sich an Ilkar.

»Wie sieht der Plan nun aus?«, fragte er.

»Nun ja, es gibt gute Nachrichten und sehr, sehr schlechte Nachrichten. Die gute ist die, dass wir wissen, was wir tun müssen. Die schlechte ist die, dass wir so gut wie keine Chance haben, es auch zu schaffen.«

»Er war schon immer gut darin, die Dinge in einem positiven Licht darzustellen, nicht wahr?« Talan zog die Augenbrauen hoch.

»Ein Meister«, stimmte Richmond trocken zu.

»Wir sind ganz Ohr«, sagte Hirad. »Leg los.«

»Also«, begann der Julatsa-Magier. Er warf einen Blick zu Denser, der ihn mit einer Geste ermunterte. »Wie wir schon mehrmals erwähnt haben, war Septern ziemlich klug. Als er den Spruch entwickelt hatte und herausfand, wie mächtig er tatsächlich ist, schrieb er drei Katalysatoren in die Überlieferung, ohne die der Spruch nicht funktioniert. Als Katalysator kann ein Magier wählen, was immer ihm gerade einfällt. Septern hätte einen Krug Bier nehmen können, wenn er gewollt hätte. Der Punkt ist nun, dass die Überlieferung, wenn sie einmal niedergeschrieben ist, nicht mehr verändert werden kann, und Septern wählte drei Katalysatoren, von denen er wusste, dass sie unmöglich an ein und demselben Ort zusammengebracht werden können.

Dieses Pergament enthält den vollständigen Spruch. Es erklärt zwar nicht, auf welche Weise genau die Katalysatoren den Dawnthief unterstützen, doch es nennt sie und sagt auch, wo sie seines Wissens damals waren.« Er hielt inne. »Seid ihr bereit?«

Richmond zuckte mit den Achseln. »Vermutlich nicht«, sagte er.

»Ich habe da ebenfalls meine Zweifel«, knirschte Ilkar. Er sah wieder auf das Pergament. »Der erste Katalysator ist ein dordovanischer Amtsring. Alle vier Kollegien kennen solche Ringe. Sie werden von den Meistern getragen und symbolisieren deren Rang und Autorität. Alle Ringe der Meister werden individuell entworfen und gegossen und nur vom jeweiligen Meister getragen. Wenn er oder sie stirbt, kommt der Ring mit ins Grab. Der Ring, den Septern hier nennt, gehörte dem Meister Arteche und ist daher in dessen Grab in Dordover zu finden.«

Talan regte sich unbehaglich. »Dann müssen wir also in eine Kolleg-Stadt gehen, ins Mausoleum der Meister einbrechen und den Ring stehlen, ja?«

»So ungefähr sieht es aus.« Ilkar versuchte, es mit Fassung zu tragen.

»Können wir sie nicht einfach bitten, uns den Ring zu geben?«, fragte Richmond.

»Denk doch nach, Mann«, fauchte Denser. »Sollen wir ein Kolleg bitten, seine Gräber zu entweihen, ohne dass wir den Grund nennen können, weil sie sonst versuchen würden, den Spruch in ihren Besitz zu bringen? Nein, es muss ein Diebstahl sein, und sie dürfen es erst merken, wenn es zu spät ist.«

»Und später willst du dann den Ring zurückgeben, nicht wahr?«, lachte Talan verächtlich.

»Ich denke, dazu wird man mich wohl zwingen, Talan. Allerdings.«

»Da könntest du Recht haben«, murmelte Hirad.

»Können wir nicht später darüber diskutieren?« Ilkar wedelte mit dem Pergament. »Es kommt noch mehr, und es wird nicht besser.«

»Ich kann es kaum erwarten.« Talan streckte die Beine aus.

»Der zweite Katalysator ist der Stein, der Todesauge genannt wird.«

»Davon habe ich doch schon einmal gehört?« Richmond hatte die Frage an Denser gerichtet, der nickte.

»Vermutlich«, erwiderte der Magier. »Er ist das zentrale Heiligtum in der Religion der Wrethsires.«

»Genau. Sie sind Todesanbeter, nicht wahr?« Er runzelte die Stirn. »Haben sie nicht auch eine Art von Magie?« Er schürzte die Lippen und dachte angestrengt nach.

»Oh, sicher, das so genannte fünfte Kolleg.« Denser blickte zu Ilkar, und sein Gesicht verriet seine Verachtung. Ilkar schien verstimmt. »Sie haben keine Überlieferung, keine Geschichte und keine Mana-Fähigkeiten. Die Tatsache, dass sie sich auf eine Stufe mit den vier Kollegien stellen, ist empörend und ein Affront gegen die gesamte Magie.«

»Im Übrigen hast du Recht, Richmond«, ergänzte Ilkar. »Sie beten den Tod an, weil sie glauben, er befreie sie von der ewigen Verdammnis oder so etwas, und sie haben eine Art von verfremdeter Magie, die ich nicht ganz verstehe. Sie sind gefährlich.«

»Sie werden uns lieben, nicht wahr?«, grollte Hirad. »Ich meine, wenn wir ihnen das wichtigste Objekt ihres Glaubens stehlen.«

Ilkar zuckte mit den Achseln. »Denser hat ja nie behauptet, wir könnten die notwendigen Zutaten einfach auf dem Markt kaufen.«

»Nein, das hat er nicht gesagt«, antwortete Hirad. »Er wollte uns eigentlich überhaupt nichts verraten. Ich habe mich nicht dafür entschieden, mich auf all das hier einzulassen. Mein ganzes Leben ist auf den Kopf gestellt worden, und wenn ich über Dinge jammern will, die außerhalb meiner Kontrolle liegen, oder darüber, dass der da«, er zielte mit dem Zeigefinger auf Denser, »für den Tod meiner Freunde verantwortlich ist, dann werde ich das, verdammt noch mal, auch tun.«

Denser seufzte. Hirad richtete sich drohend auf, unternahm aber nichts weiter.

»Hast du ein Problem damit, Mann aus Xetesk?«

»Nein, hat er nicht«, schaltete Ilkar sich rasch ein. »Also gut, der dritte Katalysator.« Er sah einen nach dem anderen an und gab ihnen zu verstehen, dass sie besser schweigen sollten. »Also, dieser hier ist wirklich schwer aufzutreiben, weil es sich um das Abzeichen des Befehlshabers der Wache am Understone-Pass handelt.« Darauf herrschte betretenes Schweigen.

»Da habt ihr es«, fuhr Ilkar fort. »Wo ist dieses Abzeichen?«

Wieder herrschte Schweigen. Hirad bemühte sich, sein Lächeln zu unterdrücken, doch es gelang ihm nicht. Er lachte und stand auf.

»Und ihr Hampelmänner werft mir immer vor, ich sei nicht gut über unsere Geschichte unterrichtet«, sagte er.

Ilkar sah ihn finster an. »Erklär das mal.«

»Als der Pass geöffnet wurde, erhielt Baranck, der erste Kommandant, das Abzeichen vom Rat der Barone. Der Rat war, wie ihr sicher wisst, der Vorläufer der Handelsallianz von Korina. Das muss vor mehr als fünfhundert Jahren gewesen sein, bevor die Wytchlords sich das erste Mal erhoben haben. Es war ein rein zeremonielles Schmuckstück, doch die Vorschriften besagten, dass es erst aus dem Pass entfernt werden durfte, wenn der Pass aufgegeben werden muss. In diesem Fall sollte der besiegte Kommandant das Abzeichen entfernen, damit es als Anreiz für die Streitkräfte dienen konnte, den Pass zurückzuerobern.« Er sah sich um und fand verständnislose Gesichter.

»Muss ich es euch wirklich vorkauen?«

»Ich fürchte ja, Hirad«, sagte Ilkar.

»Bei den Göttern, Ilkar. Wir haben neulich unterwegs über ihn gesprochen.«

»Ach, wirklich?«

»Ja. Und es sieht aus, als sollte mein Wunsch viel früher in Erfüllung gehen, als ich angenommen habe.« Hirad bleckte die Zähne. »Der letzte Kommandant war Hauptmann Travers.«

Der Verlust der Destranas hätte normalerweise eine strenge Vergeltung und vielleicht sogar die Todesstrafe nach sich gezogen, doch dieses Mal retteten die Informationen, die sie mitbrachten, ihr Leben.

Ein Tagesritt von der Begegnung mit dem Raben in der Nähe von Septerns Scheune entfernt standen die Späher der Wesmen mitten auf einer Lichtung im dichten Wald und berichteten ihrem Schamanen, der unter einem Segeltuchbaldachin saß und ein farbloses Getränk zu sich nahm, das seine Kräfte stärken sollte.

»Es ist so, wie die Herren es erwartet haben«, erklärte der Anführer der Truppe. »Die Leute aus dem Osten durchsuchen das alte Haus.«

Der Schamane nickte und stellte seinen Becher auf den Boden. »Ich muss die Nachrichten sofort weitergeben. Macht euch marschbereit. Ich glaube, der Krieg wird bald beginnen.«

Es gab keine Einwände. Es lag nicht nur daran, dass die Burg der Schwarzen Schwinge der nächst gelegene Ort war, an dem sie einen der drei Katalysatoren finden konnten. Das allein wäre noch kein Grund gewesen. Aber die Tatsache, dass Hirad keinerlei Interesse zeigte, irgendeinen anderen Ort aufzusuchen, bevor nicht Travers und alle Männer der Schwarzen Schwinge tot waren, war ein mehr als ausreichender Grund.

Nicht lange nach der Mittagsstunde nahm der Rabe ein entspanntes Mahl in den Ruinen von Septerns Haus ein, bevor die Männer die Pferde zur großen Scheune brachten. Hirad erklärte sich schließlich einverstanden, erst am folgenden Morgen aufzubrechen. Ilkar hatte darauf beharrt, dass sie möglichst lange bei Tageslicht reiten mussten, um dem Einflussbereich des Risses zu entkommen. Der Barbar musste denn auch zugeben, dass eine in völliger Sicherheit verbrachte Nacht, wie Septerns versiegelte Werkstatt sie ihnen bieten konnte, wo niemand Wache halten musste, wo niemand ein Feuer unterhalten und auf jedes Geräusch achten musste, eine durchaus attraktive Aussicht war.

Der Rauch des Lagerfeuers kräuselte sich zum Himmel, als der Nachmittag allmählich in den Abend überging. Richmond zerbrach einen Ast und warf die drei Teile ins kleine Lagerfeuer. Die trockenen Blätter knackten, als sie Feuer fingen. Denser, der am frühen Nachmittag den Kürzeren gezogen hatte, lehnte an einer Wand und las Septerns Tagebuch, nachdem Ilkar es durchgelesen hatte. Seine Pfeife steckte wie gewohnt zwischen den Zähnen, und sein Kopf bewegte sich nicht, während er wie gebannt die Informationen aus dem Buch aufnahm.

Schwache Geräusche aus der Werkstatt drunten verrieten ihnen, dass Densers Hausgeist immer noch in Septerns Gerätschaften und Papieren herumwühlte. Der Dunkle Magier hatte sie gewarnt, ja nicht nach unten zu steigen. Talan erkundete das Terrain und versuchte, für den folgenden Tag die Marschroute festzulegen, während Ilkar und Hirad im schwächer werdenden Sonnenschein beisammen saßen.

»Dieser Hausgeist«, sagte Hirad. »Was ist er eigentlich, wenn er keine kuschelige Katze ist?«

Ilkar schaute ihn entsetzt an. »Ich glaube, kuschelig ist wirklich nicht das richtige Wort, Hirad. Du hattest Glück, dass er dich mit seinen Krallen im Dorf verfehlt hat … und was diesen Vorfall angeht …«

»Oh, mein Gott, da haben wir es.« Hirad stellte seinen Becher auf den Boden und verschränkte die Arme vor der Brust. »Also gut, sag es mir. Ich darf ihn nicht ärgern, weil er zu mächtig ist, richtig?«

Ilkar beäugte Denser. Der Dunkle Magier hatte den Kopf nicht vom Buch abgewandt. Der Elf sprach leise weiter, seine Stimme war kaum mehr als ein Flüstern.

»So ungefähr sieht es wohl aus. Hör zu … und seufze nicht so, es ist wichtig. Er ist nicht nur sehr mächtig, obwohl ich dir zugestehen will, dass du die letzte Runde gewonnen hast, er ist auch viel zu wichtig für diese ganze Sache, als dass du Streit mit ihm suchen solltest.«

»Ich habe keinen Streit mit ihm gesucht«, zischte Hirad.

»Willst du mich ausreden lassen?« Ilkars Ohren zuckten gereizt. »Da wir jetzt das gesamte Wissen haben – du weißt schon, die Worte und den Standort der Katalysatoren –, könnten wir Denser fallen lassen und es allein versuchen. Aber wie ich neulich schon sagte, er ist der Einzige, der die nötige Ausbildung hat, um Dawnthief mit einigermaßen erträglichen Erfolgsaussichten heraufbeschwören zu können. Kannst du mir folgen?«

»Was denkst du denn?«

Jetzt war es an Ilkar zu seufzen. Er schlug sich eine Hand vors Gesicht. »Also gut. Wenn du allein mit dem Schwert trainierst, dann tust du es mit einer Puppe als Gegner, ja?«

»Mit einem aufgehängten Sack oder vor einem Spiegel.« Hirad zuckte mit den Achseln.

»Aber du siehst erst im Kampf selbst, ob die Manöver, die du probiert hast, auch brauchbar sind, oder?«

»Da kann ich nicht widersprechen.«

»Und wenn du überhaupt nicht trainierst, dann kannst du auch nichts Neues lernen, oder?«

»Was wird das, eine Fragestunde?«

»Beantworte einfach meine Frage«, verlangte Ilkar. »Ich versuche, es in Begriffen auszudrücken, die du verstehen kannst.«

»Also gut.« Hirad beugte sich vor und trank noch einen Schluck Wein. »Nein, Ilkar, ich kann nur das lernen, was ich auch probiert habe, und ich käme im Traum nicht auf die Idee, im Kampf etwas zu versuchen, das ich nicht geübt habe. Zufrieden?«

»Ja, und beim Wirken von Sprüchen ist es das Gleiche. Genau das Gleiche.« Ilkar rutschte ein Stück näher, bis er direkt vor Hirad saß. »Wenn ich versuche, einen Spruch zu wirken, den ich nicht geübt habe, dann ist es sehr wahrscheinlich, dass er nicht funktioniert, oder es kann sogar etwas schief gehen, was schreckliche Folgen haben kann. Denser hat sein Leben lang den Dawnthief geprobt, und deshalb weiß er wenigstens in der Theorie, wie er die Worte sprechen und wie er das Mana formen muss und so weiter. Es gibt keine Garantie, dass es unter realen Bedingungen tatsächlich funktioniert, aber er wird genau wie du, wenn du trainiert hast, zuversichtlich sein, dass er Erfolg hat, und er wird es herausfinden, wenn es so weit ist. Hast du das verstanden?«

»Ja. Also werde ich ihn nicht töten.« Hirad beugte sich zu Ilkar vor. »Aber ich werde nicht zulassen, dass er sein Leben auf so dumme Weise aufs Spiel setzt, wenn er so wichtig ist. Und ich werde nicht zulassen, dass er meine toten Freunde entehrt, die sich geopfert haben.« Hirads Stimme war überall in den Ruinen zu hören. Der Lärm in der Werkstatt hörte auf. Denser schaute vom Buch auf, und Richmond, der einen Topf Wasser über das Feuer hängen wollte, hielt mitten in der Bewegung inne.

Hirad starrte hinüber, Denser lächelte verkniffen in Ilkars Richtung und steckte wieder die Nase ins Buch.

»Also gut, was hat es denn nun mit diesem Hausgeist auf sich?«

»Es handelt sich wahrscheinlich um einen halbintelligenten geflügelten Dämon. Das habe ich jedenfalls mal gehört.« Ilkar zuckte leicht mit den Achseln. »Das ist der einzige Grund, den ich mir dafür vorstellen kann, dass Denser ihn uns nicht in einer anderen Gestalt, sondern nur als Katze sehen lässt.«

Hirads Gesichtsausdruck verriet, dass er nichts verstanden hatte. Der Elf schloss die Augen. »Coldheart, du hast vielleicht etwas über Travers gelernt, aber in all den Jahren hast du anscheinend noch nie wirklich zugehört, wenn ich etwas über Magie gesagt habe, nicht wahr?«

»Tja, die meiste Zeit hast du ja nur über Sprüche und all diesen Unsinn geredet.« Hirad grinste.

»Aber jetzt auf einmal brennst du darauf, es zu lernen«, gab der Magier zurück.

»Jetzt ist es wichtig.«

»Es war auch damals wichtig«, fauchte Ilkar.

»Könntet ihr zwei vielleicht etwas später über das alles reden?« Richmond hatte sich zu ihnen gesellt. »Ich interessiere mich für dieses Ding, das Denser da hat.«

»Gut.« Ilkar sah sich noch einmal zu Denser um. Der Dunkle Magier schien nicht auf sie zu achten. »Einfach ausgedrückt: Densers Hausgeist ist eine Beschwörung, wie das Mädchen, das ihr hinter dem Riss gefunden habt. Der Unterschied liegt in dem, was der Hausgeist tun kann und wovon er lebt. Sobald er erschaffen wurde, muss ein Hausgeist mit dem Bewusstsein seines Herrn verschmelzen.«

»Was muss er tun?« Hirad schenkte sich noch einen Becher Wein ein und gab den Schlauch an Ilkar und Richmond weiter.

»Eigentlich müsstest du Denser fragen, aber er wird es dir wohl nicht verraten. Hausgeister werden vor allem in Xetesk eingesetzt, das hängt mit ihrer Verbindung zu der Dimension der Dämonen zusammen. Wie auch immer, das Ergebnis ist, dass sie ihr Bewusstsein miteinander teilen. Sie sind ein Paar, das nur durch den Tod eines Partners getrennt werden kann.« Ilkar hielt inne und trank einen Schluck Wein. »Ein Hausgeist hat einen eigenen Verstand und kann aus eigenem Antrieb handeln und denken, doch er wird immer seinem Meister gehorchen und sich nie gegen ihn wenden. Es ist eine Art von bedingungslosem Gehorsam, den es sonst nirgendwo gibt.«

»Was nützt einem denn so ein Hausgeist?«, fragte Richmond.

Ilkar blies die Wangen auf. »Das hängt stark vom betreffenden Magier ab. In Densers Fall dient er offenbar als Wächter, als Gefährte, als Kundschafter, als Botschafter und, so denke ich es mir, als mächtige Offensivwaffe.« Er deutete zur Treppe der Werkstatt. »Im Augenblick sucht er wahrscheinlich nach Dingen, die von Interesse sind, und zweifellos wird er Denser später davon erzählen.«

»Sie reden miteinander?« Richmond runzelte die Stirn.

»Soweit ich weiß, reden sie nicht, wie wir es tun. Aber es ist etwas Ähnliches. Sie können sich austauschen. Es ist wie eine Art Telepathie«, erklärte Ilkar. »Ich meine, sie können über eine gewisse Entfernung hinweg miteinander in Kontakt bleiben, aber es ist sehr mühsam.«

»Und wie sieht er nun wirklich aus?« Hirad nickte zum Loch im Boden hin. Der Lärm da unten hatte einen Augenblick ausgesetzt.

»Ich kann es nicht genau sagen, aber sie haben eine Aura, die die Menschen buchstäblich vor Schreck erstarren lässt. Denke einfach mal daran, wie du dir selbst einen Dämon vorstellst – du weißt schon, hässlich und mit Flügel und einem Schwanz. Wahrscheinlich liegst du damit nicht sehr weit daneben.«

»Und was geschieht, wenn Denser stirbt?« Richmond trank seinen Wein aus und langte nach dem Schlauch. Hirad schob ihn mit einem Zeh hinüber.

»Dann müsste auch der Hausgeist sterben. Ohne Denser kann er nicht überleben.«

»Warum nicht?«

»Es hat damit zu tun, wie er lebt, was er isst und wie ihre Geister verbunden sind, aber ich weiß keine Einzelheiten.«

»Und was geschieht mit Denser, wenn der Hausgeist stirbt?«, fragte Hirad.

»Schmerzen«, sagte Denser. Der Dunkle Magier hatte das Buch weggelegt und sich aufgerichtet. Er klopfte den Staub aus seiner Kleidung. »Schmerzen, als langte jemand mit den Händen in deinen Kopf und presste dein Gehirn zusammen.« Er kam zu ihnen herüber und unterstrich seine Worte, indem er die Hände zu Fäusten ballte. »Glücklicherweise sind sie nur schwer zu töten.« Während er sprach, tauchte der Kopf der Katze auf der Treppe auf.

»Ich frage mich, ob er weiß, dass wir über ihn reden«, überlegte Richmond.

»Oh, ja«, bestätigte Denser. Sein Gesicht war ernst und gefasst. »Das hat er genau gespürt.« Die Katze sprang in Densers Mantel und schmiegte sich an seine Brust.

Auf dem Feuer verdampfte das Wasser im Topf.

»Will jemand etwas Heißes zu trinken?«, fragte Richmond.

»Ja, bitte«, sagte Ilkar. »Noch etwas, Denser. Was hältst du von diesem Ort?«

»Was meinst du?«

»Hast du dich nicht gefragt, warum sie gelaufen sind, obwohl sie tot waren, und warum sie überhaupt gestorben sind?«

»Ich kann dir den Grund nennen«, sagte Hirad. »Du hast doch gesehen, dass dort alles verbrannt ist. Die Drachen sind dorthin gekommen und haben die Herrschaft übernommen. Das ist der Grund.«

»Bei den Göttern«, keuchte Talan.

»Und wenn du Recht hast«, sagte Denser, »dann stell dir vor, was passieren würde, wenn die Drachen hierher kämen.«

»Ich hab's doch gesagt«, meinte Hirad leise. »Aber ihr wolltet ja nicht zuhören.«

»So weit wird es nicht kommen«, sagte Denser.

»Wenn das hier vorbei ist, wird das Amulett an Sha-Kaan zurückgegeben«, erklärte Hirad. »Irgendwie müssen wir ihn finden.«

»Dazu ist es zu spät«, wandte Ilkar ein. »Wir haben das Wissen ja schon. Doch es liegt an uns zu beweisen, dass wir dieses Wissen weise einsetzen können.« Er warf Denser einen harten Blick zu. »Wenn wir es nicht tun, wenn wir missbrauchen, was wir wissen, wenn es in die falschen Hände gerät, dann müssen wir damit rechnen, dass Sha-Kaan uns seinen Schutz entzieht.«

»Ich hoffe, du hast das gehört, Xetesk-Mann«, sagte Hirad.

Denser nickte. »Ja, ich habe es gehört. Und ich stimme mit allem überein, was er sagt. Könnte ich jetzt bitte etwas zu trinken bekommen? Ich bin halb verdurstet.«

Dreizehntes Kapitel

Thraun ließ sie abseits des Weges halten, der direkt zu den Toren der Burg führte. Sie lagerten ungefähr hundert Schritt vom Weg entfernt, hinter Büschen und Bäumen verborgen. Statt zu riskieren, ein offenes Feuer anzuzünden, packte Will seinen rauchlos brennenden Ofen aus und brachte ihn in Gang. Der Ofen, der mit Holz betrieben wurde, war zwar gut geeignet, um Kochtöpfe zu erhitzen, doch er gab praktisch kein Licht und leitete die ganze Wärme zur Heizplatte nach oben, statt nach außen zu den Menschen, die sich rings um ihn drängten. So mussten sie frieren, als die wolkenlose, windige Nacht begann.

Die Reise vom Flusstal hier herauf hatte überwiegend in düsterem, wütendem Schweigen stattgefunden. Thraun hatte mehr als einmal Aluns Tränen trocknen müssen, und Wills erboste Seitenhiebe enthielten oft die Drohung von Gewaltanwendung. Jandyr sah aus einiger Distanz zu und fragte sich, ob sie sich überhaupt noch gut genug zusammenraufen konnten, um Erienne und die Jungen zu retten.

Während der Ofen einen Topf mit Wasser und einen

zweiten mit Körnern für den Haferbrei wärmte, wandte Thraun sich an die Gefährten.

»Wir sind nur noch eine Wegstunde von der Burg entfernt«, sagte er. »Ich werde nicht dulden, dass jemand die Stimme erhebt oder ohne mein Wissen verschwindet. Nachdem wir gegessen haben, werden Will und ich die Burg umrunden und versuchen, eine möglichst gute Stelle zu finden, um dort einzudringen. Wir müssen auch abschätzen, wie groß die Zahl unserer Gegner ist. Unterdessen wirst du, Jandyr, Wache halten. Alun, du versuchst zu ruhen, du siehst erschöpft aus. Noch Fragen?«

»Wann werden wir den Rettungsversuch unternehmen?«, fragte Alun. Er konnte kaum noch einen klaren Gedanken fassen. Die Sorge machte ihn nervös, und er fand keine Ruhe.

»Heute Nacht jedenfalls nicht.« Thraun hob eine Hand, um Aluns Proteste zu unterbinden. »Wir sind den ganzen Tag geritten, wir sind müde, und nachdem wir das Gelände erkundet haben, bleibt nicht mehr genug Zeit, um heute Abend noch etwas zu planen und auszuführen. Wenn alles gut verläuft, gehen wir morgen ganz früh hinein, wenn die Wächter am nachlässigsten sind. Einverstanden?« Die anderen nickten. »Gut, dann lasst uns essen.«

Erst nach dem Mittagessen am folgenden Tag äußerte Hirad eine Befürchtung, die ihm zu schaffen machte, seit Ilkar das Pergament gelesen hatte. Die Reise war ohne besondere Ereignisse verlaufen. Talan hatte bei seiner Erkundung am vergangenen Nachmittag einen guten Weg gefunden, und lange bevor die Sonne den höchsten Punkt am Himmel erreichte, konnten sie schon die Pferde durch leichteres Gelände lenken.

Als der Riss ein gutes Stück hinter ihnen lag, konnten sie

sich entspannen. Der Rabe und Denser lagerten im Wind-schatten eines Hügels, den sie gerade hinabgeritten waren. Richmond zündete ein kleines Feuer an, und der böige Wind wehte die Rauchfahne fort in einen Himmel, der zur Hälfte mit langsam ziehenden Wolken bedeckt war. Wenn die Sonne sich blicken ließ, war es warm, doch die Stim-mung im Lager war gedämpft, weil sie alle Zeit gehabt hat-ten, über das nachzudenken, was sie verloren hatten, und über die gewaltige Aufgabe, die vor ihnen lag.

»Wir brauchen mehr Leute«, sagte Hirad.

Schweigen herrschte rings um das knackende Feuer. Alle sahen ihn an, keiner wollte etwas sagen. Richmond schob mit einem Stück Brot eine Pfütze der dicken Suppe auf dem Teller hin und her. Denser steckte seine Pfeife wieder an und entließ dicke Rauchwolken aus dem Mundwinkel. Talan, der seine Augen mit einer Kapuze gegen die Sonne abgeschirmt hatte, schärfte abwesend sein Schwert. Der Wetzstein kratzte gleichmäßig über das Metall. Ilkar nagte nachdenklich an der Unterlippe. Schließlich ergriff er als Erster das Wort.

»Ich freue mich, dass du dies sagst. Ich glaube, wir sind einer Meinung.«

Die anderen nickten und brummten zustimmend.

»Und daher …«, half Talan ihm.

»Genau«, sagte Hirad. »Wo finden wir Leute, die so gut sind, dass wir ihnen trauen können? Wir müssen verdeckt vorgehen und in der Stadt besonders vorsichtig sein.«

»Ich würde sogar so weit gehen zu sagen, dass wir es diesseits der Berge und der Kolleg-Städte nicht riskieren können, irgendeinen Ort zu betreten, der größer ist als ein Dorf«, sagte Denser. »Zu viele Zungen und zu viel Gier.«

»Das ist ja gut und schön, aber wenn wir dieses Risiko nicht eingehen, dann kommen wir nicht weiter.« Talan hat-

te den Wetzstein eingesteckt und begutachtete die Schwert-
schneide, die er geschärft hatte. Er schaute zu Denser auf.
»Die Leute, die geeignet wären, laufen nicht irgendwo auf
dem Land herum und warten darauf, dass die angehenden
Retter Balaias vorbeikommen.«

Ilkar lachte. »Das hast du aber nett ausgedrückt.«

»Lächerlich«, sagte Hirad. »Die Vorstellung, dass irgendjemand dich jemals als Retter Balaias sehen könnte, meine
ich.« Ilkar zeigte ihm den Mittelfinger. Hirad wurde sofort
wieder ernst. »Wie können wir das Problem lösen? Wir sind
im Augenblick zu wenige. Selbst mit Sirendor und dem Unbekannten wäre es schwierig geworden.«

»Ich denke, die erste Frage ist die, ob wir die neuen Leute jetzt oder nach dem Besuch auf der Burg der Schwarzen
Schwingen rekrutieren«, sagte Talan.

»Danach«, erwiderte Hirad sofort. »Niemand soll den
Tod dieser Bastarde stören.«

Ilkar sah ihn mit zusammengepressten Lippen an. »Und
da dachte ich, du kämst allmählich zur Vernunft. Jetzt sagst
du uns, wir sollen zu fünft eine Burg stürmen.«

»Ich würde es allein tun, wenn ich müsste«, erklärte Hirad ruhig.

»Meiner Ansicht nach ist es durchaus vernünftig, wenn
wir uns zuerst um die Burg kümmern«, bemerkte Richmond. Er kratzte sich am Kopf, die anderen schwiegen
einen Moment.

»Da muss aber eine Art von Vernunft im Spiel sein, die
mir bisher noch nie begegnet ist«, spottete Ilkar.

»Nein, ich denke wirklich, dass wir es in unserer derzeitigen Besetzung schaffen können«, sagte Richmond. »Soweit ich weiß, verlässt Travers die Burg so gut wie nie. Die
meisten Schwarzen Schwingen sind im Land unterwegs und
gehen ihrem fragwürdigen Handwerk nach. Es sind höchs-

tens zwanzig Leute da, würde ich meinen. Gerade genug, um das Leben auf der Burg in Gang zu halten. Vergesst nicht, dass sie nie besonders zahlreich waren. Lediglich sehr ehrgeizig waren sie.«

»Und wenn du dich irrst?«

»Wenn er sich irrt, Ilkar, dann werden wir alle in einem großen Blutbad sterben.«

Denser seufzte. »Weißt du, Hirad, das ist eigentlich nicht die Haltung, mit der wir Erfolg haben können.«

»Du hast gut reden, Mann!« Hirad fuhr herum und wandte sich an den Dunklen Magier. »Ich hatte völlig vergessen, dass das richtige Vorgehen darin besteht, mit dem Dawnthief-Pergament in der Hand durch ein Loch in der Luft zu springen.«

»Schon gut, Hirad.« Ilkar hob beide Hände. »Aber das ändert nichts an der Tatsache, dass wir ein unglaubliches Risiko eingehen, wenn wir in der jetzigen Besetzung zuschlagen.«

»Um Himmels willen«, knurrte Hirad. Er sprang auf. »Du steigst auch noch darauf ein. Seit wann sind wir eigentlich so vorsichtig? Ich muss diese Kehrtwendung irgendwie verpasst haben, denn als der da«, er deutete mit dem Daumen auf Denser, »in die Drachenhöhle gesprungen ist, waren wir nicht vorsichtig, und wir werden nicht jetzt auf einmal damit anfangen!« Er drehte sich um und marschierte zu den friedlich grasenden Pferden hinüber, die für die Auseinandersetzungen der Menschen keinerlei Interesse zeigten.

Auch Denser wollte aufstehen, doch Talan fasste sein Fußgelenk und hielt ihn fest.

»Lass ihn«, sagte der Krieger.

»Das stimmt, Denser, du wirst ihn jetzt nicht umstimmen können.« Ilkar tauchte seinen Becher in den Topf mit Kaffee, der über dem Feuer hing.

»So soll das also aussehen? Wir stürmen einfach so in die Burg und gehen ein gewaltiges Risiko ein, nur weil er irgendeine lächerliche Rechnung zu begleichen hat?« Densers Rage nahm noch zu, während er sprach. Sein Herz setzte einen Schlag aus, dann begann es zu rasen, und die Katze regte sich unbehaglich unter dem Mantel. Als er sich umsah, stellte er fest, dass Richmond, Talan und Ilkar ihn anstarrten, und ihre Mienen machten ihm klar, dass er eine Grenze überschritten hatte. Wenigstens in diesem Augenblick hatte er eine gewisse Vorstellung davon, was es für diese Männer bedeutete, zum Raben zu gehören. Ilkars Worte unterstrichen, was ihm bereits dämmerte.

»Deshalb bist du auch ein Außenseiter«, sagte der Elf bedächtig. »Du kannst die Bande, die den Raben beisammen halten, nicht verstehen. Selbst im Tod sind sie unzertrennlich. Gerade die Stärke von Hirads Gefühlen, die ihn nach Travers' Blut dürsten lassen, ist der Grund dafür, dass wir ihm blind vertrauen können.« Er hielt inne und aß einen Bissen Brot. Denser beobachtete ihn und sah, wie Ilkars Gedanken rasten und wie er mit den Worten rang.

»Wir sind uns alle ähnlich«, sagte er schließlich, indem er auf sich selbst und die anderen beiden Krieger deutete. »Wir reden nur nicht so viel darüber. Sprich nie von lächerlichen Rechnungen, wenn der Rabe betroffen ist, und erst recht nicht, wenn es um Sirendor Larn geht. Du hast anscheinend schon vergessen, dass er für dich gestorben ist, und als dies geschehen ist, hat Hirad seinen besten Freund verloren. Du hast Glück, dass er dich nicht gehört hat.«

»Es tut mir Leid«, sagte Denser. Ilkar nickte.

»Wenn wir schon dabei sind«, ergänzte Richmond, und seine Stimme klang brummig, aber nicht unfreundlich, »sollten wir vielleicht noch ein paar andere Dinge klären. Zuerst einmal, wenn jemand jetzt, nachdem der Unbekannte nicht mehr unter uns ist, das letzte Wort hat, dann ist es Hirad. Du jedenfalls bist es ganz gewiss nicht, Denser. Zweitens wissen wir zwar alle, was wir hier tun – oder versuchen es wenigstens zu verstehen –, aber wir sind auf jeden Fall zuerst einmal der Rabe und erst in zweiter Linie deine Helfer. Wenn also Hirad zuerst die Burg angehen will, dann werden wir genau dies auch tun.«

Denser war fassungslos, auch wenn er es nicht offen zeigte, und sah sich auf einmal mitten in einem Konflikt, den er nicht lösen konnte und den er gar nicht erst hätte hervorrufen sollen. Die Vernichtung der Wytchlords musste ihr oberstes Ziel sein, aber das konnten diese Männer offenbar nicht einsehen. Sie waren mit dem Raben und ihren eigenen Kämpfen beschäftigt und hatten keine Vorstellung von der Katastrophe, die über Balaia hereinbrechen würde, wenn sie scheiterten und wenn die Wytchlords die Schlacht gewannen. Dann wäre Xetesk verloren, und damit auch jede realistische Hoffnung auf den Sieg. Und der Rabe würde fortgeweht werden wie ein Blatt im Wind.

Er holte Luft, um etwas zu erwidern, doch es war sinnlos. Außerdem hatte Talan ohnehin schon das Wort ergriffen.

»Wir wollen Erfolg haben. Aber du darfst nicht vergessen, dass in mehr als zehn Jahren, bevor du dich uns angeschlossen hast, nur drei Leute gestorben sind, die für den Raben gekämpft haben.« Talan blickte zu Richmond, der die Augen geschlossen hatte und den Kopf hängen ließ. »Wir vertrauen auf unsere Art, die Dinge anzugehen und auf unsere Instinkte, weil wir fast immer richtig liegen. Du weißt, dass wir diesen Auftrag nicht übernommen hätten, wenn du ehrlich gewesen wärst, aber du hast uns hineingezogen, und binnen einer Woche sind zwei von uns gestorben. Sieh es aus unserem Blickwinkel und halte dich mit Kommentaren über Dinge zurück, von denen du nichts verstehst. Wir leben noch, weil wir gut sind, und wenn du deine Nase nicht zu tief hineinsteckst, dann wird es hoffentlich auch so bleiben.«

»Ich bin sicher, dass wir einen Kompromiss finden werden«, sagte Denser ruhig. Allmählich dämmerte ihm, worauf er sich eingelassen hatte.

Talans harter Gesichtsausdruck verschwand, und er klopfte dem Dunklen Magier auf die Schulter.

»Das war ein hübscher Vortrag, was? Vielleicht kannst du uns bald mal auf ähnliche Weise über das aufklären, was dich bewegt?« Er zog sein Wams herunter, das sich hinter dem Gürtel verfangen hatte. »Aber ich denke, wir sollten jetzt aufbrechen. Hirad?« Er ging zum Barbaren hinüber. »Hirad! Bring die Pferde, wir brechen auf!«

Erienne fühlte sich, als sei sie aus einem langen Albtraum erwacht. Die Kinder hatten Angst und waren etwas schmutzig, doch die beiden waren wenigstens gefüttert worden und hatten es warm, und sie hatten sich sogar mit einem ihrer Wächter angefreundet, was ihr natürlich nicht entging. Die Erleichterung, die sie spürte, als sie die beiden an sich drückte, und die Liebe, die zwischen ihnen hin und her strömte, schenkte ihrem schmerzenden Körper neue Kräfte. Dieses Mal hatten die Jungen sie nicht mit zweifelnden Blicken empfangen. Der Wächter hatte ihnen erklärt, warum sie ihre Mutter nicht sehen durften, und sie hatten es ihm geglaubt, wofür sie dankbar war.

Der Hauptmann hatte ihr eine ganze Stunde mit ihren Kindern gewährt, bevor er persönlich kam und sie höflich bat, ihm zum Essen Gesellschaft zu leisten. So hatten sie sich wieder in der Bibliothek am Kamin niedergelassen. Sie gestattete sich zum Essen ein Glas Wein.

Als sie das kleine Lächeln sah, das in seinem sonst ernsten Gesicht um die Lippen spielte, wurde ihr klar, was sie tun musste. Sie hoffte nur, die Götter oder noch besser die dordovanischen Meister würden ihr verzeihen. Große Hoffnung hatte sie allerdings nicht.

»Bin ich nicht ein Mann, der Wort hält?« Der Hauptmann breitete die Arme weit aus.

»Erwartet nicht, dass ich Euch umarme, nur weil Ihr mich meine eigenen Kinder sehen lasst.«

»Kommt schon, Erienne, verderbt nicht den Augenblick.«

»Ich freue mich, dass sie am Leben und wohlauf sind. Aber ich bin sehr unglücklich, weil wir hier gegen unseren Willen festgehalten werden. Es gibt keinen Augenblick, den ich verderben könnte«, sagte sie kalt. »Und jetzt sagt mir, auf welche Weise genau ich meine moralischen Maßstäbe verraten soll.«

»Ich möchte nicht, dass Ihr Euch so fühlt«, sagte der Hauptmann. »Ich würde es lieber …«

»Spart Euch das für die Leute, die Euch Eure Geschichten abkaufen. Sagt mir einfach nur, was Ihr wollt, und lasst mich zu meinen Kindern zurückkehren.«

Der Hauptmann sah sie an, zog die Wangen zwischen die Zähne. Er nickte.

»Nun gut. Es ist recht einfach. Ihr sollt die Echtheit oder was auch immer von Objekten und Gegenständen bestätigen, die in Zusammenhang mit Dawnthief in meinen Besitz gekommen sind. Wenn ich diesen Spruch zum Wohle Balaias kontrollieren will, dann muss ich ganz sicher sein.«

»Ihr habt keine Ahnung, worauf Ihr Euch da eingelassen habt«, warnte Erienne ihn. »Dies sind Kräfte, die weit über Euer Verständnis gehen, und wenn Ihr das Pech habt, erfolgreich zu sein – selbst wenn es nur darum geht, wichtige Informationen zu bekommen –, dann werdet Ihr mit Euren

Affen von denen getötet werden, die bereit sind, alles zu tun, um den Spruch zu bekommen.«

»Erienne, ich bin mir der Gefahren durchaus bewusst, aber es liegt bei mir, mich diesen Gefahren zu stellen. Irgendjemand muss es tun.«

»Ja!«, sagte sie und beugte sich vor, wobei sie beinahe ihren Wein verschüttet hätte. »Die vier Kollegien müssen die Entdeckung gemeinsam bewachen, falls es wirklich eine ist. Das ist der einzige Weg, dafür zu sorgen, dass sie nie benutzt wird.«

Der Hauptmann lachte. »Ich kann nicht glauben, dass Ihr von mir verlangt, den Spruch bei genau den Leuten zu lassen, die fähig sind, ihn zu benutzen. Wenn ich ihn behalte, sind wir alle sicher.«

»Wenn jeweils eines von drei Kollegien einen Katalysator hat, dann ist es noch sicherer.«

»Und ich soll Euch glauben, dass Eure Neugierde nicht dazu führen wird, dass Ihr Experimente durchführt?« Er machte eine geringschätzige Handbewegung. »Ich kenne die Magier. Ich weiß, wie sie denken und wie Ihr denkt. Nur ein Mann, der kein Magier ist, kann mit der Aufgabe betraut werden, Dawnthief zu bewachen. Und dieser Mann werde ich sein, ob mit oder ohne Eure Hilfe. Willigt Ihr nun ein, das zu tun, was ich von Euch verlange?«

Sie nickte, und der Kampfgeist verließ sie. Wenigstens konnte sie hier einen gewissen Einfluss ausüben. Sie ließ den Kopf sinken. Es hatte nichts mit Kontrolle zu tun. Sie half ihm nur aus einem einzigen Grund. Keine Moral der Welt war so wichtig wie das Leben ihrer Kinder.

Die Reise verlief ohne Anstrengungen. Sie hielten sich von den wenigen Dörfern fern, die hier und dort zwischen den sanft gewellten Weiden und Wäldern auftauchten. Der Rabe blieb meist in Deckung des dichten Waldlandes und benutzte Wildwechsel oder selten benutzte Pfade von Jägern und Händlern. Sofern sie am Rand des Waldes ritten, behielt Talan den Sonnenstand im Auge, während Richmonds Orientierungssinn ihnen half, die richtige Richtung zu finden.

Hirads Gedanken kreisten nach einer Weile nicht mehr nur um die Ereignisse, die er jenseits des Risses erlebt hatte, und schließlich konnte er die Erinnerungen sogar ganz und gar vertreiben, wenn er in der frischen Luft Balaias tief durchatmete. Er hatte die Schönheit des Landes noch nie wirklich zur Kenntnis genommen. Erst jetzt, nachdem er eine andere Welt gesehen hatte, wusste er sie zu schätzen. Die Männer des Raben unterhielten sich über dieses und jenes, und die Stimmung wurde merklich besser, während sie unter einem warmen Himmel, bei leichtem Wind und zwischen üppig wachsenden Pflanzen ritten, und die Plaudereien am Lagerfeuer drehten sich oft um übertriebene Erzählungen von Kämpfen und Siegen. Nur die deutlich fühlbare Abwesenheit des Unbekannten dämpfte die Stimmung. Im Augenblick weckten Geschichten über den großen Mann meist ein Gefühl von Trauer und Verlust, worauf tiefes Schweigen folgte.

Es war durchs sanfte Hügelland und durch die Wälder von Baron Pontois ein Ritt von höchstens drei Tagen bis zur Burg der Schwarzen Schwingen. In dieser Gegend kannte sich der Rabe gut aus, und als die Gefährten weiter nach Nordosten kamen, wichen die Hügel den felsigen kahlen Gipfeln des Gebirges. Das saftige Grün der Bäume und Gräser wurde ersetzt durch zähes Gebüsch, Farn und Moos, und sie wussten, dass sie sich ihrem Ziel näherten.

Am Nachmittag des dritten Tages zwang ein Wetterumschwung den Raben, unter einem tiefen Überhang in einem

Tal, durch das sie von Süden nach Norden aufgestiegen waren, Halt zu machen.

Nach kaum einer Stunde war die Sonne hinter dicken Gewitterwolken verschwunden, die durchs Tal herunter in ihre Richtung gedrückt wurden. Ein Wind von Norden, kalt und rau, kam auf. Die Temperatur sank, bis sie sich die Mäntel um die Schultern legen mussten. Dann drängten dicke Wolken ins Tal, und der Niederschlag setzte ein. Der Rabe beeilte sich, unter den Felsen Schutz zu finden.

Sie stiegen ab und zogen sich so weit wie möglich zurück, während die Pferde zum Grasen draußen im eintönigen Regen blieben.

»Dann hat Travers uns wohl seinen Willkommensgruß geschickt«, bemerkte Talan.

»Ja, ich bin sicher, dass Hirad ihn auch hierfür verantwortlich machen wird«, sagte Ilkar.

»Und ob ich das tun werde.«

Der Regen wurde heftiger, die Tropfen prallten von den frei liegenden Felsen ab, sammelten sich auf der festgetretenen Erde und drückten die Pflanzen nieder, die sich allen Widrigkeiten zum Trotz hier halten konnten.

Talan steckte seinen Kopf unter dem Überhang hervor und blickte nach Norden.

»Es hat sich eingeregnet. So fühlt es sich jedenfalls an.« Er schüttelte das Wasser aus seinem Haar.

Er hat Recht, dachte Hirad. Er konnte es nicht genau erklären, doch der Geruch der Luft, die Heftigkeit und Schwere des Regens und der Wind sprachen dafür, dass die Niederschläge längere Zeit anhalten würden. Wahrscheinlich einige Stunden.

»Aber wir können doch nicht einfach hier herumstehen und zuschauen«, wandte Denser ein.

»Da hast du Recht«, sagte Richmond. Er nahm seinen

Rucksack ab. »Wir werden bald frieren. Ich zünde ein Feuer an.« Er zog die Kiste mit Zunder aus der Außentasche seines Rucksacks und nahm ein langes, in gewachstes Leder gehülltes Bündel, das hinter seinem Sattel befestigt war. Er wickelte das Paket auf und nahm das Holz heraus.

»Ein Rat für dich, Denser«, sagte er. »Wenn sich die Wolken sammeln, dann sammelst du trockenes Holz.« Er winkte dem Dunklen Magier, den Platz in der Mitte des Überhangs freizugeben, und zündete das Feuer an.

»Dann wollen wir also einfach herumsitzen und abwarten?«, fragte Denser.

»Ja, so sieht es wohl aus«, erwiderte Richmond.

»Aber die Burg ...«

Richmond zuckte mit den Achseln. Als er die Stöcke wie eine Pyramide aufgebaut hatte, schob er etwas Zunder darunter. »Wir sind schätzungsweise noch einen halben Tagesritt entfernt. Talan?« Talan nickte, und Richmond fuhr fort: »Gut. Also, angenommen, der Regen hört gegen Abend auf, dann können wir hier rasten und heute Abend noch den Rest der Strecke reiten und bei Nacht zuschlagen, was ja sowieso unser Plan war.« Niemand widersprach.

Denser kniff die Augen zusammen, doch auch er sagte nichts weiter. Wortlos band er seinen Schlafsack los, nahm den Sattel von seinem Pferd und ließ beides am südlichen Ende des Überhangs dicht an der Felswand auf den Boden fallen.

»Es wird eng«, sagte er.

»Niemand hat gesagt, dass wir uns alle hinlegen und schlafen sollen.« Richmond schlug Funken mit Feuerstein und Stahl und blies sanft darauf, als eine dünne Rauchsäule aus dem Zunder aufstieg. »He, Hirad, mach dich doch mal nützlich und hole etwas Wasser aus dem Bach und noch mehr Holz, das wir trocknen können. Nur für alle Fälle.«

»Ja, Mutter«, sagte der Barbar. »Darf ich das da haben?«
Er deutete auf Richmonds gewachstes Leder. Der Krieger
nickte.

Hirad nahm zwei Wasserschläuche vom nächsten Pferd
und legte sich das Lederstück über Kopf und Schultern.
Unter dem Kinn raffte er die Enden mit einer Hand zusammen. Dann drehte er sich zu Ilkar um, der vor Lachen
schier platzte. Die anderen stimmten ein.

»Wenn ich dir jetzt noch einen Gehstock gebe, dann
siehst du aus wie meine Großmutter«, sagte der Elf schließlich. Er wischte sich die Augen trocken.

»Dann muss sie aber außergewöhnlich hässlich gewesen
sein«, meinte Talan.

Hirad versuchte, sich eine witzige Antwort auszudenken,
dann eine möglichst obszöne, doch ihm fiel nichts ein. So
zuckte er nur mit den Achseln, lächelte und verließ den
schützenden Überhang.

Er ging eine Weile flussaufwärts, um gleichzeitig das
Wegstück, das unmittelbar vor ihnen lag, zu überprüfen,
doch es wurde schnell klar, dass er auf seinem Spaziergang
nichts Wichtiges herausfinden konnte.

Der Regen ließ etwas nach, wurde aber bald durch dichten Nebel ersetzt. Die Wolken wehten von den Hügeln herunter, fielen ins Tal und nahmen ihm die Sicht, bis er kaum
noch erkennen konnte, wohin er die Füße setzte. Wenigstens war der Weg nicht übermäßig vom Regen aufgeweicht.

Er suchte beide Seiten nach passenden Stöcken ab und
fand schließlich ein widerstandsfähiges, dichtes Gebüsch,
dessen mittlere Äste ideal waren. Ein paar rasche Hiebe und
ein paar Schnitte mit dem Dolch, und er hatte so viel Feuerholz, wie er tragen konnte.

Als er zum Überhang zurückkehrte, wich er ein Stück
nach rechts vom Weg ab, um die Schläuche am Bach zu fül-

len, der vom Regenwasser, das von den Hügel herunterkam, bereits etwas angeschwollen war. Er hockte sich auf einen flachen Stein, hielt den Hals des ersten Schlauchs unter Wasser und lauschte dem Rauschen des Wassers und dem Prasseln des Regens auf Richmonds Leder.

Mehr konnte er nicht hören, und als er sich umdrehte, um die Schläuche zu wechseln, knallte der Griff eines Schwerts direkt unter dem linken Ohr gegen seinen Schädel.

Er kippte auf dem Felsen um und bemühte sich verzweifelt, bei Bewusstsein zu bleiben, während der Nebel, der Fluss, der Regen und das Brüllen in seinem Kopf ihn in die Bewusstlosigkeit zu ziehen drohten. Eine Gestalt ragte über ihm auf. Ein Mann mit Helm und Kettenpanzer. Der Mann beugte sich herunter.

»Geh heim, Coldheart. Der Rabe ist erledigt. Geh heim.«

Wieder traf ihn der Knauf des Schwertgriffs. Funken tanzten vor Hirads Augen, dann wurde es still.

Aluns Augen verrieten seinen Zorn. Und seine Enttäuschung.

»Ihr habt mir versprochen, dass wir heute Abend dort eindringen.«

»Die Lage hat sich geändert«, sagte Thraun. »Auf der Burg geht etwas vor. Du hast die Reiter gesehen, die vorhin hier vorbeigekommen sind. Es ist zu viel los. Wir müssen warten.«

Will hatte die Reiter verfolgt und war bis zur Burg vorgedrungen. Am Spätnachmittag war er zurückgekehrt und hatte berichtet, dass die Burg in heller Aufregung war. Jemand war dorthin gebracht worden, vermutlich ein Gefangener, und wahrscheinlich sogar ein wichtiger. Thraun hatte beschlossen, weiter aufzupassen, am Abend noch einmal zu beraten und am folgenden Morgen zu entscheiden. Wie üblich war Alun anderer Ansicht.

»Jede Sekunde, die wir warten, bringt meine Familie dem Tode näher, und doch sollen wir hier untätig am Ofen sitzen und ein paar Lieder singen. Habe ich das richtig verstanden?«

Thraun massierte sich mit Daumen und Zeigefinger die Nase.

»Das ist kein Trick, der uns aufhalten soll«, sagte er. Er hatte alle Mühe, nicht die Beherrschung zu verlieren. Schon jetzt klangen seine Worte wie ein tiefes Grollen. »Auch ich will deine Angehörigen so bald wie möglich befreit sehen, aber wir dürfen nicht leichtfertig unser Leben riskieren, weil das niemandem etwas nützt.«

»Wir müssen doch etwas tun!«, flehte Alun verzweifelt.

Will war sichtlich verärgert, doch Thraun brachte ihn mit einer Geste zum Schweigen.

»Wir tun etwas.« Er deutete in die Runde. »Wir sind hier draußen, und wir warten auf den richtigen Augenblick zum Zuschlagen. Du musst verstehen, dass dieser Augenblick noch nicht gekommen ist. Wir müssen weiter beobachten und abwarten, bis die Dinge sich wieder beruhigt haben. Ich weiß, dass es schwer ist, aber versuche bitte, ruhig zu bleiben.«

Alun schüttelte die Hand ab, die Thraun ihm auf die Schulter gelegt hatte, doch er nickte. Er stand auf und entfernte sich ein Stück weiter vom Weg.

»Das wird schon wieder«, sagte Thraun zu Will, der immer noch finster dreinschaute. »Lass ihn einfach in Ruhe.«

»Er wird noch unser aller Tod sein«, widersprach der kleine Mann. Aus der Richtung des Weges war ein leises Pfeifen zu hören, gleich darauf kam Jandyr ins Lager getrabt.

»Da kommt jemand«, verkündete er.

Thraun stand auf. »Es reicht mir. Das geht hier ja zu wie am Markttag in Dordover. Was meinst du, sollen wir sie uns schnappen?«

»Was haben wir denn schon zu verlieren?«, fragte Will zurück.

»Nicht sehr viel«, sagte Thraun. Er vergewisserte sich, dass Alun außer Hörweite war. »Wenn wir nicht bald reingehen, werden wir nur noch Leichen finden.«

Wasser. Schwappendes, glucksendes Wasser, das über einen Stein spülte. Wind, Regen, Wasser und Kälte. Und Schmerzen. Es dröhnte hinter seinen Schläfen und heulte in seinem Ohr.

Hirad bewegte sich, und eine Woge von Übelkeit lief durch seinen ganzen Körper. Sein Magen machte einen Satz.

»Oh!« Er schlug die Augen auf. Der Nebel war undurchdringlich, und er wusste nicht, wo er war. Immer noch fiel ein leichter Regen.

Er setzte sich vorsichtig auf und betastete die Schwellung hinten am Kinn direkt unter dem linken Ohr. Langsam und so weit es eben gehen wollte, öffnete er den Mund. Ein dumpfer Schmerz breitete sich aus, aber er wusste jetzt wenigstens, dass der Knochen nicht gebrochen war.

Auf der Zunge hatte er einen seltsamen Geschmack. Einen Geschmack, der ihn an einen bestimmten Geruch erinnerte, auch wenn er nicht ganz ...

»Verdammt.« Man hatte ihn unter Drogen gesetzt. Unsicher kam er auf die Beine, Feuerholz und Wasserschläuche waren vergessen. Er schwankte, als sein Kopf und sein Magen gegen die plötzliche Bewegung protestierten, und presste sich eine Hand an die Schläfe. Auch dort war eine

Prellung. Eine große sogar, und langsam wuchs eine Beule heran. Er war benommen. Als wäre er verkatert, doch die angenehmen Erinnerungen fehlten. Er konnte sich nur noch daran erinnern, dass aus dem Nebel ein Helm erschienen war, und dass er kräftige Schläge eingesteckt hatte. Und an die Stimme erinnerte er sich. Vertraut war sie gewesen. Er kannte diese Stimme.

Der Weg war glitschig. Dreimal stürzte er schmerzhaft, beim letzten Mal übergab er sich sogar, nachdem sein Kopf auf einen Stein geschlagen war.

Draußen vor dem Überhang lagen Tote. Drinnen spuckte das Feuer, das fast schon erloschen war.

»Nein«, stöhnte er mit zusammengebissenen Zähnen. Vor einem Haufen Ausrüstung blieb er schwankend stehen und sah zu seiner großen Erleichterung, dass die beiden Toten, die mit dem Gesicht nach oben im Regen und im Nebel lagen, nicht zum Raben gehörten. Richmond und Talan saßen aufrecht am Feuer. Talans Augen waren offen, Richmond hatte die Augen geschlossen, doch unverkennbar atmete er.

Talan lächelte mühsam. »Hirad, den Göttern sei Dank. Ich dachte schon, du wärst tot.«

»Wo?« Hirad deutete auf die leeren Plätze am sterbenden Feuer. Talan brachte ihn mit erhobener Hand zum Schweigen.

»Die Schwarzen Schwingen haben uns angegriffen. Sie sind einfach aus dem Nebel aufgetaucht. Denser muss etwas gespürt haben, denn er hat die beiden da noch erledigen können.« Schwer atmend hielt er inne. Hirad bemerkte, wie seine Augen sich verschleierten. Unter seiner Nase klebte geronnenes Blut.

»Sie haben sie verschleppt, Hirad. Sie haben Ilkar und Denser verschleppt.«

»Lebendig?«

»Ja, ich glaube schon. Ich war da aber schon bewusstlos. Bei den Göttern, dieses Brophane ist verdammt stark. Ich fühle mich so elend.« Talan riss die Augen auf, öffnete den Mund und massierte sein Gesicht. Dann schüttelte er heftig den Kopf und schloss den Mund wieder. »Nein, das hilft auch nicht. Was tun wir jetzt?«

»Wir wecken Richmond und setzen uns in Bewegung.« Hirad zuckte mit den Achseln. »Was sollten wir sonst tun? Kannst du reiten?«

Talan lachte humorlos.

»Was ist denn?«

»Hirad, dir ist etwas entgangen.«

Der Barbar ließ die Schultern hängen. »Sie haben die Pferde mitgenommen.«

Talan nickte.

»Verdammt auch! Warum haben sie uns nicht einfach getötet? Dann wäre es aus und vorbei.«

»Sie kämpfen nicht gegen uns«, erklärte Richmond, der jetzt endlich die Augen öffnete. »Sie kämpfen gegen die Kollegien.«

»Tja, da haben sie sich wohl in der Adresse geirrt, was?«, sagte Hirad sichtlich erbost.

»Allerdings«, stimmte Talan zu. Er kam mühsam auf die Füße.

»Wie weit ist es bis zur Burg der Schwarzen Schwingen?«, fragte Hirad.

»Sechs Stunden zu Fuß. Sieben, weil es dunkel wird und weil wir nicht sehr gut in Form sind.« Talans Gesicht war in der Abenddämmerung teigig weiß.

»Das ist verdammt lange«, sagte Hirad. »Also gut. Ihr habt zehn Minuten, um euch zu sammeln und auf den Marsch vorzubereiten. Alles klar?«

»Was wollen wir denn tun?« Richmond war immer noch

nicht ganz bei sich. Seine Beine zitterten, als er sich an der Wand abstützte und aufstand.

»Wir werden sie befreien. Und dann werden wir die Burg und alle Leute darin niederbrennen.« Hirads Kopf wurde allmählich wieder klar, auch wenn sein Körper nach der Betäubung noch geschwächt und die Muskeln verkrampft waren. »Wenn sie die Gefangenen nicht umgebracht haben, dann nur, weil sie sie noch brauchen. Es kann nur um Informationen gehen, und ihr wisst ja, wie sehr Magier es hassen zu reden.«

Richmond und Talan sahen ihn an und nickten. Sie hatten verstanden.

Eine Bewegung erregte Hirads Aufmerksamkeit. Unter Richmonds Mantel, der neben der toten Asche des Feuers lag, hatte sich etwas bewegt. Als Hirad den Blick darauf richtete, kam ein schwarzer Kopf darunter hervor und schnüffelte prüfend in der Luft. Densers Katze schaute zu ihm auf, dann sprang sie ihm auf die Schulter und drehte sich rasch um, damit sie sein Gesicht sehen konnte.

»Oh, du hast wohl einen neuen Freund gefunden, Hirad«, sagte Talan. Er lächelte leicht.

»Ich glaube nicht.« Die Katze miaute laut und gedehnt. »Wir gehen ja schon, wir brechen gleich auf. Wir werden ihn schon finden.«

Die Katze schaute an Hirad vorbei das Tal hinauf. Der Nebel war etwas lichter geworden, aber der Regen und die aufziehende Dämmerung sorgten dafür, dass die Sicht nach wie vor schlecht war.

»Ob er das verstanden hat?«, fragte Richmond.

»Wahrscheinlich.« Hirad zuckte mit den Achseln. »Nun kommt, lasst uns hier verschwinden.«

Vierzehntes Kapitel

»Ein hässlicher Spruch ist das. Da hast du aber eine kleine Überraschung für irgendjemanden vorbereitet, was?« Travers hatte sich dicht über Densers zerschnittenes, blutendes Gesicht gebeugt und ließ das Amulett an der Kette baumeln, bis es sachte gegen das linke Ohr des Magiers prallte. Denser konnte riechen, dass Travers Alkohol getrunken hatte.

Er hoffte nur, dass der Schreck, der ihm gerade in die Glieder gefahren war, sich nicht auch in seinem Gesicht zeigte. Genau in dem Augenblick, in dem er dachte, es könne nicht mehr schlimmer werden, war er von einem anderen Magier hintergangen worden. Von einem, der für Travers arbeitete. Für Travers, den Hexenjäger.

Seit ihrer Gefangennahme am Überhang hatte Denser sich gefragt, warum er überhaupt noch lebte. Das war eigentlich nicht Travers' Art. Seine Art war es zu morden, doch jetzt war Denser nicht mehr klar, warum zuvor eine Mörderin geschickt worden war. Offenbar sollte er an jenem Abend im Krähenhorst getötet werden, doch was hatte sich in den Tagen danach geändert, sodass Travers mittlerweile vor allem darauf brannte, ihn zu verhören?

Eigentlich spielte es keine große Rolle. Solange er noch lebte, bestand auch eine Chance, so klein sie auch sein mochte. Es war jedoch offensichtlich, dass seine einzige Hoffnung die Hoffnung auf Rettung war, und dies unterstellte, dass Hirad noch am Leben war, denn wenn Hirad am Leben war, dann würde er zweifellos versuchen, Ilkar zu befreien.

Im Augenblick konnte er freilich nichts weiter tun, und es war unverkennbar, dass die Schwarzen Schwingen sich darauf verstanden, gefangene Magier unschädlich zu machen. Sobald man sie geschnappt hatte, waren ihnen die Hände gebunden worden, und der Ritt zur Burg hatte unter den wachsamen Augen von vier Männern stattgefunden. Auf der Burg hatte man sie auf den Boden gestellt und sofort durch die Tore, durch den Innenhof und die Haupttür in eine große Halle geführt, die leer war bis auf ein paar Stühle, zwei niedrige Tische und einen Kamin, der so kalt war wie der ganze Raum.

Und dann die Prügel. Gekonnt angewandt und eigenartigerweise ohne jede Bosheit. Der Sinn war offensichtlich. Schläge auf den Kopf, die Brust, den Bauch, die Oberarme und Beine. Sein ganzer Körper schmerzte und pochte, und so verlor er das bisschen Kraft, das er noch hatte. Auch wenn seine Arme nicht gefesselt gewesen wären, er wäre nicht mehr fähig gewesen, einen Spruch zu wirken, und wenn sein Leben davon abgehangen hätte, und sie wussten es.

»Na, habt Ihr nichts zu sagen, Denser?« Travers zog sich ein wenig zurück. »Nun, wir haben reichlich Zeit. Und natürlich wisst Ihr nicht, was wir wissen, nicht wahr?« Travers stand auf. Links und rechts postierten sich Männer. Insgesamt waren acht in der Halle. Und Ilkar. Er hatte kein Wort gesprochen, seit man sie gefangen hatte, er hatte nicht einmal seinen Namen genannt. Er hatte heftigere Schläge bekommen als Denser. Denser war nicht sicher, warum, aber Travers betrachtete den Elf mit einer Mischung aus Enttäuschung und Verachtung. Vielleicht empfand er am Ende doch gewisse Sympathien für Xetesk.

Denser fragte sich, wer das Amulett gelesen und ihn verraten hatte. Es konnte nur ein Magier aus Xetesk oder Dordover sein. Septerns Name, die Position des Risses und ein Hinweis auf das, was dahinter lag. All das tauchte nur im dordovanischen Text auf.

Er konnte es immer noch nicht recht glauben, und er empfand eine unendliche Abscheu bei dem Gedanken, ein Magier aus irgendeinem Kolleg könne für die Schwarzen Schwingen arbeiten. Es musste ein Dordovaner sein. Ein Xeteskianer hätte lieber Selbstmord begangen.

Er atmete tief ein und ließ den Kopf nach vorn sinken. Unter dem rechten Arm tat etwas weh, und er dachte an seinen fehlenden Hausgeist. Wahrscheinlich war er unter dem Überhang geblieben. Am Leben war er gewiss noch, doch wenn der Hausgeist nicht bald zu ihm fand, würde er schwächer werden und sterben. Denser glaubte nicht, dass er diese Schmerzen jetzt aushalten konnte.

Eine Ohrfeige holte ihn in die grässliche Gegenwart zurück. Er schaute auf und sah Travers' Gesicht vor sich.

»Ich will Euch ein wenig von dem erzählen, was ich weiß«, begann der Hauptmann. »Bitte passt genau auf. Es würde mir nicht behagen, wenn Ihr unaufmerksam seid.«

Er zog sich einen Stuhl heran und ließ sich vor Denser nieder. Einer seiner Männer brachte einen kleinen Tisch, eine Flasche und ein Glas. Der Hauptmann schenkte sich eine großzügige Portion von der Flüssigkeit ein, die nach einem alkoholischen Getränk aussah, und nahm einen großen Schluck, ehe er sich anlehnte und die Beine ausstreckte.

»Meine Quellen berichten mir, dass etwas Großes und sehr Beunruhigendes im Gange ist.«

»In diesem Punkt sind wir einer Meinung.«

Tiefes Schweigen folgte auf Densers Worte. Travers sah dem Magier in die Augen und versuchte, ihn mit seinem unheildrohenden Blick zu durchbohren.

»Unterbrecht mich nie wieder, sonst werde ich Euch die Zunge aus dem Mund schneiden und an die Stirn nageln lassen, damit Ihr es nicht vergesst.«

»Vielleicht solltet Ihr das sofort tun, Hauptmann«, schlug einer der Männer vor, ein großer, schlaksiger Schwertkämpfer mit hartem Gesicht. »Wenn er nicht mehr reden kann, ist es aus mit seiner Magie, was?«

Denser und Travers drehten sich zu ihm um. Der Xeteskianer konnte sich gerade noch ein Lächeln verkneifen. Mehr als dieser Mann konnte man sich kaum irren.

»Geh und setz einen Kessel Wasser auf, Isman. Unser Freund hier braucht vielleicht etwas Warmes zu trinken. Es ist kalt hier drinnen.« Isman verließ den Raum. »Idiot.« Travers wandte sich wieder an Denser. »Er lernt sehr langsam. Nun, wo war ich stehen geblieben?« Er leerte sein Glas, füllte noch einmal nach und hob es hoch, um die Flüssigkeit kreisen zu lassen, während er nachdachte.

Denser beobachtete ihn, behielt aber seine Gedanken lieber für sich. Travers hatte die besten Jahre hinter sich, und man sah es ihm an. Dennoch, das Schwert, das er am Gürtel trug, war scharf, und Denser hatte keinen Zweifel, dass der Mann seine Drohung wahr machen würde. Travers stand zwar nicht im Ruf, ein besonders grausamer Mann zu sein, doch er war ganz gewiss ein Mann, der hielt, was er versprochen hatte.

»Nun gut, es ging um große und beunruhigende Dinge. Dawnthief ist, soweit ich weiß, der mächtigste Spruch, den es überhaupt gibt, und dies hier«, er zückte noch einmal das Amulett, »ist der erste Schritt, den man tun muss, um ihn zu finden. Außerdem weiß ich, dass man drei Katalysatoren braucht, damit der Spruch funktioniert. Anscheinend führt das Amulett sie aber nicht auf.« Er legte das Schmuckstück wieder weg, leerte sein Glas und schenkte sich ein weiteres Mal neu ein. »Nun gut, das soll für den Anfang reichen. Ihr sollt mir nun einige Dinge sagen, Ihr dürft jetzt also sprechen. Ich bestehe sogar darauf, dass Ihr von dieser Erlaubnis ausgiebig Gebrauch macht.«

Isman kehrte mit einigen Bechern und einem großen Kupferkessel zurück. »Da wäre Suppe«, verkündete er.

»Sehr gut«, sagte Travers. »Schenke Denser und seinem so stillen Elfenfreund etwas ein. Löse jedem von ihnen eine Hand und achte darauf, dass sie ihre Becher gerade und mit allen Fingern halten.« Travers wandte sich wieder an Denser. »Nun gut, an die Arbeit. Werdet Ihr sprechen?«

»Verlasst Euch lieber nicht darauf.«

»Vielleicht nicht sofort«, sagte Travers lächelnd, was Denser ungerührt zur Kenntnis nahm. Isman kam mit zwei dampfenden Bechern. Auf Travers' Nicken band ein Mann hinter Denser und Ilkar jedem der beiden Magier eine Hand los.

»Danke«, sagte Denser, als er seine Suppe in Empfang nahm. Sie roch stark nach Tomaten und Zwiebeln. Ilkar sagte nichts, doch er nahm die Suppe an.

»Gut«, fuhr Travers fort. »Jetzt fühlen wir uns schon etwas wohler. Vielleicht möchtet Ihr mir nun verraten, was Xetesk mit dem Dawnthief vorhatte.«

»Das würdet Ihr mir nicht glauben.«

»Ihr könntet es wenigstens versuchen.«

Denser zuckte mit den Achseln und überlegte sich, dass

die Wahrheit die Situation auch nicht weiter verschlechtern konnte.

»Die Wytchlords sind wieder da. Jenseits unserer Grenzen ziehen die Wesmen eine Armee zusammen, sie haben Schamanen-Magie zur Unterstützung, und ganz Balaia wird verloren sein, wenn die Wytchlords nicht vernichtet werden. Dawnthief ist die einzige Möglichkeit, dieses Ziel zu erreichen.«

Travers lachte laut, und Ilkar fuhr erschrocken auf. Er und Denser wechselten einen Blick, bevor Ilkar wieder den Kopf sinken ließ und in seine Suppe starrte.

»Das ist gut, das ist hervorragend«, sagte der Hauptmann. »Aber ich kenne die Geschichte leider viel zu gut. Die Wytchlords sind schon lange untergegangen, und sie werden nie zurückkehren.«

»Ich sagte ja, dass Ihr mir nicht glauben werdet.« Ein weiteres Achselzucken bei Denser, erneutes Gelächter bei Travers.

»Aber natürlich, ich hatte ganz vergessen, dass Ihr Euren Xetesk-Meistern alles glaubt.« Er kicherte weiter. »Ja, ich kann mir gut vorstellen, dass sie Euch dies erzählt haben. Und es ist ein großartiger Beweggrund für jemanden, der so sehr darauf aus ist, andere zu beeindrucken, was?« Denser antwortete nicht, schlürfte seine Suppe und beobachtete Travers über den Rand seines Bechers hinweg. Der Hauptmann runzelte die Stirn.

»Eines will ich Euch aber fragen, Denser. Glaubt Ihr wirklich, dass die Wytchlords nicht schon längst von den Kräften von Xetesk vernichtet wurden?«

»Eure und meine Auffassung von der Geschichte unterscheiden sich, Travers«, erwiderte Denser. »Wir besaßen damals nicht die Fähigkeit, die Wytchlords zu vernichten. Und jetzt sind sie aus ihrem Gefängnis geflohen.«

»Oh, ja, das … wie hieß es noch gleich? Das Gefängnis zwischen den Welten oder so?« Travers schüttelte den Kopf. »Eine hübsche Geschichte. Sie war sicher gut geeignet, um die anderen Kollegien bei der Stange zu halten, das muss man Euch lassen. Ihr habt wohl auch selbst daran geglaubt, was?«

Denser schwieg sich aus.

»Natürlich glaubt Ihr daran«, fuhr Travers fort. »Ich kann wohl kaum erwarten, dass Ihr auf einmal alles abschüttelt, was Ihr in so vielen Jahren der Indoktrination gelernt habt, nicht wahr?«

»Ihr missversteht die Motive von Xetesk«, sagte Denser. »Unser Ruf ändert sich nur langsam, aber unsere Ideale und Motive haben sich in der Tat verändert.«

Jetzt klatschte Travers langsam Beifall, und Denser wurde allmählich wütend. Er hatte Mühe, sich zu beherrschen.

»Mit solcher Inbrunst habt Ihr gesprochen, aber ich fürchte, Ihr seid ernstlich in die Irre geführt worden. Mein Wissen über Eure Forschungen lässt ein ganz anderes Bild entstehen, und Ihr müsst doch zugeben, dass Dawnthief ganz gewiss kein moralischer Spruch ist, nicht wahr?«

Wieder trat Schweigen ein. Denser leerte seinen Becher, und seine Hand wurde wieder gefesselt.

»Habt Ihr denn nun die Identität der Katalysatoren herausgefunden?«, fragte Travers leichthin. Er beugte sich vor und wiegte sein Glas in beiden Händen.

»Nein«, sagte Denser.

»Ich verstehe. Nun gut. Macht ja nichts.« Der Hauptmann wandte sich an Isman. »Du kannst Denser auf sein Zimmer führen.« Isman nickte, band die Hände des Xeteskianers los und zog den Magier hoch. Isman mochte groß und schlaksig sein, doch er war auch sehr stark. »Ihr werdet feststellen, Denser«, fuhr Travers fort, nachdem er sein Glas wieder gefüllt hatte, »dass Eure Suppe ein wenig mit Drogen versetzt war. Eure aber, Ilkar vom Raben, war es leider nicht.«

Der Regen hörte allmählich auf, und der Dunst hob sich von den Hügeln, bis droben eine niedrige Schicht dunkler Wolken zu sehen war. Hirad fühlte sich, als wollte seine Haut nie wieder trocken werden. Ganz zu schweigen davon, einen klaren Kopf zu bekommen. Sie waren mehr als drei Stunden lang ohne Pause gelaufen, und die Feuchtigkeit klebte ihm in jeder Pore. Noch schlimmer, die Nachwirkungen des Brophane bestanden aus einem Kopfschmerz, der sich zu einem Pulsieren und Stechen auswuchs, das den ganzen Schädel von innen auszufüllen schien. Er sah sich nach rechts und links um und stellte fest, dass Talan und Richmond so mies aussahen, wie er sich fühlte.

Vorher, bevor das Licht verschwunden war und die Gespräche dem trägen, aber entschlossenen Tappen von Stiefeln auf Fels und Erde gewichen waren, hatten Richmond und Talan sich überlegt, dass sie die Burg der Schwarzen Schwingen frühestens zwei Stunden vor der Morgendämmerung erreichen konnten. Ihre körperliche Verfassung, das schwierige Gelände und die Dunkelheit unter den schweren Wolken verlangsamten ihr Marschtempo. Steile Felsen erhoben sich zu beiden Seiten des Weges, und vom Wind gebeugte Bäume, Heidekraut und eine Grassorte mit dicken Stängeln waren die einzigen Pflanzen, die sich in dieser kargen Landschaft noch halten konnten. Im Osten und Westen erhoben sich, so weit das Auge blicken konnte, die nackten Berghänge. Die sanften Hügel des Landes von Pontois waren nur noch eine ferne Erinnerung.

Während er sich mit gesenktem Kopf ein halbes Dutzend

Schritt hinter seinen Freunden dahinschleppte, sah Hirad sich einer Woge von ohnmächtiger Wut ausgesetzt. Vor weniger als einer Woche hatte der Rabe, sieben Mann stark und unbezwingbar, noch die Wehrgänge einer Burg gesichert und einen Sieg gefeiert. Aufrecht hatten sie da gestanden, lebendig und tatkräftig und stolz auf das, was sie in zehn großartigen Jahren geleistet hatten.

Jetzt war ihre Truppe auf drei müde Schwertkämpfer geschrumpft, die verzagt durch die Gegend krochen und wahrscheinlich ihrem sicheren Tod entgegengingen. Und das alles hatten sie einem einzigen Mann zu verdanken. Denser. Der Magier aus Xetesk und seine Pläne hatten bereits Sirendor und den Unbekannten von Hirads Seite gerissen. Und jetzt sah es so aus, als sei auch Ilkar ihnen zum Opfer gefallen. Alles innerhalb von nur wenigen Tagen. Es war fast schlimmer, als Hirad überhaupt glauben konnte.

Er schüttelte unwillig den Kopf und konzentrierte sich wieder auf das nahe Liegende. Im Augenblick kam es nur darauf an, Ilkar zu retten. Denser konnte seinetwegen zur Hölle fahren, und der Kampf um Balaia sollte auf eine andere Weise geführt werden. Sie hatten freilich noch keinen Plan, und als sie zwei Stunden später im Schutz eines Waldes Rast machten, kreisten ihre Gedanken um den bevorstehenden Angriff.

»Hat einer von euch die Burg schon einmal gesehen?«, fragte Hirad. Er schauderte vor Kälte, sobald er nicht mehr lief.

Talan und Richmond nickten.

»Es war der Sitz eines Barons, bevor die Kämpfe begannen«, sagte Richmond. »Eigentlich ist es ein befestigtes Herrenhaus. Ich bin sicher, dass Travers die Verteidigung verstärkt hat, aber es sollte nicht zu schwer sein, dort einzudringen.«

»Hat jemand einen Vorschlag?« Hirad selbst hatte nichts beizusteuern. So sehr er sich auch bemühte, er sah immer nur den Tod seiner Freunde vor sich, das Ende des Raben und sein eigenes.

»Nun ja, wir haben uns ja schon darüber unterhalten, und obwohl dir jemand gesagt hat, du sollest nach Hause gehen, wird Travers meiner Ansicht nach damit rechnen, dass wir einen Rettungsversuch unternehmen«, sagte Talan. »Er dürfte auch wissen, wie lange wir brauchen, um ihn zu erreichen. Er weiß, dass wir im Gegensatz zu seinen Männern müde sind. Und wir haben keine Ahnung, wie viele Männer er überhaupt hat, wo Ilkar und Denser festgehalten werden und in welcher Verfassung sie sich befinden.«

»Gibt es auch gute Nachrichten?«

»Wir müssen nicht mehr mit magischen Angriffen oder Verteidigungsmaßnahmen rechnen.« Talan lächelte humorlos.

Hirads Stimmung hellte sich ein wenig auf. Er sah einen Hoffnungsschimmer.

»Dann können wir wüten«, sagte er.

»Genau«, bestätigte Richmond.

»Interessant. Und?«

Richmond zuckte mit den Achseln. »Es hängt vor allem davon ab, ob wir unentdeckt ins Haus gelangen. Wenn uns das gelingt, dann könnte das Wüten funktionieren. Die Burg liegt auf offenem Land. Wenn die Wolkendecke so niedrig bleibt, dann sollten wir es ungesehen bis zu den Mauern schaffen. Es gibt oder gab stabile Gebäude und einen großen Küchengarten im hinteren Teil. Wie auch immer, es ist ein Vorstoß ins Unbekannte, Hirad.«

»Ich wünschte nur, es ginge bald los. Meine Klinge braucht Arbeit.«

»Wir werden es tun, Hirad«, sagte Talan. Er stand auf

und streckte sich. »Oder wir werden wenigstens so viele von den Bastarden mitnehmen, wie wir können.«

Hirad nickte. »Genau«, sagte er. »Genau.« Auch er stand auf, und seine Lebensgeister erwachten wieder. Als die Katze sich in seinem Mantel bewegte, zuckte er zusammen, er hatte das Tier ganz vergessen. Sie streckte den Kopf heraus, und Hirad kraulte sie hinter den Ohren. Er war überrascht, dass sie zitterte und sich kühl anfühlte. Ihre Blicke begegneten sich, doch die Augen der Katze hatten an Kraft verloren – sie waren getrübt durch die Entfernung zum Herrn.

»Diesem Ding hier geht es nicht gut«, sagte Hirad. »Wir müssen so schnell wie möglich Denser finden. Kommt schon, lasst uns nicht noch mehr Zeit verschwenden.«

In der folgenden Stunde legten sie ein hohes Tempo vor. Die Handelswege waren in dieser Gegend gut ausgebaut, und Richmond versicherte ihnen, dass sie auf einer mehr oder weniger geraden Linie direkt zu Travers' Vordertür unterwegs waren.

»Wie liegen wir in der Zeit?«, fragte Hirad, als sie wieder langsamer liefen, um sich ein wenig zu erholen.

»Ich kann nur schätzen, aber ich würde sagen, es sind noch vier Stunden bis zur Morgendämmerung«, erwiderte Talan.

»Und die Burg?«

»Anderthalb, vielleicht zwei Stunden. Mehr nicht.«

»Ausgezeichnet.«

Sie liefen jetzt durch ein Gelände, das ihnen den Marsch sehr erleichterte. Es war eben und fest unter den Füßen. Die Dunkelheit störte zwar, aber ihre an die Nacht gewöhnten Augen erlaubten es ihnen, wenigstens die Umrisse von niedrigen Hügeln, Baumgruppen und Büschen zu erkennen, die mit Sträuchern und hohem Gras abwechselten.

Die Katze bewegte sich nicht mehr in Hirads Mantel. Er war sicher, dass sie noch lebte, doch er konnte spüren, wie sie mit jeder Minute, die verstrich, schwächer wurde.

Etwa eine Stunde vor der Burg ließ Talan sie auf einem breiten Weg, der zweifellos in die richtige Richtung führte, abrupt anhalten. Die Wolkendecke hatte sich ein wenig gehoben, und ein heller Fleck verriet, wo der Mond stand.

»Was ist los?«, fragte Hirad. Er sah sich um und lockerte das Schwert in der Scheide. Der Wind erstarb, nur hin und wieder zerrte noch eine Bö an seiner feuchten Rüstung und den Kleidern. Ihm wurde wieder kalt.

»Da stimmt etwas nicht. Ihr zwei schwärmt nach links und rechts aus. Hier sind einige seltsame Spuren auf dem Weg.«

Hirad nickte und winkte Richmond, die rechte Seite zu übernehmen. Er selbst wechselte nach links und betrachtete die schwarzen oder beinahe schwarzen Konturen der Landschaft, um ihre Position zu bestimmen.

Hinter ihm hockte sich Talan auf den Boden, strich mit der bloßen Hand über die Erde und führte die Finger zur Nase. Stückchen für Stückchen arbeitete er sich weiter und betrachtete jeweils den Boden direkt vor sich und etwa zwei Schritte weiter voraus.

»Ich glaube, es ist …«, begann er.

»Was es auch ist, sprich es nicht aus«, sagte eine Stimme von links, dem Klang nach etwa zwanzig Schritt entfernt. Es war eine tiefe, schroffe Männerstimme, die klang, als habe der Besitzer eine ganze Weile nur flüstern dürfen. Der Rabe erstarrte, doch die Katze, die auf einmal wieder sehr lebendig war, sprang auf den Boden und rannte in die Dunkelheit davon.

»Bitte bewegt euch nicht«, fuhr die Stimme fort. »Mein Freund hier hat eine reizbare Nase, und wenn er sie kratzen muss, dann fliegt sein Pfeil.«

Hirad konnte es nicht glauben. Er überlegte, was er tun sollte. Angreifen kam nicht in Frage. Wenn dort wirklich ein Bogenschütze lauerte, dann konnte er zwei Rabenkrieger erledigen, bevor sie ihn überhaupt gefunden hatten. Ruhig bleiben und reden schien das Beste.

»Was wollt ihr?«, fragte er.

»Ihr habt etwas von uns, und das wollen wir zurückhaben.«

»Das bezweifle ich«, meinte Hirad. »Und wenn ihr es auf Geld abgesehen habt, dann fürchte ich …«

»Wir wollen dein Geld nicht.« Die Stimme verriet die Abscheu des Sprechers. »Ihr haltet die Frau meines Freundes gefangen, und die wollen wir haben. Auf der Stelle.«

»Ihr irrt euch«, begann Talan.

»Wohl kaum«, gab die Stimme zurück. »Dein verfluchter Herr Travers verhört sie in diesem Augenblick. Wahrscheinlich tut er ihr sogar noch Schlimmeres an. Kommt hier herüber, und bewegt euch langsam.«

Der Rabe blieb, wo er war.

»Bei den Göttern, Hirad, die glauben, wir sind …«, sagte Richmond.

»Wir gehören nicht zur Schwarzen Schwinge«, grollte Hirad.

Der Mann lachte, und ein zweites, helleres Lachen bestätigte, dass dort im Dunklen tatsächlich zwei Männer versteckt waren.

»Natürlich nicht«, sagte die Stimme. »Schließlich kommen hier um diese Morgenstunde ja auch so viele verschiedene Leute vorbei. Bewegt euch bitte gemeinsam und lasst die Hände von den Schwertern.«

Die drei taten wie geheißen.

»Wir sind keine Schwarzen Schwingen«, wiederholte Hirad.

»Das sagtest du schon …«

»Wir sind der Rabe.«

Es gab ein kurzes Schweigen, unterbrochen von hektischem Flüstern, dann kicherte jemand.

»Ihr seid ja nicht mehr viele, was?«

»Nein.« Hirad konnte sich kaum noch beherrschen.

»Tretet vor. Es gibt hier jemanden, der glaubt, er habe dich schon einmal gesehen.«

Die Rabenkrieger wechselten ratlose Blicke, zogen die Augenbrauen hoch und setzten sich in Bewegung.

»Halt«, sagte die andere Stimme. Sie klang sanfter, weniger aggressiv. Wieder herrschte Schweigen.

»Es ist viele Jahre her, aber du bist Hirad Coldheart, da besteht kein Zweifel.«

»Das ist richtig. Könnten wir jetzt vielleicht …«

»Wo ist Ilkar?«

»Du kennst ihn?«, gab Talan zurück.

»Ich komme aus Julatsa. Wo ist er?«

»Travers hat ihn geschnappt«, sagte Hirad. »Er ist in der Burg der Schwarzen Schwingen, und deshalb wollen wir dorthin. Du hältst uns auf, und das macht mich wütend.«

Der erste Mann lachte erleichtert.

»Kommt her und gesellt euch zu uns. Wir haben einen Ofen, und ihr seht aus, als könntet ihr etwas Heißes zu trinken gebrauchen.«

»Gibt es einen bestimmten Grund, warum wir uns darauf einlassen sollten?«

»Nun, zufällig denke ich, dass wir einander sehr helfen könnten. Seid vernünftig, es kann doch nicht schaden, es herauszufinden.«

Erienne zitterte. Sie wusste ganz genau, dass es sich bei dem Objekt, das der Hauptmann ihr gezeigt hatte, um Septerns Amulett handelte. Wie konnte es etwas anderes sein? Die Kolleg-Überlieferungen in drei Sprachen. Der dordovanische Kode, der den Zugang zu Septerns Werkstatt verriet.

Sie bekam Angst, als sie sehen musste, dass der Hauptmann das Amulett besaß, und sie hatte nichts weiter tun können, als zu bestätigen, was er ohnehin schon wusste. Und dass tatsächlich eine Suche nach Dawnthief im Gange war, dass sie weit fortgeschritten war und dass es ihm höchstwahrscheinlich gelungen war, den xeteskianischen Magier Denser zu fangen.

Es lief ihr kalt den Rücken hinunter. Allmählich kam sie auf den Gedanken, dass der Hauptmann nicht bloß einfach ein Mann war, dessen Träume zu ihren Albträumen passten. Jetzt bestand eine echte Möglichkeit, dass er tatsächlich die Katalysatoren zusammenführte und den Spruch unter seine Kontrolle brachte. Wenn ihm das gelang, dann würden sich die Kollegien gegenseitig zerreißen, um ihn zu bekommen. Es würde einen weiteren Krieg geben, und sie hatte große Angst, dass Xetesk ihn gewinnen würde.

»Ihr müsst wissen, dass ich entschlossen bin, alles über Dawnthief herauszufinden, was Ihr wisst, und wenn ich muss, werde ich Euch wehtun.«

Ilkar hob sein Gesicht mit der frischen, blutenden Wunde zu Travers, doch er sagte nichts. Nachdem Denser abgeführt worden war, hatten sie Ilkars Handgelenke an die Wand gekettet und ihn mit der flachen Seite einer Schaufel geschlagen. Anschließend hatte man ihn fast eine Stunde lang, angekettet, wie er war, sich selbst überlassen. Dann hatte man ihn erneut, wenngleich nicht ganz so lange, geschlagen. Ein besonders wilder Schlag hatte sein Gesicht getroffen und seine Nase und die Lippen verletzt. Er hatte starke Schmerzen, doch damit konnte er umgehen. Viel größere Angst hatte er vor inneren Verletzungen. In seinem jetzigen Zustand war er nicht in der Lage, eine solche Wunde zu behandeln. Erst recht nicht, wenn man ihn auch noch unter Drogen setzte. Außerdem wusste er, dass er keine Zeit mehr herausschinden konnte, wenn er schwieg.

»Kommt schon, Ilkar«, drängte Travers. »Es ist doch wirklich sinnlos.« Der Hauptmann sprach inzwischen etwas undeutlich. »Das müsst Ihr doch einsehen, was?«

»Ihr scheint es jedenfalls zu glauben«, erwiderte Ilkar.

»Er spricht!« Travers klatschte in die Hände. »Bravo! Ich muss schon sagen, wir waren recht sicher, was Eure Identität angeht. Immerhin reiten nicht sehr viele Elfen aus Julatsa mit dem Raben, nicht wahr?«

»Nicht viele, nein«, stimmte Ilkar zu.

»So ist es.« Travers lächelte und legte Ilkar eine Hand auf die Schulter. »Ich denke, Ihr würdet Euch jetzt gern setzen, was?«

»Das habt Ihr gut erraten.« Ilkars Handschellen wurden entfernt, und er wurde wieder auf den Stuhl gesetzt, abermals mit hinter dem Rücken gefesselten Armen. Es war erheblich bequemer, und der Magier musste ein kleines Lächeln unterdrücken, als ihm der Gedanke kam, dass er nie damit gerechnet hätte, er könne es jemals als erleichternd empfinden, zerschlagen und voller Prellungen an einen Stuhl gefesselt zu werden. Es war eben alles eine Frage der Perspektive.

Der Hauptmann ließ sich ebenfalls nieder, schenkte sich ein weiteres Glas ein und nahm einen großen Schluck. Er musste betrunken sein, doch er schien seine Gedanken völlig unter Kontrolle zu haben. Das einzige äußere Anzeichen seines Rauschs waren das gerötete Gesicht und die leicht nuschelnde Sprechweise.

»Nun, dann haben wir also endlich begonnen, Ilkar, und ich möchte Euch für Eure Widerstandskraft ein Kompliment machen. Doch das muss jetzt ein Ende haben, also beantwortet bitte meine Fragen, und dann könnt Ihr wieder ausruhen. Ich würde nur ungern weitere Strafmaßnahmen anordnen, aber Ihr müsst bitte verstehen, dass ich nicht davor zurückschrecken werde, es zu tun, falls es sich als notwendig erweisen sollte.«

Wieder lächelte Travers. Dieses Mal war das Lächeln schmal und humorlos. Ilkar reagierte nicht.

»Ich gehe davon aus, dass wir uns verstanden haben«, sagte Travers. Er trank sein Glas leer und goss sich die letzten Tropfen aus der Flasche ein. Er winkte mit der leeren Flasche einem Soldaten, der sie entgegennahm und entsorgte. Ilkar sah schweigend zu, wie der Hauptmann den kleinen Rest ebenfalls kippte.

»Hofft Ihr etwa, ich werde das Bewusstsein verlieren?« Dieses Mal war das Lächeln breiter. »Da muss ich Euch leider enttäuschen. Was ist mein Rekord, Isman?«

»Vier Flaschen, Hauptmann.«

»Vier«, wiederholte Travers. »Vier Flaschen.«

Ilkar ließ ihn einfach reden. Travers betrachtete sein leeres Glas, doch das Stirnrunzeln löste sich auf, und er lächelte, als eine volle Flasche auf seinen Tisch gestellt wurde. Er entkorkte sie sofort.

»Nun, bevor wir über Densers vortrefflichen Spruch reden, wäre ich sehr dankbar, wenn Ihr mir erklären könntet, warum Ihr, ein Julatsaner, mit einem Xeteskianer zusammen reist.«

Ilkar schaute abrupt auf und betrachtete einen Moment lang Travers' Gesicht.

»Ihr wisst es wirklich nicht?«

»Erleuchtet mich.«

»Ihr habt eine Meuchelmörderin geschickt, um Denser zu töten, nicht wahr?«

Travers nickte. »Ja, aber sie hatte offensichtlich keinen Erfolg. Oder glücklicherweise, wenn man bedenkt, wie die Dinge sich seitdem entwickelt haben.«

»Ganz erfolglos war Eure Meuchelmörderin freilich nicht.«

»Wirklich?« Travers hielt mitten im Schluck inne und wechselte einen Blick mit Isman, der jedoch nur ratlos mit den Achseln zuckte.

»Sie hat Sirendor Larn getötet.«

»Oh.«

»Ja, Isman. Oh.« Ilkar wandte sich an den großen Schwertkämpfer. »Deshalb will Hirad alle Schwarzen Schwingen töten. Und was Hirad will, das will auch der Rabe.«

»Danke für die Warnung«, sagte Travers. »Wir müssen also wirklich gut auf uns Acht geben, nicht wahr?« Er beugte sich vor und tätschelte Ilkars Knie.

Ilkar zog einen Mundwinkel hoch. »Ich an Eurer Stelle würde genau das tun«, erwiderte er rasch.

»Hmm.« Travers biss sich auf die Oberlippe und lehnte sich wieder zurück. »Nun … darauf werden wir später noch zurückkommen, nicht wahr? Das unglückliche Ableben Eures Freundes erklärt zwar, warum der Rabe hierher unterwegs ist, doch es erklärt nicht, warum Denser Euch begleitet.«

Ilkar gestattete sich etwas, das aussehen sollte wie ein ironisches Lächeln. »Es gibt gewiss wenige Punkte, in denen wir einer Meinung sind, Hauptmann Travers, aber ich denke, unser Misstrauen gegenüber allen Dingen, die mit Xetesk zusammenhängen, ist eines davon.«

»Hmm.« Travers nickte. »Es ist eine Schande, dass Ihr

mit ihm reist, Ilkar. Die Sorte Magier, zu der Ihr gehört, könnte ich vielleicht gerade noch ertragen. Fahrt fort.«

»Er schuldet dem Raben Geld«, sagte Ilkar einfach. Travers zog die Augenbrauen hoch. »Gegen meinen ausdrücklichen Wunsch haben wir ihn als Leibwächter nach Korina begleitet. Eigentlich wollten wir ihn nur überwachen, bis er das Geld auf unser Konto überwiesen hat. Als Ihr Sirendor getötet habt, mussten wir ihn mitnehmen.«

Der Hauptmann schwieg eine Weile. Er trank einen großen Schluck und spülte seinen Mund damit, bevor er schluckte.

»Ich bin enttäuscht, Ilkar. Da habt Ihr so viel Zeit gehabt, und trotzdem ist Euch nichts Besseres eingefallen? Wollt Ihr mir wirklich erzählen, Ihr habt nicht gewusst, was Denser in seinem Besitz hat?«

»Nein«, sagte Ilkar vorsichtig. »Ich wusste, dass es wertvoll sein musste, weil Denser uns viel Geld für den Auftrag geboten hat. Ich will damit sagen, dass ich keine Ahnung habe, worum es sich bei dem Amulett handelt. Ich kann die Inschriften nicht lesen.«

Travers fasste seine Flasche am Hals, beugte sich vor und knallte sie seitlich gegen Ilkars Kopf. Als der Magier dem Schlag ausweichen wollte, kippte sein Stuhl um. Er schlug mit der Seite hart auf dem Boden auf, der unter dem Körper eingequetschte Arm tat höllisch weh, und er konnte nur noch, etwas verschwommen, die Splitter der Flasche vor sich auf dem Boden sehen, während warmes Blut über seinen Kopf rann. Der Geruch des starken Schnapses drang ihm in die Nase.

»Versucht ja nicht, meine Intelligenz zu beleidigen«, rief Travers. »Ich will Euch sagen, was Ihr getan habt.« Er schritt im Zimmer auf und ab, unter seinen Füßen knirschte das Glas.

»Ihr wolltet die Katalysatoren für den Dawnthief finden. Ihr wisst, worum es sich handelt. Das Amulett enthält Texte in julatsanischer, xeteskianischer und dordovanischer Sprache. Ihr und Denser braucht einander, und Euer böser Pakt bedroht ganz Balaia.«

Ilkar schwieg. Er wusste, dass Travers in der Theorie der Magie recht bewandert war, doch seine letzte Äußerung bestätigte endgültig, was er längst wusste, auch wenn er es sich bisher nicht hatte eingestehen wollen. Für den Hauptmann arbeitete ein Magier. Mindestens einer.

Isman richtete seinen Stuhl wieder auf, und er grunzte, als der Druck von seinem Arm genommen wurde. Er war froh, dass er ihn wegen der Fesseln nicht bewegen konnte. Der Arm hatte eine böse Prellung abbekommen, wenn er nicht sogar gebrochen war.

»Isman, eine neue Flasche, bitte«, befahl Travers müde. Er setzte sich wieder, hüllte sich aber in Schweigen, bis der Schwertkämpfer zurückgekehrt und sein Glas wieder gefüllt war.

»Ihr könnt mich nicht ewig anlügen«, sagte er.

Nicht ewig, aber lange genug, dachte Ilkar.

»Niemand ist da, der Euch retten könnte. Niemand weiß, dass Ihr hier seid.«

»Sie wissen es, und sie werden kommen.«

»Wer denn? Der Rabe etwa?«, warf Isman höhnisch ein.

Ilkar wandte sich an ihn. »Wisst Ihr, Isman, es ist eine Schande. Hirad dachte, Ihr könntet der richtige Mann für den Raben sein. Nur weil wir Euch bisher nicht haben kämpfen sehen, wurdet Ihr noch nicht eingeladen.«

»Ich hätte abgelehnt.«

»Niemand hat bisher abgelehnt.«

»Wenigstens lebe ich noch«, sagte Isman.

»Oh, richtig, was ich ganz zu erwähnen vergaß«, erklärte Travers. »Isman musste Eure Freunde töten. Schließlich konnten wir doch nicht riskieren, dass sie uns folgen, nicht wahr?«

Doch Ilkar hörte nicht mehr zu; denn als Travers sich beim Sprechen nach rechts gelehnt und vorgebeugt hatte, war in seinem halb geöffneten Hemd das Abzeichen des Kommandanten vom Understone-Pass zum Vorschein gekommen. Der Mann hatte ein Drittel des Schlüssels zu einer unglaublichen Macht um den Hals hängen, und er wusste es nicht einmal. Ilkar lächelte.

»Was ist denn so komisch?«

»In allem ist etwas Komisches, Travers«, sagte Ilkar. »Ihr sagt mir etwas, das ich nicht glaube, damit ich Euch Informationen gebe, die ich nicht habe. Und wenn ich es Euch nicht sage, dann versucht Ihr es mit Gewalt.«

Auch Travers lächelte. Er schenkte sich erneut ein.

»Da hätten wir also unsere Meinungsverschiedenheit klar umrissen«, sagte er. »Ich sage Euch, dass Eure Freunde tot sind, und dass ihr in Wahrheit die Antwort auf meine sehr einfache Frage wisst. Ich will sie noch einmal stellen. Kennt Ihr die Identität der Katalysatoren für den Dawnthief?«

»Nein.«

Travers stand auf. »Ich denke, es ist an der Zeit, Euch an Eure heikle Lage zu erinnern. Isman, kette ihn wieder an die Wand. Lass seinen Kopf in Ruhe. Ich bin in ein paar Minuten wieder da.« Der Hauptmann verließ die Halle. Sein Schritt war fest und offenbar nicht behindert durch die Menge Alkohol, die er getrunken hatte.

»Oh, Scheiße«, murmelte Ilkar.

»Allerdings.« Isman lächelte. »Bitte wehrt Euch nicht. Das macht es nur schwieriger. Schwieriger für Euch, meine ich.«

Ilkar wurde wieder an die Wand gekettet. Sein rechter Arm pochte mit einer Heftigkeit, dass ihm übel wurde. Er bereitete sich innerlich auf die Schmerzen vor und bemühte sich, daran zu denken, dass Denser keinen Mana-Schrei ausgestoßen hatte. Dies bedeutete, dass der Hausgeist noch lebte. Und solange dies zutraf, war Hilfe unterwegs.

Doch als ihn der erste Schlag mit der Schaufel direkt unterhalb der Rippen traf, sodass mit einem Keuchen die ganze Luft aus seinen Lungen entwich, musste er auch daran denken, dass die Katze ohne ihren Meister nicht lange überleben konnte. Wenn bis Sonnenaufgang keine Hilfe da war, dann würde keine mehr kommen.

»Und wie lange hält Travers sie nun schon gefangen?« Hirad hatte Zweifel. Die Geschichte, die er gerade gehört hatte, leuchtete ihm nicht recht ein. Er nahm seinen Becher mit dampfendem Kaffee in beide Hände und freute sich über die Wärme. So hatte das Treffen doch wenigstens etwas Gutes gebracht.

»Erst seit ein paar Tagen«, sagte Alun, der den größten Teil der Erklärungen abgegeben hatte. Er sei, hatte er gesagt, der Gatte der dordovanischen Magierin Erienne, die Travers in seine Gewalt gebracht hatte. Alun war ein ruhiger Mann, und obwohl er ein Langschwert trug, hatte Hirad ernstliche Zweifel, ob er es auch zu führen wusste. Er hatte nicht das Gesicht eines Schwertkämpfers.

»Warum?«

»Warum braucht er wohl eine Magierin? Um sie zu befragen«, sagte Alun niedergeschlagen und verzweifelt.

»Warum unternehmen die Kollegien nicht etwas gegen ihn?«, fragte Talan.

»Weil genügend Seniormagier, wenngleich widerwillig, zu der Ansicht gelangt sind, dass seine Arbeit nützlich sein könnte, um die dunkle Magie zu bekämpfen«, erklärte Thraun, der große Mann.

»Aber wir reden hier über eine Entführung«, wandte Hirad ein. »Da müssten sie doch …«

»Ganz so einfach ist es nicht«, schaltete sich Alun ein. »Erienne ist eine Einzelgängerin. Sie lebt nicht nach den Regeln des Kollegs, und die Herren dort sind dumm genug, sie dafür leiden zu lassen. Vielleicht muss sie sogar sterben.« Seine Stimme war bitter und zornig. »Aber es geht ja nicht nur um sie. Sie haben auch unsere Jungen entführt.«

Hirad erwiderte Aluns Blick, und auf einmal empfand er großes Mitleid für den Mann. Er trug den Gesichtsausdruck, den er schon bei Sana gesehen hatte: das Bewusstsein, dass man etwas verloren hatte, aber die Weigerung zu glauben, dass es wirklich fort war.

»Deine Jungen?«, drängte Talan ihn weiter.

»Zwillinge. Vier Jahre alt«, antwortete Jandyr, der Bogenschütze aus Julatsa. Er war ein Elf und behauptete, flüchtig mit Ilkar bekannt zu sein. Allerdings hatte Ilkar ihn nie erwähnt.

»Und ihr drei seid demnach angeheuert worden, um die Gefangenen zu befreien, nehme ich an?«, fragte Talan.

»Glaubst du denn, wir machen so etwas aus reiner Nächstenliebe?«

»Wir schon«, fauchte Hirad den Mann mit der brummigen Stimme an, der Will hieß. Er war klein, vielleicht fünfeinhalb Fuß groß, doch er war drahtig und muskulös und hatte kluge Augen. Er trug zwei Kurzschwerter in gekreuzten, auf den Rücken geschnürten Scheiden, bekleidet war er mit dunklem, fleckigem Leder. Auf dem Kinn und dem Hals wuchsen Bartstoppeln. Hirad mochte ihn nicht.

»Ich muss mich nicht vor dir rechtfertigen«, sagte Will. »Wir sind hier alle gedungene Männer. Alle außer Alun. Ihr zieht es vor, die Schlachten der Barone zu schlagen, wir bergen Dinge. Und Menschen.« Er zuckte mit den Achseln.

Schweigen herrschte im Lager. Der Ofen zischte und rauchte leicht, doch abgesehen vom trüben Schimmer der Kohlen verriet nichts, dass sie rings um ein Feuer saßen.

Hirad betrachtete den zweiten Mann, der Thraun hieß. Er war ein Riese und so stark, dass er sogar für den Unbekannten kein leichter Gegner gewesen wäre. Sein Langschwert hing an der Seite, und er kratzte sich abwesend am Bart, der blond war und braune Flecken hatte, während er in die Dunkelheit starrte.

Ein Rascheln erregte Hirads Aufmerksamkeit. Er blickte über die Schulter und entdeckte die Katze, die gerade den Lagerplatz betrat. Offensichtlich ging es ihr nicht gut. Sie stolperte und schwankte, als sei sie berauscht, und näherte sich dem Barbaren. Im trüben Schein der Kohlen konnte er sehen, dass der Pelz struppig und ungepflegt war und inzwischen so stumpf wie die Augen.

»Bei den Göttern, Hirad, schau sie dir nur an«, sagte Richmond.

Hirad nickte, hob das arme Tier auf und schob es sich ins Wams. Er zuckte zusammen, als das kalte Fell der Katze seine warme Haut berührte.

»Deine?«, fragte Will.

»Sie gehört Denser. Sie stirbt.«

»Offensichtlich«, sagte Will.

Hirad warf ihm einen scharfen Blick zu. »Das darf nicht geschehen. Wir brauchen Denser jetzt.« Er wandte sich an Richmond und Talan. »Es wird Zeit, dass wir uns in Bewegung setzen.«

»Wie hat denn euer Plan ausgesehen?«, fragte Richmond die anderen.

»Heimlich vorgehen«, erklärte Jandyr. »Wir haben einen Weg gefunden, auf dem wir von hinten hereinkommen. Wir wollten bis nach Mitternacht warten, um hineinzugehen, doch dann wurden eure Freunde vorbeigeschleppt. Wir haben beschlossen, noch etwas länger zu warten, und dann seid ihr gekommen.«

»Hmm.« Hirad kaute an der Unterlippe. »Ich bin nicht sicher, ob das jetzt noch funktioniert. Sie rechnen jetzt mit einem Angriff von uns.«

»Aber sie rechnen nicht mit sieben Leuten«, sagte Thraun. »Sie rechnen nur mit dreien.«

»Interessant«, murmelte Talan. Dann, etwas lauter: »Deine Frau – welcher Richtung gehört sie an?«

»Dordover, das sagte ich doch schon ...«, begann Alun.

»Nein, entschuldige. Ich meine, ist sie eher offensiv oder defensiv?«

Alun war einen Moment lang ratlos. »Nun, eigentlich keines von beiden. Sie ist eine Forschungsmagierin ... eine Hüterin der Überlieferung. Oder sie wird es eines Tages sein.«

»Aber sie wirkt Sprüche?«, drängte Talan.

»Niemals, um andere zu verletzen«, antwortete Alun entschieden.

»Ausgezeichnet«, sagte Talan. »Selbst wenn Travers sie unter seiner Kontrolle hat, sollte unser Wüten erfolgreich verlaufen.«

»Was?« Will runzelte die Stirn.

Hirad lächelte. »Vielleicht sollten wir dir etwas über die Chaos-Taktik des Raben erzählen.«

Sie hatten ihm die erste und dritte Rippe gebrochen, und die einwärts gekrümmten Enden der gebrochenen Knochen verletzten seine Lungen. Die Schläge waren immer brutaler geworden und hatten nach dem Bauch auch seinen Brustkorb erfasst, dann die Beine.

Sie hatten ihn blutend hängen lassen. Er zählte ein Dutzend blutende äußere Wunden, und wenn er sich innerlich prüfte, dann waren dort zwei weitere. Eine davon, an der Leber, fühlte sich schwerwiegend an. Er hatte Schmerzen. Seine zerschlagenen Beine schickten Schmerzsignale in seinen Rücken, wenn er zu stehen versuchte, und sein Arm und die gebrochenen Rippen stachen, wenn er sich an den Handgelenken hängen ließ.

Durch die schlecht schließenden Vorhänge glaubte Ilkar, die erste Morgendämmerung sehen zu können. Sein Mut sank, und er fragte sich, ob es überhaupt noch sinnvoll war, weiter Widerstand zu leisten. Es kostete ihn seine letzten Kräfte. Es war besser, aufzugeben und sich dem Tod zu überlassen.

Er versuchte, Denser zu hassen. Ihn zu hassen, weil er den Raben zu diesem vergeblichen, verhängnisvollen Spiel verleitet hatte. Ihn zu hassen, weil er Xeteskianer war und schlief und nicht bemerkte, welche Qualen Ilkar litt.

Doch er stellte fest, dass es ihm nicht gelang. Denser hatte trotz seiner Überheblichkeit die Wahrheit gesagt. Die Beweise waren überwältigend. Die Entdeckung des Dawnthief-Pergaments, der Kampf mit den Destranas, Gresses Bemerkungen über die Streitmacht, die von den Wesmen aufgebaut wurde. Das alles passte dazu, dass die Wytchlords zurückkehrten und Xetesk sich bemühte, den einzigen Spruch, der sie besiegen konnte, in die Hände zu bekommen.

Er schauderte. Wenn er jetzt starb, musste er sich wenigstens nicht mehr an der Schlacht um Balaia beteiligen. Eine Schlacht, in der es vermutlich keine Sieger geben würde. Er atmete schwer und spuckte Blut, er keuchte vor Schmerzen, als seine Lunge gegen die gebrochenen Knochen stieß. Er streckte langsam die Beine, nahm etwas Druck von den tauben Armen und zuckte zusammen, als die Quetschungen in den Hüften neue Schmerzen durch seinen Rücken schießen ließen.

Sie waren vor einigen Minuten gegangen. Ilkar runzelte die Stirn. Ob sie sich die Mühe machen würden, ihm weitere Fragen zu stellen? Bei den Göttern, er hoffte es. Wenigstens würde er dann wieder auf dem Stuhl sitzen dürfen. Wohin waren sie gegangen? Travers hatte gesagt, sie kämen gleich zurück. Ilkar fragte sich, ob sie inzwischen mit Denser redeten, doch er nahm an, dass der Magier noch von Drogen betäubt im Schlaf lag. Er schnaubte. Wahrscheinlich frühstückten sie nur oder so etwas.

Die Doppeltür am anderen Ende des Raumes ging auf, und Travers kam herein, flankiert von zwei Männern. Die Flasche in der einen und das Glas in der anderen Hand, begann der Hauptmann jetzt sichtlich zu torkeln.

»Die vierte Flasche!«, rief er und winkte Ilkar zu. »Vielleicht breche ich heute noch meinen Rekord.«

»Oder du stirbst beim Versuch, wenn wir Glück haben«, murmelte der Magier.

»Es tut mir Leid, Ilkar, habt Ihr etwas gesagt? Ihr müsst schon lauter sprechen.« Travers schlenderte zum Stuhl, doch etwas anderes erregte Ilkars Aufmerksamkeit. Isman und ein zweiter Mann schleppten den bis zur Hüfte entkleideten Denser herein. Sein Kopf hing auf der Brust, die Füße schleiften über den Boden, und er sah aus, als sei er schon tot.

Sie pflanzten ihn auf einen Stuhl und rückten ihn zurecht. Sie mussten seine Schultern halten, damit er nicht auf den Boden rutschte. Travers lachte, und Ilkar drehte sich um. Der Hauptmann starrte ihn an.

»Das ist das Problem mit dieser Droge, die wir benutzen. Etwas zu viel, und man will überhaupt nicht mehr aufwachen. Es gab so viele Dinge, die wir Denser fragen mussten, und es brauchte eine Menge Überzeugungskraft, um ihn aufzuwecken und zu überreden, mit uns zu sprechen«, sagte Travers selbstzufrieden und höhnisch. »Leider hat es recht lange gedauert, bis er sich unserer Ansicht angeschlossen hat.«

Ilkar konnte sich vorstellen, welche Schmerzen Denser litt. Er sah brutale rote Male auf dem Oberkörper, und hier und dort auch Schwellungen, die von einer Peitsche oder einem Gürtel herrühren mochten. Er konnte nur hoffen, dass der Xeteskianer noch von der Droge benommen war.

Travers trank jetzt direkt aus der Flasche und stand schwankend auf. Er torkelte einen Schritt zurück und wäre über den Stuhl gestolpert, wäre nicht ein Soldat so aufmerksam gewesen, ihn zur Seite zu ziehen. Das Gesicht des Hauptmanns war hellrot, die Augen verhangen, aber wild, die Brust hob sich schwer.

»Und jetzt kommen wir zur ersten von zwei Möglichkeiten.« Seine Worte, inzwischen nicht mehr als ein Nuscheln, würden bald völlig unverständlich sein. Er torkelte herüber, baute sich zwischen Ilkar und Denser auf und tat so, als schaute er keinen der beiden an.

»Erstens.« Er hob einen Finger. »Beantwortet Ihr meine Fragen aufrichtig, oder muss ich Euch noch weiter davon überzeugen, dass dies die einzige Möglichkeit ist? Früher oder später werdet Ihr Euch sowieso meinem Willen beugen.«

Travers sah von einem zum anderen. Ilkar starrte Denser an, der überhaupt keine Reaktion zeigte. Der Elf konnte sehen, wie der Brustkorb des Magiers bebte. Offenbar litt er starke Schmerzen.

»Nett ausgedacht, Travers«, antwortete Ilkar. »Es sieht aber wohl so aus, als müsstet Ihr weitermachen.«

»Zweitens!«, bellte Travers und hob einen weiteren Finger. Er trank wieder einen Schluck direkt aus der Flasche, und der Schnaps rann aus dem lallenden Mund. Er wischte sich die Lippen mit dem Handrücken ab. »In diesem Fall erhebt sich die Frage, wer von Euch den anderen sterben sehen will?«

Ilkar war beinahe erleichtert. Wenigstens wären damit seine Qualen beendet. Er bedauerte, Hirad nicht noch einmal gesehen zu haben, doch allmählich begann er zu glauben, dass der Barbar tatsächlich tot war. Er hätte sich gern bereit erklärt, als Erster zu sterben, doch offensichtlich hatte Travers Denser nur aus einem einzigen Grund hereinschleppen lassen. Ilkar glaubte nicht, dass er sich vor Densers Qualen würde verschließen können.

Er schaute zum Dunklen Magier hinüber und empfand zum ersten Mal echte Sympathie.

»Lebewohl, Denser«, flüsterte er.

Densers Körper zuckte heftig, und er schob sich abrupt die linke Hand unter den rechten Arm. Er hob den Kopf, und der Anblick ließ Ilkar zusammenzucken. Denser war fast nicht wieder zu erkennen. Blut verunstaltete sein Gesicht, die Nase war nach rechts gebogen, der Mund eine geschwollene, blutige Masse, die Augen bloße Schlitze zwischen den Schwellungen im Gesicht. Er hustete und starrte Ilkar an, und so unglaublich es war, er verzog den Mund zu einem Grinsen.

»Sie sind da«, krächzte er.

Vor der Halle ertönte ein Warnruf, dann übernahm etwas Wildes das Kommando, und Chaos herrschte in der Burg der Schwarzen Schwingen.

Fünfzehntes Kapitel

Hirad musste sich allmählich eingestehen, dass Will durchaus nützlich sein konnte. Nützlich genug, um den Raben zu verstärken, wenn sie mit den Schwarzen Schwingen fertig waren. Das Schicksal war schon ein komisches Ding, dachte er bei sich. Er musste zugeben, dass er niemanden hatte rekrutieren wollen, und jetzt waren ihm gleich drei Kandidaten buchstäblich über den Weg gelaufen. Vorausgesetzt natürlich, sie überlebten. Und weiter vorausgesetzt, er konnte sie überreden, sich dem Raben anzuschließen. Es würde nicht mehr so leicht gehen wie früher.

Er konnte den Leuten keine Vollbeschäftigung und keine gute Bezahlung mehr garantieren, und auch keinen Ruf, der ihnen vorauseilte. Jetzt ging es um den fast sicheren Tod bei einem Unternehmen, von dessen Sinn nur die Hälfte des Landes überzeugt war, während die andere Hälfte versuchte, zu stören und zu zerstören. Und wenn sie Glück hatten, gab es vielleicht am Ende noch eine Belohnung. Nicht gerade eine verlockende Perspektive.

Alun war nicht aus dem rechten Holz geschnitzt, und Hirad war sowieso nicht sicher, ob der Mann überhaupt zu ihnen stoßen wollte. Doch Thraun mit seinen kräftigen Muskeln, der Elf Jandyr mit seinem Bogen, sie wären prächtige Rekruten. Hirad fragte sich, wie der Rabe dagestanden hätte, wenn diese Männer schon in frühern Zeiten dabei gewesen wären. In besseren Zeiten.

Und dann schließlich noch Will. So missmutig, höhnisch und undankbar er zu sein schien, er besaß gewiss Talent. Hirad war nicht nur beeindruckt davon, wie schnell und präzise er die Gegend um die Burg erkundet hatte. Auch die Gewandtheit, mit der Will die Wand hinter den Stallungen hochkletterte, als sei sie eine Leiter, war erstaunlich. Der drahtige Mann hatte ein Ende des Seils mitgenommen und warf es nun über die Mauer zurück. Es fiel direkt vor die Füße des Barbaren. Hirad schaute es an, dann blickte er zu Thraun, der lächelte.

»Er ist gut, was?«, sagte er. Hirad nickte, zog das Seil straff und begann zu klettern. In weniger als zwei Minuten standen sie alle innerhalb der Burg der Schwarzen Schwingen.

»Also«, flüsterte Will, »die einzigen Wächter außerhalb des Gebäudes stehen am Haupttor. Ich konnte keine Anzeichen einer Patrouille erkennen, aber das ist kein Grund, sorglos zu sein. Wie ihr sehen könnt, ist das Hauptgebäude nur dreißig Schritt entfernt. Wir sind hier im tiefen Schatten und können vom Haus aus nicht entdeckt werden. Ich schätze, dass das Haupthaus an der Längsseite hundertfünfzig Fuß und auf dieser Seite neunzig Fuß misst.« Will deutete hinter sich, dann sah er Hirad an. »Jetzt liegt es bei euch.«

»Kein Problem«, sagte der Barbar. »Über die Richtung werde ich entscheiden, wenn wir drin sind, und der einzige Weg hinein führt durch das nächste Fenster.« Er lief zur Ecke des Hauses, und als er sie erreicht hatte, blickte er nach links zur kürzeren Seite, wo sich der Vordereingang befand. Dann spähte er durch das dunkle Fenster, das direkt vor ihm lag, nach drinnen. Er zuckte die Achseln und wollte gerade etwas sagen, als er Jandyrs Hand auf seiner Schulter spürte. Der Elf beugte sich vor und nickte.

»Es ist leer«, flüsterte er. »Ein Arbeitszimmer oder so etwas. Eindeutig klein und ganz sicher leer.«

»Ausgezeichnet«, sagte Hirad.« Er holte mit der Faust aus.

»Was machst du denn da?«, zischte Will.

»Einbrechen«, sagte Hirad.

»Ich weiß was Besseres.« Will fischte einen dünnen Streifen Metall aus dem Gürtel und schob ihn zwischen die Fensterflügel. Er stocherte einen Moment herum, fand den Riegel und drückte den Metallbügel hoch, bis er umklappte. Das Fenster schwang langsam auf. »Bitte, nach dir.« Er trat einen Schritt zurück.

Hirad starrte ihn an, dann kletterte er über die Fensterbank und tappte zur einzigen Tür des Raumes. Während die anderen einstiegen, lauschte er, doch er konnte nichts hören. Er drehte sich wieder um.

»Also gut. Wenn sich die Gelegenheit bietet, dann gehen Talan, Richmond, Alun und Will nach oben. Ich bleibe mit den anderen unten.« Er öffnete die Tür einen Spalt, gerade weit genug, um zu sehen, dass es auch dahinter dunkel war. Er winkte Jandyr zu sich. Der Elf schaute kurz hinein, dann zog er sich zurück und schloss die Tür.

»Es ist klein. Ein Ankleidezimmer oder so etwas. Vorne und rechts gibt es mit Vorhängen verdeckte Ausgänge, am Ende der linken Wand ist eine Tür.«

Hirad nickte und nahm seinen Umhang ab. Die Katze sprang heraus, sah sich um und erkundete mit Nase und Ohren die Lage. »Gut, wir trennen uns hier. Talan, nimm die linke Seite.« Er öffnete die Tür und trat ein. »Falls jemand nicht sicher ist, was zu tun ist, soll er einen Rabenmann fragen. Alles bereit?« Zustimmendes Gemurmel verriet ihm, wo die anderen standen. Er zog das Schwert aus der Scheide und grinste Richmond und Talan an. »Der Rabe!«, brüllte er. »Der Rabe und das Wüten!«

Er lief zum Ausgang und riss den Vorhang zur Seite. Von der anderen Seite fiel Licht herein. Er heulte, und die anderen Rabenkrieger nahmen den Ruf sofort auf. Dann marschierte er einen kurzen Gang hinunter und ließ das Schwert über die Steinwand klappern. Wie im Rausch hörte er, dass Will und die anderen in den unschönen Chor einstimmten.

Die bestialischen Schreie und Rufe, das Klirren von Metall auf Stein und die schweren Stiefel auf den Dielen machten einen Höllenlärm. Er spürte das Blut durch seine Adern toben, er spürte, wie seine Muskeln sich spannten, es rauschte in seinen Ohren, und seine Augen brannten wild. Er lief jetzt nicht mehr, sondern rannte mit voller Geschwindigkeit ins Licht und bemerkte kaum, dass die Katze blitzschnell an ihm vorbeilief.

Dort drinnen waren Männer, es waren zwei. Er bleckte lachend die Zähne und fiel über sie her. Der erste erstarrte vor Schreck, und Hirad zögerte nicht, streckte ihn nieder und war im Nu zum zweiten unterwegs, dessen lächerliche Gegenwehr weggefegt wurde wie ein lästiger Strohhalm aus dem Haar. Wieder brüllte er mit voller Lautstärke und hielt kurz inne, um sich zu orientieren.

Er befand sich in einer Küche, direkt vor einer Doppeltür. Ein Stück weiter gab es eine weitere Tür. Jandyr und Thraun standen vor einer dritten.

»Siehst du, wie es geht, siehst du es? Jetzt trennen wir uns, jeder nimmt eine Tür. Brüllt laut und bleibt in Bewegung, sonst sterbt ihr.« Er drehte sich um, trat die Tür ein, vor der er stand, stürmte durch die Öffnung und stieß abermals einen Schrei aus. Die Katze folgte ihm.

Talan brach durch die Tür direkt vor ihm und sah rechts ein Fenster und links eine Tür. Ohne zu zögern deutete er nach rechts, während er selbst nach links ging und Will zu sich rief. Sie stürmten in einen großen Raum mit Kaminen, in die gegenüberliegende Wand waren Fenster eingelassen. Eine Doppeltür in der hinteren rechten Ecke diente als Ausgang. Talan rannte darauf zu, heulte im Laufen, warf Stühle und Tische um und ließ das Schwert über die Steinwand klappern. Will bemühte sich, Talans Tempo zu halten, und seine anfänglichen Hemmungen schwanden rasch in seiner Begeisterung.

Auf Talans Zeichen hin war Richmond durchs Fenster gesprungen. Glas und Holz regneten in einen kleinen Hof hinab. Richmond stieß einen triumphierenden Schrei aus, zerdrückte Büsche und Pflanzen unter seinen Stiefeln und warf einen kurzen Blick zum Nachthimmel hinauf, als er sich zu der Tür bewegte, die er zu seiner Linken in der Wand zwischen den Fenstern erkennen konnte. Alun folgte ihm dichtauf. Als sie die Entfernung halb überwunden hatten, wurde die Tür geöffnet, und ein Schwertkämpfer trat in den Hof. Richmond brüllte noch einmal und lief schneller, doch der Schwertkämpfer lächelte nur und hielt die Stellung. Mit klirrendem Metall und sprühenden Funken begann der Kampf.

Jandyr und Thraun wechselten einen ungläubigen Blick, als Hirad durch die Doppeltür brach. Der Elf zuckte nur mit den Achseln, holte tief Luft und stieß einen kehligen Laut hervor, während er den Bogen fester packte. Thraun nickte, machte auf dem Absatz kehrt und rannte zur Tür in der gegenüberliegenden Wand. Sein wahrhaft animalischer Schrei hallte laut zwischen den Wänden.

Jandyr legte einen Pfeil ein, trat die einzelne Tür auf, die direkt vor ihm lag, und blickte auf eine nach unten führende Treppe. Jetzt setzten seine Jagdinstinkte ein, und er schlich, den Bogen bereit, geräuschlos zur ersten Stufe. Seine Augen konnten die Dunkelheit mühelos durchdringen, und seine Nase zuckte, als er alten Schweiß, Urin und Blut roch.

Unten kam hinter Vorhängen gedämpftes Licht hervor. Er stieg vorsichtig und völlig geräuschlos die Treppe hinunter. Hinter dem Vorhang befand sich mindestens ein Mensch. Ein gedämpftes Husten hatte ihn verraten. Jandyr wechselte zur rechten Seite des Vorhangs, sobald er unten angekommen war. Als er erkennen konnte, dass der Mann nicht direkt hinter dem Vorhang lauerte, schob der Elf den Stoff mit der Hand, die den Bogen spannte, zur Seite, und hielt mit der anderen den Pfeil fest.

Der Anblick, der sich ihm daraufhin bot, ließ ihn beinahe laut auflachen.

Thraun hatte die Türen aufgerissen und schoss mit den fließenden Bewegungen eines Raubtiers hindurch. Ein einzelner Wächter stand vor einer weiteren Doppeltür auf der rechten Seite. Als der blutverschmierte Körper des Mannes zu Boden sank, orientierte Thraun sich rasch. Die Eingangshalle, in der er jetzt stand, war leer. Vor ihm die Haupttür, links weitere Türen. Er wirbelte herum, sah die nach oben führende Treppe, blickte kurz nach rechts, wo er Kampfgeräusche hörte, und rannte, immer drei Stufen auf einmal nehmend, die Treppe hinauf.

Der Schrei erstarb auf Hirads Lippen, als er die Szene überblicken konnte. Es war ein großer Raum, mit Vorhängen ausgestattet und kalt. An der Wand war Ilkar mit den Handgelenken angekettet. Der nach vorn gesunkene Kopf hob sich langsam.

»Hirad, den Göttern sei Dank.«

Der Barbar steckte das Schwert in die Scheide und rannte zum Magier hinüber. »Wenigstens lebst du noch«, sagte er, während er die Kette von Ilkars linkem Arm löste. Der Elf zuckte zusammen, als er freikam.

»Vorsicht«, warnte er. »Meine Rippen sind gebrochen.«

»Sonst noch etwas?« Hirad hielt inne und sah Ilkar in die Augen. Ilkar schaffte es, die Mundwinkel hochzuziehen.

»Beine, Bauch, Arme …«

Hirad nickte. »Stütz dich auf mich«, sagte er. Er drehte sich mit dem Rücken zu Ilkar, und der Magier legte ihm den Kopf auf die rechte Schulter. Dann langte er nach links und öffnete den Verschluss der zweiten Fessel. Ilkar musste sich festhalten, um nicht zu stürzen.

»Alles klar?«

»Nein, aber wenn ich den linken Arm um dich lege, kannst du mich zu einem der Stühle da drüben schleppen.«

Hirad sah in die angegebene Richtung und bemerkte Denser, der auf dem Rücken vor einem der Stühle lag. Die Katze schmiegte sich an seinen rechten Arm. Seine Brust hob und senkte sich und bebte immer wieder. Die beiden Rabenkrieger schlurften vorsichtig zu den Stühlen hinüber, wo Hirad Ilkar so sanft wie möglich absetzte. Dann richtete er die Aufmerksamkeit auf den Xeteskianer.

Richmond wich schwer atmend zurück und legte kurz die Hand auf die Schulterwunde im Schwertarm. Hinter ihm zog Alun sich ein Stückchen zurück.

»Na, Rabenkrieger, das stopft dir das große Maul, was?«

Richmond sagte nichts.

»Du hättest nach Hause gehen sollen. Hier gibt es nichts außer dem Tod.«

Richmond wechselte das Schwert in die andere Hand und machte sich bereit. Sein Feind zog, wider Willen beeindruckt, die Augenbrauen hoch. Der Rabenmann wich nach rechts aus, als er hinter sich das Wispern hörte, mit dem ein Schwert aus der Scheide gezogen wurde.

»Bleib weg, Alun, das geht dich nichts an.«

»Doch es geht mich etwas an, sie haben meine Familie entführt.«

»Ach, der hingebungsvolle Vater. Was willst du denn hier?«, spottete der Kämpfer der Schwarzen Schwinge. »Bist du gekommen, um die Leichen abzuholen?«

»Bastard«, knirschte Alun. »Bastard!« Er sprang links an Richmond vorbei. Der Rabenmann reagierte sofort und schnitt dem Kämpfer der Schwarzen Schwinge den Weg zu Alun ab, aber sein Gegner war nicht mehr da. Er hatte geahnt, wie Richmond reagieren würde, und war zur anderen Seite ausgewichen. Jetzt stieß er Richmond das Schwert in die Brust.

Richmond keuchte vor Schmerzen und ging in die Knie, das Metall brannte heiß zwischen seinen Rippen. Der Stahl wurde herausgerissen, und er brach vornüber zusammen. Sein Blut verteilte sich auf Kleidung und Haaren. Er hörte ein kurzes, triumphierendes Lachen, in der Ferne hörte er jemanden rennen, und dann verstummte die Welt um ihn.

Talan stürmte in den Gang, Will folgte dicht hinter ihm. Direkt vor ihnen lag eine Leiche in einer Doppeltür, rechts führte eine Treppe nach oben. Talan hielt inne, um zu lauschen. Er konnte Thraun hören, der offenbar schon im oberen Stockwerk angekommen war. Er runzelte die Stirn. Es war viel zu ruhig, von Richmond und Hirad konnte er überhaupt nichts hören.

»Lasst uns angreifen, angreifen!«, rief er und polterte die Treppe hinauf. Will stimmte in seinen Ruf ein und folgte ihm.

Alun sah, wie Richmond zu Boden ging, dann machte er kehrt und floh auf dem Weg, den er gekommen war. Sein Herz schrie in seiner Brust, er schwitzte am ganzen Körper, und er zitterte. Er war allein in einer Burg voller Stahl und Tod. Im Flur blieb er stehen und war in Versuchung, in die Nacht davonzulaufen. Nein, ganz allein war er nicht. Irgendwo in diesem Haus waren seine Frau und seine Kinder. Er wählte den Weg, der zurück ins Haus führte. Er musste Will finden.

Isman sah lächelnd zu, wie Alun fortlief. Er hätte ihn verfolgt, doch es gab noch andere, die viel dringender seiner Aufmerksamkeit bedurften. Und vorher, so überlegte er sich, sollte er sich möglicherweise auch noch um die Magier kümmern.

Travers torkelte durch die obere Etage, hämmerte unterwegs gegen Türen und schrie, um die Leute zu wecken. Der Lärm, den der Rabe machte, erfüllte seine Burg, und seine Einsamkeit und seine Verfassung beschleunigten seinen Schritt. Er blieb nicht stehen, um sich zu vergewissern, ob die Männer seine Rufe gehört hatten. Dazu war keine Zeit. Sollten die Feinde die Zwillingsjungen als Erste erreichen und sie freilassen, dann würde eines Tages ein Pesthauch über Balaia wehen. Die Söhne einer Magierin – es konnte kaum etwas Schlimmeres geben als dies. Sobald die Jungen tot waren, wurde es auch Zeit, die Zusammenarbeit mit Ihrer Mutter zu beenden.

Denser lag auf dem Rücken, als die Katze ihn biss. Er spürte, wie sie Kraft von ihm bezog, und wusste, dass sie sich stärkte, selbst wenn seine Kräfte verebbten. Doch es gab ein Gleichgewicht. Es gab immer einen Ausgleich. Undeutlich nahm er rings um sich Stimmen wahr, mindestens eine davon richtete sich an ihn, doch er konnte nicht antworten. Noch nicht. Mit der rechten Hand streichelte er die Katze, während das Tier sein Blut trank. Sie würden es schaffen, und das Abzeichen des Kommandanten würde ihm gehören. Travers war dem Untergang geweiht. Er lächelte.

Die Katze hatte sich gestärkt und sah ihn mit lodernden Augen an. Ihre Geister verbanden sich, und er sandte ein Bild des Hauptmanns in ihr Bewusstsein. *Suche ihn und kehre zurück,* sagte er. *Bringe ihn zu mir. Du weißt, was du zu tun hast.*

Die Katze blinzelte einmal, langsam.

Ich werde auch ohne dich überleben. Geh.

Die Katze war damit zufrieden und gab ein Schnurren von sich, das beinahe schon ein Knurren war, sie entfernte sich und suchte nach einem Ausgang, doch alle Türen des Raumes waren verschlossen.

»Was ist los?«, sagte Hirad. »Das Biest hat ihn angefressen, ich habe es doch gesehen.«

»Hirad, bitte«, keuchte Ilkar. Er war auf einem Stuhl zusammengebrochen und hatte große Mühe, bei Bewusstsein zu bleiben. Die Schmerzen in seiner Brust und in den Beinen waren noch stärker geworden, die inneren Blutungen hatten wieder eingesetzt, und er brauchte Ruhe, um sich selbst zu heilen. »Es gibt Dinge, die du nicht weißt, aber die müssen warten. Ich fühle mich nicht sehr gut.«

»Dann sage mir, was ich tun soll. Ich kann doch helfen.«

»Bewache uns und lass uns in Frieden und spare dir deine Fragen. Wo sind die anderen?«

Hirad holte tief Luft und nickte. »Wir haben ein paar neue Leute getroffen. Sie wollen hier eine Frau retten. Wir wüten. Die Burg wird uns in ein paar Minuten gehören.«

Ilkar ließ sich unter Schmerzen auf den Boden nieder und legte sich neben Denser. »Gut«, sagte er. »Gut.« Er schloss die Augen, gerade als die gegenüberliegende Tür wieder geöffnet wurde. Die Katze ergriff ihre Chance und rannte hinaus. Hirad richtete sich auf.

»Isman.«

»Hirad.«

Jandyr hätte gelacht, wäre der Anblick, den er vor sich sah, nicht so bejammernswert gewesen. Der Mann lag mitten auf dem mit Blut verschmierten Boden. Sein Mund war offen, und er bewegte sich nicht. Seine Waffe hielt er noch in einer Hand, und der Wein, den er getrunken hatte, tropfte aus dem umgekippten Kelch auf den Boden.

»Ein Mann, der sich seinem Tod nicht stellen will, ist überhaupt kein Mann«, klärte Jandyr ihn auf. Nichts rührte sich. »Tote Männer husten nicht, mein Freund. Du kannst dein erbärmliches Spiel ruhig aufgeben. Sieh mich wenigstens an.« Immer noch nichts. »Ich habe keine Zeit …« Jandyr spannte seinen Bogen.

»Bitte!« Der Mann fuhr auf und setzte sich. »Ich will nicht …«

»Wie ich schon sagte, ich habe keine Zeit.« Er ließ den Pfeil fliegen, legte den nächsten ein, drehte sich um und lief die Treppe hinauf.

Travers lehnte sich an eine Wand des schmalen Durchgangs zum Turm und runzelte die Stirn. Der Rabe stürmte durch seine Burg. Die Kampfschreie hallten seit einer Weile durchs Gemäuer, auch wenn sie jetzt nur noch mit Unterbrechungen kamen. Sorgen bereitete ihm die Tatsache, dass offensichtlich mehr als drei Leute angriffen. Er zuckte mit den Achseln und ging weiter durch die Tür in den Wachraum. Seine beiden Männer salutierten mit blank gezogenen Schwertern.

»Gut«, nuschelte er. »Wir dürfen nichts dem Zufall überlassen. Diese Bastarde von Magiersöhnen dürfen die Burg nicht lebend verlassen. Tötet sie.«

»Sir?« Die Männer wechselten einen Blick und zögerten.

»Sie sind nicht einfach nur Kinder. Wenn die Hexe sie mit zurücknimmt, dann werden sie viel zu mächtig, und wir können sie nicht mehr kontrollieren. Kümmert euch darum.« Einer der Wächter nickte und lief eine Wendeltreppe in der Ecke des Raumes hinauf. Kinderstimmen waren zu hören, dann knallte eine Tür zu.

Thraun rannte durch den Korridor im oberen Stockwerk. Rechts gingen Fenster zu einem offenen Hof hinaus, auf den trübes Licht fiel. Von der anderen Seite drangen Kampfgeräusche herüber. Er ließ einen kleinen Durchgang zu seiner Linken aus und folgte im Laufschritt einer Biegung nach rechts. Wieder brüllte er laut. Eine Doppeltür lag direkt vor ihm. Sie sah wichtig aus. Er öffnete sie mit einem Tritt und stürmte hindurch.

Talan und Will trennten sich, als sie das obere Ende der Treppe erreichten. Links gingen Fenster zum Innenhof hinaus, den Richmond übernommen hatte. Rechts gab es einen Durchgang, weiter unten zwei Türen. Will entschied sich für den Durchgang, sah eine Tür vor sich und rannte darauf zu. Talan stürmte durch die erste Doppeltür und stand in einem großen Raum voller Betten. Die meisten waren belegt, einige nicht. Vielleicht schaffte er es.

Er baute sich zum Kampf auf, klärte seinen Geist mit einem Schrei und bleckte die Zähne. »Dann kommt mal her. Ist hier jemand, der glaubt, er könnte mich besiegen?«

Will hörte Talans Ruf und stolperte durch die Tür, die er gefunden hatte. Er zog die beiden Kurzschwerter, als er hinter der Tür in der Hocke landete. Er riss vor Schreck die Augen auf, und sein Herz setzte einen Schlag aus. Der Raum war voller Männer, und das Einzige, was er mit Sicherheit sagen konnte, war, dass keiner von denen ihn gesehen hatte. Alle rückten gegen Talan vor.

»Was für eine Schande«, sagte Hirad. »Du hättest dich dem Raben anschließen sollen.«

Isman schnaubte. »Eine junge Klinge in einer Bande alter Männer. Ich will lieber der sein, der für euer Ende verantwortlich ist.«

»Ach, ja?« Hirads Gedanken klärten sich, als der Adrenalinschub einsetzte. Er spannte die Armmuskeln. »Du bist im gleichen Augenblick wie Sirendor Larn gestorben, und der Rabe wird diese Burg niederbrennen.«

Er sprang vor, das Schwert vor sich haltend, und wollte Ismans Zwerchfell treffen. Der Mann von der Schwarzen Schwinge blockte den Schlag ab, bewegte sich abrupt nach rechts und war sofort wieder bereit. Hirad suchte in seinen Augen nach Furcht, doch er fand keine. Die beiden Männer umkreisten einander. Hirad suchte nach einem Fehler in Ismans Haltung und war beeindruckt, dass es keinen gab. Beide Männer kämpften mit Langschwertern, beide waren gut im Gleichgewicht, doch nur einer hatte die Kampferfahrung und das Wissen aus unzähligen Siegen im Kampf Mann gegen Mann. Er begann jetzt einen ungestümen Angriff.

Nach dem ersten Stoß nutzte Hirad den Schwung, den

Ismans vorhersehbare Abwehr ihm gab, um einen seitlichen Schlag anzubringen und die Klinge im Bogen von der Schulter bis zur Hüfte zu schwingen. Isman war auf dieses Manöver nicht vorbereitet und reagierte aus reinem Instinkt. Er sprang zurück, und Hirads Klinge verfehlte ihn um weniger als eine Handbreit.

Aus dem Konzept gebracht, konnte sich der Barbar gerade noch rechtzeitig aufrichten, um Ismans Gegenangriff abzuwehren, bevor er in seiner Riposte einen horizontalen Hieb versuchte. Dieses Mal konnte Isman rechtzeitig ausweichen.

Hirad brachte sich wieder in Position. Auf einmal taten seine Muskeln weh. Er schüttelte sich, und die Schmerzen verflogen. Isman lächelte und griff seinerseits an, ließ mit fließenden Bewegungen vier Kreuzhiebe folgen, die Hirad rückwärts durch den Raum bis zu der Stelle trieben, wo die beiden Magier lagen und hilflos zuschauen mussten. Hirad schnaufte schwer und schlug zurück, konnte Ismans Abwehr durchbrechen und dem Schwertkämpfer das Lederwams aufritzen.

Der Mann von der Schwarzen Schwinge kniff die Augen zusammen und brachte sich in Position, vorsichtiger als zuvor. Hirad wechselte das Schwert zweimal zwischen den Händen. Seine Beine waren bleischwer, und er bekam sie beim nächsten Angriff kaum noch vom Boden. Einen Augenblick lang war seine Brust für Ismans Abwehrschlag frei zugänglich. Da stimmte etwas nicht. Hirad spürte, wie die ganze Kraft aus ihm strömte, doch er wusste, dass er sich im Kampf mit Isman keine Müdigkeit erlauben durfte.

Wieder griff der jüngere Mann an. Sein verdeckter Schlag riss ein Stück Polsterung von Hirads linker Schulter, und den folgenden, auf den Hals gezielten Schlag konnte der Barbar gerade eben abblocken. Hirad schwitzte heftig, ein Übelkeit erregender Krampf packte seinen Magen.

Ismans Lächeln wurde breiter, doch die Augen blieben hart. Er machte einen Schritt nach vorn, und der über Kopf geführte Schlag warf Hirad von den Beinen, auch wenn er mit dem Schwert den Hieb abfangen konnte. Der Barbar zog sich in der Hocke zurück, und Isman schlug nach seinem Kopf. Auch diesen Schlag konnte er abwehren. Hirad duckte sich und konnte sogar wieder aufstehen, doch auf den von unten nach oben geführten Schlag, der ihm das Schwert aus der Hand riss, war er nicht vorbereitet. Die Klinge klapperte auf den Steinfliesen, und Hirad, am ganzen Körper vor Angst und Schmerzen zitternd, konnte nur noch Ismans Gesicht anstarren.

»Ich habe dir doch gesagt, dass du nach Hause gehen sollst, aber du wolltest ja nicht hören«, sagte er und stieß das Schwert in Hirads ungeschützten Bauch. Die Beine des Rabenkriegers gaben nach, und er stürzte. Die Bewegung, mit der Isman die Klinge rasch wieder herauszog, spürte er schon nicht mehr. Eigentlich konnte er überhaupt nichts mehr fühlen. Er sah auch nichts. Er konnte nur noch spüren, dass er fiel. Es war ein langer, langer Sturz.

Thraun war in einen großen, luxuriösen Raum gerannt, der von der Glut eines Feuers und zwei Kohlepfannen nur unzureichend erhellt wurde. Doch ihm reichte das schwache Licht aus. Vor der Tür in der hinteren linken Ecke des Raumes standen zwei Schwertkämpfer. Thraun rannte auf sie zu und stieß einen Schrei aus, der einen der beiden sichtlich zusammenzucken ließ. Er sprang mit einem Satz über einen Tisch und ein Sofa und traf zwei Schritt später den Schwertarm des ersten Mannes.

Überall war Blut. Der Mann, der viel zu erschrocken war,

um zu schreien, starrte keuchend seinen Armstumpf an und riss vor Entsetzen und Schmerzen die Augen auf. Auch der zweite war leicht zu besiegen. Thraun stieß ihm das Schwert in die Brust, nachdem er die halbherzige Abwehr mit verächtlicher Lässigkeit weggefegt hatte. Der Einarmige war unterdessen zusammengebrochen, er wimmerte und bewegte sich kaum noch. Thraun zog einen Dolch aus seinem Gürtel und schnitt ihm die Kehle durch.

Dann zerrte er die Leichen zur Seite, öffnete die Tür und stieg die Treppe hinauf, die er dahinter fand. Oben war eine zweite, verriegelte Tür. Er zog die Riegel zurück und hielt inne, bevor er die Tür ganz öffnete.

»Erienne?«, sagte er. Er hörte eine Bewegung. »Erienne?«, sagte er noch einmal. Dieses Mal hörte er nichts. »Ich bin Thraun. Könnt Ihr mich hören? Wirkt keinen Spruch, ich bin hier, um Euch zu befreien.« Er holte tief Luft und stieß die Tür auf.

Zum zweiten Mal rutschte Talan auf dem vom Blut glitschigen Boden aus. Er entfernte sich einen Schritt von den drei Leichen, die schon vor seinen Füßen lagen. Das nächste Trio rückte gerade an, wenngleich mit deutlich gedämpfter Begeisterung, nachdem sie gesehen hatten, was Talan im Handumdrehen mit ihren Kameraden angestellt hatte.

Doch der Rabenkrieger war verletzt. Eine Wunde auf seinem rechten Schenkel blutete und begann zu schmerzen, ein Schnitt in der Brust stach bei jedem Atemzug. Noch schlimmer, er spürte eine Schwere in den Gliedern, als habe er den ganzen Tag gekämpft. Die Müdigkeit nahm ständig zu, und er war nicht einmal sicher, ob er auch den nächsten Angriff abwehren konnte. Doch er hatte noch einen Trumpf im Ärmel. Bisher hatte keiner von ihnen Will bemerkt. Der kleine Mann war hinter ihnen, und Talan hielt ihn nicht für einen Kämpfer, der seine Gegner bat, sich umzudrehen, bevor er zuschlug.

Die drei Männer von der Schwarzen Schwinge kamen näher. Talan atmete tief durch und ging in Position. Er schüttelte seine Müdigkeit ab, täuschte rechts an und schlug links zu. Sein Gegner fing den Hieb ab und lenkte die Klinge nach unten ab, während er zurücksprang. Einen zweiten Angriff hätte er nicht überlebt, doch Talan konnte es nicht riskieren, seine rechte Flanke zu entblößen. Er drehte sich um, führte einen ungeschickten Überkopfschlag aus und bohrte die Klinge tief in den Hals des nächsten Gegners. Einer weniger.

Er schauderte, als er zurückwich und sich auf den Angriff vorbereitete, der gleich kommen musste. Die Muskeln in seinem Rücken fühlten sich an, als wollten sie sich gleich verkrampfen, und sein Atem ging flach und mühsam. Sein Blick trübte sich sogar einen Augenblick, und er glitt aus, als er den Fuß aufsetzte. Als die beiden restlichen Männer sahen, dass er das Gleichgewicht verlor, griffen sie sofort an. Talan riss sich zusammen und brüllte, um seine Gedanken und sein Gesichtsfeld zu klären.

Von links kam ein Schwert, das seinen Bauch treffen sollte. Er wehrte es mit einem von links nach rechts geführten Schlag ab, doch als die Klinge auf der rechten Seite war, konnte er den Schlag des zweiten Mannes nur noch mit knapper Not abwehren. Die Klinge konnte er zwar ablenken, doch die Faust krachte gegen sein Kinn. Er taumelte zurück, stolperte und stürzte und knallte mit dem Schädel gegen eine Säule.

Will trieb dem Mann, der direkt vor ihm stand, sein Kurzschwert in die Nieren. Selbst wenn der Kämpfer überlebte, war die Wunde schwer genug, um ihn auszuschalten. Als Talan wie ein Bündel Lumpen stürzte, offensichtlich tot, schaute Will erschrocken auf. Auch sein nächster Gegner machte den Fehler, den gestürzten Gegner anzustarren, und bemerkte eine verhängnisvolle Sekunde zu spät, dass noch jemand hinter ihm war.

Will wischte die Klingen an der Leiche des zweiten Mannes ab und hielt einen Augenblick inne, um zu lauschen. Draußen glaubte er Stimmen zu hören, auch wenn er nicht sicher war, ob er sie erkannte. Er beschloss, eine Weile leise zu sein und sich umzusehen. Es nützte ja niemandem, wenn sie jetzt alle starben.

Die Höflichkeit gebot, sich zu vergewissern, dass Talan wirklich tot war, auch wenn dies nicht mehr als eine Formalität zu sein schien, denn der Kämpfer hatte sich nicht bewegt. Will machte einen Schritt in seine Richtung, doch dann hörte er, wie hinter ihm eine Tür geöffnet wurde. Er fuhr herum, hielt die Klingen bereit und riss zum zweiten Mal binnen weniger Sekunden die Augen auf. Er wich zurück und begann, eine Entschuldigung zu stottern.

Alun hatte den großen offenen Raum erreicht. Es war kalt und dunkel hier, doch er konnte einen zertrümmerten Stuhl erkennen, und am anderen Ende stand eine Tür offen. Er hörte Kampflärm und Rufe. Sein Schwert hing schlaff in seiner Hand. Er hatte keine Ahnung, was er nun tun sollte. Wenigstens begriff er jetzt den Blick, mit dem Hirad ihn gemustert hatte, als er über das Wüten gesprochen hatte. Es war keine Verachtung gewesen, sondern eher Sorge. Und ein Mangel an Vertrauen in ihn. Er setzte sich, am ganzen Leib zitternd, auf einen dick gepolsterten Stuhl.

Travers wartete nicht ab, wie es ausging. Er torkelte durch den schmalen Gang zurück und öffnete die Tür, die zum Hauptgang im oberen Stockwerk führte. Kaum dass er draußen war und die Tür hinter sich geschlossen hatte, wurde er angegriffen. Wie ein Pfeil schoss etwas von der Treppe direkt vor ihm auf ihn zu. Lederne Flügel flatterten, der stachlige Schwanz zuckte, Zähne bissen ihn. Klauen wurden in sein Haar geschlagen, und der Schwanz wickelte sich um seinen linken Arm. Dann erschien das Gesicht verkehrt herum direkt vor seinem eigenen. Es war nicht größer als ein Affe auf dem Jahrmarkt.

Er wich zurück, doch das Gesicht folgte ihm. Er hätte schwören können, dass es lächelte, doch es war gewiss nicht menschlich. Er wusste genau, dass es nicht menschlich war, und der Gestank seines Atems jagte ihm einen kalten Schauer über den Rücken. Und doch konnte er die Augen nicht abwenden.

Es war völlig unbehaart, die Kopfhaut war straff und schimmernd, das Gehirn pulsierte im Schädel und ließ wellenförmige Bewegungen über das Gesicht laufen. Es legte den Kopf ein wenig schief, und nun lächelte es tatsächlich und entblößte nadelscharfe Zähne, die sich nahtlos ineinander fügten, als der Mund geschlossen wurde. Vorher aber war die lange, spitze Zunge herausgezuckt und hatte über Travers' Mund geleckt.

Er dachte, er müsste sich übergeben, doch die Augen hielten ihn in ihrem Bann. Sie waren schwarz und in den ovalen Knochenhöhlen tief eingesunken. Fremdartig waren sie. Tief genug, um hineinzustürzen und in einem Abgrund der Angst zu ertrinken. Travers schlug das Herz bis zum Halse, als er das Wesen anstarrte, dessen flache Nasenschlitze die Luft einatmeten, während die winzigen Ohren beim leisesten Geräusch zuckten.

Dann nahm es die Hände herunter und packte seine Wangen, die Klauen bohrten sich tief in die Haut, bis es blutete. Das Gesicht kam näher und blies ihm den stinkenden Atem in die Augen. Er blinzelte und wollte sich abwenden.

»Komm«, sagte es. Es war ein leises Krächzen wie bei einem alten Mann, doch es war voller Bosheit. Travers schauderte und wand sich und bemühte sich verzweifelt, sich nicht zu übergeben. »Komm mit mir.«

»Wohin?«, quetschte er hervor. Wieder lächelte es. Ein entsetzlicher Anblick. Travers schloss die Augen, aber es war noch da, eingebrannt in sein Bewusstsein.

»Mein Meister will dich sehen. Es ist nicht weit. Geh.« Das Gesicht verschwand, doch die Krallen wurden fester in seine Wangen gepresst. Der Schwanz umklammerte jetzt seinen rechten Arm und hielt ihn hoch, damit er das Schwert nicht erreichen konnte. Der Unterarm hing quer vor seinem Gesicht.

Travers begann zu laufen. Er wusste mit absoluter Sicherheit, dass dieser Gang der letzte seines Lebens werden sollte.

Alun kam schlagartig wieder zu sich und erschrak mit einer Heftigkeit, dass sich alles in seinem Kopf zu drehen schien. Über sich konnte er Kampfgeräusche hören, und er hörte Männer sterben. Einige von ihnen kämpften und starben für ihn. Seine Kinder waren hier. Seine Frau war hier.

Er stand auf, und ein Zorn, so rein wie der Kuss einer Jungfrau, durchströmte seinen Körper. Er wollte jemanden für die Qualen und den Verlust, den er erlitten hatte, bezahlen lassen. Die Tage waren ihm wie eine Ewigkeit erschienen. Doch jetzt sollte alles enden, und sein Schwert sollte endlich das Blut eines Feindes spritzen lassen.

Sie wurden oben festgehalten, so viel war sicher. Er rannte zur offenen Tür und lief die Treppe hinauf. Oben hielt er kurz inne. Am anderen Ende des Ganges war jemand, der in seine Richtung kam und etwas auf seinem Kopf trug. Er rannte ihm entgegen, doch der Mann schien ihn nicht einmal zu sehen. Wieder blieb er stehen und hob sein Schwert, um zu kämpfen, doch dann sah er den Blick der Katze, die Hirad bei sich getragen hatte. Irgendetwas in diesem Blick hielt ihn davon ab, den Mann niederzustrecken, und veranlasste ihn, die Tür am anderen Ende des Flurs zu betrachten.

Alun nickte und rannte wieder los. Am Rande nahm er wahr, dass rechts neben ihm gekämpft wurde, und er hörte hinter sich Flügel flattern. Sein Ziel war nahe. Er konnte sie spüren. Gott, er konnte sie beinahe schon riechen. Es waren seine Kinder, und er würde sie retten.

Er stürmte durch die Tür und einen schmalen Gang hinauf und platzte in den Wachraum. Beinahe hätte er den verbliebenen Wächter von seinem Stuhl gerissen. Bevor der Mann reagieren konnte, durchtrennte Alun ihm mit einem wilden Schlag die Kehle. Er ließ sich keine Zeit, sich vor Augen zu führen, was er gerade getan hatte, und stieg die Wendeltreppe hinauf.

Sie ging auf ihn los, eine Flut von blondem Haar, ein schäbiges, zerrissenes Nachthemd auf dem Leib, die Arme ausgestreckt und die Hände nach seinen Schultern greifend.

»Meine Jungen?«, rief sie und forschte in seinem Gesicht. »Habt Ihr meine Jungen?«

Thraun schüttelte den Kopf. »Nein …«, wollte er sagen, doch sie war schon schreiend an ihm vorbei.

»Dummköpfe. Sie werden sie töten. Sie haben gesagt, sie würden sie töten!« Sie raste die Treppe hinunter, durch den Wachraum und hinaus auf den Flur. Thraun folgte ihr. Sie bog nach links ab und lief durch eine Tür in einen schmalen Gang. Vor sich hörte sie einen Schrei, dann klirrten Schwerter. Erienne lief schneller.

»Komm schon, Selik, es bringt doch überhaupt nichts, mich zu töten. Ich meine, ich bin dir doch immer noch etwas schuldig.« Will wich etwas weiter zurück. Er wusste, dass hinter ihm eine Tür war. Er konnte nur hoffen, dass sie nicht verschlossen war.

»Allerdings. Einst warst du mir Geld schuldig, und jetzt will ich dein Leben.« Selik duckte sich, kam näher. Will schluckte schwer. Es war eine einfache Gleichung: Wenn die Tür hinter ihm versperrt war, dann würde er sterben. Er wich noch einen Schritt zurück.

Selik war Wills größter Fehler gewesen. Er war einem Bauernjungen begegnet, der ein leichter Gegner zu werden versprach. Schlimmer hätte sein Irrtum nicht sein können, und seitdem war er dem begnadeten Schwertkämpfer etwas schuldig.

»Ich werde einen Haufen Geld bekommen, Selik. Ich brauche nur etwas mehr Zeit.«

»Du hast mich noch nie hereingelegt, Will Begman, und du wirst mich nie hereinlegen, denn Zeit ist etwas, das du ganz sicher nicht mehr hast.« Selik kam näher und zog sein Schwert. »Versuch doch mal, dich zu wehren.«

»Lieber nicht.« Will drehte sich um und rannte zur Tür, riss sie auf und lief die Treppe hinunter. Seine Erleichterung verwandelte sich in Entsetzen, als Selik in der Tür erschien, die vorher Talan benutzt hatte, um ihm den Weg zu versperren. Der Mann der Schwarzen Schwinge schüttelte den Kopf. Will blieb wie angewurzelt stehen und floh in eine andere Richtung. Er stürzte durch die erstbeste Tür, die er fand. Sie führte in einen schmalen Gang. Vor sich hörte er Stimmen, darunter auch eine Frauenstimme. Er rannte weiter. Es war sowieso zu spät zum Umkehren, und andere Menschen zu finden, war vermutlich die einzige Chance, die er überhaupt noch hatte.

Alun riss die Tür am oberen Ende der Wendeltreppe auf. Er stürmte hinein und glaubte, die Erfüllung seiner Träume zu sehen, doch er fand die Verkörperung seines Albtraums.

Ein Mann stand mit dem Rücken zu ihm, über ein Doppelbett gebeugt, in dem zwei Kinder lagen. Das Blut und die Stille erzählten ihm die Geschichte. Alun stockte der Atem im Hals, seine Beine versagten, und die Schwertspitze knallte auf den Boden, als der Arm die Kraft verlor, sie oben zu halten.

Er hatte sich nichts anderes vorstellen können, als dass seine Jungen mit strahlenden Gesichtern in seine Arme stürzten und aufgeregt plapperten, während sich die kleinen warmen Körper an ihn schmiegten. Doch nun würden sie für immer schweigen. Er konnte sich nicht bewegen, er konnte nicht hinein noch hinaus, bis der Mann sich umdrehte und ihn ansprach.

»Ich wollte mich nur noch vergewissern, dass sie wirklich tot …«

Alun bekam nur das Wort »Du!« heraus, dann griff er mit dem Schwert, mit den Füßen und mit den Händen und Zähnen an. Er tobte in blinder Wut. Der Wächter wich zurück, wehrte Schlag auf Schlag mit der fleckigen Messerklinge und dem gepanzerten Unterarm ab, bis er am ganzen Körper Schnittwunden, Prellungen und Kratzer hatte. Doch Aluns Wut hatte kein klares Ziel, und nach einem besonders wilden Ausfall mit dem Schwert war er völlig schutzlos. Der Wächter machte einfach einen Schritt auf ihn zu und stach ihm das Messer in die Brust.

Erleichterung durchströmte Aluns sterbendes Bewusstsein, seine Kinder riefen ihn, und er glaubte noch zu hören, wie der Mann sagte, dass es ihm Leid tat.

Ismans Gesicht tauchte in Ilkars Blickfeld auf, und abermals wünschte der Magier sich, es sei alles schon vorbei. Die Kampfgeräusche waren ein Stück entfernt, aber allzu deutlich, und er wollte, dass sie aufhörten.

»Und jetzt zu dir, Ilkar vom Raben.« Ilkar konnte nur die Augenbrauen hochziehen und auf den Hieb warten, der nicht kam. Stattdessen sank Isman mit erschrockenem Grunzen auf die Knie, dann kippte er auf den Rücken. Ein Pfeil ragte aus seinem rechten Auge.

Schritte waren zu hören, die sich näherten, dann waren sie vorbei, kehrten wieder zurück.

Endlich sah Ilkar ein weiteres Gesicht. Es gehörte einem Fremden. Einem Elf.

»Wer bist du?«

»Jandyr. Wir haben keine Zeit zum Reden. Hirad braucht Hilfe. Du bist doch ein Magier?«

»Hirad ist tot«, sagte Ilkar. Kälte erfüllte sein Herz, als er die Worte aussprach.

»Nein, er ist nicht tot. Noch nicht.«

Als er sich aufsetzte, erinnerte ihn ein stechender Schmerz daran, dass seine Lunge von den zerbrochenen Rippen zerfetzt worden war. Es stand auf Messers Schneide, wer zuerst sterben würde.

Thraun schob sich an Erienne vorbei, als sie den Wachraum betreten hatten, und erreichte die Wendeltreppe vor ihr. Oben fand er Aluns Leichnam und einen Bewaffneten, der ihn verwirrt anstarrte.

»Oh, nein«, sagte der Mann.

»Oh, ja«, sagte Thraun und zog dem Mann die Klinge durch die Rippen, bis sie an der Wirbelsäule hängen blieb. Ein frischer Blutstrom ergoss sich über die Leichen der Jungen. Er zog sein Schwert heraus und sah sich einen Moment in der Leichenkammer um, ehe Erienne die Tür erreichte und ihre abgeschlachteten Angehörigen sah.

»Ich …«, begann Thraun, doch der Ausdruck ihrer Augen brachte ihn zum Schweigen, als hätte ihn ein Faustschlag getroffen. Sie schritt über Alun hinweg, ohne ihn auch nur eines Blickes zu würdigen, und trat ans Bett. Thraun zog sich zurück und bewachte die Tür.

Erienne sagte nichts. Sie streckte zwei ruhige Hände zu ihren beiden Kindern aus, strich ihnen das verfilzte Haar aus den Gesichtern, streichelte ihre Wangen und fuhr mit den Fingern über ihre Lippen.

Thraun beobachtete sie, und Mitleid rang mit Bewunderung, als er ihre Haltung sah. Doch dann drehte sie sich um, und wenn ihre Wut ein Licht gewesen wäre, dann hätte es ihn geblendet. Die Luft rings um sie schien zu knistern und zu brennen unter ihren Augen. Ihr Mund, eine schmale Linie nur, blieb unbewegt, doch die Kaumuskeln spielten, als sie die Zähne zusammenbiss.

Das Geräusch von Schritten brachte Thraun wieder zu sich. Er drehte sich um und baute sich mit gezogenem Schwert vor der Tür auf.

»Geh zur Seite!« Wie das Schlagen einer Totenglocke duldete auch Eriennes Stimme keinen Widerspruch.

Thraun wich einige Schritte zurück. Er wandte sich zu ihr um und sah, wie sie die Hände vor dem Gesicht zusammenlegte. Es wurde kalt im Raum und roch nach Frost.

Die Macht war erschreckend, und sein Puls schlug schneller. Er riss sich von ihr los und sah wieder zur Tür. Schritte polterten auf der Wendeltreppe, dann war ein weiteres Paar Füße zu hören, jemand schnaufte angestrengt, ein Schatten tauchte auf, und eine kleine, drahtige und verängstigte Gestalt war zu sehen. Thrauns Herz setzte vor Schreck aus.

»Erienne, wartet!« Doch sie hatte schon die Hände ausgestreckt. Der Spruch war bereit. Sie öffnete die Augen, ihr Mund sprach das Befehlswort, und die Temperatur im Zimmer sank schlagartig.

»Will, duck dich! Runter!« Thraun warf sich vor Wills Beine, und sie stürzten in einem wirren Haufen zu Boden. Eriennes Eiswind brauste über ihre Köpfe hinweg und traf Selik mitten auf der Brust, als er die Tür erreichte. Der Krieger taumelte einen Schritt zurück, ließ die Waffe fallen und brach mit blauen Lippen, glasigen Augen und weißen Händen zusammen. Als er auf den Boden prallte, zersprang sein Körper in tausend Stücke.

Thraun rappelte sich auf und zog Will hoch. Erienne eilte schon an ihnen vorbei und lief die Treppe hinunter.

»Erienne, wartet!«, rief Thraun. Doch sie schüttelte den Kopf, ohne ihren Schritt zu verlangsamen.

»Travers ist der Nächste.«

Sechzehntes Kapitel

Ilkar weinte. Er wusste nicht warum, aber Hirad lebte noch. Die Wunde in seinem Bauch war tief und tödlich, und trotzdem lebte er noch. Und jetzt musste Ilkar bei ihm sitzen und zusehen, wie er langsam verblutete, weil Travers ihm die Fähigkeit genommen hatte, den Freund zu retten.

Selbst wenn er und Denser ein Dutzend Stunden lang hätten ununterbrochen schlafen können, wären ihre gemeinsamen Kräfte wahrscheinlich nicht ausreichend genug gewesen, um ihn zu heilen, so übel waren sie alle drei verletzt.

Er kniete neben Hirad, hatte die Hände auf die schreckliche Wunde gelegt und ignorierte die eigenen Schmerzen, während er das Mana direkt in den geschundenen, glücklicherweise bewusstlosen Körper des Freundes fließen ließ. Tränen liefen ihm über die Wangen und tropften auf den kalten Steinboden. Hirad blieb auf diese Weise vorübergehend am Leben, doch Ilkar war zu geschwächt und wusste, dass es letzten Endes hoffnungslos war.

Er spürte eine Hand auf seiner Schulter.

»Ilkar, ich teile deinen Schmerz.« Er hatte Denser nicht

kommen hören. Er hatte angenommen, der Magier liege bereits in tiefem Schlaf und erhole sich.

»Ich kann ihn nicht retten, Denser«, sagte Ilkar. Seine Stimme zitterte vor Müdigkeit, seine Worte wurden von Schluchzen unterbrochen. »Er stirbt, und ich kann ihn nicht retten.«

»Vielleicht gibt es einen Weg.« Auch Densers Stimme war kaum noch zu verstehen. Sein zerschundenes Gesicht machte es ihm schwer, die Worte zu formen.

»Was schlägst du vor, Xetesk-Mann? Wir können hier nicht mit dem Zauberstab herumfuchteln.« Ilkar spuckte die Worte aus, dann hustete er und spuckte Blut.

»Aber es ist noch eine andere Magierin hier auf der Burg.«

»Erienne«, sagte Jandyr.

»Die Hexe, die uns verraten hat«, knurrte Ilkar.

»Nein«, erwiderte Jandyr entschieden. »Sie wurde gezwungen. Travers hat auch ihre Söhne entführt. Wir wollten sie alle befreien.«

»Erienne Malanvai?«, fragte Denser. »Die Hüterin der Dordover-Magie?«

»Ja.«

»Das könnte wirklich ein sehr glückliches Zusammentreffen sein.« Er runzelte die Stirn. »Was, zum Teufel, wollte er mit ihr?« Er schüttelte den Kopf und richtete die Aufmerksamkeit wieder auf den Elf. »Wie lange, bis du stirbst?« Ilkar schaute zu Denser auf und schüttelte den Kopf. »Wie lange, Ilkar?«

Der Elf zuckte mit den Achseln. »Drei Stunden, vielleicht etwas länger.«

Denser grunzte, setzte sich sofort hinter Ilkar und nahm den Julatsa-Magier zwischen die Beine.

»Lehne dich an mich«, befahl er. Ilkar legte sich zurück.

Denser drehte sie beide herum, bis sie in die gleiche Richtung schauten wie Hirad. Ilkar musste den Arm nach rechts strecken, um die Wunde des Barbaren zu berühren.

»Jetzt mach deine Beine lang«, sagte Denser. Ilkar zuckte zusammen, doch er schaffte es.

Jandyr sah verwirrt zu. Da saß also Denser, die Hände auf Ilkars Schultern gelegt, Ilkar selbst ruhte auf Densers Schoß und tastete ruhelos über Hirads Bauch.

»Was macht ihr da?«, wollte er wissen.

»Ich erkläre es später«, sagte Denser. »Hole einen Stuhl. Stelle ihn so auf, dass er meinen Rücken stützt. Und jetzt Ilkar, sage mir, was genau dich tötet?«

»Mehrere Dinge. Meine rechte Lunge ist durchbohrt, sie füllt sich mit Blut und könnte zusammenfallen. Meine Nieren sind zerschlagen und arbeiten nicht mehr richtig, und ich glaube, auch meine Leber blutet.«

»Nun gut.« Denser veränderte die Position seiner Hände. Eine kam in Ilkars Nacken, die andere auf die rechte Seite der Brust. »Überlasse mir die Kontrolle. Gib du dein Mana an Hirad weiter.«

»Und du?« Ilkars Dankbarkeit wurde durch eine Spur echter Sorge um den Zustand des Xeteskianers gedämpft.

Denser schaffte es zu kichern. »Sie haben jeden Zoll meines Körpers mit Prügeln eingedeckt, aber abgesehen von Zehen und Fingern ist kaum etwas gebrochen. Ich schwebe nicht in Lebensgefahr.«

»Danke.« Ilkars Stimme zitterte.

»Es dient ja dem großen Ziel.«

»Trotzdem danke.«

Denser schwieg und drückte mit der Hand leicht auf Ilkars Hals, ehe er sich wieder an Jandyr wandte. »Wir brauchen die andere Magierin. Es kommt auf jede Sekunde an.«

Jandyr nickte. »Die anderen müssten sie inzwischen gefunden haben. Ich hole sie.« Er wollte gehen, doch in diesem Augenblick wurde die gegenüberliegende Tür geöffnet, und Travers kam herein. Auf seinem Kopf hockte die Katze. Die Augen des Hauptmanns waren glasig, er ging gebückt und gebeugt, als sei er in den letzten paar Minuten, seit er den Raum verlassen hatte, um zwanzig Jahre gealtert.

Denser lächelte. »Wie ich sehe, habt Ihr mein Haustier gefunden.«

Travers kam zu sich, als die Katze auf den Boden sprang und zu Denser trabte. Der Hauptmann nahm die Szene in sich auf, er betrachtete Ismans Leiche und den seltsamen Anblick, den das Raben-Trio ihm bot. Er runzelte die Stirn.

»Ich dachte …«

»Ihr seid nicht mehr wichtig, Travers. Ihr seid nichts. Doch die Kette, die Ihr tragt, ist alles.« Travers tastete nach seinem Hemd, und sein Stirnrunzeln vertiefte sich noch. Denser bemerkte Jandyrs Blick. »Ich glaube, du solltest draußen warten. Du wirst es nicht sehen wollen.« Jandyr zögerte, sein Gesicht verriet seinen Zweifel, dann verließ er den Raum und legte vorsichtshalber einen neuen Pfeil ein.

»Bitte …« Travers machte einen Schritt hin zu Denser, der ihn ignorierte und die Katze ansah.

»Töte ihn.« Die Katze verwandelte sich, und Travers' Flehen war nur noch ein unverständliches Stammeln. Denser sah ihn ein letztes Mal an.

»Ihr dachtet, Ihr könntet den Raben zähmen. Das dachte ich auch. Doch es ist nicht möglich. Ich aber werde immerhin überleben und meinen Irrtum wieder gutmachen können.« Sein Hausgeist geiferte schon. »Gott sei Dank haben wir Euch besiegt. So hat Balaia wenigstens noch eine Chance, sich selbst zu retten.«

Densers Dämon überwand die Entfernung zu Travers mit einem einzigen Sprung.

»Schließe die Augen, Ilkar«, sagte Denser.

Der Hauptmann schrie.

Jandyr kämpfte gegen das Verlangen an, die Tür zu öffnen. Travers' Schreie zeugten von einer Angst, die tiefer war, als ein Mensch sie ertragen konnte, doch zum Glück brachen sie rasch ab. Der Elf hörte ein Geräusch, das so klang, als sei eine Melone auf den Boden gefallen, und musste sich sehr beherrschen, um sich nicht zu übergeben.

Als er eilige Schritte die Treppe herunterkommen hörte, drehte er sich um. Er spannte den Bogen, ließ aber sofort wieder los, als er eine Frau sah, bei der es sich um Erienne handeln musste. Sie wurde von Thraun und Will begleitet.

»Aus dem Weg«, rief Erienne und wollte sich an ihm vorbeischieben. Jandyr packte ihre Oberarme und hielt sie fest.

»Ihr könnt dort nicht hinein. Noch nicht.« Er sah an ihr vorbei zu Thraun. »Halte sie fest, während ich nachsehe, was drinnen vor sich geht.« Thraun übernahm Erienne, die nur einen halbherzigen Versuch machte, sich seinem Griff zu entwinden.

»Ihr könnt Travers nicht ewig schützen«, knirschte sie. Das Feuer in ihren Augen brannte hell und heftig.

»Glaubt mir, wir beschützen ihn keineswegs«, sagte Jandyr.

»Was ist denn los, Jan?«

»Der Rabe ist da drin, oder drei von ihnen. Travers war auch da, aber ich glaube, er ist tot.«

»Ihr glaubt es?«, zischte Erienne.

»Sie wollten mich nicht zusehen lassen.« Jandyr hielt inne. »Hirad ist verletzt. Er liegt im Sterben. Der Raben-Magier braucht Eure Hilfe.« Er nickte Erienne zu und drehte sich zur Tür um. »Wartet einen Augenblick.«

Er lugte hinein. Alles war ruhig, nur unter der Decke,

die jetzt Travers' Kopf und Oberkörper bedeckte, kam eine sich langsam ausbreitende Blutlache zum Vorschein. Denser und Ilkar waren nicht von Hirads Seite gewichen, und die Katze hatte sich auf dem Stuhl zusammengerollt, der Densers Rücken stützte. Sie putzte sich die Pfoten und den Schnurrbart.

Der Elf betrat den Raum und hielt den anderen die Tür auf. Sie traten ein und blieben sofort wieder stehen, um aufzunehmen, was sie sahen. Nur Erienne begriff es sofort. Sie ging langsam zu Denser, hielt inne und erkundete die Bewegungen des Mana.

»So etwas auch. Ein Julatsaner und ein Xeteskianer leiten gemeinsam Mana zu einem sterbenden Mann. Ich glaube, ich wundere mich über gar nichts mehr.« Ihre Stimme war kalt, doch die feuchten Spuren auf ihrem Gesicht verrieten, was wirklich in ihr vorging.

»Ich wünschte, wir wären uns unter angenehmeren Begleitumständen begegnet«, sagte Denser.

»Unter angenehmeren Begleitumständen?«, kreischte sie. »Meine Kinder sind tot, du Bastard! Sie sind tot. Ich sollte euch auf der Stelle in die Hölle schicken, alle zusammen, die ihr da sitzt.«

Denser schaute auf und drehte sich um, bis er Thraun entdeckte. Der Mann nickte.

»Es ist wahr«, sagte er. »Einer der Wächter hat ihnen die Kehlen durchgeschnitten.«

»Und das alles, weil deine Leute dich retten wollten«, brachte Erienne hervor, während heftiges Schluchzen ihren ganzen Körper beben ließ. »Mein Leben wurde mir genommen, und ich konnte nichts dagegen tun.« Sie ließ sich von Thrauns starken Armen umfangen. Er stützte sie und führte sie zu einem Stuhl. »Ich war nicht einmal bei ihnen … sie sind allein gestorben.«

»Lasst Euch Zeit, Erienne«, sagte er. »Lasst Euch Zeit.« Er streichelte ihr Haar.

»Bitte«, sagte Denser. »Wir haben nicht mehr viel Zeit. Hirad stirbt.« Erienne nahm die Hände vom Gesicht und sah ihn aus roten, verquollenen Augen scharf an.

»Und warum sollte mich das interessieren?« Sie stand auf, ging zu ihm und blickte angewidert auf ihn hinab. »Weißt du, warum ich entführt wurde? Weil Xetesk mit der Suche nach Dawnthief begonnen hat, und weil Travers dachte, ich könnte ihm helfen, den Spruch zu kontrollieren. Wegen dir und deines Kollegs sind meine Jungen gestorben. Nun, Denser, du großer Dawnthief-Magier, ich könnte mich einfach hierher setzen und zusehen, wie dein Freund stirbt. In diesem Punkt habe ich immerhin die Möglichkeit, eine Entscheidung zu treffen, was ich bei meinen Kindern nicht konnte.« Sie schob das Kinn vor, und frische Tränen strömten in ihre Augen. Sie wandte sich ab.

Denser wollte eine Entschuldigung formulieren, doch alles, was ihm einfiel, wäre schrecklich unangemessen gewesen. So sagte er nur: »Xetesk will Dawnthief nicht für sich selbst.«

»Der Blitz soll dich treffen, Denser. Ich glaube dir kein Wort.« Erienne ging zu ihrem Stuhl und setzte sich.

Denser holte tief Luft, obwohl seine geschundenen Muskeln protestierten. »Du musst mir glauben. Die Wytchlords sind aus dem Mana-Gefängnis entflohen und nach Parve zurückgekehrt. Dawnthief ist der einzige Weg, sie zu vernichten und achtzigtausend Wesmen davon abzuhalten, unser Land in Stücke zu reißen.«

Mit gerunzelter Stirn sah sie ihn an.

»Bitte, Erienne«, fuhr er fort. »Niemand kann ermessen, wie sehr du leidest, doch du kannst Hirad retten. Wenn wir die Wytchlords besiegen wollen, dann brauchen wir ihn.«

»Warum?«

»Weil er den Raben anführt, und weil wir den Spruch in unseren Besitz bringen wollen. Ohne ihn sind wir nicht stark genug.« Denser hustete, und ein Blutfaden lief ihm aus dem Mundwinkel.

Erienne hätte beinahe laut gelacht. »Das ist aber eine ausgefallene Geschichte. Und was sagst du, Ilkar? Ich nehme doch an, du bist Ilkar, der Magier des Raben?«

»Ich glaube ihm«, sagte Ilkar. Seine Stimme war leise und schwach.

Erienne zog die Augenbrauen hoch. »Wirklich? Nun, das ist beeindruckend.« Sie ging steifbeinig zur Tür und machte sich nicht mehr die Mühe, ihre Tränen wegzuwischen. »Ich hatte nicht die Macht, über das Leben meiner Kinder zu entscheiden, aber ich habe diese Macht in Bezug auf euch. Und ich habe Macht über euren Tod. Meine Kinder brauchen mich.«

»Denk doch nach, Erienne«, rief Denser ihr nach. »Und ruhe dich aus. Erhole dich. In diesem Augenblick liegt das Schicksal Balaias in deinen Händen.«

Erienne hielt inne und wandte sich an Denser, der ihren Blick erwiderte. »Es ist mein Ernst«, sagte er.

Sie verließ den Raum. Thraun begleitete sie und ließ sie keine Sekunde aus den Augen.

»Es wird eine lange Nacht«, sagte Denser.

Ilkar bewegte sich und zuckte sofort zusammen. Er öffnete die Augen und sah sich mit glasigen Augen um.

»Wo sind die anderen?«, sagte er.

»Wer denn?« Will kam zu ihm herüber.

»Talan und Richmond.«

Will warf einen kurzen Blick zu Denser und biss sich auf die Unterlippe. Denser spürte eine neue Last auf seinem Herzen.

»Ich habe Talan fallen sehen. Ich weiß nichts über Richmond, aber, nun ja, er ist nicht hier. Es tut mir Leid.« Will zuckte mit den Achseln.

Ilkar schüttelte langsam den Kopf und konzentrierte sich wieder auf Hirad. Der Atem des Barbaren ging flach, aber sein Zustand hatte sich wenigstens für den Augenblick stabilisiert. Ilkar konnte nur hoffen, dass all dies überhaupt einen Sinn hatte. Denser konnte ihn und er konnte Hirad für schätzungsweise weitere zwölf Stunden am Leben halten, doch das war auch schon alles, was sie tun konnten. Die Prügel, die Travers' Männer ihm verpasst hatten, verfehlten ihre Wirkung nicht. Früher oder später versiegte das ganze Mana, die letzten Tropfen, die ihnen nicht einmal Travers hatte nehmen können. Wenn sie keine Unterstützung bekamen, dann wurden die letzten Nägel in den Sarg geschlagen, und der Rabe gehörte der Vergangenheit an.

Denser drückte seine Schulter. »Sie wird uns helfen. Warte einfach ab.«

»Ich kann sonst nichts mehr tun«, sagte Ilkar. »Er ist alles, was ich habe.« Er sah Hirads ruhiges, regloses Gesicht an. »Nur du und ich, alter Freund. Wage es ja nicht, ohne mich zu sterben.«

Er wollte sich wieder in die leichte Trance fallen lassen und mit seinem Bewusstsein Hirads verletzten Bauch heilen und die Stelle suchen, wo sein Rinnsal von lebenserhaltendem Mana die größte Wirkung entfalten konnte, doch in diesem Moment wurden die hinteren Türen geöffnet.

Etwas unsicher auf den Beinen, aber sonst völlig lebendig, betrat Talan den Raum. Will und Jandyr entspannten sich, Will lächelte sogar. Auch Ilkar lächelte einen kleinen Augenblick. Doch seine Freude verflog so rasch, wie sie gekommen war. Auf Talans Armen lag Richmond mit schlaffen Beinen, pendelndem Kopf und hängenden Armen. Talans bekümmertes Gesicht verriet genug. Der Kämpfer legte den toten Freund auf den nächsten Tisch.

»Das ist mir eine Totenwache zu viel«, sagte er. »Es muss doch …« Dann wanderte sein Blick, der bisher auf Ilkar geruht hatte, zu Hirad, und der Kummer in seinem Gesicht wich schierem Entsetzen. »Oh, nein«, sagte er tonlos. »Bitte, Gott, nein.« Er wollte sich in Bewegung setzen, doch Denser hielt ihn auf.

»Er lebt noch«, erklärte der Xeteskianer. »Und wir können nur hoffen, dass er vorläufig am Leben bleibt.«

Die Erleichterung, die ihm durch die Worte des Magiers zuteil wurde, raubte seinen Beinen die letzte Kraft, und er setzte sich schwer.

»Und dann?« Talan hatte Densers Unsicherheit bemerkt.

»Dann wird hoffentlich Erienne helfen. Sie ist Hirads einzige Chance.«

»Was meinst du damit, dass sie hoffentlich hilft?« Talan betastete seinen Hinterkopf und erforschte die Schwellung, das verkrustete Blut und das verklebte Haar.

»Ihre Söhne sind tot, und damit, so glaubt sie, sei ihr Leben vorbei. Sie gibt dem Raben die Schuld.«

»Und wenn sie nicht hilft?« Talans Gesicht machte deutlich, dass er die Antwort bereits kannte. Ilkar bestätigte nur noch, was er ohnehin schon fürchtete. Und es kam noch schlimmer.

»Hirad wird sterben«, sagte er. »Und ich fürchte, ich werde ebenfalls sterben.« Der Julatsaner zog die Augenbrauen hoch, dann konzentrierte er sich wieder auf den sterbenden Hirad.

Talan legte eine Hand an den Mund und knetete zwischen Daumen und Zeigefinger seine Unterlippe. Der pochende Schmerz im Hinterkopf war völlig vergessen, während er über die schlimmen Neuigkeiten nachdachte. Alles lag offen vor ihm, und doch weigerte er sich, es zu glauben. Zugleich wusste er aber auch, dass es keinen Zweifel geben konnte. Ilkar beschrieb die Dinge stets so, wie er sie sah, und er hatte gerade erklärt, dass das Ende nahte. Möglicherweise. Erienne war der Schlüssel. Sie musste es verstehen. Er stand auf.

»Wohin willst du?«, fragte Denser.

»Wo ist Erienne?«, fragte Talan.

»Du wirst uns nicht helfen, wenn du sie unter Druck setzt«, warnte Denser.

»Was weißt du denn schon?«, rief Talan. »Sind es deine Freunde, die vor deinen Augen sterben? Ich glaube nicht. Der Rabe wurde zum ersten Mal überhaupt geschlagen, und es kann noch schlimmer kommen. Sie muss die Konsequenzen verstehen …«

»Sie weiß es.« Ilkars Stimme war schwer vor Erschöpfung. »Wir müssen darauf vertrauen, dass ihre Magier-Instinkte ihren Kummer verdrängen, bevor es zu spät ist. Wir haben alles getan, was wir tun konnten.« Er atmete ein, flatternd und voller Schmerzen. »Bitte, mach keinen Lärm mehr. Es ist auch so schon schwer genug.«

»Wir könnten wohl alle etwas zu essen gebrauchen«, sagte Denser. »Die Küche ist …«

»Ich weiß, wo sie ist.« Teilweise, um Densers Bitte zu entsprechen, teilweise aber einfach auch, um möglichst schnell aus dem Raum herauszukommen, zog Jandyr los und suchte etwas Essbares. Der Kummer und die Verlustgefühle waren fast körperlich greifbar. Er fand die Atmosphäre bedrückend, und sobald die Tür hinter ihm zufiel, konnte er wieder frei atmen. Er stieg über die beiden Leichen hinweg und ging in die Küche.

Ilkar forschte mit seinem Bewusstsein und seinen Fingern, er ließ das Mana in Wellen fließen und hielt Hirad am

Leben. Ismans Schwert war tief eingedrungen und hatte Hirads Eingeweide an einem halben Dutzend Stellen aufgerissen und durchschnitten. Die Spitze hatte die Wirbelsäule angekratzt, doch sonst war das Rückgrat nicht verletzt. Das größte Problem nach dem aufwärts geführten Stich war der Magen, den die Klinge ebenfalls getroffen hatte. Das Verdauungssystem war völlig zusammengebrochen, die vielen inneren Verletzungen erforderten ständige Zuwendung, und dabei konnte Ilkar schon den Zeitpunkt kommen sehen, an dem die Nieren versagen würden.

Eine Warme Heilung allein würde nicht ausreichen. Vielleicht zwei oder drei, wenn man sie sorgfältig ausrichtete, doch er war nicht sicher, ob Hirad überhaupt noch so viel Zeit blieb. Die schlichte Wahrheit war, dass Hirad einen Körperspruch brauchte. Ilkar kannte nur drei Magier, die diesen Spruch mit einer gewissen Zuverlässigkeit wirken konnten. Keiner von ihnen befand sich hier auf der Burg.

Hirad war im Augenblick so gut wie möglich versorgt, und Ilkar konnte sich auf sich selbst konzentrieren. Er spürte, wie das Mana von Densers Händen in ihn floss und tröpfelte. Der sanfte Strom hatte die Blutung in der Lunge gestillt und seinen Atem erleichtert. Von seinem Halsansatz flossen Wellen des Manas über seine Blutgefäße in den Körper, um die am stärksten beschädigten inneren Organe zu heilen.

Ilkar schickte ein Dankgebet dafür zum Himmel, dass die Kollegien wenigstens in dieser Hinsicht ewig geeint sein würden, denn jeder Magier hatte die Fähigkeit, winzige Mengen von Mana auszusenden, um einen Verletzten am Leben zu halten, egal, in welchem Zustand er sich befand, und jeder Magier war moralisch verpflichtet, seine Fähigkeiten auch einzusetzen. Dennoch war Ilkar zunächst überrascht gewesen, als Denser auf diese Weise half. Vielleicht hätte er nicht überrascht sein sollen.

Die Zeit verstrich langsam. Ilkar bemerkte am Rande seines Bewusstseins, dass zwischen den schweren Vorhängen Tageslicht hereinfiel, und irgendwann wurde ihm Suppe eingeflößt. Doch als die Stunden vergingen, brauchte Hirad immer mehr Konzentration, und die Welt ringsum verblasste.

Er wurde müde, und er wusste es. Die Schmerzen im Rücken, in Armen und Beinen waren wieder da. Denser konnte das alles nicht abdecken. Sein Mana sorgte dafür, dass Ilkar am Leben blieb. Doch der Julatsaner hatte seine Mana-Reserven erschöpft, und als sich seine Kraft dem Ende zu neigte, forderte er einen immer größeren Zustrom von Denser.

Der Zeitpunkt rückte näher, an dem sie die Schmerzen im eigenen Körper nicht mehr unterdrücken konnten, weil ihr ganzes Mana weitergeleitet wurde. Dann war das Ende nah. Dann musste Erienne helfen, oder er und Hirad mussten sterben.

Styliann entspannte sich und lächelte in sich hinein, als er sich aus der Kommunion löste. Er stellte sich Selyn vor, sah ihren sich vor Lust windenden Körper und glaubte beinahe, ihre Lippen und ihre zärtlichen Hände zu spüren. Ihre Rückkehr sollte eine Veränderung einleiten. Er brauchte einen Sohn.

Im Augenblick aber war sie tief im Land der Wesmen in Richtung Parve unterwegs und würde mit hoher Wahrscheinlichkeit die Befürchtungen bestätigen, die die vier Kollegien seit der Verbannung der Wytchlords gehabt hatten. Eine Rückkehr. Eine Rückkehr sogar zu einer Macht, die viel größer war als jemals zuvor, schwerer aufzuhalten und kaum zu besiegen. Ganz gewiss nicht ohne den Dawn-thief. Weil die Kollegien nicht mehr so stark und ihre Hee-re nicht mehr so groß wie früher waren. Ohne den Spruch würden sie alles verlieren.

Selyn hielt sich unterdessen tagsüber versteckt, bewegte sich in der Nacht zum Teil mit Schattenschwingen und kam rasch und sicher in Richtung Torn-Wüste voran. In drei Tagen sollte sie deren Grenze erreichen, Parve etwa in vier Tagen. Er konnte damit rechnen, die nächste Kommunion mit ihr in ungefähr fünf Tagen zu halten. Schwere Zeiten standen ihnen bevor. In so großer Gefahr hatte sie noch nie geschwebt. Und er wollte dafür sorgen, dass es nie wieder so weit kommen musste.

Seine Gedanken irrten ab, und er sah müßig aus dem Fenster seines Arbeitszimmers zu den Türmen von Nyer und Laryon hinüber. Nyers Mann war in Septerns Werkstatt eingedrungen, doch er hatte seitdem mit seinem Meister keine Kommunion mehr gehalten. So sah es angeblich aus. Styliann hatte freilich das Gefühl, nicht in alles eingeweiht zu werden. Dies erzürnte ihn sehr.

Wieder lächelte er. Alle vertrauten Laryon. Der Arbeiter, das Genie, der Freund. Vielleicht war es an der Zeit, das neue Mitglied des Kreises etwas stärker einzubeziehen. Styliann konnte Nyers Aktivitäten nicht genauer verfolgen, und er konnte ihm keine eindringlichen Fragen stellen, ohne Verdacht zu erregen. Laryon dagegen hatte kein Problem damit. Styliann streckte den Arm aus und zog an der Kette neben dem Feuer. Der Wein, den er bestellte, sollte mit zwei Gläsern serviert werden.

Die Zeit war, schon lange bevor Hirads Nieren versagten, eine irrelevante Größe für Ilkar. Die beiden Nieren stellten unmittelbar nacheinander den Dienst ein und zwangen den

Julatsaner, die Beruhigung seines eigenen Körpers völlig aufzugeben, als der Kampf um Hirads Leben in seine letzte, verzweifelte Phase trat.

»Denser«, murmelte er.

»Ich weiß«, sagte Denser.

»Wo ist sie?«

»Sie kommt. Halte durch.« Denser schickte Mana durch Ilkars verletzten Rücken, doch die Linderung verstärkte zugleich auch die Wahrnehmung seiner eigenen Schmerzen.

So weit war es also gekommen. Hirad lag im Sterben und wurde zusehends schwächer. Ilkar schickte alles, was er hatte, in den sterbenden Körper des Barbaren. Er musste eine Niere ignorieren und sie bluten lassen und sich auf die zweite konzentrieren. Die ganze Zeit über schrie sein eigener geschundener, schmerzender Körper um Hilfe. Sein gebrochener rechter Arm sandte Wellen von Schmerz aus, dass ihm übel wurde, und sein Kreuz brannte, als liege er in einem Feuer. Die Beine fühlten sich an, als seien sie auf der ganzen Länge harten Hammerschlägen ausgesetzt.

Doch er konnte sich selbst keine Linderung verschaffen, sonst würde er Hirad sterben lassen. Auch Denser konnte er nicht darum bitten. Der Xeteskianer war mit seinem ganzen Manastrom bereits damit beschäftigt, ihn am Leben zu halten. Ilkar war nicht entgangen, dass Denser immer öfter keuchte und nach Luft schnappte. Es war klar, dass er nicht ganz ehrlich über seine eigene Verfassung berichtet hatte.

»Wie lange noch, Ilkar?«

»Er oder ich?«, knirschte Ilkar.

»Ist das nicht das Gleiche?« Auch Densers Stimme klang entsetzlich müde.

»Nicht ganz. Er hat weniger als eine Stunde. Seine Nieren.« Und dann auf einmal, so plötzlich, dass Ilkar beinahe den Manafluss zum Barbaren unterbrochen hätte, durchströmte ihn eine lindernde Wärme, und er wusste, dass sie gekommen war. Die Wärme folgte seinen Mana-Fühlern und strömte weiter zu Hirad.

»Du bist großzügig.« Eine Frauenstimme, nahe an seinem Ohr. »Er hat weniger als eine halbe Stunde. Du übersiehst, wie ernst dein eigener Zustand ist.«

So plötzlich, wie sie gekommen war, verschwand die Wärme wieder, und Ilkar sah sich von Schmerzen überflutet.

»Nun?«, fragte Denser.

»Es ist möglich.« Wieder die Frauenstimme.

»Alle beide?«

»Wenn du den Julatsaner halten kannst. Falls es das ist, was du willst.«

»Es ist das, was ich will.«

»Es gibt einen Preis dafür.«

»Ich verstehe.«

»Das hoffe ich sehr.«

Ilkar schüttelte den Kopf. Ein Preis, zu zahlen von einem Xeteskianer an eine Dordovanerin. Dennoch. Wie Denser zuvor schon selbst gesagt hatte, es gab ein größeres Ziel. Die Wärme war wieder da und strömte in Hirads Körper.

»Überlasse ihn mir, Ilkar«, sagte Erienne.

»Ich …«

»Du musst«, drängte sie ihn. »Sonst kann Denser dich nicht retten.«

Ilkar wusste, dass sie Recht hatte. Nach einem letzten Impuls zog er sich von Hirad zurück, nahm die Hände vom Bauch des Barbaren und konzentrierte sich auf die Verletzungen seines eigenen Körpers.

Er blendete die Schmerzen aus und spürte, wie Denser ihm eine Hand auf die Stirn legte. Langsam wurde es dunkel und friedlich um ihn, und er fühlte sich, als schwebte er.

Erienne erforschte Hirads Körper und seufzte. Sie sollte den Mann sterben lassen. Vor ihr lag einer der Gründe dafür, dass ihre Söhne tot waren. Der Anführer des Raben. Es wäre nur gerecht, wenn sie ihn sterben ließe. Das würde das Gleichgewicht ein Stück weit wiederherstellen.

Doch Denser hatte tief in sie geblickt, als er sie um Hilfe bat. Er wusste, dass sie die Aussicht auf den Dawnthief viel zu faszinierend finden würde, um seine Bitte abzuschlagen. Außerdem wusste er, dass sie ihre Berufung nicht verleugnen konnte. Doch der Kodex der Heiler hielt sie nicht davon ab, für das Leben derjenigen, die sie retten sollte, einen Handel anzubieten. In diesem Fall konnte der Handel ihr sogar einen Grund zum Weiterleben geben. Das gleiche Ziel, eine neue Ausrichtung, und Densers Anregung war ideal. Es wäre natürlich alles umsonst, wenn Hirad und Ilkar sterben sollten. Sie konzentrierte sich auf das unmittelbar vor ihr liegende Problem. Hirads einzige Hoffnung war ein Körperspruch. Sie benötigte mehr als zwanzig Minuten, um sich vorzubereiten. Als sie begann, konnte sie nur beten, dass er so lange durchhalten würde.

Inmitten seiner schlimmen Qualen versuchte Hirad, sich wieder nach oben zu kämpfen. Irgendwo weit über ihm gab es eine Wärme, die ihn anzog. Ihm war gar nicht klar, dass er schon so tief gestürzt war, und er wusste nicht, ob er den Rückweg schaffen konnte. *Versuche es, Hirad, versuche es.* Eine Stimme drang zu ihm vor, durchbrach seinen Dämmerzustand. Eine Frauenstimme. Er versuchte es.

Lesen Sie weiter in:
JAMES BARCLAY: Drachenschwur

Jennifer Fallon

Der Bestseller aus Australien! Fantasy für alle Fans
von Sara Douglass und Elizabeth Haydon

Nur ein Dämonenkind, das Kind eines Gottes und
eines Menschen, kann das Reich Medalon von seinen
grausamen Herrschern befreien. Ein Bote der Götter
soll das Kind finden – und damit die letzte Hoffnung
aller Völker.

Kind der Magie. Bd. 1.
ISBN 3-453-53000-4

3-453-53000-4

HEYNE ‹